dtv
premium

Sandra Lüpkes

Taubenkrieg

Kriminalroman

Deutscher Taschenbuch Verlag

Von Sandra Lüpkes
ist im Deutschen Taschenbuch Verlag erschienen:
Todesbraut (24781 und 21309)

Die mit Sternchen versehenen Begriffe oder Gegebenheiten werden – alphabetisch angeordnet – im Anhang näher erläutert.

MIX
Papier aus verantwortungsvollen Quellen
FSC® C006701
FSC
www.fsc.org

Originalausgabe 2011

Umschlagkonzept: Balk & Brumshagen
Umschlaggestaltung: Wildes Blut, Atelier für Gestaltung, Stephanie Weischer
unter Verwendung eines Fotos von plainpicture/Arcangel
Satz: Fotosatz Amann, Aichstetten
Gesetzt aus der Arno Pro 12/13,5'
Druck und Bindung: CPI – Ebner & Spiegel, Ulm
Gedruckt auf säurefreiem, chlorfrei gebleichtem Papier
Printed in Germany · ISBN 978-3-423-24858-7

Would?

Into the flood again
same old trip it was back then
so I made a big mistake
try to see it once my way

Am I wrong?
Have I run too far to get home?
Have I gone?
And left you here alone

If I would, could you?

Alice in Chains, 1992

Die Eins
steht als Zahl für den Anfang und die Einmaligkeit

Der Tatort ist eine Landschaft.

Unberührte Natur, wenn man ihn vernünftig abgesperrt hat. Chaotisches Dickicht oder unwegsames Gelände. An einigen Stellen aber auch aufgeräumt, übersichtlich, nahezu einladend: Komm her und erforsche mich. Hier ist vieles verborgen. Und wenn du bereit bist, dich auf meine Fährten zu begeben, erzähle ich dir vielleicht auch meine Geschichte.

Doch pass auf! Bewegst du dich zu eilig, werden einige Dinge für immer verborgen bleiben. Lässt du dir aber zu lange Zeit, wird vieles von dem, was es zu entdecken gilt, überwuchert.

...

Fast hätte Wencke mit der Hacke ihres Turnschuhs den rußigen Fleck auf dem Holz verwischt. Flecken sah man unzählige, wenn man nach unten schaute: kalligraphische Linien fast, die Wassertropfen auf den Dielen hinterlassen hatten, neben schwarzen Kreisen aus Motoröl und grünen Farbklecksen, die beim Streichen der Decke heruntergetropft sein mussten. Alles alte Spuren. Doch die Asche war frisch.

Genauso frisch wie der größte Fleck von allen, der sich so ziemlich genau in der Mitte des Bootsschuppens ausbreitete. Ein braunroter See, an den meisten Stellen bereits in der Maserung versickert, nur auf den Astlöchern der Fußbodenbretter lag das Blut noch nass und glänzend.

Wencke richtete sich wieder auf. »Sie haben zusammen geraucht.«

Kriminalhauptkommissar Wachtel schaute durch die fast blinden Scheiben nach draußen, als sei ihm das alles hier zu blöd. »Rocker rauchen immer und überall.« Die Augen hinter den starken Brillengläsern waren so schmal, dass man nicht erkennen konnte, ob er wirklich etwas beobachtete oder nur den Blickkontakt zu vermeiden suchte. »Und alles«, ergänzte er schließlich.

»Im Aschenbecher auf dem Tisch liegen vier filterlose Kippen. Und auf dem Boden wurde dieselbe Anzahl ausgedrückt.« Wencke beugte sich noch einmal nach unten, auch wenn der Geruch geronnenen Blutes unangenehmer wurde, je weiter man sich dem Boden näherte. »Es sieht zumindest danach aus. Vier Ascheflecken. Aber die Zigarettenstummel sind nicht da. Oder hat die Spurensicherung die Beweise schon …«

»Wir haben alles fürs Erste so gelassen, Frau Tydmers. Wie besprochen. Meine Männer sind keine Dilettanten.« Man sah dem Leiter der Schweriner Mordkommission deutlich an, dass er sich wenig von dem versprach, was Wencke Tydmers und ihr Kollege Boris Bellhorn hier trieben – sie im Innenbereich, Bellhorn war gerade auf dem Außengelände beschäftigt. Wahrscheinlich würde Wachtel in den nächsten Minuten einen Satz sagen wie: »Operative Fallanalyse klingt für mich nach Hokuspokus« oder: »Die deutsche Polizei ist jahrelang gut damit gefahren, akribisch die Spuren am Tatort auszuwerten, was brauchen wir also Leute, die versuchen, in den ganzen Scheiß noch was hineinzuinterpretieren?« Vorerst aber begnügte er sich mit einem eindrucksvoll-muffigen Gesichtsausdruck.

»Wie lange hat die Spurensicherung gebraucht, das gesamte Chaos zu archivieren?«

»Schauen Sie sich doch um. Mit ein, zwei Stunden ist da keinem geholfen …« Er selbst schaute sich überhaupt nicht um, sondern ließ seinen Blick lieber schweifen: nach draußen, wo keine zwei Meter entfernt der Pinnower See lag, mit Enten und Libellen und Seerosenblättern auf der spiegelglatten Wasseroberfläche und mannshohem Schilfgras am Ufer.

Schön war der Anblick hier drinnen wirklich nicht. Es gab kaum etwas, das so aussah, als befände es sich an dem ihm zugedachten Platz. Lediglich der Aschenbecher stand noch auf dem Tisch und die zwei leeren Literflaschen, in denen sich ursprünglich Mineralwasser befunden hatte. Gerade die Dinge, die noch an Ort und Stelle waren, interessierten Wencke.

Doch das Chaos ringsherum war fast übermächtig. Die beiden Ruderboote, für die diese Hütte gebaut worden sein mag, waren wahrscheinlich schon länger nicht mehr in Gebrauch. Sie vermittelten den Eindruck, dass man mit ihnen bestenfalls bis zur Seemitte gelangte, für den Rückweg brauchte man aber schon großes Glück und müsste mindestens mit nassen Füßen rechnen. Das kleinere, blau gestrichene Boot schob sich längsseits auf die Werkbank, und der rostige Griff einer Schraubzwinge war durch die Planken gedrückt worden. Das Größere – ursprünglich mochten bis zu sechs Personen darin Platz gefunden haben – war im vorderen Drittel komplett zertrümmert. Die passende Axt lag daneben, der scharfe Metallkopf hatte sich im Eifer des Gefechts vom Griff gelöst.

Die Farbeimer, Abdeckplanen, Taue und Netze, die sich ringsherum im Raum verteilten, hatten sich vermutlich zuvor auf dem Regal gestapelt. Derjenige, der das eigentlich stabil wirkende Metallgestell aus der Wand gerissen hatte, war mit Sicherheit kein Spargeltarzan. Und der Außenbordmotor war ihm als Wurfgeschoss auch nicht zu massiv erschienen, das altersschwache Ding hing halb auf dem Tisch, farbig schillerte das Altöl, das zäh von den Rotorblättern tropfte.

Ein Tatort brauchte keine Leiche, um schrecklich zu sein. Aber mit Leiche war er bei Weitem übersichtlicher. Dann wusste man wenigstens genau, wo das Zentrum lag. Ein Toter bot so etwas wie Orientierung. Da ist der Kopf, da sind die Beine. Gibt es Strangulationsfurchen, muss man nach einem Strick suchen. Bei Schusswunden läuft die Fahndung nach dem Projektil oder einem entsprechenden Loch in der Wand. Wurde ein Mensch erstochen, liegt vielleicht irgendwo das Messer verborgen.

Doch hier gab es nichts dergleichen. Keine Leiche, keine Orientierung. Nur ein See aus Blut. Und deswegen hatte die Schweriner Polizei auch das LKA des Nachbarlandes um Hilfe gebeten. Mecklenburg-Vorpommern verfügte zwar über eine eigene Profiling-Abteilung, doch die dortigen Kollegen waren skeptisch, bei einem Fall ohne Leiche ihre Arbeit zu leisten. Das ging über die übliche Fallanalyse hinaus, hier waren Experten gefragt, die sich auf die sogenannte Sequenzanalyse* spezialisiert hatten, bei der Schritt für Schritt der vermutete Tatablauf in kleine Stücke zerlegt wird, um dann zu sehen, unter welchen Gesichtspunkten er sich wieder zusammenpuzzeln lässt. Boris Bellhorn, Wenckes Kollege im LKA Hannover, war eine solche Koryphäe der Soziologie und beherrschte die ausgefeiltesten Methoden der Kriminalistik. Wencke war da eher von der praktischen Sorte. Vielleicht hatte man sie als Ergänzung an Boris' Seite gestellt, jedenfalls mussten beide heute Vormittag in Hannover ziemlich zügig ihre Sachen packen.

Sequenzanalytiker finden sich auch ohne Sachbeweise zurecht. Sie erkennen die Handschrift des Täters sozusagen zwischen den Zeilen. Indem sie sich ihren eigenen Weg suchen. Keine Trampelpfade aus Fingerabdrücken und Zeugenaussagen benutzen, sondern sich ins Unterholz der Psychologie schlagen. Und das macht sie irgendwie … suspekt.

Zumindest schien KHK Wachtel es so zu sehen. »Und? Schon eine originelle Idee?« Die Ironie passte zu ihm. Zu seiner etwas behäbigen, selbstzufriedenen Art. Männer, die Toupets diesen Ausmaßes trugen, mussten selbstzufrieden sein, sonst wäre ihnen der silbergraue Wischmopp auf dem Scheitel peinlich. »Ich dachte, Sie und Ihr Kollege kommen hierhin, schauen sich kurz um, und schwuppdiwupp haben Sie uns die Arbeit von vier Wochen abgenommen. So geht das doch bei diesen modernen Methoden, oder nicht?«

Endlich war es raus, das Gift, auf das Wencke bereits gewartet hatte und das sie fest entschlossen ignorierte.

»Was sind denn jetzt Ihre Pläne, um die Leiche zu finden, Herr Wachtel?«

»Selbstverständlich sind diverse Proben schon seit heute früh im DNA-Labor.«

»Wie schnell wird dort gearbeitet?«

»Die Warteliste ist genau so lang wie bei Ihnen in Niedersachsen, aber wir haben eine besondere Dringlichkeit angemerkt. Wenn wir viel Glück haben, haben wir in zwei Tagen ein Ergebnis.«

»Und bis dahin?«

»Meine Leute durchkämmen gerade den unmittelbaren Umkreis. Das Gelände ist ja weiträumig abgesperrt. Auch das Clubhaus* nebenan wird so gut wie auseinandergenommen, sobald wir den entsprechenden Durchsuchungsbeschluss haben.«

»Den haben Sie noch nicht? Warum dauert das so lange?«

»Das Clubhaus befindet sich laut Katasteramt nicht auf demselben Grundstück wie der Tatort, vielleicht liegt es daran. Auf jeden Fall sind wir dran, der leitende Oberstaatsanwalt Gauly persönlich kümmert sich um den entsprechenden Antrag.«

»Und die Taucher?«

»Längst unterwegs!«

Boris Bellhorns schlaksige Gestalt tauchte im Gegenlicht der offenen Schuppentür auf. Er war Wenckes Lieblingskollege, intelligent und freundlich, vielleicht ein bisschen zart besaitet für den Job, dafür nicht so ein Drachen wie ihre gemeinsame Vorgesetzte Tilda Kosian. Die Entscheidung, wer von ihnen beiden bei diesem Job draußen bleiben durfte und wer rings um die Blutlache zu tun hatte, war schnell gefallen. Wencke hatte im Gegensatz zu Boris früher bei der Kripo gearbeitet und war wesentlich unempfindlicher in diesen Dingen.

»Und?« Boris blieb auf der Türschwelle stehen und fuhr sich mit den Fingern durch seine etwas zu langen Haarsträhnen, um die Wachtel ihn sicher beneidete. »Sollen wir mal kurz zusammenfassen, was wir haben?«

»Nicht viel«, musste Wencke zugeben. »Ein zertrümmerter Bootsschuppen auf dem Gelände eines einschlägig bekannten Motorradclubs*. Die *Devil Doves* – Teufelstauben?«

Boris Bellhorn und KHK Wachtel nickten synchron.

Wencke betrachtete die Szenerie. »Zwei Wasserflaschen, ein paar Zigarettenkippen und eine solche Menge Blut, dass klar sein dürfte, hier konnte jemand nicht mehr auf eigenen Beinen hinausspazieren.«

»Die Blutspur zieht sich bis zum Bootssteg«, ergänzte Boris. »Das Opfer wird also über den See abtransportiert worden sein. Vielleicht wurde es dort versenkt, vielleicht auch ans andere Ufer gebracht. Dort gibt es nur Bäume und die Autobahn, da hätte keiner was mitgekriegt.«

Wencke beschloss, den sturen Kommissar mit einzubeziehen. »Herr Wachtel, wann genau wurde das Ganze hier eigentlich entdeckt?«

»Um vier Uhr morgens kam der Anruf.«

»Und wer hat Sie informiert?«

Wachtel kramte seinen digitalen Notizblock heraus, demonstrativ, auch hier in Meckpomm war man auf dem neuesten Stand der Technik, und selbst ein Beamter auf bestem Weg zur Pension war sich nicht zu schade, die neuen Medien zu nutzen.

Wenige Tastendrucke später hatte er die Information parat. »*Patch Blacky*.«

Wencke musste lachen. »Ein Hund?«

»Wir kennen die Rocker hier am besten unter ihren Spitznamen. *Patch Blacky* heißt mit bürgerlichem Namen Thorsten Schwarz und ist ein hohes Tier im Motorrad-Club. Gehört sozusagen zum Vorstand, organisiert die Ausfahrten der Mitglieder.«

»Road-Captain* nennt man diesen Job«, mischte Boris mit und erntete immerhin einen erstaunten Blick aus Wachtels Schlitzaugen. »Der Road-Captain muss einen halbwegs guten Draht zur Polizei haben, damit die bei den Touren ein Auge zudrücken, wenn gnadenlos rote Ampeln übersehen oder Vorfahrtsstraßen blockiert werden.«

»Sie kennen sich ja richtig aus!« Endlich und zum allerersten Mal seit ihrer Ankunft wandte der Kommissar sich in ihre Richtung und schaute Wencke und Boris an. Was auch immer der Anlass gewesen war, sich schließlich doch auf eine gemeinsame Ebene zu begeben, Wencke war froh, nicht immer mit der Rückseite seines Haarteils kommunizieren zu müssen.

»Ich habe mein Soziologie-Studium mit einer Diplomarbeit über Männerbünde abgeschlossen. Bin also sozusagen Fachmann für Hooligans, studentische Verbindungen, Mönchsorden und die ganze Bagage …« Boris hob ein wenig zu tänzerisch die Schultern. Schon beim Wort »Soziologie-Studium« war Wachtels plötzliche Aufgeschlossenheit wieder merklich abgeflaut. Und als er jetzt zu begreifen schien, dass der coole Profiler aus Hannover ganz offensichtlich schwul war, verebbte das letzte bisschen Kollegialität schneller wieder, als es gekommen war.

Boris nahm es gelassen. »Auch wenn ich nicht so aussehe, ich bin so etwas wie ein Rocker-Experte.«

Wachtel stieß seinen Atem in den Bart und schaute wieder ins Blaue.

»Die *Devil Doves* sind ein vergleichsweise neuer Club, der sich vor gut fünf Jahren aus vielen anderen Rockerverbänden zusammengeschlossen hat«, untermauerte Boris noch ein wenig sein Fachwissen. »Soweit ich informiert bin, sorgen sie besonders in den neuen Bundesländern für ziemlichen Ärger, weil sie Gebietsansprüche stellen und den *GPGs* ins Gehege kommen.«

»Den *GPGs*?«

»*G-Point-Gangsters*. Ein anderer Motorrad-Club, den es schon wesentlich länger gibt.«

»Was für ein bescheuerter Name!«

»Das ist zweideutig zu verstehen, meine Liebe. Einmal der G-Punkt, wie du ihn kennst …« Wencke konnte ihren Kollegen sogar gegen das Licht leicht erröten sehen. »Na ja, und weil G der siebte Buchstabe im Alphabet ist und die Sieben wiederum eine besondere Bedeutung in der Zahlenmythologie hat, sie symbolisiert die Todsünden und dominiert in den Beschreibungen der Apokalypse …« Boris hielt inne. »Hört sich schräg an?«

»Allerdings. Ich dachte, Rocker fahren bloß Motorrad.«

»Viele Männerbünde berufen sich auf die Prinzipien der Numerologie. Eins steht für Anfang und Einmaligkeit, Zwei für die Gegensätzlichkeit, und so weiter bis zur 144.000, die ja angeblich die Anzahl derer angibt, die nach dem Weltenende die Erlösung finden.« Boris schien zu bemerken, wie skurril sein kleiner Vortrag wirkte, und lächelte verlegen. »Ich erkläre dir das morgen ausführlicher, wenn du magst.«

»Morgen? Morgen um diese Zeit werde ich dabei sein, meine Koffer zu packen, und ab Mittwoch sind wir Richtung Nordsee unterwegs. Es gibt Zeugnisse, und in den ersten zwei Ferienwochen fahre ich mit meinem Sohn Emil zum Zelten nach Ostfriesland. Vierzehn Tage Urlaub in der alten Heimat.« Vierzehn Tage keine scheußlichen Tatorte mehr, keine Wortgefechte mit der Chefin in Hannover, keine nervenaufreibende Organisation des Alltags einer alleinerziehenden Mutter mit Vollzeitjob, fügte Wencke in Gedanken hinzu. »Reg dich nicht auf, Boris, meinen Bericht über diese Schweinerei hier mache ich morgen früh noch fertig und schicke ihn dir per Mail.«

»Ich muss mich dann also die nächsten Tage mit Kollegin Kosian begnügen?«, seufzte Boris.

Plötzlich kam wieder Leben in den Kommissar. »Die nächsten Tage? Ich bitte Sie, so lange wollen Sie an diesem Fall hier herumdoktern?« Er lachte tatsächlich, zumindest drangen rhythmische Geräusche aus seinem Bart. »Die Sache ist doch sonnenklar! Selbst der Leitende Oberstaatsanwalt Gauly hat schon einen Haken hinter den Fall gemacht: Rockerkrieg! Meine Männer und ich haben eigentlich nur darauf gewartet, dass es hier am Pinnower See den ersten Toten gibt.«

»Inwiefern?«

»Die Teufelstauben breiten sich immer weiter aus und haben vor ein paar Wochen das *Hot Lady* in der Nähe von Hagenow übernommen. Einer der größten Puffs* im Umkreis von hundert Kilometern und zuvor in der Hand der *Gangster*.«

»Sie meinen, unsere Sache hier hat mit diesen Revierkämpfen zu tun?«

»Womit sonst? Das hier ist ein Machtduell zwischen zwei Rockerclubs: Dämliche, fette Jungs schlagen sich gegenseitig die Köpfe ein, weil sie ihre Nutten und ihre Drogen* in denselben Straßen an den Mann bringen wollen. Also gibt's Rambazamba. Da brauchen Sie Ihre wertvolle Zeit wirklich nicht mit irgendwelchem Psychokram zu verschwenden.«

Wencke und Boris schauten ihn beide an. Wahrscheinlich dachten sie dasselbe: Kotzbrocken.

»Sie wissen doch noch nicht einmal, wer das Opfer ist!«

»Es wird wohl einer von den Kuttenträgern sein. Wir gehen von einem Überfall durch die *GPGs* aus, eine Art Denkzettel oder so …«

»Wenn Denkzettel verpasst werden, wird die Leiche nicht aus dem Weg geräumt, das wissen Sie doch sicher auch. Macht- und Gewaltdemonstrationen verlaufen ins Leere, wenn das Opfer nicht mehr da ist. Wir erklären Sie sich das?«

»Ach, Frau … wie war doch gleich Ihr Name?«

Wencke zeigte nur auf das gut lesbare Namensschild an ihrem weißen Overall.

»Frau Tydmers! Sie berufen sich auf die Regelfälle. Aber es gibt doch auch Ausnahmen, oder nicht?« Seine Selbstgefälligkeit ließ sich durch nichts erschüttern. »Es wird sich um ein Mitglied der *Devil Doves* handeln. Gestern Nacht haben sich hier an die fünfzig Rocker rumgetrieben. Hauptsächlich im Clubhaus und am Zaun. Es gab sogar einen Polizeieinsatz so gegen Mitternacht. Eine Streife mit Verstärkung war hier wegen Lärmbelästigung.«

»Wer hat sich denn beschwert? Hier wohnt doch weit und breit kein Mensch …«

»Anonymer Anruf. Das ist aber normal, mit den Teufelstauben will sich zu Recht keiner anlegen. Die haben mit ihren Maschinen wohl eine Art Rennen auf der B 321 veranstaltet, und da gibt es einige Anwohner, die auf diese Weise um ihren Schlaf gebracht werden. Wir vermuten, dass die Meldung aus der Ecke kam.«

»Und? Haben Sie die Raser erwischt?«

Wachtel zuckte mit den Schultern und kramte sein Handy hervor. »Moment, ich hake mal nach.« Er verließ, das Telefon am Ohr, den Schuppen, und Wencke und Boris folgten ihm.

Erst als sie wieder an der frischen Luft war, wurde Wencke bewusst, wie ekelhaft der Gestank im Inneren gewesen war. Diese Mischung aus Kraftstoffen, Terpentin, kaltem Rauch und den unvermeidlichen Tatort-Gerüchen schlug ihr im Nachhinein auf den Magen. Sie atmete tief durch.

»Was war gestern genau los hier beim Einsatz?«, rief Wachtel in den Apparat. »– Wie? – Nein, die Herrschaften aus Hannover fragten danach. – Hm. – Okay. – Bedankt.« Er klappte das Mobiltelefon wieder zu. »Auf der Straße herrschte wieder Ruhe und Frieden, als die Kollegen ankamen. Sie sind dann aber noch mal sicherheitshalber hierher gefahren und haben Einsatzbereitschaft demonstriert.«

»Und dann?«

»Es gab Stress am Eingang. Alle Rocker sind aufgelaufen und haben sich empört, weil sie angeblich gar nicht mit den Bikes unterwegs gewesen waren und blablabla ...« Er seufzte. »Sie glauben gar nicht, wie diese Typen uns hier in Schwerin auf den Geist gehen. Immer Ärger, immer einen auf starken Mann machen, immer Streit suchen. Die wollten doch glatt den Kellerbach rufen und uns wegen unerlaubten Betretens des Geländes rankriegen.«

»Wer ist Kellerbach?«, fragte Boris.

»Der Anwalt dieses feinen Vereins. Leo Kellerbach. Selbst einer von ihnen. Die haben ja alle Berufssparten in ihrem Club. Zahnarzt, Architekt, Oberstudienrat. Und eben Winkeladvokaten wie diesen Kellerbach. Der hat sich auf Rockerprozesse spezialisiert.«

»Verkehrsdelikte?«

»Kommt darauf an, wie Sie Verkehr definieren«, feixte Wachtel. »Die haben mit ihren ganzen Puffs*, Drogengeschäften* und illegalen Waffen* schon genug Arbeit für ihn. Allein der Ärger um diese *Hot Lady*-Übernahme war bestimmt eine juristische Meisterleistung. Da hat Kellerbach gar keine Zeit, sich um die ganzen Knöllchen wegen Verstoßes gegen die Straßenverkehrsordnung zu kümmern. Das macht dann seine Schwester Nikola, so einfach ist das.«

Wencke musste zugeben, dieses ganze Theater hörte sich wirklich nach einem nervenaufreibenden Job an. Sympathisch sind ihr breite Kerle in Kutten und Leder noch nie gewesen, Totenkopftattoos und fransige Männerzöpfe lagen auf ihrer persönlichen Attraktivitätsskala im unterirdischen Bereich. Aber bislang hatte sie zum Glück auch noch mit keinem dieser Sorte näher zu tun gehabt.

»Kann es sein, dass dieser anonyme Anruf ein Ablenkungsmanöver war, damit der Mörder sich von hinten an den Bootsschuppen heranschleichen konnte?« Sie schaute von Wachtel zu Bellhorn und wieder zurück. Dieser Gedanke schien bei keinem von beiden Begeisterung auszulösen. »Ich habe es eben bei der Ankunft selbst gesehen: Das Gelände ist abgesichert wie so mancher Knast. Warnschilder, Stacheldraht und Überwachungskameras. Und wenn die Polizei – so wie heute – nicht jeden des Platzes verweist, möchte ich wetten, dass alle paar Meter ein Wachposten parat steht.«

»Stimmt«, musste Wachtel ihr beipflichten. »Selbst am Ufer patrouillieren sie alle naselang.«

Wencke schaute sich um. Lediglich die Aussicht auf den kleinen See war hier attraktiv, der Rest machte einen verlebten, irgendwie plattgewalzten Eindruck. Die wenigen graugelben Grassoden fristeten links und rechts der breiten Wege ein trostloses Dasein, wurden bedeckt von Bierflaschen, Zigarettenschachteln und vereinzelten Seiten der Bildzeitung. Das Clubheim, das ein wenig höher am Ufer lag und in den Vereinsfarben* schwarz-blau gestrichen war, sah in etwa so einladend aus wie ein Pinkelhäuschen auf dem Autobahnparkplatz. Über der Tür prangte ein gewaltiges Emblem: Eine skelettierte Taube, die an das Eiserne Kreuz genagelt war. Blasphemisch, scheußlich – und zudem mächtig windschief, die Schrauben hatten sich an einer Seite aus dem Bretterverschlag gelöst. Ein Blick durch die Fenster nach innen war unmöglich, die *Devil*

Doves hatten es vorgezogen, ihre Scheiben schwarz zu überstreichen. Aus welchen Gründen, darüber ließ sich bestens spekulieren.

Ein knallblaues Auto, irgendein teures Cabriolet, nahm rasant die Einfahrt und hielt direkt vor Wachtels Füßen. Der machte fast einen Bückling. »Herr Oberstaatsanwalt, gut, dass Sie kommen konnten.«

Der Mann, der aus dem Wagen stieg, gab sich auffallend lässig. Wencke schätzte Roland Gauly auf Anfang sechzig und wusste nicht genau, ob er in Freizeitkleidung erschienen war oder grundsätzlich durch seine Klamotten einen jüngeren Eindruck vermitteln wollte. Sein kahler Kopf wurde von einer Baseballkappe bedeckt. Dazu trug er T-Shirt und einen Sommeranzug in Beige.

»Einen solchen Fall muss man von Anfang an in starke Hände geben, nicht wahr?«

Sein Handschlag war demonstrativ fest. Wachtel machte die Anwesenden miteinander bekannt und ließ gleich zwischen den Zeilen mit einfließen, was er von den Gastermittlern hielt – nämlich nichts.

Gauly hörte sich alles mit einem amüsierten Gesichtsausdruck an. »Arbeiten Sie ruhig weiter, meine Damen, meine Herren. Lassen Sie sich durch mich nicht stören, ich bin lediglich hier, um mir mein eigenes Bild zu machen.« Dann nickte er noch einmal in die Runde und spazierte mit tänzelndem Schritt, als sei er nur ein Hobbyangler, der gleich am Ufer seine Rute auswerfen wollte, zum Bootshaus.

»Dass Gauly selbst den Fall in die Hand nimmt, ist ein großes Glück. Der Mann weiß, was er zu tun hat.« Wachtel sah ihm noch eine Weile hinterher, dann wandte er sich wieder an Wencke und Boris. »Wo waren wir stehengeblieben?«

»Bei diesem Anruf wegen Ruhestörung«, half Wencke ihm auf die Sprünge.

»Ach ja. Glauben Sie allen Ernstes, die *G-Point-Gangsters* fingieren eine Beschwerde bei der Polizei, um sich von hinten anzuschleichen?« Wachtels Augenbrauen wanderten in verschiedene Richtungen, was darauf schließen ließ, dass er dieser Vorstellung mehr als skeptisch gegenüber stand.

»Hauptkommissar Wachtel hat nicht ganz unrecht«, schlug sich Boris noch auf dessen Seite. »Es gibt eine Art Ehrenkodex unter Rockern, der es verbietet, die Staatsgewalt einzuschalten, wenn es um Auseinandersetzungen untereinander geht. Wenn die *GPGs* einen Überfall planten, dann …«

»Das habe ich ja mit keiner Silbe behauptet«, unterbrach Wencke. »Ich habe nicht in der Mehrzahl gesprochen.«

»Was meinst du damit?«

»Ich habe von *dem* Mörder gesprochen. Es war definitiv nur einer dort hinten im Schuppen – abgesehen vom Opfer.«

»Wie kommen Sie denn darauf?«

»Es wurden zwei Flaschen Wasser getrunken und vier Zigaretten geraucht. Und zwar von jedem. Einer von beiden hat die Angewohnheit, die Dinger auf dem Boden auszutreten, der andere benutzt lieber den Aschenbecher.«

»Sie immer mit Ihren Zigaretten!«, maulte Wachtel. »Das erscheint mit, mit Verlaub gesagt, ein bisschen weit hergeholt. Es könnten doch auch acht Personen da gewesen sein …«

»Möglich ist alles. Aber für mich sieht es so aus, als hätten sich zwei Personen eine ganze Weile unterhalten. Genau genommen mindestens vier Zigarettenlängen lang. Und dann kam es zum Mord.«

»Zwei Rocker rauchen gemütlich ein paar Glimmstängel. Und dann auf einmal so ein Chaos?« Wachtel schüttelte heftig den Kopf, Wencke konnte nur hoffen, dass sein falsches Haarteil jetzt keine Mätzchen machte. »Diese Geschichte halte ich für ausgemachten Schwachsinn, entschuldigen Sie, Frau Tydmers. Ihr Knowhow in allen Ehren, aber wir wissen, diese Typen kommen immer in Rudeln, und dann fackeln sie nicht lange. Nichts mit gemütlichem Pläuschchen. Wenn die Rocker Stunk machen, gibt es gleich eins drauf, und zwar ohne Gnade!«

Boris war anzusehen, wie unangenehm es ihm war, sich auf Wachtels Seite schlagen zu müssen, er beließ es bei einer zustimmenden Geste und verzichtete darauf, seiner Kollegin direkt zu widersprechen. »Wenn die DNA-Analyse vorliegt, sind wir alle schlauer.«

»Ich habe nie davon gesprochen, dass es um einen Rockerüberfall ging. Für mich sieht das Ganze eindeutig nach einer Beziehungstat aus.«

»Beziehungstat?«, spuckte Wachtel aus. »Jetzt kommen Sie mir nicht mit einem romantischen Eifersuchtsdrama. Das ist doch lächerlich! Die Kriegserklärung der *Gangster* liegt schon lange vor, und wir bewegen uns hier bildlich gesprochen direkt im Schützengraben, den die *Devil Doves* bereits ausgehoben haben.«

»Aber im Schuppen hat nun mal keine Schlacht stattgefunden«, sagte Wencke trocken.

»Was denn sonst, meine Güte?« Dass Wachtel hinter seiner fischblütigen Fassade sehr wohl brodeln konnte, überraschte Wencke nicht besonders. Ihm stieg die Wut in den Kopf, und er verschoss Speicheltropfen beim Schimpfen. »Da drinnen ist ein Trümmerhaufen. Stalingrad, wenn Sie mich fragen. Ich dachte, Sie sind gekommen, um genauer hinzuschauen als wir. Und dann übersehen Sie das Offensichtlichste: Hier herrscht Krieg!«

»So ganz erschließt sich mir das Bild noch nicht, aber momentan tippe ich eher auf einen ganz normalen Mord oder Totschlag, eventuell sogar im Affekt. Das Durcheinander kann auch nachträglich angerichtet worden sein, um uns zu täuschen.« Ihr entging nicht der fast warnende Blick, den Boris ihr zuwarf. Wahrscheinlich war er sogar Wenckes Meinung. Zumindest würde er sich sicher schnell von dieser Theorie überzeugen lassen, sobald beide Gelegenheit hätten, alle Details in Ruhe zu analysieren. Momentan ließ Boris sich einfach zu sehr vom tobenden Hauptkommissar beeindrucken.

»Morgen schreibe ich meinen Bericht. Noch habe ich nicht alle Details in Augenschein genommen, aber ich bin mir ziemlich sicher, mein erster Eindruck wird sich bestätigen. Zwei Personen, ein Streit ... und dann ist es eben passiert.«

Wachtel musste jeden einzelnen Muskel seines nicht gerade schmächtigen Körpers angespannt haben, anders konnte er in einer solchen Haltung kaum das Gleichgewicht halten. Gerade wie ein Pfosten mit leichter Schräglage nach vorn, die Arme eng am zweireihigen Sakko, dann machte er einen beachtlichen Schritt, ging haarscharf an Wencke vorbei und lief zum Wagen. »Das sehe ich anders. Und ich bin mir sicher, Oberstaatsanwalt Gauly wird mir beipflichten. Hier bricht gerade ein Krieg aus!« Und als Wachtel einstieg in das Gefährt mit verspiegelten Fenstern, knurrte er noch einmal unüberhörbar: »Krieg!«

Die Zwei

steht als Zahl für Gegensätzlichkeiten wie oben und unten, gut und böse, richtig und falsch

Kaum hatte ein Uniformierter die Türen aufgeschoben, füllte sich der Saal, als hätte man eine Schleuse geöffnet. Und mit jeder Person, die den Sitzungsraum des Polizeipräsidiums betrat, wurde Boris Bellhorn der Kragen seines Polohemdes enger. Seine Sache war das hier nicht.

Schon allein die Aussicht darauf, gleich vor all diesen Menschen und der Presse ein Statement abgeben zu müssen, war schlimm genug. Was ihn aber richtig zum Schwitzen brachte, war diese Luft, in der man mehr riechen konnte als die Ausdünstungen von Journalisten, Polizisten, Justizvertretern und Rockern. Es waberte etwas Ungutes im Raum. Testosteron vielleicht.

Gott sei Dank musste er kein ganzer Mann sein. Zumindest nicht einer der Art, die sich durch grimmige Visagen, verschränkte Armhaltung und schwere Kleidung Respekt zu verschaffen erhoffte. Die Zeiten waren vorbei. Damit war er durch, ein für allemal.

Damals, als er das Thema seiner Diplomarbeit bekannt gegeben hat, musste er sich vom Prof und den Kommilitonen so manchen Spruch anhören, es hätte was mit seiner sexuellen Orientierung zu tun, dass er sich ausgerechnet mit Männerbünden auseinandersetzen wolle. Hatte es aber nicht. Fakt war doch: Hätte eine Frau das Thema gewählt, wäre bei den Soziologen das Alarmsignal losgegangen. »Halt, die hat ein Problem, sich mit ihrem Geschlecht zu identifizieren oder dem anderen zu begegnen!« Und bei Schwulen schmissen sie dann womöglich gleich sämtliche Sirenen an. Doch das war nicht der Grund, weshalb Boris sich entschlossen hatte, sich in seiner Abschlussarbeit mit diesen männerdominierten Parallelgesellschaften auseinanderzusetzen. Spaß hatte es irgendwann nicht mehr gemacht, monatelang das patriarchalische Geschwätz von Mut, Stärke, Macht und Kampf über sich ergehen zu lassen. Es war kaum zu erwarten, dass sich jemals ein Rocker auf den Hintern setzen und eine qualifizierte Abhandlung verfassen würde, die sich mit den militanten Strukturen seiner Ersatzfamilie beschäftigte.

»Herr Bellhorn, ich grüße Sie. Schön, dass Sie es noch einmal von Hannover hierher geschafft haben.« Eine mittelgroße, mittelschlanke Mittvierzigerin reichte ihm die Hand und lächelte freundlich. »Sieglind Maschler, Staatsanwaltschaft. Sie sind, soweit ich informiert bin, gestern bereits meinem Chef, dem Oberstaatsanwalt Gauly, am Tatort begegnet.«

»Ja, ich dachte auch, er übernimmt den Fall persönlich.«

»Wie Sie sehen, sitze ich aber nun an seiner Stelle.« Darauf schien die Juristin auch mächtig stolz zu sein.

Sie setzte sich neben ihn, ließ die Scharniere ihres schwarzen Aktenkoffers aufschnappen und holte den Ordner hervor, der mit »Rockerkrieg« betitelt war und bereits über einen beachtlichen Umfang verfügte. Insbesondere, wenn man bedachte, dass die Meldung vom Tatort am Pinnower See erst vor rund sechsunddreißig Stunden eingegangen war. Sieglind Maschler blätterte das Ganze noch einmal im Schnellverfahren durch: Fotos, Aussagen, Ermittlungsergebnisse. Auch der Bericht von Wencke Tydmers hatte schon den Weg zwischen ihre Aktendeckel gefunden. Die Staatsanwältin würdigte ihn keines Blickes.

»Ich hoffe, die Zusammenarbeit mit unserem werten Kriminalhauptkommissar Wachtel und seinen Leuten war zufriedenstellend?« Sie rückte ihm ein wenig mehr auf die Pelle. »Dass es hier den einen oder anderen gibt, der Ihrer Arbeit mit Misstrauen begegnet, ist mir schon klar. Aber es ist uns durchaus wichtig, in diesem Fall auch Ihre Meinung zu hören.«

»Danke, alles okay.« Boris sah zu Wachtel hinüber, der ebenfalls auf dem Podest saß, dem Publikum zugewandt, keine fünfzehn Meter entfernt. Seit seiner Auseinandersetzung mit Wencke Tydmers hatte er jeden Wortwechsel vermieden, und während der gestrigen Fahrt vom Tatort zurück zum Präsidium war der Mann im Radio der Einzige gewesen, der einen vollständigen Satz gesprochen hatte. Heute, seit seiner Anreise zur Pressekonferenz, hatte keine Menschenseele von Boris Notiz genommen. Es tat fast gut, dass die Staatsanwältin sich seiner annahm.

»Gibt es neue Erkenntnisse?«, fragte er aus Interesse, aber auch, um das Gespräch in Gang zu halten. Es lenkte ihn ein wenig von seinem Lampenfieber ab.

»Doch ja!« Mehr verriet sie leider nicht.

Die Publikumsstühle links vor Boris waren noch unbesetzt. Er versuchte, die dort aufgestellten Namensschilder zu entziffern: Leo Kellerbach, der Rockeranwalt, ihm war ein Platz in der ersten Reihe reserviert worden.

»Der wird schon wissen, warum er hier besser nicht auftaucht«, mutmaßte die Staatsanwältin, nachdem sie Boris' Blick bemerkt hatte. »Sonst lässt Kellerbach sich ungern eine Chance entgehen, im Rampenlicht zu stehen.«

»Einen Stuhl weiter soll ein gewisser Maximilian Brunken sitzen. Wer ist das?«

Sieglind Maschler zog die Augenbrauen hoch. Sie war eine angenehme Erscheinung. Von nichts zu viel, von nichts zu wenig. Schmeichelndes Make-up, sauberer Pagenschnitt mit natürlich grauen Strähnchen, dezenter Schmuck. Wahrscheinlich zwei Kinder, dachte Boris, und ein Mann, der ihr die Karriere trotzdem gönnte. Denn wer einen solch wichtigen Fall übernahm, dem musste der leitende Oberstaatsanwalt eine Menge zutrauen. »Maximilian Brunken nennt sich selbst *Mighty Mäxx*. Das spricht schon für sich, oder?«

»Der Präsident*?« Schon bevor Boris die zwei Wörter ausgesprochen hatte, sah er den Brocken im Türrahmen auftauchen. Ein spiegelglatter Kahlkopf mit blondiertem Wangenbart, der besser in eine prallbunte Wrestling-Show passte als in diesen rechteckigen, mit Steuergeldern zeitlos eingerichteten Behördensaal. »Ist er das?« Und dann, nachdem der Ankommende stehen geblieben war, um mit nahezu majestätischer Geste die anderen Rocker zu grüßen, konnte Boris seine Frage direkt selbst beantworten. »Ja, das ist er.«

»Sie sind ein Fachmann auf dem Gebiet, wie ich hörte?« Sieglind Maschler schlug ihre Beine übereinander, das obere ihm zugewandt, zumindest schien sie ihn nicht unbewusst abzulehnen. »Die Institution der Männerbünde als Konkurrenz und Ergänzung zur bürgerlichen Familie am Beispiel der sogenannten Rockerszene.«

»Sie haben es gelesen?«

»Immerhin überflogen. Es ist ja nicht das erste Mal, dass wir hier Ärger mit den Jungs haben. Und da ist Ihre hochgelobte Diplomarbeit mal eine ganze Zeit als Lesestoff in unseren Abteilungen unterwegs gewesen.«

»Und? Sind Sie dadurch schlauer geworden?« Boris spürte, dass er ein bisschen lockerer wurde. »Oder haben Sie es als Einschlafhilfe genutzt?«

»Sagen wir so: Es hat mir einige Einsichten erlaubt in eine Welt, die mir fremd ist und immer fremd bleiben wird. Und diese Einsichten bringen mich hier und heute zu der Gewissheit, dass der Mord ohne Leiche am Pinnower See ein klassischer Kampf zwischen konkurrierenden Banden gewesen sein muss.« Sie schlug die Akte wieder auf, punktgenau an der Stelle, wo Wenckes Unterschrift unter einer langen Auflistung zu erkennen war. Die vielen mit Textmarker hervorgehobenen Zeilen und die angehefteten Notizzettelchen waren nicht zu übersehen. »Und sicher keine Beziehungstat, wie Ihre Kollegin nachzuweisen versucht.« Die Staatsanwältin machte ein Gesicht wie eine Lehrerin, die einen ungeschickten Schüler beim Spicken erwischt hatte. »Wo ist sie überhaupt, diese Frau Tydmers?«

»Im Urlaub. Bei uns in Niedersachsen ist heute der letzte Schultag, und sie will morgen mit ihrem Sohn …«

»Sehr schade. Ich hätte ja gern einmal von ihr erfahren, wie man eine solche Schlussfolgerung ziehen kann. Das ist doch … entschuldigen Sie, ich will Ihnen da nicht eine Kollegin madig machen, aber dieses Gutachten hier ist doch wohl echt ein schlechter Scherz.«

Boris öffnete den obersten Knopf am Hals, dabei spürte er seinen Puls klopfen, als habe er ein Metronom verschluckt. Eigentlich müsste er jetzt in die Luft gehen, zumindest den Rücken könnte er durchdrücken und diese Frau Maschler zurechtweisen. Doch wenn er ehrlich war, hatte er nicht viel anders gedacht, als er heute Morgen Wenckes Bericht auf dem Bildschirm gelesen hatte. Seine Kollegin hatte von dem großen, gefährlichen Rockerkrieg nicht viel übrig gelassen, hatte die Kämpfe um die Vorherrschaft im Rotlichtmilieu und die Duelle um den norddeutschen Marihuana- und Amphetamin-Markt zusammenschrumpfen lassen zu einem kleinen, stinknormalen Totschlag. Und zwar allein auf der Basis von zwei Wasserflaschen und acht ausgerauchten Zigaretten.

Dass die sich so etwas traute! Allzu lang war Wencke Tydmers noch nicht bei ihnen, knapp zwei Jahre erst. Und ihre

Methoden bei der Operativen Fallanalyse waren immer wieder Anlass für schlechte Stimmung in der Abteilung. Besonders die Chefin hatte große Schwierigkeiten mit dieser Frau. Wenn man ehrlich war: Seit Wencke Tydmers zum LKA gekommen war, hatte sich das Betriebsklima deutlich verschlechtert. Doch trotz seiner ausgeprägten Harmoniesucht konnte Boris nicht anders, als sich jedes Mal zu freuen, wenn er Wencke in ihren Turnschuhen und mit ihrem witzig roten Haar durch den mausgrauen Büroflur laufen sah.

»Oder sehen Sie das etwa anders?«, holte die Staatsanwältin ihn aus seinen Gedanken. »Sagen Sie bloß nicht, Sie tischen uns gleich auch diese alberne Geschichte von den beiden Männern im Bootsschuppen auf …«

Er schluckte statt einer Antwort. Dann registrierte er mit Erleichterung, dass der Sprecher der Polizei sich hinter das Mikrofon setzte und die Anwesenden zur Pressekonferenz begrüßte. Der Saal war bis in die letzte Ritze besetzt, Blitzlichter verbreiteten Hektik, Mikrofone wurden an langen Stäben näher zum Podest gehalten.

Die ersten einleitenden Worte, die an das Publikum gerichtet wurden, brachten für Boris nichts Neues: Notruf in der Nacht von Sonntag auf Montag, Verwüstungen auf dem Clubgelände des »MC *Devil Doves* Chapter* Nordost«, Blutlache im Bootsschuppen von geschätzten drei Litern, weswegen von einem Tötungsdelikt ausgegangen werden musste.

»Weiß man schon, wer der Tote ist?«, rief ein übereifriger Reporter dazwischen.

»Ich bitte Sie, sich Ihre Fragen für später aufzuheben, es wird ausreichend Gelegenheit sein.« Der Pressesprecher trug Sakko und Hemd und schwitzte offensichtlich von allen Anwesenden am meisten. »Doch da die Sache schon mal im Raum steht: Die Labore arbeiten auf Hochtouren, und wir können bereits sagen, dass es sich um einen Mann handelt.

Die spezifischen Ergebnisse der DNA-Analyse erwarten wir morgen im Laufe des Vormittags.«

»Warum dauert das so lange?«, beschwerte sich einer vom Regionalfernsehen. »Mit so einer Menge frischem Blut haben Sie doch 1a-Trägermaterial geliefert bekommen.«

»Es müssen entsprechende Kulturen angelegt werden, und deren Reifeprozess dauert eben seine Zeit. Da kann man nichts beschleunigen.« Nun ließ der Pressemann sich auf seinen Platz fallen, als wäre er bereits einige Kilometer gegen den Wind gejoggt. »Wir begrüßen hier oben auf dem Podium den leitenden Kriminalhauptkommissar Eberhard Wachtel ...« Der Genannte stand auf und nickte leicht und sehr ernsthaft in die Runde. »Außerdem als Vertreterin der Staatsanwaltschaft Frau Dr. Sieglind Maschler ...« Boris' Nachbarin verschenkte ihr freundliches Lächeln im Sitzen. »Ebenfalls anwesend, wenn auch im Publikum, ist der Präsident des Motorradclubs, auf dessen Gelände die Tat passiert ist, Herr Maximilian Brunken ...« Der Applaus aus den hinteren Rängen, von starken, tätowierten Armen geklatscht, übertönte die Vorstellung, die Boris Bellhorn und seiner Funktion zuteil wurde. Das war ihm eigentlich ganz recht so. »Und dann ist da unten in der ersten Reihe noch ein Platz frei für Herrn Kellerbach ...«

»Keine Ahnung, wo der steckt«, gab der Rockerchef Auskunft. »Wir haben ihm x-mal auf's Handy gequatscht, dass er kommen soll. Wir wollen nämlich sofort wieder in unser Clubhaus, verstanden?« Wieder erntete er Beifall und Gejohle. »Sobald unser schlauer Rechtsverdreher da ist, werden wir euch die Hölle heiß machen. Durchsuchungen sind für euch tabu, klar? Und keiner jagt einen *DD* von seinem Grundstück, kapiert?« Er blickte gekonnt diabolisch in Richtung Wachtel.

Diese Gesten, diese Ausdrucksweisen kannte Boris zu Genüge. Und er wusste auch, Zurechtweisungen oder ein Appell an das gutes Benehmen wären hier völlig fehl am Platz. Der

Rocker hat keinen Zweifel daran, dass um ihn und seine Brüder das Universum kreist. Und Schlips tragende Bullen sind nur Mücken im Weltall, haben nichts zu melden, basta! Zum Glück wusste der Pressemann das anscheinend auch, denn er verzichtete auf eine Reaktion in Richtung *Mighty Mäxx*. Stattdessen erteilte er Wachtel das Wort.

Der erhob sich abermals. Zugegeben, er gab ein stimmiges Bild ab, ganz integerer Gesetzeshüter, und das sogar ohne Krawatte. »Meine Männer haben heute den gesamten Pinnower See abgesucht. Sowohl das Ufer als auch den See selbst. Die schlechte Nachricht: Keine Spur vom Opfer, weder die Taucher noch die Hundertschaften an Land konnten irgendetwas entdecken. Die gute Nachricht: Ziemlich genau gegenüber des Tatorts, so etwa in Höhe der Südspitze von Fischwerder, haben wir ein Ruderboot gefunden, das ganz offensichtlich zum Transport der Leiche genutzt wurde.« Die Journalisten schrieben eifrig mit, und auch die wilde Truppe auf den billigen Plätzen war still. »Die meisten von Ihnen kennen den See, das Ufer ist an der Stelle ziemlich steil und nur schwer zugänglich. Die Vermutungen, wo genau die Täter mit der Leiche an Land gegangen sein könnten, sind leider nur sehr vage. Wir glauben aufgrund der wenigen Spuren, dass es über einen der Wanderwege und dann durch die Autobahnunterführung ging.«

»Was für Spuren?«, fragte dieses Mal eine Frau vom Hörfunk.

»Abgeknickte Äste, eine leicht angedeutete Schneise durch das Gras … Aber wie gesagt, alles noch sehr vage.«

»Sind Sie sicher, dass es das Boot des Mörders ist?«

»Die Blutspuren sprechen eine eindeutige Sprache. Es ist zwar nicht mehr viel dort zu finden gewesen, aber auch das passt ins Bild. Das Opfer muss beim Transport bereits tot gewesen sein, entsprechend ist kein Blut mehr geflossen.«

»Und kein anderer Hinweis, keine Textilspuren oder so etwas?« Die aufgeregte Reporterin wollte sich nicht gedulden, bis das Frage-Antwort-Spiel angepfiffen wurde.

»Aus ermittlungstechnischen Gründen kann ich Ihnen hierauf keine Antwort geben.« Ein Satz wie aus dem Kriminalbilderbuch. Konnte alles oder nichts bedeuten. Entweder hatten sie keinen einzigen Krümel gefunden – oder sie standen bereits kurz vor der Lösung des Falles.

»Hat die Polizei denn einen Verdacht?«

»Gibt es Hinweise, dass die *G-Point-Gangsters* ihre Finger im Spiel hatten?«

»Liegt die Vermutung nicht nahe, es könnte eine Racheaktion wegen des *Hot Lady* sein? Dort sollen doch blutjunge Prostituierte wie auf dem Viehmarkt ihre Besitzer gewechselt haben.«

Wachtel machte nur die Reißverschlussbewegung über die Lippen, eine etwas alberne Geste für einen Mann seines Alters. Dann setzte er sich demonstrativ und flüsterte dem Pressesprecher etwas ins Ohr, beide lachten daraufhin. Die Pressemeute schleuderte trotzdem unzählige W-Fragen in den Raum. »Was gedenken Sie zu tun?«

»Wie wurde das Opfer Ihrer Meinung nach ermordet?«

»Wo…?«

»Wer…?«

»Warum…?«

Erst als *Mighty Mäxx* sich erhob und den finsteren Blick durch den Raum wandern ließ, wurde es wieder ruhiger. »Eins will ich hier mal klarstellen!«, sagte er, man hätte es auch brüllen nennen können, röhren oder bellen, aber für ihn war es wahrscheinlich nichts anderes als ein klar gesprochenes Machtwort. »Meine Brüder* und ich haben hier niemandem den Krieg erklärt. Das mit dem *Hot Lady* war eine saubere Übernahme, wäre Kellerbach da, könnte er es euch schwarz auf weiß vorlegen. Aber wenn es auf unserem Grund und Boden zu einem Mord gekommen ist, und wenn es das Blut einer unserer Brüder war, das in unsere Erde gesickert ist, dann Gnade Gott dem, der das getan hat!«

Die ersten Männer standen auf, reckten die Fäuste in die Höhe und sagten Sachen wie »Jawoll!« und »Genau!« und »Verfickte Scheiße!«.

Genau das war es, was der Präsident brauchte, um sich weiter hochzuschaukeln: »Die *Gangsters* sind feige Ärsche! Schleichen sich von hinten an in der Nacht, und machen sich über einen von uns her. Das hat es in der Geschichte der Rocker noch nicht gegeben. Bislang sind sich Feinde noch immer Auge in Auge gegenübergetreten! Mann gegen Mann!« Boris sah die Tätowierungen auf den Händen und am Hals des Rockerchefs. Schädel und Drachen und Schlangen pulsierten auf der Haut, Schweiß rann über die verschlungenen kunstvollen Körpermalereien. Boris wusste, jedes dieser Motive hatte eine Bedeutung im Kreise der Gleichgesinnten, und jedes Tattoo* musste man sich hart verdienen. Die nackten Oberarme des *Mighty Mäxx* verrieten also mehr als nur einen Hang zur Selbstverstümmelung, sie demonstrierten Macht.

»Aber haben Sie denn schon eine Ahnung, wer das Opfer sein könnte?«, traute sich ein Reporter zu fragen.

»Wir sind so viele Leute, allein in meinem Chapter haben wir zwanzig Members und doppelt so viele Hangarounds und Prospects*. Aber auch unsere Brüder überall in Deutschland sollten wir nicht vergessen, es gibt Teufelstauben vom Schwarzwald bis nach Rügen, quer durch die Republik, und tötest du einen von denen, tötest du uns! Ich habe keine Ahnung, wen es erwischt hat. Aber das ist auch scheißegal! Wir sind alle gleich! Da machen wir keinen Unterschied ...« Die Beteuerungen reihten sich aneinander, und Boris schaltete irgendwann ab. Traute sich denn wirklich niemand, dem Mann da in der ersten

Reihe mal ordentlich übers Maul zu fahren? Die Stimmung kochte hoch, inzwischen hatte es keinen der Rocker mehr auf dem Stuhl gehalten, die Polizisten, die sich an den Wänden ringsherum platziert hatten, traten unruhig von einem Bein auf das andere. »Die Ansage ist fett genug! Wir machen die platt! Und wenn wir nicht heute noch zurück in unser Clubhaus kommen, geht's hier richtig rund, ist das klar?«

Die Hörfunkdame schien unbeeindruckt, sie schnappte sich das Mikrofon, das schon für die Pressefragen bereitgestellt worden war. »Hallo? Ich würde gern mal wissen, ob es nicht auch umgekehrt sein könnte? Vielleicht war das Opfer ein Mitglied der verfeindeten Gang, ein *G-Point-Gangster* zum Beispiel, und er wurde auf das Grundstück verschleppt und umgebracht?«

»Schwachsinn!«, protestierte *Mighty Mäxx*. »Wenn wir jemanden killen wollen, dann besuchen wir ihn bei sich zu Hause. Wir sind doch nicht bescheuert!«

Relativ weit hinten im Publikum hatte sich nun ein bislang unauffälliger Mann mit Piraten-Kopftuch erhoben. Erst als er stand, erkannte man das Abzeichen auf seiner Weste: Ein grinsender Schädel im Profil, in dessen Augenhöhle ein Fadenkreuz prangte. Seine Erscheinung sorgte dafür, dass zwei oder drei Journalisten, die sich schon auf den Weg zum Mikro begeben hatten, stehen blieben und die Luft anhielten.

»Gestatten, das ist der Präsident der *Gangster*«, flüsterte die Staatsanwältin. »Keine Ahnung, wer so verrückt war, den hier reinzulassen.«

»*Mäxx* , du Arschloch.« Der Obergangster brauchte keinen Verstärker, sein Bass dröhnte satt durch die Reihen. »Pass auf, was du sagst! Meine Brüder und ich haben keinen von euch erledigt, aber was nicht ist, kann ja noch werden.« Gleich vier Beamte griffen ihn von beiden Seiten, doch der Aufwand war nicht nötig, der Rocker verzichtete auf Randale und verließ freiwillig den Raum. Ein paar schmutzige Flüche ließ er sich jedoch nicht verbieten, Beschimpfungen gegen die Teufelstauben, die Bullen, die Paparazzi, die Spießer, die abgewichste Welt. Hinter ihm wurden die Türen verschlossen, die Luft war inzwischen zum Schneiden.

»Wir wollen Rache!«, ließ der Präsident vor dem Podium wieder von sich hören. »Die haben uns verletzt, unsere Freiheit und …«

Der Pressesprecher versuchte es mit dem Mikro: »Ja, ja. Dürfte ich Sie jetzt bitten …«

»Ein *DD* lässt sich nicht das Maul verbieten. Von einem Bullen schon gar nicht!« Die anderen grölten. Es musste eine Art Notruf nach draußen gegangen sein, denn auf einmal stand die doppelte Anzahl von Polizisten im Raum, die Stöcke am Hosenbund waren unübersehbar.

»Wir wollen doch im Grunde ein und dasselbe«, versuchte es nun die Staatsanwältin auf die pädagogische Tour. »Ihre Wut können wir ja verstehen, aber das bringt uns hier nicht wirklich weiter, Herr Brunken.«

»Was wollen Sie denn, hä?«, blaffte *Mighty Mäxx*. »Ein bisschen Verhaften, ein bisschen Verurteilen, ein bisschen Verknacken? Und damit soll der Tod meines Bruders gerächt worden sein?«

Sieglind Maschler ließ sich keineswegs einschüchtern. »Dass unsere Ansichten in Sachen Strafmaß auseinandergehen, ist mir durchaus bewusst. Aber so weit sind wir ja noch lange nicht. Erst einmal müssen wir dieses schreckliche Verbrechen aufklären, da sind wir uns doch wohl alle einig. Warum also nicht an einem Strang ziehen?«

Boris lagen einige Sätze auf der Zunge. Es war ein Fehler, ein riesiger Fehler, als Ermittler einen Pseudopakt mit Leuten wie den *Devil Doves* zu schließen. Und dass musste einer erfahrenen Staatsanwältin eigentlich klar sein. Die Rechnung »gleicher Wunsch ist gleiches Ziel« würde niemals aufgehen, und mit einem Satz wie dem letzten erteilte man einem Haufen gesetzloser Schläger die Lizenz zur Rache. Das konnte gefährlich aus dem Ruder laufen. Doch es gab keine Möglichkeit, eine Warnung in Maschlers Ohr zu platzieren. Sie debattierte gerade mit Wachtel und dem Taubenchef und errang dabei so etwas wie einen gefühlten Etappensieg: Die Rocker beruhigten sich wieder einigermaßen, und die Pressekonferenz konnte fortgesetzt werden.

»Natürlich halten wir uns aus Ihren Querelen untereinander raus, solange Sie dabei nicht gegen Recht und Ordnung verstoßen. Und seien Sie sicher, die Staatsanwaltschaft wird alles dafür tun, Licht in die Sache zu bringen. Die zahlreichen Drohungen im Vorfeld sind uns ja durchaus bekannt, wir wissen von den *G-Point-Gangsters*, von ihren Verstößen gegen das Waffen-, das Betäubungsmittelgesetz. Erst letzte Woche gab es eine umfangreiche Razzia in einigen Nachtclubs in ganz Mecklenburg-Vorpommern ...«

»Die Tauben sind nun aber auch nicht gerade Engel!«, rief wieder die Hörfunkmoderatorin mutig dazwischen und hatte ein paar Lacher auf ihrer Seite.

»Schon klar! Doch Mord steht – zumindest, soweit wir Kenntnis darüber haben – bei den *Devil Doves* nicht auf der üblichen Tagesordnung.«

Wenn Boris nicht wüsste, dass die Staatsanwältin eigentlich dazu da war, Land und Leute vor Verbrechen zu schützen, man hätte fast meinen können, sie schüre in voller Absicht das Feuer noch zusätzlich an. Man konnte Rockern nicht damit schmeicheln, dass man sie für weniger gefährlich hielt als die anderen. Aber man konnte auf diese Weise einiges verschenken.

Es ergab sich genau jetzt die Gelegenheit, das Ruder rumzureißen und das Schlimmste zu verhindern. Und diese Gelegenheit musste Boris nutzen, verdammt, auch wenn er nicht sicher war, ob er überhaupt einen gescheiten Satz ... »Zum Thema Mord!«, schaffte er immerhin zu sagen. »Da würde ich jetzt gern noch ein paar Dinge ergänzen ...«

Sitzen bleiben oder aufstehen? Mikro in die Hand nehmen oder sich nach vorn beugen? Laut oder leise? Freundlich oder mit Nachdruck? Boris griff nach dem Bericht seiner Kollegin, damit hatte er wenigstens etwas in der Hand. »Also rein soziologisch gesehen ...«

»Lauter bitte!«

»Man versteht ja kein Wort!« Da waren sich Rocker und Journalisten einig.

Boris holte tief Luft. »Nach den bisherigen Ergebnissen der Sequenzanalyse und den Indizien am Tatort sollten wir nach lediglich einem Täter suchen, und der wird aller Wahrscheinlichkeit nach im privaten Umfeld des Opfers zu finden sein ...«

Der Rest seiner mutigen Rede ging größtenteils unter in einer Kakophonie aus Buh-Rufen, Gelächter, Zwischenfragen und dem vorwurfsvollen Zischeln einer verärgerten Staatsanwältin.

Die Drei
steht als Zahl für Eindringlichkeit und Wahrhaftigkeit

»Fahren wir mit ’nem Doppeldeckerzug?«, fragte Emil zum zwanzigsten Mal.

»Wie gesagt: Ich glaube schon.« Wencke setzte sich auf den schwarzen Sack, stemmte ihre Füße gegen das andere Ende und zog an dem verfluchten Reißverschluss. Das Zelt musste über Nacht, als sie es zum Lüften an die Wäscheleine gehängt hatte, gewachsen sein. »Denkst du bitte noch daran, deine Badeschlappen einzupacken? Ich konnte sie beim besten Willen nicht finden.«

»Sie sind zwischen den Legopiraten«, antwortete Emil, als sei dies der Ort, an dem 99,9% der Weltbevölkerung ihre Flip-Flops aufbewahrten. »Ich habe die Dinger als Speedboote benutzt. Und meine Wanderstiefel waren die Höhle, in der der Schatz versteckt war.«

»Auch einpacken!«, kommandierte Wencke. Das Telefon klingelte. Sie beschloss, es zu ignorieren. Im Grunde waren sie beide schon so gut wie im Urlaub, in drei Stunden ging der Zug, da musste man nicht mehr erreichbar sein.

»Holt Axel uns ab?«, wollte Emil jetzt wissen. Auch diese Frage stellte er nicht zum ersten Mal. Doch im Gegensatz zu der Doppeldecker-Problematik interessierte Wencke die Antwort auf die letzte Frage ebenso.

»Das weiß ich nicht, mein Schatz.«

»Er hat noch nicht meine Narbe gesehen, die vom Fußball. Die muss ich ihm zeigen.«

Wenckes Sohn rieb über die helle Haut am Knie, als müsse er diese Stelle schon mal auf Hochglanz polieren. Vor vier Wochen war er im Sportverein ziemlich heftig hingeknallt, jetzt war davon so gut wie nichts mehr zu sehen. So lange also hatte Axel sich hier schon nicht mehr blicken lassen. Es war klar, warum. Seine Frau Kerstin war an den Augen operiert worden, da konnte er sie und ihre Tochter unmöglich allein lassen.

»Wenn er uns nicht abholt, besuchen wir ihn dann wenigstens?«

»Kommt drauf an, ob wir Zeit haben.«

Emil verdrehte die Augen. »Aber Mama, wir machen doch Urlaub. Da haben wir Zeit ohne Ende.« Er quetschte voller Zuversicht sein Nintendogerät in den Rucksack, der jetzt schon bedenklich an den Nähten spannte. Ein achtjähriger Junge hatte viele Kostbarkeiten, auf die er beim besten Willen nicht verzichten konnte. »Aber die Bücher krieg ich echt nicht mehr rein, Mama.« Da musste man wohl Prioritäten setzen. Wencke war zu erledigt, um pädagogisch wertvoll zu agieren. Und das anhaltende Klingeln des Telefons machte sie nervös.

»Soll ich drangehen? Vielleicht ist es Axel!«

»Nein, das ist nicht Axel, bestimmt nicht.« Er hat sich seit drei Wochen nicht mehr gemeldet, fügte sie in Gedanken hinzu. Und dann driftete sie wieder ab in die Grübeleien, ob das nicht auch besser so war, für sie, für ihn, für alle Beteiligten. Seit zwei Jahren, seit ihrer Rückkehr aus Amerika, hatten sie ein Verhältnis, für das es keinen Namen gab. Für eine Affäre war es zu beständig, für eine Freundschaft zu intim. Für eine Liebe aber fehlte die Zeit und die Gelegenheit, entweder war Emil dabei, der nicht mitbekommen sollte, was zwischen seiner Mutter und ihrem ehemaligen Kollegen passierte. Oder es reichte nur für ein verhuschtes, verstecktes Treffen irgendwo zwischen Hannover und Aurich, und das glich dann eher einer Erste-Hilfe-Maßnahme als einem Liebesakt.

Emil hatte zwischenzeitlich doch den Hörer abgenommen. »Es ist die bescheuerte Kosian«, flüsterte er verschwörerisch, und Wencke konnte nur hoffen, dass ihre Vorgesetzte nicht mitbekommen hatte, mit welchem Adjektiv sie in diesem Hause versehen wurde.

»Ich bin quasi schon mit einem Bein im Zug«, stellte Wencke direkt zu Beginn des Gespräches klar. Denn dass dies kein privater Anruf war, ein nett gemeinter Gruß vor der Reise oder etwas in der Art, war klar. Wenn die bescheuerte Kosian anrief, fühlte man sich nach dem Auflegen immer schlechter als vor dem ersten Klingelton.

»Ich weiß, Frau Tydmers. Es tut mir leid, wenn ich Sie störe …« Sie stockte kurz, wahrscheinlich merkte sie selbst, wie unecht ihre Entschuldigung wirkte. »Ach, wir brauchen nicht lange drumrum zu reden, oder? Es gibt Probleme in Meckpomm.«

»Ich habe Urlaub!«

»Die Probleme haben mit Ihrem Gutachten zu tun.«

»Lassen Sie mich raten: Kriminalhauptkommissar Wachtel geht mit dem Ergebnis nicht d'accord?«

»Wenn Sie es genau wissen wollen, Sie haben es sich mit halb Schwerin verscherzt. Der leitende Oberstaatsanwalt Roland Gauly – ein Giftpilz sondergleichen übrigens – hat seine Beschwerde dem Hannoveraner Kollegen gleich schriftlich zukommen lassen.«

»Na und?«

»Die in den Fall neu eingestiegene Staatsanwältin Dr. Maschler hätte Boris gestern am liebsten den Kopf abgerissen, die *Devil Doves* waren eher fürs Vierteilen, sogar die bislang verdächtigten *G-Point-Gangsters* haben ihren Unmut kundgetan.«

»Und was bitte ist denn so schlimm an der These einer Beziehungstat? Dann haben sie wenigstens keinen Grund, sich gegenseitig die Köpfe einzuschlagen.« Dann fügte Wencke etwas entnervt hinzu: »Wenn in einem Raum alles kurz und klein gehauen wird außer dem Tisch und zwei Stühlen, auf denen augenscheinlich zuvor zwei Menschen noch recht friedlich geraucht und nichtalkoholische Getränke zu sich genommen haben, dann ist das für mich eine klare Sache.«

»Ich bin die Letzte, die Sie überzeugen müssen, Frau Tydmers. Für mich ist Ihr Bericht in jedem Punkt schlüssig, professionell und klug durchdacht.«

Au Backe, dachte Wencke. Wenn diese Frau, mit der sie sich schon die wildesten Wortgefechte geliefert hatte, plötzlich auf eine solche Tour kam, war es wirklich ernst.

Und tatsächlich: »Könnten Sie vor Ihrer Abreise noch einmal hier vorbeischauen?«

»In drei Stunden geht unser Zug«, entgegnete Wencke.

»Vielleicht würden Sie einen späteren nehmen? Wissen Sie, besser wir sprechen jetzt noch mal alles durch, als dass ich Sie im Urlaub stören muss. Wir kommen gegebenenfalls für Mehrkosten auf. Gern auch ICE …«

»Nach Ostfriesland fahren keine Schnellzüge …«

»Ich würde Sie nicht fragen, wenn es nicht wirklich wichtig wäre.«

Wencke seufzte. »Ich muss aber meinen Sohn mitbringen.«

»Nicht so schlimm. Wäre ja nicht das erste Mal …«

Diese kleine Spitze im letzten Satz beruhigte Wencke geradezu, sie hatte etwas so angenehm Alltägliches. Die Sache mit Emil war meist Dreh- und Angelpunkt ihrer Streitereien. Es war eben nicht immer einfach, einen aufgeweckten Jungen und zeitgleich eine anspruchsvolle Chefin bei Laune zu halten.

Manchmal, wenn Überstunden anstanden oder ein Fall noch ein Treffen nach achtzehn Uhr nötig machte, hatte Wencke ihren Sohn ins LKA mitgebracht. Wenn Emil auf dem Computer daddeln konnte, war er quasi unsichtbar, und niemand hatte sich daran gestört – außer der Kosian natürlich.

»Wir packen noch kurz zu Ende, schließen die Koffer schon mal am Bahnhof ein, und dann kommen wir vorbei. In einer Stunde, okay?«

»Super«, kam die prompte Reaktion, und Wencke war erstaunt, dass ein solcher Begriff Bestandteil von Kosians Wortschatz war.

Für ihre Vorgesetzte machte Wencke diesen spontanen Kurzeinsatz nicht, so viel stand fest. Auch nicht für die Wahrheitsfindung, den Gerechtigkeitsanspruch, die Sache an sich – diese idealistischen Motive hatte Wencke sich während ihrer Laufbahn als Kriminalkommissarin und Fallanalytikerin gründlich abgeschminkt. Im Grunde war es ihr egal, wer wen warum in der Schweriner Pampa umgebracht hatte. Es ging ihr um Boris. Die Vorstellung, dass er durch ihren Bericht Unannehmlichkeiten ausgesetzt gewesen war, gefiel Wencke nicht. Für ihn nahm sie gern den kleinen Umweg in die Ferien in Kauf.

»Das riecht nach Ärger«, kommentierte Emil die Angelegenheit, nachdem er über den Grund für die plötzliche Hektik aufgeklärt worden war. Ihr Sohn sagte öfter solche Sätze, seit er am frühen Abend ab und zu mal seine Lieblingsserie sehen durfte, in der gestelzt daherredende Pseudopolizisten unrealistische Verbrechen lösten. Einer der Kommissare erinnerte ihn an Axel, hatte er einmal zugegeben, und deswegen guckte er die Sendung, auch wenn er von ihrem Inhalt wahrscheinlich nur die Hälfte verstand. Und manchmal schaute Wencke ihm heimlich über die Schulter und stellte fest, dass es da tatsächlich eine gewisse Ähnlichkeit gab; bevor die Sehnsucht dann wehtat, wechselte sie ins andere Zimmer.

Mit gepackten Koffern, dem halbwegs sortierten Zelt und zwei Rucksäcken machten sie sich wenig später auf den Weg, fuhren mit der Linie 10 bis zum Bahnhof, verstauten das Zeug im Schließfach und nahmen dann die Stadtbahn Richtung Waterlooplatz. Erst als sie dort die Untergrundstation verließen, fiel Wencke auf, dass sie dabei war, einen Fehler zu begehen. Rund um die gigantische Denkmalsäule, auf deren Spitze sich die Siegesgöttin kupferpatiniert nach den wenigen Wölkchen reckte, roch es nach Sommer. Bratwurstduft wehte vom Biergarten herüber, das trockene Gras erinnerte an das fast vergessene Heuaroma auf den platten Feldern Ostfrieslands.

Es war eigentlich höchste Zeit, dass sie sich aus dem Staub machte und gemeinsam mit Emil die Ferien genoss. Warum war sie dann jetzt auf dem Weg zu diesem sachlich-grau-kantigen-viel-zu-großen Gebäude? Wencke ahnte, solche Dinge liefen schnell aus dem Ruder. Solche Dinge endeten damit, dass man sich auf irgendetwas einließ, was einem die schönsten Wochen des Jahres vermieste. Das war nicht nur in Romanen so, in Filmen oder TV-Serien. Nein, leider, so etwas kam oft genug in ihrem eigenen Leben vor. Sie hätte den verdammten Telefonstecker aus der Buchse ziehen sollen.

»Frau Tydmers! Emil!« Die Kosian trug wie immer Businesslook. Ihr ganzes Auftreten, ihr ganzes Wesen passte in diese Büroetage. Emil hatte mal gesagt, er fände das Haar der bescheuerten Kosian ziemlich toll, aber auch nur, weil es ihn an Zartbitterschokolade erinnerte, die er so liebte. Sonst sähe sie aus wie eine Frau aus der Werbung für Versicherungen, so eine, die auf den Bildern immer ein Telefon am Ohr hat und lächelt. »Gehen wir ins Besprechungszimmer?«

Das Besprechungszimmer war ein Refugium, in das sich die Mitglieder der Abteilung zurückzogen, um Dinge zu diskutieren, für die es eine andere Umgebung brauchte als quadratisch-praktische Büros. Zwei bequeme Sofas standen sich gegenüber, auf dem Tischchen am Fenster warteten Wasserkocher, Teebeutel, Dosenmilch und Zucker auf lange Gesprächsrunden. Das grün gerahmte Wandbild neben der Tür vermittelte mit Detailfotografien exotischer Bambusblätter einen Hauch von Frische und Naturverbundenheit. Leider war der Ficus Benjamini daneben in jämmerlichem Zustand, niemand fühlte sich für ihn verantwortlich, und wenn man mal hier drinnen saß, hatte man wichtigere Dinge im Sinn als das Blumengießen. Boris Bellhorn fläzte sich zwischen zwei Kissen und studierte Papierkram. Er sah nicht so fertig aus, wie Wencke befürchtet hatte.

»Mama, kann ich Nintendo spielen?«, war Emils größte Sorge. »Ich hab auch die Ohrstöpsel dabei.«

»Klar!« Die Kosian bot ihm den gestreiften Sitzsack in der Ecke beim Fenster an, ein Möbel, auf dem niemals jemand freiwillig gesessen hatte. Wenckes Sohn hingegen schien mit dem Platz mehr als zufrieden, keine Minute später war er versunken in eine Welt, wo das größte Problem darin bestand, genug Tortenstücke zu essen oder einen Gorilla vom Kettcar zu schubsen. Wencke entschied sich für den einzelnen Korbsessel, der war zwar unbequem, aber man konnte schnell wieder aufstehen und von hier verschwinden.

Boris legte die Lose-Blätter-Sammlung vor sich auf den Glastisch und kam gleich zur Sache: »Gestern auf der Pressekonferenz habe ich ganz schön eins auf die Mütze gekriegt, nachdem ich die Essenz deines Berichts vorgetragen habe.«

»Aber …«

»Schon okay, du brauchst dich nicht zu verteidigen, Wencke. Ich hatte nämlich ehrlich gesagt den Eindruck, dass deine – beziehungsweise unsere – Arbeit von allen die fundierteste war. Der Rest ist nach einer guten halben Stunde im Chaos versunken. Gegenseitige Kriegserklärungen zwischen den *Doves* und den *Gangsters*, daneben achselzuckende Polizisten und Staatsanwälte. Ein Trauerspiel!«

»Gab es denn neue Erkenntnisse?«

Die Kosian, die sich inzwischen links von Wencke auf dem Sofa platziert hatte, sah aus, als hätte sie sich heute schon mehrfach geärgert, die steile Falte zwischen den gezupften Brauen hatte bereits ihre Schatten ins Gesichtspuder geschlagen. »Soweit wir wissen, sind die Ergebnisse der Rechtsmedizin bezüglich der Identifizierung des Opfers heute Morgen eingegangen.«

»Und?«

»Tja, wenn wir das wüssten. Die haben sich in Schwerin ein bisschen angestellt, Informationen rauszurücken. Aber wir haben den Bericht umgehend angefordert. Müsste jeden Moment durchs Fax rauschen.«

»Schon ein Verdacht, wer das Opfer ist?«

»Wenn, dann würden wir wohl als Letzte davon erfahren. Offiziell ist das LKA Niedersachsen nämlich raus aus der Sache. So lautet die eindeutige Anweisung der Landesbehörden. Dem Schweriner Oberstaatsanwalt Gauly sei Dank.«

Wencke war die Aussage zwischen den Zeilen nicht entgangen. »Und inoffiziell?«

Boris und die Kosian wechselten die Blicke.

»Ich bin jetzt aber nicht so auf den letzten Drücker hier angereist, damit Sie dann einen auf Geheimniskrämerei machen.«

Jetzt wanderten die Augen der Kollegen vielsagend in Emils Ecke.

»Der bekommt nichts mit. Wenn er erst mal spielt …« Wencke klatschte in die Hände, sagte Emils Namen in durchdringender Lautstärke, rief ihn sogar einmal. »Sehen Sie: Nichts! Also, was ist los?«

»Wir werden trotzdem dranbleiben an dem Fall«, flüsterte die Kosian. »Das Innenministerium hier in Hannover ist sehr unglücklich über den Verlauf der Sache, was nichts mit uns zu tun hat als vielmehr mit der Befürchtung, dass der in absehbarer Zeit entflammende Rockerkrieg sich bald schon ausweiten wird.«

»Die Jungs halten sich kaum an irgendwelche Landesgrenzen«, ergänzte Boris. »Und da sich alle Chapter der einzelnen Motorradclubs unterstützen, wird es mit ziemlicher Sicherheit auch in Niedersachsen, Hamburg und Bremen zu Überfällen und dergleichen kommen ...«

Das leuchtete Wencke ein. »Soweit ich weiß, unterstützen sowohl die *Red Wheels* als auch *Body Of Riders* die Teufelstauben ...«

Boris tippte auf eine Landkarte, auf der mit verschiedenen Abzeichen die Verbreitung der niedersächsischen Motorradclubs geortet war. »Und *Leading Leather* – immerhin allein im Großraum Hannover einige Dutzend Mann stark – wird sich auf die Seite der *Gangsters* schlagen. Das Ganze kann rasch ausufern ...« Boris machte eine weitreichende Geste. »... was deswegen heikel ist, da das LKA im gesamten norddeutschen Bereich gerade erfolgreich seine V-Männer eingeschleust hat. Wir sind so dicht dran, die Strukturen etlicher Clubs zu durchleuchten und eventuell einige wegen übelster Machenschaften hochgehen zu lassen. Ein Krieg würde die langwierige Arbeit der Kollegen mit einem Schlag zunichtemachen.«

»Wir haben es hier immerhin mit dem organisierten Verbrechen zu tun«, glaubte die Kosian, Wencke erklären zu müssen.

Wencke schaute von einem zum anderen und hätte fast gekichert, weil alles hier so aussah, als wollten Boris und die Kosian die Welt retten. Aber es war nicht witzig, es war kein Spaß, sonst hätten sie Wencke in den Urlaub fahren lassen. »Wenn ich richtig verstanden habe: Das Land Niedersachsen pfeift uns von dem Fall zurück, nur um uns hinten herum wieder dranzusetzen?« Beide nickten. »Und sie versprechen sich davon, dass wir den Rockerkrieg verhindern und somit die polizeiliche Unterwanderung der Motorradclubs nicht gefährdet wird?«

»Das Land Niedersachsen verfügt einfach über mehr Erfahrung im Umgang mit den Rockern. Hier in Hannover haben wir schon seit mehr als fünfundzwanzig Jahren damit zu tun. Im berüchtigten Steintorviertel hat man sogar so etwas wie einen Pakt geschlossen, um fremde Zuhälter außen vor zu lassen und zumindest den inneren Frieden zu wahren. Das klappt aber nur, weil wir unsere V-Männer überall dazwischen haben. Und die Rocker umgekehrt bei uns ihre Informanten platzieren. Ein Gleichgewicht auf instabilem Fundament sozusagen.«

Wencke kannte die Pressebilder von hochkarätigen Promis, Politikern und Kiezgrößen, auf denen immer mal wieder grinsend die gute Zusammenarbeit demonstriert wurde. Glaubhaft war das nicht wirklich. »Und in Schwerin ist das anders?«

»Die *Devil Doves* wollen zwar ihren großen Hannoveraner Vorbildern nacheifern, doch sie haben sich bei Weitem noch nicht etabliert«, erklärte Boris. »Genauso geht es unseren dortigen Kollegen beim LKA. Die ganze Sache muss sich noch einspielen, wenn man es so ausdrücken möchte. Deswegen kann ein überzogener Polizeieinsatz das Gefüge auseinandersprengen, und das würde auch Auswirkungen auf unsere Arbeit haben.«

Die Kosian stimmte seinen Ausführungen zu. »Wir sollen das möglichst unauffällig verhindern. Dafür stellt uns das LKA Niedersachsen zwei weitere Kollegen zur Verfügung, Wilkens und Fuchs. Kennen Sie sie?«

»Zwei Jungs aus der Kommunikationstechnik, stimmt's?«

»Genau, sie werden unsere Arbeit vor Ort verfolgen, damit wir kein zu hohes Risiko eingehen. Und das Ganze ist, wie Sie sich sicher denken können: top secret!«

»Glaube ich sofort«, brachte Wencke nur hervor. Klar, sie hatte gewusst, dass der Mord am Pinnower See keine Kleinigkeit war und ihr Gutachten Kontroversen aufwerfen würde, aber dass daraufhin die Kriminalämter der Länder unabhängig voneinander agieren könnten, damit hätte sie im Leben nicht gerechnet. Einerseits ein tolles Gefühl, solch eine Lawine losgetreten zu haben. Andererseits war das zu einem denkbar schlechten Zeitpunkt passiert: Bei einem Fall dieser Größe konnte sie kaum in die Ferien flüchten, ohne sich dem Vorwurf der Unprofessionalität auszusetzen. »Was genau haben Sie jetzt vor?«

»Wissen Sie, ob jemand Sie bei Ihrem Besuch in Schwerin gesehen hat? Außer Staatsanwalt Gauly, KHK Wachtel und seinen Leuten vor Ort natürlich.«

Wencke überlegte. Der Kommissar hatte sie am Bahnhof abgeholt, dann waren sie mit dem Dienstwagen unterwegs gewesen, dessen verspiegelte Scheiben keinen Blick ins Innere zuließen. Die Rocker waren zu diesem Zeitpunkt bereits alle weiträumig von ihrem Clubheim ausgesperrt worden, von denen hatte sie keinen zu Gesicht bekommen. »Ich denke nicht. Warum?«

Die Kosian räusperte sich. »Es wäre ja nur für den Fall, dass Sie den Urlaub um ein paar Tage verschieben könnten, wozu wir Sie bestimmt nicht nötigen werden …«

»Warum?«, wiederholte Wencke. Ihr war längst klar, dass sie sich gar nicht weiter nötigen lassen musste. Sie hatte keine Alternative, sollte sie diesen Fall ablehnen, wäre sie beim LKA für immer als unzuverlässig abgestempelt. Das bedeutete, die Zeit im Büro würde wieder überhandnehmen, so wie zu Beginn ihrer Laufbahn bei der OFA vor zwei Jahren, als sie monatelang alte Akten archivieren musste. Es hatte sie viel Energie gekostet, endlich auch in aktuelle Fälle eingebunden zu werden. Damit wäre es aus, wenn sie darauf bestand, den Zug in anderthalb Stunden zu erreichen. Also, was blieb ihr anderes übrig? »Warum wollen Sie wissen, ob ich bei meiner Arbeit in Schwerin gesehen wurde?«

»Wir planen, Sie bei den *Devil Doves* einzuschleusen.« Die Kosian verzog keine Miene und sah ganz so aus, als habe sie Wencke nur zum nächsten Bäckerladen geschickt, um Kuchenteilchen für die Abteilung zu besorgen.

»Ich als Rockerbraut?« Wencke lachte laut. »Ich kann ja noch nicht einmal ein lausiges Mofa lenken. Das wird in etwa so einfach werden, wie wenn Sie dem Papst eine Stelle als Türsteher vermitteln wollten.«

Emil zog sich einen Ohrstöpsel heraus. »Ist was, Mama?«

Wencke wischte sich die erste Lachträne aus dem Gesicht. »Alles okay, spiel weiter!«

Boris zwinkerte Emil zu, doch als er sich sicher war, dass die Aufmerksamkeit des Jungen wieder ausnahmslos auf den Minibildschirm gebannt war, beugte er sich vor.

»Der Plan ist folgender: Ich werde ganz offiziell als Berater bei den Kollegen in Meckpomm tätig werden. Sie werden das Angebot kaum ausschlagen können, wenn Ihnen ein Experte für Rocker zur Seite steht.« Er kramte ein paar Schriftstücke hervor, allem Anschein nach hatte er schon Nägel mit Köpfen gemacht und den entsprechenden Dienstweg angetreten. »Morgen fange ich an.«

»Das ist schön und gut, erklärt aber mit keiner Silbe, wo ich bei der ganzen Sache einsteigen soll.« Wencke wusste, dieser Einsatz war wahrscheinlich schon bis ins Detail durchgeplant und sie dabei fest einkalkuliert worden. Trotzdem erschien es ihr wie ein schlechtes Drehbuch, in dem sie auch noch die glatte Fehlbesetzung sein würde. »Selbst wenn mich am Tatort keiner gesehen hat, mein Name steht bereits offiziell unter dem Gutachten, und jedes Kleinkind ist jetzt in der Lage, alles über mich in Erfahrung zu bringen. Wie ich aussehe: klein und rothaarig! Wo ich wohne: Hannover Limmer am Kanal! Wahrscheinlich findet man im Netz noch ganz andere Dinge, von denen ich lieber nicht wissen möchte, dass sie für jedermann zugänglich sind. Bestimmt haben die Teufelstauben längst ihre Erkundigungen eingeholt.«

»Wir haben lange hin und her überlegt und natürlich auch diese Probleme durchgesprochen, aber wir kommen immer wieder zu dem Resultat, dass Sie die richtige Person sind.«

»Und warum?«

»Als Frau wird es einfacher, sich den Rockern zu nähern«, erklärte Boris. »Es dauert manchmal Jahre, bis ein Mann Mitglied im Club wird, das hat mit dem grundliegenden Misstrauen, mit Konkurrenzkampf und typisch männlichem Revierverhalten zu tun. Bei Frauen sind sie weniger skeptisch.«

»Das leuchtet mir ein. Aber warum ausgerechnet ich? Haben wir keine andere LKA-Frau, die mit mehr Muskeln ausstaffiert ist?«

»Es kommt nicht auf Muskeln an, das wissen Sie selbst doch am besten«, sagte die Kosian. »Wir sind alle der Meinung, dass sich dieser zugegeben riskante Einsatz lohnt, wenn dadurch die Theorie vom Rockerkrieg möglichst bald widerlegt wird. Dafür wird jemand gebraucht, der sich kein X für ein U vormachen lässt und in der Lage ist, sich als Person einzubringen. Also ein gewinnendes Wesen hat.« Sie räusperte sich. »So wie Sie eben.« Mehr Lob wollte der Kosian einfach nicht über die rot bepinselten Lippen kommen. Aber auch das war schon eine ganze Menge aus diesem Munde.

»Soll ich mich vielleicht verkleiden? Ein paar Tattoos am Oberarm und so?«

Boris lachte und kassierte einen bösen Blick vom Sofa gegenüber.

»Sie könnten die Haare färben, schwarz zum Beispiel«,

schlug die Kosian vor. »Wir besorgen Ihnen einwandfreie Papiere. Die Leute im Innenministerium, denen wir mit dieser Aktion einen großen Gefallen tun, können uns da so ziemlich alles ermöglichen.«

»Ich hätte gerne blonde Locken bis zum Po«, scherzte Wencke, doch außer ihr lachte niemand. »Gut, dann jetzt im Ernst: Selbst wenn es irgendwie gelingen sollte, mich bei denen einzuschleusen, bin ich doch für die Kripo Schwerin keine Unbekannte, und die ganze Aktion fliegt schneller auf, als ich meine ersten Nasenpiercings gestochen habe.«

»Wachtel und seine Truppe sind ebenfalls raus aus dem Fall.« Boris lächelte dünn, als könnte er sich nicht wirklich über diese Neuigkeit freuen. »Auch in Schwerin hat das LKA übernommen. Wegen der erwarteten landesweiten Ausschreitungen.«

»Wie schon gesagt, wir haben uns diesen Plan nicht in der Eckkneipe bei einem Glas Bier zusammengeschustert, Frau Tydmers. Zugegeben, das Ganze ist nicht ungefährlich, aber das LKA ermittelt auch nicht das erste Mal auf diese Weise, und wir werden sicher eine gute Möglichkeit finden, Sie einzuschleusen.« Die Kosian schien inzwischen etwas ungeduldig zu werden. Ob es an Wenckes mangelnder Begeisterung oder an etwas anderem lag, war nicht auszumachen, doch die Stimmung drohte, ins Gereizte zu kippen. »Jetzt kommt es darauf an, ob wir mit Ihnen rechnen können oder nicht.« Sie stand auf, lief zum Fenster und schaute hinaus.

Es war eindeutig: Für Wenckes Vorgesetzte ging es hier um mehr als nur einen Mordfall, bei dem die Leiche bislang fehlte. Die Kosian war berechnend, zielstrebig – und wenn nicht gerade vom Ehrgeiz zerfressen, so aber mit Sicherheit schon ziemlich davon angeknabbert. Der Fall in seinem ganzen Ausmaß war ihre Chance, sich als Abteilungsleiterin zu profilieren. Wenn ihr die Gratwanderung zwischen zwei Kriminalämtern gelang, würde sie mehr als nur ein dickes Lob einheimsen, so viel stand fest. Zu dumm nur, dass sie dabei auf Wencke angewiesen sein würde … Und noch dümmer, dass sie es bislang versäumt hatte, ein gutes kollegiales Verhältnis zu ihrer Mitarbeiterin aufzubauen. Die Kosian sah aus, als ginge ihr das alles gerade durch den Kopf. Und es lag einzig und allein an Wencke, wie lange ihre Chefin sich diesen noch zerbrechen musste. Ob es die Entscheidung leichter machte, wenn man die Möglichkeit hatte, jemanden in die Pfanne zu hauen, der es auch verdient hätte? Zumal ein Ja zu diesem Plan ein Nein zum Zelten an der Nordseeküste mit Emil bedeuten würde, zumindest fürs Erste.

Ein Klopfen an der Tür und das anschließende Eintreten des Praktikanten erlösten Wencke vorerst von ihrer Gewissensfrage. »Das Fax ist da!«, sagte der junge Kerl und reichte Boris einen kleinen Stapel bedruckter Blätter. »Und es gab zeitgleich einen Anruf von der Rechtsmedizin: Sie sollen die Angelegenheit bitte diskret behandeln. Was immer das auch heißen mag.« Achselzuckend zog er sich wieder zurück.

Die Kosian schnappte sich die Papiere und las darin, als würde sie sich von Informationen ernähren und wäre bis eben kurz vorm Verhungern gewesen. »Die Analyse ist abgeschlossen, sie haben das Genmaterial entschlüsseln können.« Rasch schoben ihre lackierten Nägel die einzelnen Seiten auseinander. Dann stockte sie. »Wahnsinn!« Mehr brachte sie nicht hervor.

»Ist die DNA registriert?« Boris war inzwischen auch aufgestanden und versuchte, einen Blick auf das Gutachten zu werfen. »Kellerbach? Leo Kellerbach ist der Tote?«

Wencke wusste, sie hatte diesen Namen irgendwo schon einmal gehört, kramte in ihrem Gedächtnis und fand die Erinnerung, dass Kellerbach ein Mitglied der *Devil Doves* war. »Der – Rockeranwalt?«

Boris nickte. »Sein Platz bei der Pressekonferenz gestern ist frei geblieben. Die meisten dachten, er wollte mit diesem Mordfall lieber nichts zu tun haben, aber …«

»Er selbst ist das Opfer, kein Zweifel.« Die Kosian blätterte zurück, erst jetzt studierte sie die ausführlichen Details des Schreibens. »Seine Gendaten wurden vor drei Jahren gespeichert, als die Teufelstauben unter Generalverdacht standen, illegale Prostituierte zu beschäftigen. Da wurden einige von ihnen zur Ader gelassen und entsprechend archiviert.« Sie schnaubte beinahe amüsiert. »Damals war das bestimmt ein Ärgernis für die Jungs. Heute erweist es sich als ein Segen: Hätte man zum Blut am Tatort nicht die passende Person im Computer gehabt, wäre das Rätselraten wahrscheinlich endlos zäh geworden.«

»Laut unseren Informationen sind rund sechzig Prozent aller *DD*-Mitglieder vorbestraft, die Wahrscheinlichkeit, die Daten zu finden, war also relativ hoch.« Boris erweckte den schlummernden Laptop und rief in rasantem Tempo ein Bild und jede Menge Wissenswertes über den Advokaten auf. Leo Kellerbach sah weder wie ein richtiger Rocker aus noch wie ein anständiger Anwalt. Das Foto, das vor drei Jahren auch im Archiv der Kriminalämter gelandet war, zeigte einen Mann um die vierzig mit markantem Kinn, halblangem Haar und von sportlicher, ziemlich breiter Gestalt. Typen dieser Art konnte man sich genauso gut auf dem Sitz einer Harley als auch am Tresen einer Champagnerbar vorstellen. In Anwaltsrobe sah er wahrscheinlich aus wie bei Barbara Salesch aus dem Gerichtssaal entlaufen – und in lederner Kutte* wie der junge Dennis Hopper.

Die Kosian musste sich wieder setzen, diese Nachricht schien sie tatsächlich umgehauen zu haben. »Das macht die Sache nicht einfacher«, seufzte sie.

»Inwiefern?«

»Sollte der Mord an Kellerbach tatsächlich auf das Konto

der *G-Point-Gangster* gehen, wäre die Rache der Teufelstauben grausam. Der Anwalt war einer der der wichtigsten und schillerndsten Figuren in ihren Reihen.«

»Moment mal, ich dachte, wir wären uns einig, dass es sich hier um eine Beziehungstat handelt?«

»Ja, aber sind wir da nicht die Einzigen weit und breit?« Die Kosian klopfte mit den Fingern auf das Fax, als könne sie dadurch die Wahrheit ausmachen. »Sollte Leo Kellerbach ein Gespräch unter vier Augen geführt haben, ohne dass seine Jungs davon etwas wussten, und gipfelte dieser Streit in einem Mord, dann grenzt das unsere Vermutungen nicht ein, sondern erweitert sie.«

»Wie meinen Sie das?«

»Ein ganz normaler Rocker hätte einen privaten Streit haben können, Eifersucht, Schulden, Rache oder so etwas in der Art. Aber bei Kellerbach können die Motive uferlos sein. Er war ein umstrittener Mann.«

Das hatte Wencke bereits mitbekommen. Allein die Paragrafenzauberei, mit der dieser Mann es vor ein paar Wochen ganz offiziell geschafft hatte, ein Bordell mit rund dreißig blutjungen und sicher nicht ganz legal eingereisten Mädchen zu übernehmen, grenzte an ein juristisches Kuriosum. Er hatte tatsächlich belegen können, dass es sich beim *Hot Lady* um ein astrein sauberes Etablissement handelte, welches sich nun im Besitz von *Mighty Mäxx* und ein paar anderen Teufelstauben befand, ohne dass diese einen Cent dafür hatten zahlen müssen. Das stank zum Himmel, wie Presse und Bevölkerung wussten, und war dennoch rein rechtlich unanfechtbar.

»Wurden die Spuren an den Zigarettenkippen und Wasserflaschen auch schon ausgewertet?«

»Nein, das dauert meist länger. Blut ist ein wunderbarer Genträger. Bei eingetrockneten Speichelresten wird es schon schwieriger, eine aussagekräftige Kultur zu züchten. Meist sind das Mischspuren, die erst einmal auseinandersortiert werden müssen.«

»Wie lange müssen wir auf die Ergebnisse warten?«, fragte Wencke. »Immerhin könnten wir ja noch mal so ein Glück haben, und auch der Gencode des unbekannten Besuchers ist irgendwo gespeichert. Zudem würde es unsere These deutlich unterstreichen, wenn auf diesen Gegenständen nur die DNA von zwei verschiedenen Personen gefunden wird und nicht die einer versammelten Rockermannschaft.«

Die Kosian schaute auf die Uhr. »Bestenfalls heute Nachmittag. Immerhin sind die Marken der Zigaretten identifiziert. Drei Kippen im Aschenbecher sind *KARO*-Stummel, eine alte, filterlose DDR-Marke, die aus Ostalgie-Gründen von einigen inzwischen wieder geraucht wird. Der vierte Glimmstengelrest war mal eine *Marlboro light*, der man den Filter abgeknickt hat.«

»Und die Aschespuren auf dem Boden?«

»Dazu gibt es noch keine Angaben.« Die Kosian vertiefte sich in den Bericht der Rechtsmedizin und machte deutlich, dass sie vorerst ungestört sein wollte.

Wencke dachte nach. Diese Zigaretten waren mehr als nur ein paar Überbleibsel, sie musste nur darauf kommen, was es mit ihnen auf sich hatte. »Boris, gibt es Rocker, die *Marlboro light* rauchen?«

»Was? Ähm ... eher nicht.« Boris hörte nur mit halbem Ohr mit, er beschäftigte sich ausgiebig mit den Informationen über das Opfer, dessen Identität nun endlich geklärt worden war.

Also beließ Wencke es bei einem ausgiebigen Selbstgespräch. »Wenn wir davon ausgehen, dass zwei Leute im Bootsschuppen waren, einer von ihnen filterlose Ostzigaretten raucht und die Vorliebe hat, diese im Aschenbecher zu entsorgen, während der andere die spießige Westmarke bevorzugt, dafür aber die Kippen bis auf eine auf dem Boden entsorgt ...« Der Satz lief ins Nichts. Wencke hatte ihn falsch begonnen. Sie musste verstehen, welche Geschichte diese Spuren ihr erzählten. Das war ihr Job. Und auch ihre Leidenschaft. »Dem Aschenbechermann sind die *KARO*-Zigaretten ausgegangen, da hat ihm der andere die *Marlboro* angeboten. Er hat sich damit ausgeholfen, den Filter zu entfernen. Ja, das erklärt die vier Stummel auf dem Tisch.« So langsam wurde das Bild in Wenckes Vorstellung klarer. »Ich wette, Kellerbach hat die *KARO*s geraucht. Und weil er sich zu dem Zeitpunkt eher in seiner Anwaltsrolle gesehen hat, benutzte er ganz ordentlich den Aschenbecher.«

Boris hatte anscheinend doch ein wenig zugehört. »Ich werde mal recherchieren, mit welchem Kraut sich der Kerl den Weg weg zur Lunge geteert hat.« Er hämmerte weiter intensiv auf die Tastatur des Laptops ein. Die Bildsuche ergab prompt einen satten Treffer: Auf der Homepage des Motorradclubs – ja, auch mit so etwas konnten die *Devil Doves* aufwarten – zeigte einer der zahlreichen Partyschnappschüsse den rauchenden Kellerbach mit Zigarette im Mundwinkel, in einer Hand ein Bierglas, auf dem Tresen daneben eine auffällig schwarz-weiß karierte Schachtel. Ein Foto, als sei es extra für diesen Zweck aufgenommen worden. »Bingo! Meine Hochachtung, liebe Kollegin. Und nun warte ich noch auf deinen Tipp, wer die *Marlboro lights* dabeihatte.« Er gab einen neuen Begriff bei der Suchmaschine ein. »Das ist nämlich laut Statistik eine der zehn beliebtesten Marken in Deutschland.«

»Der- oder diejenige hat eventuell eine Familie mit kleinen Kindern!«, schoss Wencke wie aus der Pistole.

»Das liest du aus der Zigarettenmarke?«

»Eher aus der Angewohnheit, die Zigaretten auf dem Boden auszutreten und anschließend einzusammeln. So etwas machen Raucher, die normalerweise auf den Balkon gehen müssen, wenn sie sich eine anzünden.« Wencke grinste. Vielleicht war das auch ein wenig zu sehr aus dem Hut gezaubert, doch Boris schaute sie so erstaunt an, dass sie inzwischen selbst daran glaubte. »Könnte auch sein, dass er in einer Umgebung lebt, wo Rauchen grundsätzlich verboten ist, ein Wohnheim oder so. In jedem Fall war der zweite Besucher kein Rocker. Das habe ich von Anfang an vermutet, und ich bin jetzt noch mehr davon überzeugt.«

Die Kosian legte die Blätter zusammen. Sie hatte die letzten Sätze des Gesprächs mitverfolgt. »Warten wir die Analyse ab, dann sind wir schlauer. Immerhin wissen wir jetzt endlich, wer das Opfer ist. Und wenn wir diesen Anwalt besser kennenlernen, kommen wir vielleicht auch der Wahrheit etwas näher. Oder, Frau Tydmers?« Die Kosian legte tatsächlich ihre kühle Hand auf Wenckes Oberarm. »Ich sehe, Sie sind mit von der Partie. Alles andere hätte mich auch gewundert.«

»Kellerbach hatte seine Finger überall im Spiel«, berichtete Boris, der weiterhin die Angaben auf dem Bildschirm studierte. »Er ist zudem Spross einer sehr einflussreichen Advokatendynastie. Die Kellerbachs sind so etwas wie eine Legende in Schwerin, Anwälte in der x-ten Generation, gesellschaftlich aktiv sowohl zu DDR-Zeiten als auch heute ...«

Boris' Redefluss verebbte, und irgendwie schien allen hier im Raum die Puste auszugehen. Nur Emil gab hin und wieder ein paar Laute von sich, die so klangen, als sei er hochzufrieden mit dem Verlauf seines virtuellen Tages.

»Okay, ich mache mit«, entschied Wencke schließlich. »Aber ich muss es Emil schonend beibringen, mich um seine Betreuung kümmern und so weiter!«

»Es wird ja nur für ein paar Tage sein«, prophezeite die Kosian aufgesetzt optimistisch. Das war purer Unsinn, und alle wussten es. Ein Mord wie dieser konnte mehr als nur sechs Wochen Sommerferien kosten. »Ich lege gleich los. Wir finden sicher einen Weg, Sie einzuschleusen, ohne dass Sie einen

Motorradführerschein machen müssen. Frauen sind bei den *Devil Doves* ohnehin eher schmückendes Beiwerk.«

Tolle Aussichten, dachte Wencke, doch sie wollte nicht darüber diskutieren. Zudem war die Kosian auf ihren hohen Schuhen schon längst in den Flur entschwunden. Emil bekam den allgemeinen Aufbruch mit und riss sich die Stöpsel aus den Ohren. »Fahren wir jetzt los, Mama?«

Wencke hatte einen Kloß im Hals. Ein alter Bekannter, der ihr immer dann die Gurgel eng machte, wenn sie sich wieder einmal für den Beruf entschieden hatte – und gegen Emil. »Ich fürchte, wir müssen das Zelten verschieben …«

Ihr Sohn machte große Augen. »Hat die bescheu… äh, die Kosian das bestimmt?«

Boris kam zur Hilfe: »Wir brauchen deine Mutter ganz dringend. Sie ist eine so gute Mitarbeiterin, und wir haben einen total schwierigen Fall zu lösen.«

Emil lächelte stolz. »Ich weiß! Meine Mama ist eine Heldin. Sie hat schon mal in Istanbul eine schlimme Explosion verhindert und vielen Menschen das Leben gerettet.«

»Ich erinnere mich«, sagte Boris. »Und auch jetzt geht es wieder darum, etwas Schlimmes zu verhindern.«

Wencke war erstaunt, wie gelassen ihr achtjähriger Sohn die Nachricht aufnahm. »Sollen wir bei Oma anrufen? Du kannst sicher bei ihr bleiben, bis ich fertig bin mit Heldin spielen.« Emil liebte seine etwas flippige Großmutter und besuchte sie gern in ihrer Künstler-WG in Worpswede.

Doch Emil schüttelte den Kopf. »Oma Isa ist nicht da, das weißt du doch. Sie hat eine Ausstellung ganz weit weg.« Da hatte er recht, Wencke hatte das total vergessen. Klar! Ihre Mutter war die nächsten zwei Wochen in der Toskana unterwegs. Trotzdem grinste er. »Aber ich könnte doch zu Axel!«

»Was?« Wencke blieb die Spucke weg.

»Ich würde gern Axel besuchen. Das fände ich super!«

»Er hat bestimmt keine Zeit«, redete Wencke sich heraus, obwohl sie genau wusste, dass Axel nach der Operation seiner Frau für ein paar Wochen nur halbtags im Einsatz war und Kerstin, die alles gut überstanden hatte, sicher gern ein Ferienkind zu sich nahm, damit ihre ebenfalls achtjährige Tochter jemanden zum Spielen hatte. Schließlich war die gute Frau ahnungslos, dass die enge Beziehung zwischen Axel und seinem ehemaligen Ziehsohn Emil auch deswegen gefördert wurde, weil ihr Ehemann auf diese Weise immer wieder mal bei Wencke vorbeischauen konnte. »Das musst du dir abschminken, Emil. Wir werden schauen, ob die Stadt Hannover ein Ferienprogramm für Kinder anbietet. Vielleicht gibt es ein Fußballcamp mit Übernachten ... «

»Vergiss es, Mama!« Emil zeigte ihr einen Vogel. »Entweder fahre ich zu Axel, oder ich mache Theater.«

Boris lachte. »Ein harter Verhandlungspartner, dein Sohn.«

»Immerhin verzichte ich auf das Zelten mit meiner Mama«, verteidigte sich Emil. Er stand auf, griff nach Wenckes Handy, das wie immer in den Tiefen ihres Rucksacks zu finden war. Im Handumdrehen hatte er die Zahlen eingetippt. »Wenn du dich nicht traust, dann frage ich eben!«

»Ich möchte das nicht!« Wencke versuchte, ihm das Mobiltelefon zu entwenden, doch ihr Sohn machte sich einen Spaß daraus, schnell um den Sofatisch zu tanzen. Sie könnte hinter ihm her, wahrscheinlich würde sie das Wettrennen durch die langen Flure des LKA auch gewinnen. Doch ob sie damit den Eindruck erwecken würde, Erziehung und Beruf souverän zu meistern, wäre eine andere Sache. Also gab sie sich geschlagen und beobachtete Emil möglichst lässig bei seinem Telefonat, während in ihren Adern der Puls zum Sprint ansetzte.

»Hier ist Emil Tydmers. Hallo, Kerstin! Du, Mama und ich haben da mal eine Frage ... «

Die Vier
steht als Zahl für die Elemente Feuer, Wasser, Erde und Luft

Heide Grensemann ließ ihren Corsa an der Bundesstraße stehen, sein Mintmetallic hätte sich selbst bei Nacht zwischen den Bäumen kaum tarnen lassen. Also lieber ganz offensichtlich, aber dafür einen guten Kilometer entfernt parken. Der Weg zum Clubhaus war nicht beleuchtet, sie schlich langsam vorwärts wie eine Seniorin, nur ohne Rollator.

Sie war noch nie hier gewesen, Leo hatte es abgelehnt, das sei nichts für sie. Sie hatte es hingenommen, keinen Stress gemacht, warum auch, es gab Dinge, die wollte sie ohnehin gar nicht so genau wissen. Sie dachte an seinen Geruch, den er mitgebracht hatte, wenn er nach einem Clubabend noch bei ihr vorbeigekommen war. Kein penetranter Gestank, nein, Leo hatte immer zuvor schnell geduscht und andere Klamotten angezogen, so hatte der Geruch nach Bier und Motoröl nur als fadendünnes Aroma hinter seinem Aftershave gehangen. Das hatte sie sogar gemocht. Es hatte seinen Reiz, wenn er das Leben, das er parallel führte, so einfach abzuwaschen glaubte, und sie nahm es trotzdem wahr. Wohin war der Geruch wohl verschwunden? Irgendwo musste er doch geblieben sein. Lieber nicht darüber nachdenken. Lieber nicht. Sonst müsste sie gleich wieder heulen.

Das rot-weiße Absperrband spannte sich über die Sackgasse, an deren Ende das Clubhaus der *Devil Doves* lag. Noch immer nahmen die Bullen das Gelände in Beschlag. Es war anzunehmen, dass ein paar Uniformierte Nachtwache schoben. Doch Heide wusste, es gab ein gut verborgenes Schlupfloch in der Nähe eines Stromhäuschens links vom Eingang. Es musste ihr nur gelingen, unauffällig bis dorthin zu kommen. Und zwar in fast vollständiger Dunkelheit. Und mit Angst bis in die Haarwurzeln.

Auf der Waldseite verlief ein kleiner Graben parallel zum Weg. Es hatte lange nicht geregnet, ihre Füße blieben also trocken, als sie hinabstieg. So kam sie voran und blieb unsichtbar. Das Tor war verschlossen. Davor parkte ein Polizeiauto. Zwei Kerle hinterm Steuer spielten konzentriert mit ihren Handys. Tolle Aufpasser.

Ein schräg hängender Zweig schob sich in die Schlaufe ihres Stoffbeutels wie die geschickten Finger eines Taschendiebes. Doch Heide riss das Ding wieder an sich. Die Flaschen klirrten gegeneinander. War das gefährlich? War das zu laut? Sie drehte sich um, im Auto vor dem Eingang regte sich nichts, Glück gehabt.

Weiter vorn zeichnete sich der Umriss eines kleinen Betontürmchens vor der Mauer ab. Beidseitig liefen dicke Kabel bis unter den Giebel. Gleich daneben musste ein Busch sein. Mit Dornen, hatte er gewarnt, als er ihr die Wegbeschreibung gegeben hatte. Zieh dir was Robustes an, Baby, hatte er ihr geraten. Es ist eng da und vielleicht auch ziemlich schmutzig. Kein Problem, hatte sie gesagt. Aber da hatte sie sein Gerede noch für absoluten Schwachsinn gehalten. Sollte ihm mal was passieren, dann … Das war ihr so bekloppt erschienen. Leo passierte doch nichts. Im Gegenteil, er war es, der einem passierte. Leo, der Löwe, der sich überall seinen Weg freiräumte, der wegschob, was ihm in die Quere kam. Sie hatte ihn sogar ausgelacht, als er ihr diesen Auftrag gegeben hatte. Und nun kroch sie hier durch Gräben.

An dieser Stelle war der Aufstieg weit steiler als gedacht, und es gab nichts, woran sie sich hätte hochziehen können. Also griff sie in die trockenen Grassoden, Erde schob sich unter ihre langen Nägel, sie hasste dieses Gefühl, aber so kam sie wenigstens aus dem Loch. Die Straße war heikel, denn sollte einer der Bullen doch mal seinen Blick heben, würde er sie höchstwahrscheinlich entdecken. Der Wagen stand mit Blickrichtung zu ihr, und der Mond setzte ausgesprochen ungünstig einen Spot durch die Lücke des Blätterdachs auf genau diese paar Meter, die sie zu bewältigen hatte. Sie musste schnell sein und sich klein machen, los!

Ihr Fuß knickte um, als sie den ersten Schritt auf die Schotterstraße gesetzt hatte. Keine Stöckelschuhe, hatte Leo gesagt, also trug sie Sneaker. Doch auf denen bewegte sie sich nicht unbedingt souveräner. Scheiße, der Schmerz zerrte an ihrer Sehne wie ein Metallgitarrist an der Saite seines Instruments, wenn er es zum Jaulen bringen wollte. Aber Heide blieb still. Weiter!

Sie erreichte das Stromhäuschen und mit ihm den Schatten, der sie wieder von der Bildfläche verschwinden ließ. Durchatmen, nach den paar Metern hechelte sie bereits wie ein Hund, der Stöckchen holte. Sehr viel anders benahm sie sich auch nicht. Leo hatte sie dressiert. Sie fragte nicht nach dem Warum, wenn er ihr Kommandos gab. Sie führte sie einfach aus und bekam dafür eine Belohnung. Seinen Duft. Das war ihr genug.

Die Tasche war schwer und sperrig. Immer wenn das Glas aneinanderrieb, spannte sich ihre Haut am ganzen Körper. Wie gefährlich war das Zeug eigentlich? Heide gönnte sich eine Pause und presste sich gegen die raue Mauer des Stromhäuschens. Innen surrte der Transformator in hoher Frequenz. Wie eine Hundepfeife, dachte sie, und ich kann sie hören. Ich bin ein scheiß artiges, braves Haustier. Herrchen pfeift, ich renne. So fühlt es sich richtig an für mich. Und so bleibt er lebendig. Ich kann ihm gehorchen, auch wenn er tot ist. Fast machte der Gedanke sie glücklich. Doch Heide konnte sich nicht zu viel Zeit lassen für solche Überlegungen. Es muss schnell gehen, hatte Leo gesagt. Und danach gleich wieder los. Dann bist du auf der sicheren Seite. Dich hat keiner auf dem Schirm, Baby, dich lassen sie in Ruhe.

So schlimm waren die Dornen nicht, da hatte der Graben sie mehr zerschlissen. Das Loch in der Mauer stellte ebenfalls kein Hindernis dar. Sie war schließlich schlank und klein. Dahinter befand sich ebenfalls ein Gebüsch, so hatte Leo es auch beschrieben. Rechts herum, ungefähr dreißig Meter, dann müsste es genau passen. Das hatte sich leichter angehört, als es nun tatsächlich war. Wie weit waren dreißig Meter, wenn man nichts hatte, an dem die Entfernung abzuschätzen war? Außerdem knallte auf der anderen Seite der Mauer, fast genau auf ihrer Höhe, eine Autotür. Die abgelenkten Wächter hatten sich wohl wieder an ihren Job erinnert.

»Ich vertrete mir nur mal kurz die Füße«, sagte eine etwas zu hohe Männerstimme. Die Schritte waren gut wahrnehmbar. Sohlen scharrten im Sand, blieben stehen, scharrten. Dann hörte sie ein Plätschern. Der Bulle pisste gegen die Mauer. Keine Armlänge von ihr entfernt. Er musste viel getrunken haben, es dauerte ewig. »Was für 'ne laue Sommernacht, komm doch auch raus«, sagte er, nachdem er seinen Reißverschluss geräuschvoll wieder hochgezogen hatte. »Da wird man wieder fit.« Er gähnte laut.

»Nee, danke, ich trinke lieber 'nen Kaffee«, meinte der andere, der noch im Auto zu sitzen schien. »Ist auch noch ein Rest für dich in der Kanne. Komm her, Uwe, kleines Kaffeekränzchen, und danach machen wir unseren Spaziergang, okay?«

Die Sohlen scharrten wieder. »Klingt gut!« Autotür zu und Stille.

Viel Zeit blieb also nicht mehr. Heide machte Tempo, stieg über einige Mülltüten hinweg, verhedderte sich kurz in einer Schlinge aus Absperrband, bis sie das Fenster erkennen konnte. Es befand sich an der Rückseite des Hauses und war schwarz bepinselt wie die anderen auch. Da liegen überall Steine rum, hatte Leo gewusst und wie immer recht behalten. Aber bevor du die Scheibe einschlägst, musst du die Flaschen schon bereitstellen und die Kerze anmachen, sonst wird es knapp. Sobald jemand das Klirren hört, läuft die Zeit, Baby.

Die beiden Flaschen rutschten leicht aus der Hand, ein öliger Film überzog das Glas. Auch wenn sie einen Trichter benutzt hatte, war etwas von dem Gemisch über den Rand gelaufen. Außerdem waren die Lunten damit getränkt, das Zeug stank widerlich. Heide drapierte das Ganze direkt vor ihren Füßen, zündete das Teelicht ein paar Zentimeter entfernt an, suchte zwei Steine in der Größe einer Kinderfaust und holte tief Luft. Nicht nachdenken, dazu konnte einfach zu viel schiefgehen bei diesem Manöver. Sie war keine Frau, die Steine schmiss. Molotowcocktails schon gar nicht.

Das würde heute Abend das erste und das letzte Mal sein. Und da durfte sie es auf keinen Fall versauen.

Bereits das erste Geschoss traf und zerschmetterte die Scheibe. Sofort danach hörte sie wieder die Autotüren knallen, die Stimmen der Männer klangen dieses Mal weniger entspannt. Heide zwang sich zur Ruhe. Was hatte Leo gesagt?

Die Lunte darf nicht zu lang und nicht zu kurz sein, und sofort, nachdem du sie angezündet hast, musst du die Flasche in das Haus schmeißen. Jede Sekunde zählt. Wenn du zu spät wirfst, kriegst du den Scheiß in dein hübsches Gesicht, Baby!

Sie hob die Flasche an das Kerzenfeuer, die Flamme sprang im selben Augenblick über und wanderte den benzingetränkten Stofffetzen hinauf. Heide machte einen Schritt nach vorn, zielte, warf und hatte wieder Glück. Als die kleine, selbstgebaute Bombe ins Innere des Hauses flog, war sie bereits ein beachtlicher Feuerball, sofort nach der Landung entfachte sie ein Inferno. Heide war stolz auf sich, sie konnte sich den zweiten Wurf auch sparen. Aber sie wusste, es ging hier um viel, deswegen wollte sie auch alles geben. Für Leo. Nur für ihn.

Den zweiten Molotowcocktail schmiss sie weniger konzentriert, er verfehlte das Fenster und prallte gegen die Hauswand. Ein Pilz aus Feuer erhellte die Nacht und setzte einen Busch in Brand. Einer der Polizisten schrie laut, als habe er etwas abbekommen, vielleicht einen Splitter.

Die Hitze quoll aus dem Haus. Heide wusste, in dem Raum befand sich viel Papier, das nun zur Nahrung wilder Flammen wurde. Die ersten rotgelben Funken stoben aus dem Fenster. Alles brannte. Sie hatte ganze Arbeit geleistet.

Der Rückweg zum Stromhäuschen war einfacher, der Feuerschein zeigte den Weg. Und die Erleichterung, wie einwandfrei alles vonstatten gegangen war, machte sie leichtfüßig. Baby, du bist wunderbar. Du bist die Beste. Du bist die Einzige.

Als die Blaulichter über die Bundesstraße flackerten, saß sie schon längst wieder in ihrem Corsa, lehnte sich zurück, schloss die Augen und drehte die Musik lauter.

Das letzte Lied, das sie gemeinsam gehört hatten.

Am I wrong?
Have I run too far to get home?
Have I gone?
And left you here alone
If I would, could you?

Sie hatte Leo zuvor nie weinen sehen. Und letzten Sonntag hatte sie nicht den Mut aufgebracht, ihn zu fragen, warum er es ausgerechnet jetzt tat.

Die Fünf
ist die Zahl der Liebesgöttin Venus

Sie öffnete die Tür, und Wencke fühlte sich elend.

»Ich freue mich, dich zu sehen!«, behauptete Kerstin, und der Satz hatte mehr als einen bitteren Nachgeschmack, denn Axels Frau war seit einem Schusswechsel, an dem Wencke nicht ganz unschuldig gewesen war, blind.

»Danke, dass Emil ein paar Tage bei euch bleiben darf«, brachte Wencke heraus. Sie traute sich nicht, diese Frau anzuschauen, obwohl ja keinerlei Gefahr bestand, dabei ertappt zu werden. Ein Blick von der Seite verriet Wencke, dass Kerstin noch immer ziemlich schön war. Im klassischen Sinne schön. Eine Eigenschaft, die Wencke niemals erlangen würde, sie war bestenfalls hübsch oder niedlich. Was suchte Axel eigentlich bei ihr, wenn er bereits mit Nofretete verheiratet war?

Emil kam von hinten angerannt. »Axel«, jubelte er, nahm Anlauf und warf sich dem dunkelhaarigen, schlanken Mann in die Arme, der bislang wortlos im Flur gestanden hatte.

Jetzt gaben sie sich die Hand, Axel und Wencke, steif wie zwei Gliederpuppen. »Da sind wir also …«

»Kommt doch rein!«

»Machen wir.« Wencke kniff die Augen zusammen. Sie wollte nicht sehen, wie Axels Familie lebte. An der Wand hingen Familienfotos, Urlaubsschnappschüsse, Porträts von Kerstins Tochter Ricarda. Wäre Kerstin nicht blind gewesen, hätte Wencke sich immerhin in die Vorstellung flüchten können, dass Axel diese Galerie nur seiner Frau zuliebe eingerichtet hatte.

Kerstin bewegte sich in ihrer Wohnung, als hätte sie Augen wie ein Luchs. »Wir sind gerade mit dem Frühstück fertig. Möchtet ihr noch Tee?«

Emil rief so begeistert »Ja!«, dass Wenckes »keine Umstände machen« nicht zu verstehen war.

»Tja«, erklärte sie. »Meine Anweisungen vom LKA müssen jeden Moment kommen, und dann muss ich los.«

»Ist nicht so schlimm«, fand Emil. »Wo schlafe ich, Axel?«

»In einer Matratzenhöhle auf dem Dachboden. Komm, du Racker, ich zeig es dir!« Die beiden verschwanden über die Treppe ins Obergeschoss. Wencke blieb verloren zwischen Küchen- und Wohnzimmertür zurück. Ihr passte das alles nicht so recht. Es war zu gefährlich. Zwar standen die Chancen gut, dass Emil bislang nichts mitbekommen hatte vom Liebesleben seiner Mutter, aber er war ein helles Köpfchen, und es war nicht auszuschließen, dass er doch irgendetwas ausplapperte, was für Kerstins Ohren eher ungeeignet war.

»Was ist das für ein Fall, an dem du dran bist?«, fragte Kerstin, die am Herd eine gute Figur machte, Kekse in eine Schale legte, Teewasser aufgoss.

»Darf ich leider nicht sagen, du weißt schon.«

»Emil erzählte am Telefon, es ginge um diesen Rockerkrieg?«

»Da muss er was verwechselt haben.«

»Axel ist ja jetzt auch unter die Rocker gegangen. Er hat sich letzten Monat ein Motorrad gekauft. Eine echte Harley. Ich glaube, er wird langsam alt.« Kerstin fand das anscheinend witzig, aber Wencke ärgerte sich maßlos. Nie hatte Axel ihr gegenüber erwähnt, dass er Ambitionen zum Motorradfahren hatte, geschweige denn, so eine Maschine anschaffen wollte.

»Wie stehen ihm denn die Lederklamotten?«, fragte Wencke, und erst da fiel ihr auf, wie dämlich die Frage war. »Oh, entschuldige.«

»Schon okay. Sagen wir es so: Es fühlt sich zumindest ganz gut an, wenn er sie trägt. Aber ich weiß nicht, ob ich das wirklich sehen möchte.« Kerstin ließ sich nichts anmerken. Sie balancierte das Tablett zum Küchentisch. »Setzen wir uns doch, bis du abkommandiert wirst. Ist schon 'ne Ewigkeit her, dass wir Gelegenheit für ein Pläuschchen hatten. Damals, als unsere Kinder noch in Windeln steckten, haben wir das viel öfter gemacht.«

Das war auch, bevor du dich an Axel rangeschmissen hast, dachte Wencke, setzte sich aber artig auf einen der pastellfarbenen Küchenstühle. Wer hatte die denn ausgesucht? Axel wohl kaum. Und Kerstin war die Farbe ja wahrscheinlich egal, oder? Jetzt wagte sie einen genaueren Blick auf ihre Kontrahentin. Der Schuss damals hatte nur knapp die wichtigsten Regionen im Hirn verfehlt, und sie war wirklich froh gewesen – trotz aller Eifersucht –, dass Kerstin nicht daran gestorben war. Von der Verletzung war nichts mehr zu sehen, lediglich eine hauchdünne Narbe am Haaransatz verriet, dass überhaupt einmal irgendetwas an dieser Frau kaputtgegangen war. »Wie war die Operation?«

»Ganz gut.« Kerstin schenkte den Tee ein und kleckerte nicht. »Es besteht sogar Hoffnung, dass mit entsprechender Stimulation die Sehnerven wieder ihren Dienst aufnehmen. Wer weiß, vielleicht kann ich doch irgendwann noch einmal meine Tochter aufwachsen sehen.«

Drück du nur auf die Tränendrüse, giftete Wencke stumm und rührte umso lauter ihren Tee.

Kerstin legte den Kopf schief. »Ist was?«

Und ob, dachte Wencke und sagte: »Nein.«

»Axel meinte, du hättest vielleicht ein Problem wegen der

Sache damals … und meiner Behinderung.« Kerzengerade saß diese Frau ihr gegenüber, schaute Löcher in die Luft, nippte am Tee, lächelte – und hatte keine Ahnung.

»Wie kommt er darauf?«

»Ich habe lange mit ihm darüber gesprochen, warum du uns nie besuchen kommst. Immerhin haben er und Emil ja ein klasse Verhältnis, und auch wir beide waren mal so gut wie befreundet. Jedenfalls, bis die Sache mit dem Schusswechsel passiert ist.«

Nein, so unwissend kann Kerstin nicht wirklich gewesen sein. Die Stimmung zwischen ihnen war schon vorher in die Kältezone gerutscht.

»Es hat damals ein paar Momente gegeben, in denen ich anders hätte reagieren können – und dann wärst du nicht in diese Kugel reingelaufen. Das macht mir natürlich manchmal zu schaffen.«

»In diesem Satz stecken jede Menge Konjunktive. Was passiert ist, ist passiert. Und mir geht es gar nicht so schlecht. Ich bin glücklich, habe eine gesunde Tochter und einen wunderbaren Ehemann …«

Wencke konnte nicht anders, sie streckte dieser blöden Pute die Zunge heraus. Lang und respektlos, das tat gut. Jetzt konnte sie weiterspielen. »Na ja, ich danke euch jedenfalls, dass Emil bei euch unterkommt. Meine Mutter ist in einer Woche wieder da und könnte ihn hier abholen, falls sich mein Einsatz bis dahin nicht erledigt hat.«

»Ricarda wird sich freuen. Sie wünscht sich ohnehin einen kleinen Bruder.« Kerstin seufzte. »Leider muss ich derzeit noch zu viele Medikamente nehmen, aber sobald das vorbei ist, legen Axel und ich dann richtig los!«

Das war zu viel. Wencke stand auf, dankte knapp für den Tee, von dem sie keinen Schluck getrunken hatte, und ging nach oben. Auf halber Strecke, zwischen einer Schwarz-

Weiß-Aufnahme von zwei lächelnden Menschen in Brautkleid und Smoking und einem selbstgemalten Kinderbild, welches von Ricarda signiert worden war, stieß sie mit Axel zusammen.

»Hoppla!«, sagte er laut. Dann hob er seine rechte Hand und strich mit den Fingern über ihre Wange. Hatte sich etwa eine Träne blicken lassen? Nein. Zum Glück nicht.

»Und? Wie ist deine Schlafhöhle?«, rief Wencke nach oben. Sie nahm seine Finger, führte sie an ihre Lippen, küsste kurz, er schmeckte nach Seife.

»Super, Mama! Ich find es super hier!«

Axel sah blass aus. Seine dunklen Haare könnten mal wieder einen Friseurbesuch vertragen, und die grauen Strähnen waren auch neu, wenn sie sich nicht täuschte. War er dünner geworden? Er sah aus, als wäre er in den letzten Wochen als Spüllappen benutzt worden, dabei hatte er doch seinen Dienst zurückgeschraubt. Oder stresste ihn vielleicht gerade das? Zu viel Familienidylle?

»Schön, dich zu sehen«, flüsterte er.

»Du hast dich seit Ewigkeiten nicht gemeldet«, zischte sie.

»Ich weiß, ich …«

»… du hast keine Zeit zum Reden, fährst lieber Motorrad, oder was?« Wenckes Handy ging los, und sie wusste nicht, war das jetzt genau der richtige oder der grundverkehrte Zeitpunkt. »Meine Chefin!«

Die Kosian hielt sich nicht lange mit Guten-Morgen-Grüßen auf, sondern kam gleich zur Sache: »Wir haben Glück im Unglück. Den *Devil Doves* ist heute Nacht die Bude abgefackelt worden.«

Wencke deutete an, ungestört sein zu wollen, und verschwand im erstbesten Zimmer. Doch als sie die Tür hinter sich geschlossen hatte, wurde ihr klar, dass sie das eheliche Schlafgemach gewählt hatte. Gott sei Dank war das Bett gemacht, zerwühlte Kissen hätten sie jetzt total aus der Bahn geworfen.

»Frau Tydmers? Haben Sie mich verstanden?«

»Ja.« Sie wandte sich in eine andere Richtung, spiegelte sich im Schlafzimmerschrank, sah sich selbst matt auf die hübsch geblümte Tagesdecke sinken. »Brandstiftung? Weiß man, wer es war?«

»Die Polizei tippt natürlich mal wieder auf die Rocker. Allerdings sind sie etwas kreativer als sonst und glauben nicht, dass die feindlichen *Gangster* dahinter stecken, sondern die Teufelstauben selbst. Die Molly ist nämlich zielgenau im Büro des Clubhauses gelandet. Und da gab es bestimmt jede Menge Akten, die schnell vernichtet werden sollten, bevor der Antrag auf eine ausgiebige Hausdurchsuchung beim Richter abgestempelt wird.«

»Und worin besteht da jetzt unser Glück?« Eine Kleenexbox auf dem Nachtschränkchen, toll. Hier basteln sie also demnächst an Ricardas Wunschbrüderchen.

»Wir haben dadurch eine gute Möglichkeit, Sie unauffällig in Meckpomm einzuführen, unsere Leute sind seit heute Morgen dran. Es gibt ein leer stehendes Gelände in Schwerin, das als neues Clubhaus geeignet wäre. Es liegt am Ziegelsee, falls Ihnen das was sagt. Die Rocker müssen nämlich so schnell wie möglich ein anderes Zuhause finden, das hat was mit Status und Gebietsanspruch zu tun, zumindest behauptet Boris Bellhorn das.«

»Und welche Rolle ist mir da zugedacht?«

»Sie sind die Verpächterin der Hütte.«

»Ich glaub's ja nicht. So was fliegt doch sofort auf!«

»Nein. Die tatsächliche Besitzerin lebt seit Jahren auf Mallorca und hat die Verwaltung ihres Grundstückes vor zehn Minuten gern an uns abgetreten. Sie heißt Christine Frey und ist ungefähr in Ihrem Alter.«

»Ich verstehe«, sagte Wencke wenig überzeugt. »Und diese Christine Frey taucht jetzt wieder auf, ist ungefähr eins sechzig groß und hat wahrscheinlich kurze, schwarz gefärbte Haare …«

»So ähnlich hatten wir uns das gedacht. Es gibt auf dem Grundstück etwas abseits gelegen ein Gartenhaus, vielleicht gelingt es uns, Sie dort unterzubringen. Dann wären Sie ganz dicht dran am Geschehen.«

»Ich soll ganz allein in einem Schuppen …?«

»Keine Angst, Sie werden mit dem ganzen technischen Equipment ausgestattet sein, GPS und Funk und so weiter, insofern sind Sie im Grunde genommen keinen Augenblick auf sich gestellt.«

Wencke wusste nicht, ob die Tatsache, dass sie verkabelt werden würde, sie wirklich beruhigte. Doch für einen Rückzieher war es ohnehin zu spät, also verdrängte sie den Gedanken. »Was soll ich tun?«

»Alle wichtigen Infos schicken wir Ihnen sofort. Haben Sie ein Fax in der Nähe? Oder Internet?«

Wencke nannte ihre private E-Mail-Adresse. »Wann geht es los?«

»Boris Bellhorn ist bereits in Schwerin und wird heute Nachmittag ein Briefing arrangieren. Da sollten Sie dabei sein.«

»Okay. Das Auto ist schon da, und von hier bis Schwerin brauche ich laut Navi dreieinhalb Stunden.«

»Ich gebe Ihnen jetzt die Telefonnummer von *Mighty Mäxx* alias Maximilian Brunken, das ist der Präsident. Sie können ihn direkt anrufen und einen Termin vereinbaren. Das Handy, das im Auto lag, wurde bereits von uns auf den Namen Christine Frey angemeldet.«

»Warum die Eile?«

»Rund um Schwerin gibt es zig alte Bruchbuden. Da sollte

uns keiner zuvorkommen. Die Möglichkeit, Sie als Verpächterin einzuschleusen, ist einfach optimal, da dürfen wir nicht zu lange zögern. Zumal das Grundstück in der Nähe eines Hotels liegt, von wo aus wir die Situation überwachen können. Näheres dann von Bellhorn vor Ort.« Die Kosian diktierte im Affenzahn die Nummer, bestätigte die versandte Mail und verzichtete auf eine ausführliche Verabschiedung.

»Christine Frey«, flüsterte Wencke. Irgendwie gefiel ihr die Aussicht auf eine neue Identität auf Zeit. Wenn man auf der Matratze des Mannes saß, den man liebte, der aber genau an dieser Stelle das tat, was von ihm als Ehemann erwartet wurde, dann war es sogar eine ganz und gar wunderbare Sache, in eine andere Rolle schlüpfen zu dürfen.

Emil ging es gut, um ihn brauchte sie sich keine Sorgen zu machen. Sie hörte ihn über sich auf dem Dachboden toben.

Es klopfte an der Tür. Wencke sagte »Herein« und hätte fast gelacht, weil sie Axel den Zutritt in sein eigenes Schlafzimmer genehmigte.

»Es tut mir leid, Wencke«, sagte er.

»Dass du verheiratet bist und in einem hübschen Häuschen wohnst, muss dir nicht leidtun. Es passt alles viel besser zu dir als meine Chaosexistenz.«

»Ich pack das alles nicht mehr ... «

»Ich auch nicht. Mir kommt es vor, als hätte ich dich die ganze Zeit nur belagert. Wie so eine nervtötende Bewerberin um den ersten Platz in deinem Herzen fühle ich mich. Ich investiere die besten Jahre meines Lebens für ein Ziel, das eigentlich eine Nummer zu groß für mich ist.«

»Es ist völlig anders, Wencke, ich ... «

»Lass mich in Ruhe!« Sie wunderte sich, wie ruhig das aus ihrem Munde kam. Nein, sie war nicht beleidigt, nicht gekränkt. Sie war desillusioniert. Dabei war ihr gar nicht klar gewesen, dass sie bis gerade eben gehofft hatte, Axel hätte ernsthaft vor, sich irgendwann von seiner Frau scheiden zu lassen.

»Wencke …« Hilflos lehnte er im Türrahmen. Für ihn musste es auch seltsam sein, sie auf dem Bett sitzen zu sehen. Wer weiß, vielleicht dachte er hier – wenn er abends nicht einschlafen konnte oder in noch ganz anderen Situationen – sogar an Wencke. Und nun machte sie sich ganz real breit unter dem kitschigen Bild, auf dem ein Leuchtturm von einer Riesenwelle verschluckt wurde.

»Kann ich bei dir bitte kurz meine E-Mails checken?«, fragte Wencke.

Axel sah aus, als sei er soeben mit kaltem Wasser übergossen worden. »Was?«

»Es müsste eine Nachricht für mich gekommen sein, die ich ausdrucken will.« Sie erhob sich, strich das T-Shirt glatt, machte sich lang. Wie Christine Frey sich wohl kleidete? Ganz in Schwarz?

Axels PC stand in einem kleinen Gästezimmer, dessen unpersönliche Einrichtung geradezu wohltuend war. Schnell hatte sie die nötigen Unterlagen beisammen – Adressen, Wegbeschreibungen, Telefonnummern – und steckte sich die Papiere in die Jackentasche. Axel hatte sie vom Türrahmen aus die ganze Zeit dabei beobachtet. Sie ging an ihm vorbei, streifte nur kurz seinen Arm, spürte der Berührung nach und schluckte den Kloß im Hals runter. »Emil? Ich muss jetzt los!«

Die völlig verwuschelten Haare ihres Sohnes tauchten in der Dachbodenluke auf, dahinter die blonden, etwas verrutschten Zöpfe eines Mädchens. »Ricarda ist gar keine Zicke!«, stellte Emil flüsternd fest. »Dann kann ja nichts mehr schiefgehen.« Trotzdem bewegte er sich ein paar Leitersprossen nach unten und drückte seine Mutter kurz und innig.

»Benimm dich!« Ein weniger tantenhafter Spruch wäre sicher besser gekommen, das wusste Wencke, aber sie stand neben sich, wollte weder clever noch witzig noch sonst was sein. Sie wollte einfach nur von hier verschwinden. *Ich pack das alles nicht mehr …* hatte Axel das wirklich gesagt? Das war dann also der Schlusstrich. Eine klare Aussage.

Sie schaffte es sogar noch, Kerstin in der Küche eine kurze Umarmung zuteil werden zu lassen.

»Na dann … « Das Abenteuer konnte beginnen.

»Muss ich mir Sorgen machen?«, fragte Axel leise.

»Musst du nicht«, antwortete sie. »Solltest du aber.«

Draußen vor dem Einfamilienhaus wartete ein Dienstwagen mit Schweriner Kennzeichen, den hatte man ihr bereits besorgt. Ein schwarzes Audi TT Cabrio. Wencke hatte sich noch nie für Autos begeistern können, sie waren ihr egal. Aber heute fühlte es sich richtig gut an, in eine solche Kiste zu steigen und mit quietschenden Reifen das alte Leben hinter sich zu lassen.

Sie war jetzt Christine Frey. Und sie hatte einen dringenden Friseurtermin.

Die Sechs
steht als Zahl für Unvollkommenheit und Rebellion

Draußen vor dem Hotel knurrten die Bikes wie eine Herde Raubtiere. Und Boris war angst und bange, dass er dann so etwas wie das Leckerli war. Zwar meinte Kalle, es könne auch ein Zufall sein, das ehemalige Industriegelände rund um den Speicher, in dem sich nun eine First-Class-Herberge befand, wäre schon immer für Paraden dieser Art genutzt worden. Doch Boris blieb skeptisch. Was, wenn die Rocker ihn im Visier hatten?

Er wusste aus eigener Erfahrung, wie unangenehm es werden konnte, sich mit Kuttenträgern aller Art anzulegen. So hielt er sich vorsichtshalber hinter der Gardine verborgen und beobachtete den Konvoi, der sich die brüchige Uferstraße entlangschob, aus sicherer Distanz, der Sitzungssaal lag glücklicherweise im zweiten Stock.

Die Biker hupten, sie reckten ihre Fäuste in die Höhe. Die Luft am Ufer des Ziegelsees flimmerte, was nicht an den sommerlichen Temperaturen liegen konnte, die waren noch moderat. Es waren die heißen Motoren, die durchdrehenden Reifen und wahrscheinlich auch die hitzige Wut.

»Das sind die *Gangster*, die regen sich auf wegen unserer Rachegelüste«, sagte Kalle, der sich unbeeindruckt in einen der Besprechungssessel hatte sinken lassen. »Mach dir nicht in die Hose, Junge. Ich bin auch hier reingekommen, ohne dass sie mich in Stücke gerissen haben. Sie sind so mit sich und ihrem Mist beschäftigt, da lassen sie Milchbubis wie dich in Ruhe.«

Kalle war alles andere als ein Milchbubi. Er hieß eigentlich Karl-Heinz Papp, ging auf die sechzig zu, sein grauer Vollbart reichte bis zum Bierbauch, und die Falten in seinem Gesicht waren markiger als die schlechte Pflasterung der ostdeutschen Seitenstraßen. Seit zwanzig Jahren war er Rocker, erst bei den *Flying Foxes,* die dann vor einigen Jahren von den *Devil Doves* zwangseingemeindet wurden. Ungefähr halb so lange, nach einem Gefängnisaufenthalt wegen Körperverletzung und Drogenhandel, war Kalle nebenbei auch noch V-Mann des hiesigen LKA. Er habe nichts zu verlieren, kommentierte er sein Doppelleben. An die Brüder glaube er nicht mehr, nachdem sie ihm damals zu unrecht die Schuld in die Schuhe geschoben und in den Knast geschickt hatten. Aber eine andere Familie gäbe es für ihn nun mal nicht. Man sah ihm nicht an, ob er mit dieser Situation unzufrieden war. Dazu war er einfach zu abgestumpft.

»Wann kommt denn Ihre Lady?«, wollte er jetzt wissen. »Ich muss gleich zum Meeting antanzen. Es geht um den scheiß Brand. *Mighty Mäxx* hat ein neues Clubhaus am Start, nur zwei Kilometer weiter von hier direkt am Seeufer. Geile Hütte.«

»Keine Sorge, bis dahin sind wir hier sicher fertig. Christine Frey ist nämlich rein zufällig die Besitzerin der Hütte.« Es war üblich, V-Männern wie Kalle nichts über die wahre Identität der verdeckten Ermittler zu erzählen, auch für ihn sollte Wencke als Verpächterin auftreten. Schließlich arbeitete er für das Kriminalamt Meckpomm, wo niemand ahnte, dass Hannover noch mitmischte. Zwar war kaum davon auszugehen, dass Kalle etwas ausplaudern würde, wenn er nicht danach gefragt wurde, denn das würde ihn selbst auffliegen lassen, aber sicher war sicher.

»Eine Großgrundbesitzer-Lady!«, grinste Kalle. »Da bin ich aber mal sehr gespannt!«

»Wir werden es so aussehen lassen, als hätten Sie den Kontakt zu ihr hergestellt. Sie hat sich heute beim Telefonat auf Ihren Namen berufen.«

»Scheiße, wenn das mal gut geht. Ihr hättet mich fragen sollen!«

»Sie waren nicht zu erreichen.«

»Mein Handy ist im Arsch.« Kalle schien nicht begeistert zu sein. Zu Recht, wenn Wencke es verbockte, war auch er geliefert. Doch umso mehr würde er sich anstrengen, Wencke zu integrieren. »Wir haben gesagt, sie sei die Nichte einer Ihrer ehemaligen Zellengenossen. Und Sie haben ihr Bescheid gegeben, dass sich jemand eventuell für ihr Grundstück interessiert.«

»Das hätte ich mit dem Presi* absprechen müssen. Ihr Bullen stellt euch das immer so simpel vor! Da kann man nicht einfach so jemandem Bescheid geben ...«

»Aber Ihr Handy ist doch kaputt. Die Nummer Ihres Bekannten kennen Sie auswendig, die von *Mighty Mäxx* nicht. So einfach ist das!«

»Für solche Fälle gibt es dann immer noch den Pony-Express* ...« Kalle schnaubte wütend, protestierte aber nicht weiter.

Es klopfte an der Tür, und Boris ließ Wilkens und Fuchs mit ihren zahlreichen schweren Koffern eintreten. Die beiden Kollegen von der Technik waren aus Hannover mitgekommen und seit einer halben Stunde damit beschäftigt, ihre Anlage im Schlafzimmer der Hotelsuite aufzubauen. Um die Ecke waren inzwischen Verstärker, Computer, Mischpult und GPS aufgetürmt. Sogar ein Spektiv mit Nachtsichtfunktion hatten sie ans Eckfenster gestellt, es war auf das verwilderte Grundstück ausgerichtet, das sich weiter nördlich des Ziegelsees befand. Wenn alles glatt lief, würde dies in den nächsten Tagen das neue Zuhause von Wencke sein. Die vielfache Vergrößerung zeigte, dass es sich hierbei nicht gerade um eine barocke Parklandschaft handelte und man statt über englischen Rasen eher über Müllberge würde wandeln müssen.

Boris ließ den Laptop hochfahren und brachte den Beamer in Position. Die großzügige Eck-Suite, die sie sicherheitshalber unter falschem Firmennamen gebucht hatten, glich inzwischen einer 1a-Einsatzzentrale. Kaffee und Gebäck hatten sie auch bereitgestellt. Es fehlte nur noch Wencke.

»Wissen Sie eigentlich etwas über den Brand?«, fragte er Kalle, dem das Nichtraucherschutzgesetz augenscheinlich mächtig zu schaffen machte, seine gelben Finger suchten nach etwas zum Festhalten, griffen die Ecke der Tischdecke, ein Wasserglas, einen bereitliegenden Stift. »Wer steckt dahinter?«

»Das müsst ihr doch wissen. Schließlich waren eure Jungs vor Ort, wenn ich richtig informiert bin.«

Scherzkeks. »Wenn Sie so gut informiert sind, wissen Sie auch, dass der eine von ihnen mit Brand- und Schnittverletzungen in die Helios-Klinik gebracht werden musste. Der andere ist wegen des Schocks noch immer nicht ansprechbar.«

Kalle grunzte. »Zum falschen Zeitpunkt am falschen Ort, würd ich mal sagen.«

»Denken Sie, die *Devil Doves* haben selbst die Brandsätze geworfen?«

»Kann ich mir ehrlich gesagt nicht vorstellen. Da drinnen hingen jede Menge Kutten*, und die sind meinen Brüdern heiliger als ihr eigener Schwanz.« Er lachte, worüber, war nicht ganz klar, ihm selbst womöglich auch nicht. Kalle war ein komischer Typ. Undurchschaubar für Boris, auch nach zehn Semestern Soziologie. Wahrscheinlich harmlos und bestimmt nicht dumm, aber seltsam. »Ich glaub ja sowieso nicht, dass es hier um Revierkämpfe geht. Aber ihr oberschlauen Typen aus der Abteilung Recht und Ordnung wollt ja unbedingt 'ne Katastrophe anzetteln.«

Boris hätte ihm zugestimmt, wenn er sich frei hätte äußern können. Doch in seiner Funktion als LKA-Mann musste er so tun, als ginge er mit der landläufigen Meinung konform. Trotzdem hakte er nach: »Wie kommen Sie darauf?«

»Kellerbach ist bestimmt der Letzte gewesen, den die *Gangster* auf ihrer To-Kill-Liste notiert hatten. Vorher wäre der Presi dran gewesen, der Road-Captain oder Treasury*. Meinetwegen auch einer von den Jungs, die dabei waren, als wir zum ersten Mal das *Hot Lady* bei Hagenow besucht haben.« Er grinste breit, wahrscheinlich hatte er selbst mitgemacht, bei was auch immer. »Aber der Kellerbach hat sich in den letzten Wochen aus allem weitestgehend rausgehalten, musste er ja auch von wegen Anwaltszulassung und so.«

»Ich dachte, die Übernahme des Bordells wäre seinem juristischen Geschick zu verdanken?«

»Klar, das stimmt, der Leo hat an den richtigen Knöpfchen gedreht, damit wir die Bude übernehmen konnten. Aber die Mädchen werden jetzt von anderen Männern geritten, und die Kohle sacken *Mighty Mäxx* und die Seinen ein. Da hat unser Anwalt keine Aktien drin.«

»Was glauben Sie denn, wer den Mord begangen hat?«

»Ich schon mal nicht!« Kalle trommelte mit den Fingernägeln auf der Tischplatte. »Verdammt, hab ich 'nen Lungenschmacht. Wenn dieses Superweib nicht gleich …«

In diesem Moment öffnete sich die Tür, und Kalles Augen erwachten schlagartig zum Leben, begannen zu glänzen vor Freude. Eine sehr toughe, sehr gut aussehende Frau betrat den Raum. Schwarzes Top, hautenge Jeans, Silberketten und Fransentuch – alles passte. Am beeindruckendsten fand Boris aber die Lederjacke, die wie auf den Leib gegossen saß und so abgewetzt aussah, als habe sie nicht nur eine Tour auf der Route 66 hinter sich. Die Frau fuhr sich einen Hauch zu scheu durch die dunklen, streng zurückgegelten Haare, wie es Menschen machten, die eben vom Friseur kamen und sich mit dem neuen Putz noch irgendwie verkleidet fühlten. Doch Kalle war sicher der Letzte, dem das aufgefallen wäre. Ansonsten ging Wencke Tydmers nämlich als absolute Klassefrau durch. Ihren breiten Mund hatte sie in einem unglaublichen Rot geschminkt, und mit Hilfe von Mascara und Lidschatten wirkten ihre sonst so lustigen Augen überzeugend dramatisch. »'tschuldigung. Da war so viel los rund ums Hotel.« Sie steuerte lässig auf Kalle zu, gab ihm die Hand: »Hallo! Christine Frey.«

Der blieb sitzen, ließ sich sogar noch tiefer in den Stuhl sinken, breitbeinig und betont männlich. Das kam in seinen Kreisen wahrscheinlich gut an, und Wencke ließ sich nicht im Geringsten anmerken, was sie von seiner Hand-ganz-nah-am-Schritt-Geste hielt.

»Ich bin Kalle! Der Zellennachbar von deinem Onkel …«

Wencke grinste. »Auf gute Zusammenarbeit!«

Boris rief die erste Grafik auf. Ein Organigramm, wie es bei einer Stadtverwaltung auch nicht viel anders aussah. »Es gibt unzählige Motorradclubs in Deutschland und der ganzen Welt. Die *Hells Angels* sind wohl die bekanntesten, aber auch die Namen *Bandidos* und *Outlaws* hat wohl jeder schon mal gehört. Was sie alle gemein haben, ist die hierarchische Struktur.«

»Militär ist nichts dagegen«, kommentierte Kalle. »Bei der NVA ging es lockerer zu als bei den *Devil Doves*.«

Boris knipste den Laserpointer an und markierte das obere Kästchen, das wie eine Überschrift wirkte. »Ganz oben steht die internationale Chefriege, die sich, soweit wir informiert sind, größtenteils aus Amerikanern und Kanadiern zusammensetzt. Sie haben zwar keinen direkten Einfluss auf die deutschen Chapter, achten jedoch auf die Einhaltung der ungeschriebenen Gesetze. Die lassen wir erst einmal außer Acht. Konzentrieren wir uns auf die *Devil Doves* hier in Schwerin.« Neben fast jedem Rang war ein Bild des Amtsinhabers eingefügt, allesamt Porträts der Polizeifotografen, auf denen keiner der Abgebildeten bereit war, ein irgendwie sympathisch geartetes Lächeln zu zeigen. »Der Präsident hat das Sagen, aber auch die Verantwortung. Maximilian Brunken, der sich *Mighty Mäxx* nennt, macht das schon seit einigen Jahren. Er hält auch den Kontakt zur internationalen Dachorganisation in den USA, dort sitzen die Gründer der Teufelstauben in ihrem Nest und verwalten das Vermögen, das offiziell durch Mitgliedsbeiträge und Verkauf von Club-Accessoires eingenommen wird.«

»In Wahrheit aber aus illegalen Geschäften stammt, oder?« Wencke schrieb eifrig mit.

»Die Vermutung liegt nahe. Den *DDs* gehören allein im Großraum Schwerin drei Bordelle, dann kommen noch Nachtclubs und Diskotheken dazu. Sie kontrollieren die Szene, sind in Sicherheitsdiensten und als Türsteher zu finden.«

Kalle nickte fast ein bisschen stolz. »Und die Pillen und Pülverchen, die man in den Läden kaufen kann, kommen auch alle aus unserem Apothekerschränkchen. Das ist ein richtiger Bazar: Kokain, Weiber, Kalaschnikows und ausgebaute Harley-Ersatzteile, es gibt nichts, was es nicht bei uns gibt!« Sie hatten Kalle heute dazu genommen, weil er wusste, wo Gefahrenquellen lagen, wo Waffen versteckt wurden oder Feindseligkeiten bestanden. Es war überlebenswichtig, dass Wencke gut vorbereitet war. Ob dieser Kurzlehrgang wirklich ausreichte, sich in dieser gewaltbereiten Männerwelt zurechtzufinden, darüber wollte Boris lieber nicht nachdenken.

Der rote Laser-Punkt lief eine Rangstufe tiefer. »Der Vize sitzt derzeit in der JVA Bützow wegen Betrugs und räuberischer Erpressung. Seinen Job übernimmt währenddessen der Road-Captain Thorsten Schwarz.«

»Moment«, fiel es Wencke ein. »Das ist dieser Mann mit dem Hundenamen? *Patch Blacky*?«

Kalle lachte. »Hundename? Das lässt du ihn besser nicht hören. Er ist zwar ein Hund, aber ein ziemlich bissiger!«

»War er es nicht, der in der Mordnacht die Polizei gerufen hat?«

Boris nickte. »Ich habe auch noch ein größeres Foto von ihm.« Auf der Leinwand erschien das überdimensionale Porträt des Mannes. Im Grunde hätte es auch jede andere Visage zeigen können, die *Devil Doves* konnten blond oder braun sein, dick oder dünn, alt oder jung, kahl oder langhaarig – sie sahen sich doch irgendwie immer ähnlich. Grimmige Mimik, beanspruchte Haut, Augen, denen eine Ruhepause im geschlossenen Zustand sicher guttun würde.

»Außerdem haben wir noch den Treasury zu bieten.« Wieder ein Foto, wieder so ein Typ.

»Ich werde die Mannschaft gleich persönlich kennenlernen«, sagte Wencke. »So im Großpack kann ich mir die Namen und Gesichter ohnehin nicht merken.«

Von draußen waren Martinshörner zu hören. Zeitgleich wurden das Hupen und Motorjaulen lauter. Boris stellte sich wieder ans Fenster. Die Gruppe war inzwischen auf geschätzte dreißig Rocker angewachsen, sie standen mit ihren beeindruckenden Maschinen am südlichen Ufer des Ziegelsees und machten den Eindruck, als befänden sie sich kurz vor der Explosion. Der Grund dafür offenbarte sich, wenn man Richtung Norden schaute: Ein zweiter Konvoi rollte heran, ob es mehr oder weniger Biker waren, konnte Boris schlecht schätzen. In der Mitte – zwischen den grimmigen Kuttenträgern – demonstrierte mit zwei lächerlichen Einsatzwagen die Polizei ihre Präsenz.

»Kalle, würden Sie mal kurz rausschauen?«

Der hob sich mühsam aus seiner Sitzposition. »Geht's schon los?« Das Zögern, mit dem Kalle sich dem Fenster näherte, sprach Bände. Der Schreck, als er in den Neuankömmlingen die eigenen Brüder erkannte, ließ seine zur Schau getragene Lässigkeit gänzlich zerbröseln. »Scheiße, jetzt sitzen wir aber richtig in der Höhle des Löwen.«

Von hier oben konnte man fast so etwas wie eine Struktur erkennen, nach welcher die verfeindeten Truppen sich am Ufer positionierten. Schlachtpläne wie zu Barbarossas Zeiten, eine starke Spitze, ein sattes Heer. Boris hatte Mitleid mit den Kollegen dazwischen. Nur bruchstückhaft konnte man die Megafondurchsage verstehen: »Hier spricht die Polizei ... umgehend das Gelände zu verlassen ... uns gezwungen, härtere Maßnahmen ... Zerstreuung dieser Versammlung ... «

»So was habt ihr jeden Tag, wenn der Krieg erst mal richtig losbricht«, prophezeite Kalle. »Und glaubt mal nicht, dass einer von denen auf die Bremse geht, wenn mal versehentlich eine alte Oma oder ein süßes Kleinkind zwischen die Fronten gerät.«

»Ist das da unten nicht eine etwas alberne Machtdemonstration?«, fragte Wencke. »Die werden doch jetzt nicht allen Ernstes aufeinander losgehen?«

»Darauf würde ich nicht wetten, Lady. Aber richtig brutal wird es erst hinter den Kulissen, da hast du wahrscheinlich recht. In den nächsten Tagen werden etliche Fäuste fliegen – oder Messer.«

Wenn Wencke sich von diesen Sprüchen verunsichern ließ, dann verstand sie es bestens, sich nichts anmerken zu lassen. Boris bewunderte seine Kollegin einmal mehr. Selbst als das Dröhnen der Motoren wie durch ein unhörbares Kommando anschwoll und die in vorderster Front harrenden Rocker ihre Räder durchdrehen ließen, schaute sie auf die Szenerie, als besuche sie mit ihrem Sohn gerade das Affengehege im Hannoveraner Zoo.

»Was mich viel mehr interessieren würde: Gibt es auch Frauen bei den *Devil Doves*?«

»Klar gibt es die!« Kalle formte mit seinen nikotingelben Fingern einige ausladende Kurven in die Luft. »Für jeden Geschmack.«

Wencke rollte die Augen und zeigte auf die Beamerprojektion: »Ich meine in der Führungsriege. Oder zumindest im offiziellen Mitgliederkader.«

Jetzt musste Kalle sich setzen, das überstieg ganz offensichtlich seine Vorstellungskraft. »Sag mal, hast du überhaupt eine Ahnung, auf was du dich da einlässt?« Er schaute Boris an. »Ich gehe doch recht in der Annahme, dass ihr versucht, diese Frau hier bei meinen Brüdern unterzukriegen.«

Boris nickte. »Als Verpächterin des neuen Clubhauses. Nicht als … na ja …«

Wencke horchte auf. »Als was?«

»Kennt sie die Regeln oder nicht?«, wollte Kalle wissen.

»Ich bin gerade dabei, Christine Frey eure seltsamen Strukturen nahezubringen. Da muss ich bei Null anfangen. Die Rolle der Frau kommt erst in der überübernächsten Lektion dran.« Boris wusste, er konnte seinen sorgsam vorbereiteten Vortrag über den Haufen werfen. Das Fass war geöffnet worden. Wencke starrte ihn erwartungsvoll an.

Kalle räusperte sich. »Normalerweise sind die Ladys im Clubhaus und auf sonstigen Partys immer aus dem horizontalen Gewerbe. Und das scheinst du mir nicht zu sein, stimmt's?«

»Donnerwetter«, lobte Wencke ihn.

»Bei so einem Haufen Männer, da geht es entweder um Motoren, um Geld oder um Sex. Für den Sex sind die Weiber da. Und die machen auch ganz willig mit. Schließlich sind sie meistens aus unseren eigenen Häusern. Da ist man stolz, wenn man mal direkt dem Chef unterstellt ist.« Er lachte schallend.

Boris schaute unsicher zu Wencke hinüber. Meine Güte, wie schaffte die es nur, bei diesem furchtbaren Gelaber so verdammt cool zu bleiben? Andererseits, auf diese Weise wurde sie zwar recht unsanft, aber dafür direkt mit dem Umgangston konfrontiert, an den sie sich in den nächsten Tagen gewöhnen musste.

»Und die Freundinnen der Mitglieder? Oder Ehefrauen*? Wo sind die?«

»Die kommen, wenn wir Familientag haben. Das können wir nämlich auch, schön Barbecue und Hüpfburg für die Kleinen und so weiter.«

»Tag der offenen Tür, und der Erlös geht an krebskranke Kinder. Die Rocker beherrschen das richtig, mit Riesenscheck und Handshaking und allem Pipapo.« Boris schaute eilig die Bilddateien durch, und tatsächlich fand er ein paar Fotos, auf denen in friedlicher Runde ums Lagerfeuer gesessen wurde. *Mighty Mäxx* mit Kind auf den Schultern, *Patch Blackys* tätowierter Arm beschützend um eine ältere Dame gelegt. »Das ist echt ganz großes Kino! Dann bringen die Medien immer Schlagzeilen, in denen von *rauer Schale* und *weichem Kern* die Rede ist. Früher gab es sogar mal die sogenannte *Blood Rally**, bei der im großen Stil für verunglückte Biker Blut gespendet wurde.«

»Und was findet so alles hinter den Kulissen statt?«, unterbrach Wencke.

Boris konnte ihre Zuversicht hinter der gekonnt toughen Maskerade bröckeln sehen. Seltsam, diese Bilder vom fröhlichen Rockerleben vermochten, Wencke offenbar mehr zu irritieren als das Geknattere und Gehabe unter dem Hotelfenster. Andererseits verstand er seine Kollegin auch, denn ihm war es ähnlich ergangen, damals, als er in diesen Kreisen unterwegs gewesen war. Das Machogehabe konnte man leicht als albern und durchschaubar belächeln. Richtig unangenehm wurde es erst, wenn man Gefahr lief, diese Menschen auf einmal sympathisch zu finden. Das war ein Kapitel, das Boris selbst gern verdrängte. Als er sich auf einmal wohlgefühlt hatte, damals als Student, als er die Distanz abbauen und dazugehören wollte, als er sogar über einen Motorradführerschein nachgedacht hatte, als es da diesen Mann gab, für den er sein Leben umgekrempelt hätte – da war es für ihn brisant geworden. Und hatte später schrecklich wehgetan.

Doch Wencke war psychologisch hinreichend geschult, um zu erkennen, dass sie es mit einer gefährlich manipulativen Gruppe zu tun kriegte. Das da draußen war Muskelspiel. Dahinter erst verbarg sich der Ernst der Sache.

Sie wurde langsam ungeduldig. »In einer Stunde ist mein Termin. Bis dahin würde ich gern wissen, wie ich als Frau dort auftreten soll, ohne falsche Signale auszusenden oder die Biker zu verschrecken.«

»Du bist genau das richtige Kaliber«, warf Kalle plötzlich mit Charme um sich. »Die wissen schon, dass sie dich nicht so leicht zu was Schmutzigem rumkriegen. Aber wenn die dann in deinem Haus heiße Partys feiern, darfst du auch nicht so mega-feministisch sein, sag ich jetzt mal.«

»Heiße Partys?«

»Na ja, wir züchten uns den Nachwuchs selbst heran. Suchen uns in unseren Discos die hübschesten Mädels aus, erzählen ihnen was vom aufregenden Leben einer Rockerbraut, gehen zu tollen Events oder richtig etepetete essen, machen sie so ein bisschen von uns abhängig, und dann schicken wir sie bei uns in die Lehre. Und das Gesellenstück müssen sie bei solchen Parties liefern. Dann bekommen sie den HC-Patch* auf die Jacke genäht.«

»HC-Patch?«

Jetzt winkelte Kalle seine Arme an und machte mit den Ellenbogen Bewegungen wie ein Vogel, der auffliegen will. Dazu gackerte er albern. »Hot Chicken! Sie muss ein Hot Chicken sein!«

Boris versuchte, die Situation zu retten, auch wenn Wencke noch keinen akuten Hilferuf hatte verlauten lassen. »Die Prostituierten kommen so in den, na ja, in den Genuss, unter dem Schutz der *Devil Doves* zu stehen. Der angenähte Sticker wird die Freier oder konkurrierenden Zuhälter davon abhalten, ihnen Schaden zuzufügen.«

»Dann ist das also die wahrscheinlich teuerste Lebensversicherung der Welt?«, kommentierte Wencke und brachte Kalle damit einmal mehr zum Lachen. Kein Zweifel, sie hatte diesen ausgelaugten Altrocker ein bisschen zum Leben erweckt. Eine enorme Erleichterung, dachte Boris, Kalle war eigentlich als Stinkstiefel verschrien, ein eher sperriger V-Mann. Wenn sie ihn für sich gewinnen konnte, stand sie immerhin nicht ganz allein da, sobald dieses Meeting beendet war und sie sich in eine Parallelwelt begab, in der es wichtig war, jemanden an der Seite zu haben.

»Es ist jetzt, glaube ich, Zeit, dass wir uns um den ganzen Technik-Kram kümmern. Wilkens und Fuchs, seid ihr so weit?«

Der jüngere der beiden Strippenzieher nickte und holte die technischen Gerätschaften hervor. Man erkannte an Kalles Gesichtsausdruck, dass dieser nicht das erste Mal zum Tragen eines Mikros aufgefordert wurde.

»Ich verstecke die Dinger immer in meinem Zopf. Noch hab ich genug Haare ...«

Wencke verfolgte die Installation mit großen Augen. »Wozu ist das nötig?«

»Zu Ihrer Sicherheit, Frau Frey«, sagte der Techniker. »Mein Kollege und ich werden immer Standby sein und Sie auf Schritt und Tritt per Funk und GPS verfolgen.«

»Muss das wirklich sein?«

»Das LKA hat uns damit beauftragt, für Ihre Sicherheit zu sorgen, und das machen wir hiermit. Sollte irgendetwas schiefgehen, sind wir innerhalb von fünf Minuten bei Ihnen.«

»Und warum braucht Kalle so ein Ding?«

»Kalle ist als Member dabei, wenn clubinterne Gespräche geführt werden«, erklärte Boris. »Und da du in den nächsten Stunden bestimmt auch ein Thema bist, wäre es interessant, wenn wir mithören können. Du solltest wissen, wer von den Jungs dein Feind ist, und wer dein Freund …«

»Freunde findet man da nicht«, ging Kalle dazwischen. »Und genau deswegen ist es wichtig, dass du weißt, worüber gequatscht wird. Meine Brüder sind misstrauisch. Und gefährlich.«

Das Empfangsgerät hatte Ähnlichkeit mit einem MP3-Player, es lag sogar eine Betriebsanleitung daneben, als handele es sich um ein fröhlich-harmloses Freizeitbelustigungsteil. Und dabei war es dazu gemacht, Wencke bestenfalls zu schützen. Wenn ihre Identität aufflog, konnte Kalle ihr nicht helfen. Und dann kam es manchmal auf Sekunden an, die ihr als Vorsprung dienten, das eigene Leben in Sicherheit zu bringen. Sie steckte das Ding kommentarlos ein, als habe sie schon x-mal mit Abhöranlagen gearbeitet.

»Wann immer du nicht im Raum bist, solltest du die Gespräche belauschen. Zudem sitzen stets zwei Kollegen in unmittelbarer Nähe und haben auch Stöpsel im Ohr.«

»Ich bin also halbwegs sicher?«

»Halbwegs«, grinste Kalle. »Wer Sicherheit sucht, sollte sich von den *Devil Doves* fernhalten – oder ihr Freund werden.«

Draußen wurde das Hupen und Motorheulen wieder lauter, Glas splitterte, Rufe schwollen an. Draußen brach gerade ein Krieg aus.

Doch Wencke – oder sollte er sie jetzt besser Christine Frey nennen – goss sich seelenruhig Kaffee ein, knabberte einen Keks und verwickelte Kalle in Gespräche über Männlichkeit, Zusammengehörigkeitsgefühl und Mut. Kommentarlos nahm sie auch die eher dürftige Ausstattung zur Selbstverteidigung in Empfang: Pfefferspray und Elektroschocker. Damit könnte sie nicht allzu lange gegen eine Horde wütender Rocker angehen. Doch die Polizeiwaffe im Gepäck würde eher eine Gefahr als einen Schutz darstellen, bei einer eventuellen Durchsuchung durch die *DDs* sollte nichts, aber auch gar nichts zu finden sein, was Verdacht aufkommen ließ.

Wencke musste wissen, wie gefährlich die Sache hier war. Spätestens jetzt.

Doch diese Frau war cool, unglaublich lässig.

Vielleicht würde sie ihren Job schaffen.

Die Sieben
findet sich als Zahl in der Apokalypse wieder, auch gibt es sieben Todsünden

Haus und Hof von Christine Frey entpuppten sich als ziemlich heruntergekommenes Pferdegehöft, in dem – so hoffte Wencke zumindest für die Vierbeiner – schon seit Jahren kein Tier mehr in einem der löchrigen Ställe gestanden hatte. Die Wand neben der Eingangstür hatte vor Urzeiten jemand mit Hunderten Hufeisen dekoriert, rostige Suppe hatte, von den Nägeln abwärts gelaufen, ein hässliches Muster auf dem grauen Putz hinterlassen. Aber genau das schien *Mighty Mäxx,* ein Schrank von Mann mit blondiertem Resthaar, richtig schick zu finden. Er blieb davor stehen wie vor einem Kunstwerk und grinste. »Geil! Und bringt Glück, oder nicht?«

Auf die Minute genau pünktlich war der Tauben-Präsident mit seinem aus einem Dutzend grimmiger Männer bestehenden Gefolge eingetroffen. Auch Kalle war dabei, und Wencke und er hatten ganz locker die Wiedersehensfreude zweier guter Bekannter gespielt; bei der herzlichen Umarmung war ihr der kleine silberne Knopf im fusseligen Zopf nicht entgangen, er war also auf Sendung.

Über die Machtdemonstrationen am Ziegelsee, der nur ein paar Schritte entfernt lag, wurde kein Wort verloren. Ob der Rockeraufmarsch eskaliert oder im Sande verlaufen war, wusste Wencke nicht. Sie hatte sich unauffällig aus dem Hotel verabschiedet und war schon mal zum Treffpunkt geeilt, um sich die Räumlichkeiten, die sie bislang nur von schemenhaften Grundrisszeichnungen kannte, zu inspizieren. So konnte sie jetzt einigermaßen souverän die Besitzerin spielen, die einen Haufen Schrott und jede Menge Müll vermieten möchte.

Die meisten Rocker zogen los, schauten sich die Ställe und das kleine Gartenhäuschen am Ende des Grundstücks an, interessierten sich für Einzäunung und Grillplätze. Nur die wichtigsten Member – Kalle gehörte augenscheinlich dazu – blieben beim Hauptgebäude und stellten sich mit verschränkten Armen neben und hinter ihren Anführer. »Gehen wir?«

Im größten Innenraum hatte ein übereifriger Dekorateur Pferdesättel zu Barhockern umfunktioniert, über dem Schanktresen baumelte ein Schild, in dessen Holzfläche der Schriftzug »SALOON« eingebrannt war, und in der Musikbox, die nicht mehr ganz zuverlässig wirkte, standen nur Countrysongs zur Auswahl. Eine schimmelige Küche, aus deren Ausgüssen es nach Kanalisation roch, zwei ebenso stinkende Toilettenanlagen und ein staubiger Raum unter dem Dach rundeten Christine Freys Immobilie vollends ab.

Scheußlich, verlebt und dreckig – aber *Mighty Mäxx*' Augen leuchteten. »Echt geil!«

»Heizung und Elektrik könnten ein bisschen altersschwach sein«, gab Wencke zu bedenken.

Der Präsident setzte einen verbindlichen Gesichtsausdruck auf: »Das ist das geringste Problem, Lady. Unter unsern Jungs sind die besten Handwerker, die du dir wünschen kannst. Du wirst sehen, in ein paar Tagen läuft hier alles wie im Neubau.«

»Das ist ja praktisch!« Wencke wusste, warum der Rockerchef so auf dieses Anwesen abfuhr, Boris hatte es ihr erklärt: Motorradclubs liebten zentral gelegene Plätze, an denen sie dennoch halbwegs unbeobachtet waren und für die sich kein

Mensch mehr interessierte. Denn über kurz oder lang wollten sie sich Grundstücke mit allem, was dazugehört, aneignen. Nicht immer versuchten sie dies mit legalen Mitteln.

Die *Devil Doves* begeisterten sich also nur auf den ersten Blick für die Überreste des Freyschen Pferdehofes, viel besser gefiel ihnen wahrscheinlich, dass die Besitzerin eine alleinstehende Frau war, die auf Mallorca lebte und sich bestimmt auch mit ein paar Euro abspeisen ließ. Eine naive Verpächterin war ein gravierender Pluspunkt auf der Suche nach einem passenden Clubhaus.

Wencke hatte Spaß daran, die Rocker in diesem Glauben zu lassen. »Von mir aus können wir gleich den Vertrag fertig machen. Ich bin nämlich froh, wenn ich diesen Schuppen erst mal los bin. Meine Kneipe in S'Arenal läuft mies …«

»Ein bisschen Geduld musst du schon aufbringen, Lady. Wir warten noch auf juristischen Beistand.« Der Schatzmeister setzte sich schon mal an einen der klobigen Holztische und breitete diverse Papiere aus. Die Teufelstauben hatten ihren eigenen Mietvertrag mitgebracht, das sei am einfachsten, so der Vorschlag am Telefon. Es würde interessant werden, dieses Stück Papier heute Abend nach Haken und Ösen zu durchleuchten.

Aber Wencke gab sich vorerst naiv beeindruckt und setzte sich mit an den Tisch. »Ich bin ja so froh, dass Sie das alles in die Hand nehmen. Sie sind mit dem deutschen Mietrecht bestimmt besser vertraut als ich.«

Zwei Rocker machten sich schon mal daran, die Zapfhähne und anderes Tresenequipment unter die Lupe zu nehmen. Kalle kontrollierte die Fenstereinfassung mit Expertenblick.

Mighty Mäxx ließ sich nun auch am Tisch nieder und zündete sich eine Zigarette an. Als er Wencke die schwarz-weiß karierte Schachtel entgegenhielt, kam sie das erste Mal ins Schwitzen. Sie hatte schon vor Emils Geburt mit dem Rauchen aufgehört, aber wenn sie als Mallorca-Bar-Besitzerin durchgehen wollte, konnte sie nicht so zimperlich sein. »KARO? Hab ich ja ewig nicht geraucht«, sagte sie und griff beherzt zu. Der Schatzmeister gab artig Feuer, Wencke zog, inhalierte vorsichtig, ging doch, schmeckte ekelhaft, aber sie würde es überleben.

»KARO rauchen wir alle. Wir sind so 'n bisschen ost-orientiert. Trinken auch am liebsten Lübzer.« *Mighty Mäxx* krempelte den Ärmel seines grauen Hemds hoch und ließ den Bizeps tanzen, auf dem sich in verwaschenen Farben die eintätowierte DDR-Fahne erkennen ließ. »Hammer und Sichel, auch eine Erinnerung an frühere Zeiten. Was für ein Bier hast du denn?«

»Was?« Wencke zog wieder an der Zigarette. Diesmal etwas mutiger. Ihre Fingerspitzen kribbelten, ein Gefühl, wie sie es das letzte Mal als Teenager hatte.

»Welche Biersorte gibt es bei dir auf Malle?«

»Ach so …« Mist, keine Ahnung, Wencke trank nie Bier, sie hasste alles, was blubberte, bekam Sodbrennen davon. »Jever«, fiel ihr endlich ein, und sie schickte ein kleines Dankeschön in Richtung friesische Heimat. Das war knapp gewesen. Besser, sie wechselte das Thema. »Wann würden Sie denn hier einziehen?« Sie schaffte es einfach nicht, in dieses kumpelhafte Du zu fallen.

»Wenn wir uns vertragseinig sind, am liebsten sofort.«

»Was ist denn mit dem alten Clubhaus?«

»Liest du keine Zeitung?«

Sie zuckte die Achseln. Möglichst desinteressiert wirken und trotzdem Fragen stellen, einfach war das nicht. »Bin gerade angekommen und erst seit heute Morgen hier in Schwerin, weil mein Kumpel Kalle mir gesagt hat, ihr braucht was Neues zum Wohnen. Warum, hat er mir nicht verraten.«

»Irgendein Arschloch hat uns letzte Nacht die alte Bude

abgefackelt. Und vorher hat sich die Polizei da breitgemacht, es gab nämlich einen Mord auf dem Gelände.«

»Einen Mord?«, entsetzte sich Christine Frey.

»Haben wir natürlich nichts mit zu tun. Echt nicht, Lady, wir sind im Grunde total friedlich!« Der Hundeblick, mit dem der Rockerpräsident Wencke bedachte, wirkte ziemlich lächerlich.

»Bei uns am Balneario gibt es auch immer Krawall, die Bullen stehen einmal die Woche in meiner Bar und machen Stress. Macht euch keinen Kopf, ich kenn das Gesocks.« Diese Sätze schienen sowohl dem Schatzmeister als auch *Mighty Mäxx* zu gefallen, also wagte Wencke eine beiläufig klingende Frage: »Wer ist denn umgebracht worden?«

»Unser Bruder.« Der Zahlenmeister seufzte, seine Betroffenheit wirkte echt. »Ein feiner Kerl, Anwalt, Leo Kellerbach. Ganz feiger Mord.«

»Scheiße«, drückte Wencke angemessen ihr Beileid aus. War jetzt der richtige Zeitpunkt, ihre kleine Forderung zu stellen? Oder sollte sie noch etwas mehr Boden unter den Füßen gewinnen? Wencke war unschlüssig, die Sache mit dem Bier hatte ihre Selbstsicherheit ausgebremst. Doch die gemeinsame Abneigung gegen die Polizei war ein halbwegs verbindendes Element. Reichte das? Vielleicht war sie noch zu wenig Christine Frey, wenn sie es schon mit dem Duzen nicht schaffte ...

Zwei Motorräder fuhren auf den Hof. Kalle, ganz Fensterexperte, hatte die verschmierten Läden geöffnet, und so konnte man erkennen, dass ein Mann und eine Frau von den Maschinen stiegen. Als sie die Helme absetzten, erkannte Wencke den Mann wieder, sie hatte ihn eben bei Boris' Vortrag auf einem Verbrecherbild zu Gesicht bekommen, der Mann mit dem Hundenamen. *Patch Blacky* sah in natura wesentlich besser aus. Im Gegensatz zu den meisten hier herumlaufenden Kerlen war er schlank, nicht übertrieben durchtrainiert, trug einen

Bart, der ihn nicht entstellte, und hatte eine vernünftige Frisur, dunkelblonde Locken, gar nicht schlecht. Die Frau hingegen war Wencke unbekannt. Das glatte, halblange Haar war streng aus dem Gesicht gekämmt, und eine Intellektuellenbrille in Rot komplettierte ihre Erscheinung. Sie passte weder in diese zwielichtige Gesellschaft hier noch in ihre eng anliegende Lederkluft. Doch das schien sie nicht besonders zu stören.

»Unsere Anwältin Nikola Kellerbach«, erklärte der Präsident.

»Der Nachname – ist sie etwa die Witwe Ihres ermordeten Mitglieds?«, gab Wencke sich unwissend.

»Die Schwester. Und der Mann daneben ist derzeit Vize in unserem Club. Thorsten Schwarz. Ihm gehört ein Fitnesscenter im Bahnhofsviertel. Ein Supertyp.«

»Glaub ich sofort«, sagte Wencke, dann erhob sie sich, um die Eintretenden per Handschlag zu begrüßen. »Christine Frey, Ihre neue Vermieterin, wenn alles klappt«, stellte sie sich vor. »Mein Beileid, Frau Kellerbach.«

Die Anwältin reagierte kühl und geschäftsmäßig. Sie trug schwarze Kleidung, aber irgendwie hatte Wencke die Vermutung, dass sie dies auch unabhängig von einem familiären Trauerfall tat. »Kommen wir zur Sache! Wie Sie sich denken können, hat meine Familie derzeit noch andere Probleme zu klären.« Sie holte aus ihrer Handtasche zwei Papiertaschentücher und breitete sie auf einem der freien Stühle aus, bevor sie sich mit etwas angewidertem Blick setzte. Der Schatzmeister schob ihr die Unterlagen zu.

»Ist das unser Standardvertrag?« Mit gelangweilter Miene las sie die verschiedenen Paragrafen vor und fragte zwischendurch pflichtbewusst, ob alle alles verstanden hatten. Wencke war kein Pfiffikus in Vertragssachen, aber darauf kam es hier ja zum Glück nicht an, sie musste nur nicken und lächeln und die Klappe halten. Das war auch mal ganz schön.

Es ging um Veranstaltungen, die hier stattfinden sollten, auch mit mehreren Hundert Besuchern, es war von der Lagerung der Motorräder, von Malerarbeiten an den Außenwänden und eventuellen Umbauten im Innenbereich die Rede. Die *Devil Doves* machten hier einen durchaus seriösen Eindruck, das musste Wencke ihnen lassen. Eine fleißige Gruppe gewissenhafter Handwerker, die das heruntergekommene Anwesen aus reiner Nächstenliebe in ein top gepflegtes Kleinod verwandeln würden. Kein Thema, null Problemo, alles paletti ...

Und dann wagte Wencke den Vorstoß: »Es gibt noch eine Kleinigkeit meinerseits.«

Alle Augen richteten sich auf sie. Tapfer zog sie ein letztes Mal an der Zigarette – das meiste hatte sie herunterbrennen lassen – und drückte die Kippe aus.

»Und die wäre?«, fragte der Schatzmeister etwas muffig. »Die Pacht ist doch klar, tausend im Monat für alles, so war es von Anfang an ausgemacht!«

»Es geht nicht ums Geld, sondern um mich.« Wencke suchte sich einen Rocker aus, dem sie länger als nötig in die Augen schauen konnte, und entschied sich für Thorsten Schwarz. Der hatte zwar bislang noch kein Wort gesagt, aber immerhin war er der derzeitige Vizepräsident.

»Ich muss noch die nächsten zwei bis drei Tage hier bleiben, bis ich was anderes gefunden habe.«

Der Vorschlag wurde nicht gerade jubelnd aufgenommen, damit war zu rechnen gewesen. Sie ließen sich höchst ungern in die Karten schauen, und wenn jemand Fremdes auf dem Grundstück lebte, würde ihnen das kaum passen – so hatte Bellhorn es vorausgesehen. Es musste Wencke gelingen, ihre Bitte möglichst harmlos erscheinen zu lassen. Doch solange alle sie schweigend und misstrauisch anstarrten, war das gar nicht so einfach. »In dem kleinen Gartenhäuschen hinten auf dem Grundstück steht noch eine Pritsche, das würde mir reichen. Ich hab in Schwerin eine Menge Formalitäten zu klären. Mit den Banken … Je früher ich damit durch bin, umso besser. Sie verstehen, was ich meine?«

»Nicht ganz genau«, sagte der Schatzmeister.

»Also: Ich hab keine Kohle für ein Hotel und muss Schulden umschichten. Beschissene Angelegenheit. Aber sonst kommt die Bank vorbei und enteignet das Grundstück, und dann wäre der Mietvertrag für die Tonne.«

»Warum verkaufst du nicht deinen kleinen schwarzen Luxusschlitten?«, wollte der Präsident wissen. »So ein Cabrio ist auch nicht billig.«

»Wenn ich mir so ein Ding leisten könnte, hätte ich keine Probleme. Nee, der gehört einer Bekannten.« Wencke schaute noch immer diesen *Patch Blacky* an. Er hatte taubengraue Augen, ganz hell, ganz anders als Axels kastanienbrauner Blick. »Ich könnte auch das Grundstück hier verkaufen. Seit die hinter dem Hotel bauen, sind einige Leute ganz scharf auf meine paar Quadratmeter. Aber ich will das nicht, irgendwie hänge ich an dem Fleckchen Erde, und wenn ich mir vorstelle, dass die hier dann so spießige Reihenhäuser hochziehen …«

Als ihr Gegenüber auf einmal lächelte, wäre sie vor Schreck fast vom Stuhl gekippt.

»Zwei Wochen«, sagte er, und der Tonfall machte deutlich, dass er es gewohnt war, Vorschläge zu machen, die von jedem sofort akzeptiert wurden.

»Aber *Patch*«, wagte der Schatzmeister trotzdem leisen Widerspruch. »Wir wollen hier alles aufbauen und so weiter. Da stört jede herumstehende Nase auf dem Grundstück. Außerdem brauchen wir das Gartenhäuschen als Lagerraum.«

»Ich kann mich gern nützlich machen«, schlug Wencke vor. »Kochen oder putzen oder …«

»So weit kommt's noch«, knurrte der Schatzmeister.

Doch dieser *Patch* ließ sich nicht von ihm beeindrucken und taxierte mit seinem seltsam intensiven Blick etwas, was noch gar nicht vorhanden war. Oder vielleicht doch?

Wencke musste zugeben, es passierte gerade etwas mit ihr. Das war doch schon fast komisch, ein Oberrocker mit eigenem Fitnesscenter brachte sie aus dem Gleichgewicht. Nein, sie fing sich sofort wieder, musste sie schließlich, Boris und Kalle hatten sie immerhin gewarnt, sie wusste Bescheid. Sie kannte die Ansichten, die Männer wie dieser *Patch* hatten. Na warte, was du kannst, kann ich auch! Es kostete etwas Überwindung, aber dann hielt sie dem Augenkontakt stand. Wer zuerst blinzelt, hat verloren.

»Was ist los, Christine?«, fragte er – und schloss für einen Moment die Augenlider.

Wencke nutzte die inzwischen aufgestaute Tränenflüssigkeit für einen verzweifelten Gesichtsausdruck. »Mein Gott, kapiert ihr das nicht? Die Bank sitzt mir verdammt noch mal im Nacken. Ich brauche so Pächter wie euch. Mit dem Vertrag in der Tasche kann ich dann zur Bank und meine Kredite umschulden …« Erst wollte sie schluchzen, aber dann kam ihr das doch etwas übertrieben vor. Christine Frey war schließlich eine lässige Frau, nervlich und finanziell am Ende, aber lässig. »Ich nerv auch nicht und lass euch in Ruhe. Aber ein paar Tage brauch ich einfach …«

Nikola Kellerbach seufzte und schaute demonstrativ auf die Uhr. Der Präsident, der in dieser Angelegenheit noch kein Machtwort gesprochen hatte, zündete sich wieder eine Zigarette an, dieses Mal, ohne Wencke eine anzubieten, zum Glück. »Wir müssen da intern drüber reden«, entschied er schließlich.

Wencke erhob sich artig. »Dann warte ich mal draußen.« Sie entschied sich für einen mittelschnellen Abgang durch die Vordertür. Direkt neben der Hufeisenwand ließ sie sich auf den Stufen nieder und schaltete unauffällig das Empfangsgerät ein. Es war klar, jetzt würde sich zeigen, ob sie ihren Job überzeugend erledigt hatte oder nicht. Ob ihr kleiner Ausflug in eine andere Identität weiterging oder sie noch heute Abend vor Axels Tür stehen würde, um Emil zum Zelten abzuholen. Eine Prognose vermochte sie nicht zu stellen. Dem Schatzmeister war die ganze Zeit über das Misstrauen ins Gesicht geschrieben gewesen, und auch Nikola Kellerbach hatte nicht so gewirkt, als würde sie das alles für ein ordentliches Geschäft halten. Lediglich dieser *Patch Blacky* – meine Güte, was für ein beängstigend unbegreiflicher Typ – konnte sich anscheinend vorstellen, auf Wenckes Forderung einzugehen. Und gerade ihm hätte Wencke am ehesten zugetraut, das Ganze zu durchschauen. Er wirkte intelligent, ein Menschenkenner – eine typisch bauchgesteuerte Einschätzung, schließlich hatten sie sich gerade mal zehn Minuten gegenübergesessen.

Die kleinen Stöpsel im Ohr rauschten, wahrscheinlich bewegte sich gerade Kalles Zopf, doch dann verstand sie ein paar Worte. Der Präsident hielt eine Rede über die strengen Regeln, die man als *Devil Dove* in Sachen Diskretion einzuhalten hätte. Der Schatzmeister stimmte vollmundig zu. Kalle machte sich für seine alte Bekannte Christine stark und musste sich einem Fragengewitter stellen, das er recht souverän meisterte.

»Sie ist ein bisschen dämlich, Leute. Und sie braucht Kohle. Für unsere Geschäfte interessiert sie sich einen Scheißdreck, die hat genug mit ihrem eigenen Mist zu tun, glaubt mir.«

»Ich finde sie ein bisschen strange.« Das war die Stimme des muffigen Zahlenmeisters. »Und ziemlich blass, dafür, dass sie auf Malle arbeitet.«

»Aber hallo, und wie die arbeitet! Die hat keine Zeit, sich in der Sonne rösten zu lassen.« Bravo, Kalle!

»Trotzdem, irgendwie stimmt was nicht mit ihr. Diese ewige Siezerei, und kein einziges Tattoo am Körper …

»Hast du sie schon überall gesehen, hm?« Kalle lachte, und die anderen stimmten mit ein. Wahrscheinlich hatte er eine Geste gemacht, die andeuten sollte, wo Christine Frey ihre permanenten Körpermalereien versteckt hielt.

Irgendwo im Hotel saßen zwei Kollegen vom LKA und hörten mit. Aber sicher konnte Wencke nicht sein. Letzten Endes kam es hier ganz auf sie allein an. Die Sache mit der Zigarette und der Biersorte hatten ihr klargemacht, dass es um mehr ging als ein bisschen Laientheater. Wenn sie den richtigen Text vergaß, würde es nicht bei ein paar Buhrufen aus dem Publikum bleiben. Dann ging es ans Eingemachte.

»Sag du mal was, *Patch*!«, forderte der Präsident.

Wencke hielt unwillkürlich die Luft an. Jetzt kam es drauf an.

»Ich denke, wir sollten nicht so kleinlich sein. Die macht uns keinen Ärger«, antwortete der Vize mit einer Stimme, der man die Gewissheit anmerkte, dass dieses Wort das letzte sein würde. »Ich halte Christine Frey für eine verdammt tolle Frau.«

Wencke wurde rot. Das war albern. Aber man konnte sich nicht aussuchen, wann so etwas passierte. Sein Satz freute sie ein bisschen mehr, als angemessen gewesen wäre.

Die Acht
steht als Zahl für Neuanfang und Magie

Da! Unten auf der Straße vor ihrem Haus stand der Kerl wieder und rauchte. Heide war sich ziemlich sicher, dass er sie durch die engmaschigen Stores nicht erkennen konnte, trotzdem schreckte sie zurück, als sein Blick an der Hausfassade nach oben zu ihrem Schlafzimmerfenster kletterte. Was wollte der Typ von ihr? Den hatte sie noch nie im Leben gesehen, ganz sicher. Bis er ihr heute Morgen um sieben Uhr das erste Mal aufgefallen war. Als sie die Gardinen zur Seite gezogen hatte, um nach dem Wetter zu sehen, da hatte er mit einem Coffee-to-go neben ihrem Corsa gestanden, auffälliger ging es eigentlich nicht. Kurzerhand hatte sie sich krankgemeldet, um nicht aus dem Haus gehen zu müssen.

Sie fühlte sich wirklich nicht so besonders. Ihre weichen Knie trugen sie gerade mal vom Bett zum Fenster oder ins Bad. Auch jetzt ließ sie sich wieder müde in die Kissen sinken und stellte das Radio an. Ein belangloser Sommerhit nach dem anderen. Und schließlich:

»NDR 2, Nachrichten, 16 Uhr. Nach dem Brandanschlag auf ein Clubhaus der sogenannten *Devil Doves* in Schwerin gibt es noch immer keine Hinweise auf den oder die Täter. Der zur Tatzeit vor Ort im Einsatz gewesene Polizist liegt mit Schnitt- und Brandverletzungen im Krankenhaus, er ist ein fünfunddreißigjähriger Familienvater aus Schwerin …«

Seit heute Morgen hörte Heide zu jeder vollen und halben Stunde die neuesten Meldungen. ... *Polizist liegt im Krankenhaus ...* Dieser Satz lähmte Heide. Das hatte sie doch nicht gewollt!

Ob der Typ vor dem Fenster auch ein Polizist war? Aber wie sollten sie so schnell auf ihren Namen, ihre Adresse gekommen sein? Niemand würde einen Zusammenhang vermuten zwischen dem Clubhausbrand gestern und der Tatsache, dass die Verwaltungsfachfrau Heide Grensemann heute nicht zur Arbeit erschienen war. Keiner der Kollegen im Gewerbeamt Schwerin hatte eine Ahnung von ihrem Privatleben. So gut war das Betriebsklima nicht, dass sie denen etwas von Leo erzählt hätte. Alles so schlaksige Spießer mit gestreiften Hemden, die in ihrer Freizeit für Marathonläufe trainierten und das für abenteuerlich hielten. Die hätten ja doch nur blöde Kommentare für ihre Beziehung übrig gehabt.

Wie gut, dachte sie jetzt im Nachhinein, nach dieser Feuernacht, dass keine Menschenseele darauf käme, sie zu verdächtigen. Wie gut, dass Leo ihr immer wieder dazu geraten hatte, ihre Liebe nicht offiziell zu machen. Damals hatte das wehgetan. Auch heute litt sie darunter, nicht wirklich und öffentlich um ihn trauern zu dürfen. Aber sie wusste, es war besser so.

Sie drehte sich mit dem Gesicht zur Wand. Da saß der Plüschbär, groß wie ein Schulkind, mit einem Herzen in der Hand, auf das *Ich hab dich lieb* gestickt worden war. Den hatte Leo ihr vor zwei Wochen zum Halbjährigen geschenkt. Heide musste heulen. Heulen machte müde. Sie nickte ein.

... Polizist liegt mit Schnitt- und Brandverletzungen im Krankenhaus ... Scheiße, wieder dieser Satz aus dem Radio. Warum konnte sie das nicht verdrängen? Er wird schon wieder gesund, die paar Splitter und Funken. Sie nahm an, es war der Pisser, der gestern Nacht gegen die Wand gemacht hatte, der mit der Weiberstimme. Niemals hatte Heide in ihrem Le-

ben irgendein Ziel getroffen, das lag ihr nicht, und sie hasste jeglichen Sport, bei dem es auf Zielsicherheit ankam. Gestern Abend musste ihr jemand die Hand geführt haben, damit sie mit zwei Würfen so viel anrichten konnte. Klar, es tat ihr leid, sie hatte den Mann nicht verletzen wollen. Warum auch? Sie war nicht gegen Polizisten, nicht im Geringsten.

Wie sollte es jetzt bloß weitergehen?

Leo hätte es gewusst. Aber der war tot.

Die Isolation machte sie kaputt. Vor ihrem Haus lungerte seit Stunden ein Unbekannter herum. Und sie durfte nicht traurig sein, um sich nicht zu verraten. Das war nicht auszuhalten.

Sie wusste nichts. Weder, ob man inzwischen Leos Leiche gefunden hatte, noch irgendetwas über die Suche nach seinem Mörder. Und es gab auch niemanden, der auf die Idee käme, sie zu informieren. Warum auch? Was hatte die brave Heide Grensemann mit einem Mann wie Leo Kellerbach zu schaffen? Im Radio verloren sie kein Wort mehr über den Rockermord im Bootsschuppen. Immer nur diese Meldung über den verletzten Bullen.

Sie lag hier in ihrer hübschen Zweiraumwohnung und heulte Rotz und Wasser in die Kissen. Und wenn sie nicht bald von innen vertrocknete, würde die Ungewissheit sie fertigmachen. So oder so, alles war scheiße.

Es klingelte. Nicht das Handy, nicht der Festnetzapparat, nein, jemand stand an der Wohnungstür. Die Zeugen Jehovas oder ein Mitarbeiter der Telefongesellschaft, der ihr etwas über billigere und schnellere Internetverbindungen erzählen wollte? Sonst kam doch tagsüber kein Mensch zu ihr. Normalerweise würde sie ja auch jetzt im Büro sitzen. Es klingelte wieder.

Heide stand auf. Sie trug ihren Hausanzug, so ein bequemes Teil vom Kaffeeröstercenter, nicht schön, aber halbwegs öffentlichkeitstauglich. Auf der anderen Seite des Türspions stand der Mann von der Straße. Er machte ein nettes Gesicht und sah aus, als würde er in ihrer Abteilung arbeiten. So ein harmloser, langweiliger Sesselfurzer mit kurz gehaltenem Bart.

»Ja bitte?«, fragte sie durch die geschlossene Tür. Immer war sie so artig. Sie hätte auch genau so gut das Klingeln ignorieren können, dann hätte der Fremde vielleicht gedacht, dass keiner da ist, und seine Belagerung irgendwann aufgegeben. Aber nun war es zu spät. Und – wenn sie ehrlich war – irgendwie war es auch gut, dass wenigstens etwas passierte. Auch wenn es etwas Schreckliches war, man sie verhaften würde oder sonst was. »Was wollen Sie?«

»Mein Name ist Tim Beisse. Ich müsste mal mit Ihnen sprechen.«

Er war sicher Polizist. Was sonst. Bestimmt hatte sie gestern irgendwelche Spuren hinterlassen, oder jemandem war ihr Corsa verdächtig erschienen, und sie hatten ihren Namen über das Kennzeichen herausgefunden. Vielleicht gab es auch ganz andere neue Methoden, wie man Brandstiftern auf die Schliche kam. Stichwort DNA oder so. Heide hatte doch keine Ahnung, wie die bei der Polizei arbeiteten. Im Fernsehen fingen sie den Mörder, bloß weil dieser ein einzelnes Haar am Tatort zurückgelassen hatte …

»Worum geht es denn?«

»Das müssten wir bitte unter vier Augen besprechen.«

Nein, dann also kein Polizist. Die kommen doch immer mindestens zu zweit, oder nicht? Heide nahm allen Mut zusammen: »Sie glauben doch nicht im Ernst, dass ich Sie einfach so in meine Wohnung lasse …«

»Da haben Sie recht, Frau Grensemann.« Durch das Guckloch war erkennbar, wie unsicher dieser Mann dort vor der Tür herumzappelte. »Aber es geht um Leo Kellerbach.«

Heide wurde heiß und kalt. »Kenne ich nicht!«

»Doch, bestimmt. Das ist der Mann, der Ihnen den Teddybär geschenkt hat, der am Kopfende Ihres Bettes sitzt.«

Das wusste kein Mensch. Nur Leo und sie selbst. Heide wurde schlecht. Stand da vielleicht der Mörder vor ihrer Tür? Irgendeine Psychoexpertentruppe aus Hannover hatte ja die Theorie geäußert, dass der Mord an Leo gar nichts mit den Teufelstauben zu tun hatte, sondern einen Beziehungshintergrund hätte. In den Lokalnachrichten hatten sie darüber kurz berichtet, dann war diese These nie wieder erwähnt worden, fast so, als hätte jemand eine solche Meldung verboten. Aber es konnte doch sein, dass da was dran war, und nun wartete der Mörder darauf, das nächste Opfer zu erstechen. Beziehungstat – und sie hatte eine Beziehung zu Leo gehabt. Sollte sie besser die Polizei rufen? Aber dann kannten sie ihren Namen, ihre Rolle, und es wäre nur eine Frage der Zeit, bis sie sie des Brandanschlags überführen könnten. Nein, die Polizei war keine gute Idee. Sie schielte wieder durch den Spion. Der Typ sah harmlos aus, blass und harmlos. Er konnte nicht Leos Mörder sein, das wäre lächerlich gewesen, Leo war ihm himmelweit überlegen. Doch was wollte er dann?

»Lassen Sie mich bitte herein, es ist dringend!«

»Ganz sicher nicht!«

»Aber es gibt da etwas, was Sie für Leo tun könnten …«

Ihre Finger brauchten ewig, bis sie es schafften, diesen verdammten Schlüssel zu drehen. Und dann verwendete sie ihre ganze restliche Kraft, um die Wohnungstür zu öffnen. Die Sicherheitskette ließ sie vorgeschoben. »Leo ist doch tot.«

»Er hat mir eine Nachricht hinterlassen, die ich Ihnen überbringen soll für den Fall, dass ihm etwas passiert.« Das Flüstern klang angestrengt. Der Mann sah auch in voller Gestalt alles andere als gefährlich aus, nicht im Geringsten. Zwar war er groß, in etwa so wie Leo, aber die Kleidung schlotterte an ihm herum. Trotz des Sommerwetters trug er ein Hemd mit langen Ärmeln, als sei ihm kalt. Und da gab es noch etwas, das nicht zu benennen war, eine Vertrautheit zu diesem Fremden, einfach so, wie aus dem Nichts. Vielleicht, weil er dieselbe Augenfarbe wie Leo hatte, ja, das machte ihn sympathisch. Und jetzt, da er vor ihrer Tür stand und nicht wusste, wohin mit seinen Händen … er war kein Ungeheuer. Also sei's drum, sie ließ ihn eintreten. Dass er sich nicht wohl in seiner käsigen Haut fühlte, war nicht zu übersehen. Sie führte ihn in ihre kleine Essküche.

»Jetzt haben Sie fast den ganzen Tag vor meinem Haus herumgestanden, und ich habe mich deswegen keinen Schritt nach draußen gewagt. Vielleicht sollte ich uns erst mal einen Kaffee kochen?« Tatsächlich schaffte sie ein kurzes Lächeln, das von ihrem seltsamen Gast sogar erwidert wurde.

»Wenn ich ehrlich sein darf: Kaffee ist das Einzige, was ich heute im Überfluss hatte. Hätten Sie vielleicht auch einen Tee? Pfefferminz vielleicht?«

Vor Männern, die nach Pfefferminztee verlangten, brauchte man sich nicht zu fürchten, entschied Heide. Und dann, als die restliche Angst sich legte, war da auch Platz für eine warme, wohlige Neugierde. Er hatte eine Nachricht von Leo! Wieder war er ein bisschen lebendig für sie! »Ich mache uns eine Kanne Kräutertee.«

Der Fremde, der sich Tim Beisse nannte, fragte schüchtern nach der Toilette und setzte sich, nachdem er das Badezimmer aufgesucht hatte, wieder artig an seinen Platz. Heide betrachtete ihn aus dem Augenwinkel. Er knetete mit seinen Händen nervös den Kinnbart. An seinem linken Handgelenk kam unter dem langen Hemdsärmel ein Verband zum Vorschein. Er musste sich verletzt haben. Trug er deswegen kein T-Shirt? Als er bemerkte, worauf ihr Blick gerichtet war, legte er etwas zu hastig den anderen Arm darüber. Er war das Gegenteil von Leo, so leise und brav und höflich und bieder. Und so verschüchtert. Es gab einfach keine Erklärung, wie dieser Mann an eine Nachricht von ihrem Liebsten gekommen war. Als Tassen und Zucker und ein paar pappige Reispuffer auf dem Tischchen standen, setzte sie sich zu ihm und atmete tief durch.

»Ich …«, begannen sie dann beide genau zur selben Zeit und mit genau derselben Zögerlichkeit – ein Grund, erneut kurz aufzulachen. Und danach ging es besser.

Heide wagte den zweiten Versuch. »Ich habe Sie noch nie gesehen, und Leo hat kein einziges Mal von Ihnen gesprochen. So auf den ersten Blick tippe ich auch nicht darauf, dass Sie ein Bruder aus seinem Motorradclub sind. Wie also … Ich meine, warum … Hm …«

Er half ihr aus, als klar war, sie kriegte diesen Satz nicht anständig formuliert. »Ich kenne Leo schon seit Ewigkeiten. Aber das weiß so gut wie niemand. Es ist so ähnlich wie bei Ihnen, oder nicht? Seine wahren Freunde hält er geheim.«

Heide nickte. »Aber ich kenne ihn noch nicht einmal ein Jahr.« Sie stutzte. »Ich meine: kannte. Daran kann ich mich nicht gewöhnen, dass ich von Leo in der Vergangenheitsform reden muss.«

»Ich auch nicht«, sagte Beisse. Er nippte an seinem Tee und spreizte den kleinen Finger ab. Das wäre für Leo ein echter Lacher gewesen, kaum vorstellbar, dass sie Freunde waren. »Dann lassen wir es einfach bei der Gegenwart, oder nicht?«

»Woher kennen Sie sich?«

»Wir kommen aus demselben Ort.«

»Das ist seltsam. Dann hätte er mir doch von Ihnen erzählt …«

»Mir hat er auch nie etwas über Sie erzählt. Erst, als er merkte, dass etwas passieren könnte.«

Heides Herz machte Alarm, als müsse es noch tausend Schläge nachholen, seit es gestern durch die Todesnachricht schockgefroren worden war. »Was hat er denn gesagt?«

»Sie seien einer der wenigen Menschen, auf die er sich verlassen könne. Sie machten bei keinem dieser verlogenen Vereine mit …«

»Er meinte die *Devil Doves*?«

»Die wohl auch. Aber ebenso seine Familie.«

»Aha.« Mehr wusste Heide nicht zu erwidern. Sie kannte weder die einen noch die anderen. Leos Schwester Nikola war ihr mal in einer Bar in der Innenstadt begegnet, zusammen mit ihrem tollen Freund. Aber die beiden hatten sie nicht beachtet, warum auch, sie hatten schließlich keine Ahnung, dass am Nebentisch Leos Freundin und Geliebte saß und sich vor Schüchternheit die Bluse vollschwitzte. Nikola war eine schrecklich attraktive und selbstbewusste Frau. Nach diesem Treffen war Heide froh gewesen, dass Leo keinerlei Anstalten machte, sie seiner Familie vorzustellen. Es hätte etwas zerstört zwischen ihnen. Diese Zweisamkeit. »Hat er sonst noch irgendwas erwähnt?«

»Sie hätten ein Herz aus Gold! Er hat Ihnen diesen Teddybär geschenkt, und Sie haben sich gefreut, wie sich sonst nur Frauen freuen, denen man Hochkarätiges um den Hals hängt.«

Ja, das klang nach Leo, so drückte er sich aus. Je länger sie diesem Mann gegenübersaß, desto weniger machte sie sich Sorgen, in eine Falle getappt zu sein.

Klar, manchmal war sie mehr als naiv. Und auch jetzt konnte das böse Erwachen noch kommen. Aber alles war besser, als sich im Bett zu verkriechen. »Und … was kann ich jetzt noch für Leo tun? Sie sagten doch, er hätte noch eine Aufgabe für mich!« Meinetwegen auch ein weiterer Brandsatz, fügte sie in Gedanken hinzu. Sie war zu allem bereit. Es tat so gut, wieder im Leben angekommen zu sein.

»Er hat mir diesen Umschlag gegeben.« Beisse zog ein wattiertes braunes Kuvert aus einem ausgebeulten Stoffbeutel, den er unter seiner Jacke verborgen gehalten hatte.

»Für mich?«

»Nein, Sie sollen es weitergeben.«

»Was ist denn da drin?« Es könnte alles sein. Ein Testament, ein Schlüssel, eine Bombe – egal. Sie würde es entgegennehmen.

»Sie dürfen auf keinen Fall hineinsehen! Das könnte gefährlich werden, hat er gesagt. Es ist besser, Sie wissen nicht, um was es bei der Sache geht.«

»Waren das seine Worte?«

Beisse nickte. »Er hat sich Sorgen um Sie gemacht.«

»Braucht er doch nicht. Ich mache keinen Scheiß, bestimmt nicht.« Sie streckte die Hand aus und konnte es kaum erwarten, dieses kleine Päckchen in die Finger zu bekommen, bloß weil sie wusste, vor Tim Beisse war es in Leos Besitz gewesen. Das war fast wie eine Berührung. Leider machte ihr Gegenüber keine Anstalten, ihr das Ding zu geben. »Was ist denn noch?«

»Leo möchte, dass Sie es morgen Mittag ausliefern. An Nikola Kellerbach.«

Heides Hochgefühl rollte sich augenblicklich zusammen. »Seine Schwester?«

»Genau. Und Sie sollen auf keinen Fall mehr dabei sein, wenn Nikola den Umschlag öffnet.«

Tatsächlich eine Bombe? So eine, die hochgeht, wenn man sie auspackt? »Aber ... ich kenne diese Frau doch gar nicht. Sie wird mich keine zehn Schritte an sich heran lassen. Vor allem nicht, wenn ich ihr sage, dass ich etwas von Leo dabei habe.« Heide schluckte schwer. »Machen Sie das doch für mich!«

Er schüttelte den Kopf. »Sagen Sie Nikola, dass sie keinem Menschen etwas davon erzählen darf. Die Sache ist sehr gefährlich, und es ist anzunehmen, dass auch Menschen darin verwickelt sind, denen sie jetzt noch vertraut.«

»Ihr Freund? Ihre Familie?«

»Kein Sterbenswörtchen. Besonders nicht an den Vater.«

»Bestimmt können Sie das viel besser!«

Tim Beisse erhob sich, trank den letzten Schluck Tee im Stehen und zuckte mit den Schultern. »Das glaube ich kaum. Bei den Kellerbachs bin ich wahrscheinlich kein gern gesehener Gast.« Er legte das Kuvert auf den Tisch neben die Reispuffer. Die unbändige Lust, nach dem Beutel zu greifen, hatte sich für Heide erledigt. Jetzt wäre es ihr lieber gewesen, Beisse hätte ihn unverrichteter Dinge wieder eingesteckt. Gern hätte Heide ihren Besucher zurück auf den Stuhl gezwungen. Er durfte nicht einfach so mir nichts, dir nichts verschwinden. Und sie allein lassen. Mit dieser unmöglichen Aufgabe. »Bleiben Sie doch, bitte! Erzählen Sie mir, was Sie über Leo wissen. Haben Sie eine Ahnung, wer ihn ermordet hat? Waren es wirklich die *G-Point-Gangsters*?«

»Ich muss jetzt wirklich los«, drängte er.

»Dann komme ich mit!« Sie griff instinktiv nach ihrer Handtasche, die am Garderobenhaken hing.

»Das geht nicht. Wäre besser für uns beide, wenn man uns nicht zusammen sieht!« Seine Ungeduld war auffällig, man sah ihm an, dass er am liebsten zur Wohnungstür gesprintet wäre. Was für ein seltsamer Kerl, den Leo ihr da auf den Hals gejagt hatte.

»Was ist, wenn ich es vermassle?«

»Das kriegen Sie schon hin«, antwortete er ohne Nachdruck und fasste nach der Türklinke.

»Woher wollen Sie das wissen?«

»Leo hat es mir gesagt. Er meinte, Heide kriegt das hin, sie wird nicht zögern, mir diesen Gefallen zu tun. Und ich kann mir nicht vorstellen, dass Leo sich in einer solch wichtigen Angelegenheit täuschen kann.«

Die Neun
beinhaltet für die Kelten als Zahl das ganze Universum

Der Marienplatz mochte normalerweise die Flaniermeile der Stadt sein. Derzeit jedoch glich er einer Großbaustelle. Was immer die Arbeiter zwischen die obligatorischen Klamottentempel und Systemgastronomien bauten, sie machten einen Heidenlärm dabei. Wencke wäre auf ihrem Weg zur Bankfiliale beinahe von einer Straßenbahn überrollt worden, deren Herannahen einfach nicht zu hören gewesen war.

Es gab im Grunde keine besseren Voraussetzungen, um jemanden unauffällig zu verfolgen, als Baulärm und innerstädtisches Chaos. Doch der Bruder, den die Teufelstauben zu Wenckes Observation abgestellt hatten, war so unauffällig wie ein Papagei in der Pampa. Vielleicht lag es auch daran, dass sich schon so oft in Wenckes Leben jemand an ihre Fersen geheftet hatte und sie allergisch reagierte, sobald eine Person sich länger als üblich in ihrem Rücken aufhielt. Doch sie hatte schon bei Vertragsabschluss fest damit gerechnet, dass *Mighty Mäxx* und seine Männer Christine Frey erst einmal beobachten würden. Schließlich lebte diese Frau nun nach einstimmiger Abstimmung für ein paar Tage auf ihrem Grundstück. Später wollte sie sich noch das Gartenhäuschen vornehmen und es bewohnbar machen – die *DDs* hatten ihr dabei freundlicherweise tatkräftige Unterstützung angeboten. Und danach, darauf hatten sie bestanden, sollte Christine Frey noch auf ein

Bierchen vorbeikommen, sobald die Zapfanlage einsatzbereit war. Ja, sie konnten so nett sein, diese Brüder. Und dennoch blieb Wencke skeptisch. Dass im Bus der erste Verfolger auftauchte, hatte sie also nicht im Geringsten irritiert. Der Typ mit auffallend großer, silberner Pilotensonnenbrille und zerfranster Jeanskluft stieg genau wie sie in der Speicherstraße ein, am Hauptbahnhof aus und hielt sich wie mit dem Zollstock abgemessen zwanzig Meter hinter ihr. Er übertrieb es dermaßen mit dem Unauffälligsein: Ein Easyrider, der intensiv die Auslagen eines Sanitätsfachhandels studierte und den Eindruck vermitteln wollte, dass er sich überaus für Stützstrümpfe und Inkontinenzeinlagen begeisterte ... Wencke hatte sich mit ihrem Döner in der Hand extra viel Zeit gelassen und darüber amüsiert. Dann erst war sie zur Bank gelaufen.

Christine Frey hatte schließlich noch ihren Kredit umzuschulden.

Der Papagei blieb draußen stehen und lernte die Immobilienaushänge auswendig. Wencke suchte sich eine freundliche Anlageberaterin und ließ sich in einer diskreten Ecke eine volle Stunde über die Vorteile der Riesterrente aufklären. Das hatte sie schon immer mal machen wollen, schließlich ging sie in Siebenmeilenstiefeln auf die vierzig zu. Als sie die Filiale gegen halb fünf mit einem Stapel Papiere wieder verließ, hockte der Papagei mit Zigarette auf einer Mülltonne und machte ein noch grimmigeres Gesicht, als die Vereinssatzung es vorschrieb. Das reizte Wencke, noch einen weiteren Abstecher zu machen, einfach mal so, wie Christine Frey durch ihre Heimatstadt schlendern würde, nachdem sie lange Zeit mediterrane Strände und Palmen hatte ertragen müssen.

Tatsächlich entpuppte sich die Stadt als begehbares Museum. Auch wenn Wencke sich nur wenig für Baukunst und Architektur begeistern konnte, die restaurierten Häuschen waren auf jeden Fall schöner als die Freyschen Pferdehöfe, und das Schloss machte richtig was her mit seinen Türmchen und der goldenen Kuppel. Einen Rundgang musste sie sich sparen, kein Schweriner besuchte schließlich aus freien Stücken ein solches Touristenhighlight, das wäre aufgefallen. Stattdessen gönnte sie sich ein Eis mit drei Kugeln und setzte sich ans Seeufer. Ein kurzer Blick über die Schulter verriet ihr, dass auch der Papagei sich plötzlich nach dem Wasser sehnte und von der Brücke aus intensiv den Segelbooten zuschaute. Wencke lächelte in sich hinein. So furchtbar war das hier alles gar nicht. Das Geschäftsgespräch mit den berüchtigten *Devil Doves* war professionell, die Verhandlung fair verlaufen, der Pachtvertrag unter Dach und Fach.

Vielleicht sollte sie mal bei Axel anrufen und fragen, ob mit Emil alles in Ordnung war? Quatsch, sie war gerade mal einen halben Tag von ihrem Sohn getrennt, sollte sie jetzt schon zur Glucke mutieren? Später, so gegen acht Uhr vielleicht …

Direkt vor ihr flogen ein paar Seevögel auf, die durch irgendetwas hochgeschreckt worden waren und es nun anscheinend auf ihr Eis abgesehen hatten. Himbeersorbet tropfte auf ihre Jeans, sie wischte den klebrigen Fleck notdürftig weg, da triefte es schon wieder. Die Sonne machte sich einen Spaß daraus, den Inhalt des Waffelhörnchens zerlaufen zu lassen, und die aufgeregten Viecher kriegten sich gar nicht mehr ein. Als Wenke ihren Rucksack hervorholen wollte, in dem sich hoffentlich ein paar Taschentücher befanden, stutzte sie.

Der Papagei war weg. Zumindest saß er nicht mehr ultralässig mit halber Pobacke auf dem Brückengeländer. War seine Schicht zu Ende? Hatte sie ab sofort einen neuen Schatten? Oder waren die *Devil Doves* zu dem Entschluss gekommen, dass Christine Frey sehr harmlos, vielleicht sogar stinklangweilig war? Wencke schaute sich um.

Weiter hinten, wo die Straße erst direkt auf das Schloss zuführte und dann eine scharfe Kurve nach links machte, standen drei herrenlose Motorräder. Wencke kannte sich mit den Maschinen nicht aus, doch die tiefen Sitze und die hohen, fast lächerlich breiten Lenker ließen sie vermuten, dass es irgendwelche besonderen Fahrgestelle waren, hießen die nicht Chopper*? *Harley Davidson* vielleicht, auf jeden Fall Rockermaschinen. Waren ihre neuen Pächter jetzt auf eine dermaßen auffällige Observation umgestiegen, dass sie gleich einen Konvoi losschickten? Oder …

Sie stand auf. Die Steinbrücke, die den Schlossgraben überquerte, war überfüllt mit fotografierenden Reisegruppen. Doch seltsamerweise schienen weder das Schloss noch der Schweriner See ihre Aufmerksamkeit zu erregen, sondern etwas, das auf dem Bürgersteig lag. Einige nackte Oberarme und Unterschenkel, bunte Tops, Shorts und Miniröcke standen versammelt im Kreis. Und endlich entdeckte Wencke auch die zerschlissene Jeans. Der Papagei lag am Boden und war von Schaulustigen umringt. Je näher sie mit schnellen Schritten kam, desto deutlicher konnte sie die aufgeregten Stimmen der Menschen hören, von denen sich zwei inzwischen hingekniet hatten, um dem am Boden liegenden Hilfe zukommen zu lassen.

»Die haben dem einfach den Kopf eingeschlagen, auf offener Straße!«, rief ein Teenager seinen weiter entfernt gaffenden Freunden zu und schaltete gleich das Handy an, um internetfähige Bilder von diesem Wahnsinnsabenteuer zu schießen.

»Da sind diese Verbrecher«, brüllte ein alter Mann und zeigte mit seinem Stock Richtung Brücke, wo drei mit Helmen maskierte Männer in aller Seelenruhe auf ihre Motorräder stiegen. »Die Rocker waren das! Die haben den totgeschlagen!«

»Das ist der Bandenkrieg, von dem sie im Radio erzählt haben«, spielte sich eine Frau mit Sonnenhut auf. »Gewarnt hat der Moderator: Gewalt und nochmals Gewalt!«

Der Jugendliche rannte los, das Handy in der Hand, er hielt

die Kamera genau auf die vermeintlichen Täter und rief: »Ich hab sie drauf! Ich hab den Beweis!« Verdammt, Junge, wollte Wencke schreien, das hier ist weder ein Detektivabenteuer noch ein Computerspiel. Das hier ist echt!

So schnell, wie der Letzte der drei Maskierten zurückgerannt kam, dem Halbwüchsigen das Aufnahmegerät aus der Hand gerissen und über das Brückengeländer in den Wassergraben geworfen hatte, konnte keiner schauen, geschweige denn handeln.

Der Junge heulte, als habe der Angreifer ihm den ganzen Arm abgerissen, wahrscheinlich konnte er heilfroh sein, dass es nicht tatsächlich so war. Seine Kumpels eilten ihm zur Hilfe, sobald der Rocker sich wortlos, aber mit Mittelfingergeste abgewandt hatte. Auf der Rückseite seiner Kutte war groß der Schädel mit dem Fadenkreuz in der Augenhöhle zu erkennen. Unverkennbar das Abzeichen der *G-Point-Gangster.* Kein Mensch traute sich, einen Schritt in diese Richtung zu tun. Das war mit Sicherheit auch besser so.

Klar, Wencke hätte jetzt gern einen LKA-Ausweis gezückt und die Sache in die Hand genommen. Doch das war nicht möglich, schließlich war sie Christine Frey, und die hatte keine solchen Dienstausweise, sondern war eine von vielen, die zufällig gerade hier vor dem Schloss rumlungerten und halbwegs mitbekommen hatten, dass ein harmloser, ganz normaler Passant grundlos und ohne Vorwarnung von drei *G-Point-Gangsters* überfallen worden war.

Verdammt, das durfte doch wohl nicht wahr sein! Sie hatte in aller Seelenruhe ein Eis geschleckt und nichts davon mitbekommen. Wencke drängte sich durch den Pulk und sah ihren Verfolger zum ersten Mal von Nahem. Ein nettes, etwas speckiges Gesicht eigentlich, doch jetzt war es durch Schmerzen und Schock entstellt. Der Papagei schrie nicht, aber er war Gott sei Dank noch am Leben. Seine riesige, silber verspiegelte Sonnenbrille lag neben seinem Kopf, das Glas war in tausend Scherben zerbrochen.

Ein paar Schritte weiter traute sie sich, das Funkgerät auf Empfang zu stellen. Jetzt würde sich zeigen, wie nah ihre Leute in diesem Augenblick wirklich waren. »Ich bin's! Hier am Schloss ist gerade …«

»Wir wissen Bescheid!«, vernahm sie Boris' Stimme. Er musste bereits auf ihre Meldung gewartet haben »Der Notruf ging gerade auch bei uns durch. Und du solltest dich schnell aus dem Staub machen.«

»Warum?«

»KHK Wachtel ist auf dem Weg zum Tatort. Oberstaatsanwalt Gauly womöglich auch. Denen solltest du nicht über den Weg laufen, sonst fliegt deine Tarnung auf.«

»Das Opfer liegt schwer verletzt am Boden, da kann ich doch nicht einfach so …«

»Der Krankenwagen ist unterwegs, mehr wirst du da auch nicht retten. Wenn sie dich erst als Zeugin im Visier haben, ist deine Deckung in Gefahr. Nimm den nächsten Bus Richtung Ziegelsee, hörst du?« Boris' Stimme duldete keinen Widerspruch, also schulterte Wencke ihren Rucksack und verließ den Ort des Geschehens. Niemand hielt sie auf, sie war unauffällig geblieben, eine von denen, die sich lieber aus dem Staub machten, wenn es brenzlig wurde. Außer ihr hatte mehr als die Hälfte der Zeugen inzwischen das Weite gesucht.

Doch sie war keine Zeugin, nein, in Wirklichkeit steckte sie mittendrin. Dieser Mann hatte sie seit mehr als zwei Stunden verfolgt, harmlos, aber stur, und dann war er von den *G-Point-Gangsters* zusammengeschlagen worden. Das konnte beim besten Willen kein Zufall sein. Entweder wussten die feindlichen Rocker irgendwoher, dass der Papagei sich auf der Brücke aufgehalten hatte, oder sie waren ihrerseits die ganze Zeit Verfolger gewesen. Wessen Verfolger? Und was hatten sie mit ihrem Überfall bezwecken wollen? Die Observation von Christine Frey beenden? Oder ihr auf diese Weise demonstrieren, dass sie es mit weitaus mehr Problemen zu tun hatte als nur mit ihren neuen Pächtern?

Das war jedoch nur in dem Fall logisch, wenn Christines wahre Identität bereits aufgeflogen wäre. Einer bankrotten Grundstücksbesitzerin einen Warnschuss zu verpassen, machte keinen Sinn. Einer Undercoverermittlerin schon.

Die Zehn
verbindet als Zahl den Anfang mit dem Nichts

Die Stadtvilla der Advokatenfamilie lag stilecht in einer Straße mit Komponistennamen, nur einen Steinwurf vom »Platz der Freiheit« entfernt. Obwohl – kein echter Kellerbach würde je einen Stein werfen. Das sah man sofort.

Boris und ein Schweriner Kollege namens Steffen Jolters wurden tatsächlich von einer Art Hausmädchen begrüßt und in einen Wintergarten geführt, wo es nach kaltem Zigarrenrauch und einem hilflos dagegen ankämpfenden Lufterfrischer roch.

Jolters, ein mittelwichtiger LKA-Mann in Boris' Alter, war ein netter Typ mit Brille, aschblondem Haar und Dreitagebart. Er hatte allem Anschein nach kein Problem damit, dass ihm an diesem Morgen ein Profiler aus Hannover untergejubelt wurde.

»Ich wette, die lassen uns mindestens zehn Minuten warten«, tippte er und sah sich die Gemälde an, auf denen blasierte Visagen in Öl gepinselt worden waren. »Ich komme ja hier aus Schwerin. Und schon vor der Wende hieß es: Die Kellerbachs sind die arrogantesten Schweinepriester der ganzen Stadt.« Jolters gab sich keine Mühe, leise zu reden.

Boris flüsterte trotzdem. »Waren sie schon immer so reich? Auch im sozialistischen Einheitsstaat?«

»Wenn die nicht in der DDR sogar noch ein bisschen reicher gewesen sind. Es gibt so ein paar Vertreter der Nomenklatura …«

»Der was?«, fragte Boris nach.

»So nannte sich unsere Elite, die nicht nur aus Parteigrößen, sondern auch aus anderen Privilegierten bestand, Wirtschaft und Gesellschaft und so. Die Kellerbachs gehörten dazu, auch wenn sie sicher keine ausgewiesenen Sozialisten waren. Deswegen hat die ganze Wende dem zweifelhaften Glanz der Familie nichts anhaben können.« Jolters griff nach einem aufwendig eingerahmten Foto, welches auf einer Anrichte stand. »Der alte Kellerbach und unser Erich. Schau, was der Oberindianer für ein angefressenes Gesicht macht. Das sagt doch wohl alles!«

Boris warf einen Blick auf das Bild. Dass Kellerbach mit den wichtigsten Politikern des Landes auf Du und Du bekannt gewesen war, überraschte ihn nicht besonders. »Waren die erfolgreichen Akademiker nicht alle in der Partei?«

»Rein formell schon, aber die wenigsten haben heute noch ihre Honecker-Bilder im Empfangszimmer stehen.«

Die anderen Exponate der kleinen Ausstellung zeigten ähnliche Aufnahmen: Auf einem Empfang strahlte Katharina Witt in die Kamera, Seite an Seite mit dem Schweriner Staranwalt. Und wenn Boris sich nicht täuschte, war der Mann mit dem ausdruckslosen Gesicht, der neben Kellerbach auf einem hässlichen Sofa saß, Erich Mielke.

»Schau mal, hast du den schon kennengelernt?«, fragte Jolters und wies auf den dritten Mann, der zwischen Kellerbach und dem Stasichef auf dem Poster hockte. Ein feistes Gesicht mit buschigen, roten Augenbrauen, ansonsten kahl. Er schien etwas jünger zu sein als seine Sitznachbarn. »Das ist der werte Herr Gauly.«

»Der Herr Oberstaatsanwalt, ja, ich hatte bereits das Vergnügen. Zwar nur kurz, denn inzwischen hat den Fall ja seine

Untergebene übernommen, aber dafür mit bleibendem Eindruck. Der Mann scheint sehr von sich überzeugt zu sein.«

»Gauly und Kellerbach sind Duzfreunde. Und den Mielke haben sie wahrscheinlich auch privat in seiner Datsche besucht. Alles eine Bagage.«

»Wenn Gauly nachweislich mit dem Minister der Staatssicherheit befreundet war, wie kann er dann heute einen Posten als leitender Oberstaatsanwalt haben? Gab es da nicht eine Entrümpelungsaktion im Staatsdienst?«

»Sagen wir es so: Offizielle Zahlen behaupten, dass vierzig bis fünfundachtzig Prozent derer, die für die Stasi tätig waren, gekündigt wurden. Im Umkehrschluss bedeutet das aber auch, dass es eine ganze Reihe von Personen gibt, die trotzdem blieben.«

»Gauly hat sogar Karriere gemacht…«

»Soweit ich weiß, hat man ihm auch nie etwas vorwerfen können. Er war damals als Jurist im Ministerium für Volksbildung, also auf einer völlig anderen Baustelle.«

Die Familienschnappschüsse fanden sie schließlich ganz hinten, versteckt zwischen den Topfpflanzen. Passepartout und Silberrahmen fielen bei den Privatfotos weniger üppig aus. Boris nahm ein sehr gestelztes Vater-Mutter-Kind-Arrangement zur Hand. Leo Kellerbach als etwa zehnjähriger Junge mit kräftigem Kinn, einigen Sommersprossen auf der Nase und dem störrischsten Haarwirbel, den man sich vorstellen konnte.

»Kennst du die Kellerbachs persönlich?«

Jolters betrachtete das Bild. »Nur Nikola. Sie war mal kurz mit meinem älteren Bruder zusammen. Eine Klassefrau, aber kalt wie ein Fisch.«

»Und Leo?«

»Vom Sehen. Der war früher schon ziemlich rebellisch, soweit ich weiß. Zwar war er nicht mehr auf der Schule, als ich zum Gymnasium kam, aber es wurden immer noch wilde Geschichten über ihn erzählt. Das schwarze Schaf der Familie mit der blütenweißen Weste.« Er schickte ein ironisches Lachen hinterher. »Irgendwer hat mal gesagt, bei dem ist es umgekehrt wie bei seinen Alten: Wenn man die Scheiße abkratzt, findet man Gold.«

Boris schaute sich die vier Personen so intensiv an, als erwarte er, dass sie sogleich aus der Zweidimensionalen heraussprangen und ihm die Wahrheit erzählten. »Leo und Nikola ...«

»Die Kellerbachs haben ihren Nachwuchs nach Tolstoi benannt: Leo Nikolajewitsch.« Jolters rollte die Augen. »Der war ja noch ewig nach der Wende Pflichtlektüre an unseren Schulen. Thema Sozialethik, lang, lang ist's her. *Alle glücklichen Familien gleichen einander, jede unglückliche Familie ist auf ihre eigene Weise unglücklich*. Das ist das sogenannte *Anna-Karenina-Prinzip*.«

»Zu welcher Kategorie zählen sich die Kellerbachs?«

»Offiziell zur ersten.«

Der Rahmen des Familienfotos war klein genug, um unauffällig in der Jackentasche versenkt zu werden. Und da es bislang einen so unscheinbaren Platz eingenommen hatte, war kaum davon auszugehen, dass dieses unerlaubte Entwenden allzu bald auffallen würde. Jolters bekam die Aktion zum Glück nicht mit, doch als fast im selben Moment die Tür schwungvoll geöffnet wurde, zuckten beide ein wenig schuldbewusst zusammen.

Boris erkannte den eintretenden Mann von der Shaking-Hand-With-Honecker-Fotografie. Er war nur etliche Jahre älter geworden. Oder vielleicht traf der Ausdruck »reifer« die Sache besser, denn alt wirkte Johann Kellerbach nicht, obwohl er inzwischen Mitte siebzig sein musste. Ein breites, aufrechtes Kreuz, an dieser Haltung konnte sich so mancher Teenager etwas abgucken. Das Haar taugte noch bestens für eine komplette Frisur, und das Gesicht war zwar nicht faltenfrei, aber es steckte jede Menge Leben darin. Johann Kellerbach hätte das Zeug gehabt, ein richtig gutaussehender Mann im besten Alter zu sein – wenn er nicht eine so gnadenlos unsympathische Miene aufgesetzt hätte.

»Herr Jolters und Herr Bellhorn, so wurde mir angekündigt«, eröffnete er das Gespräch, ohne auch nur den Hauch einer Begrüßungsgeste anzudeuten. Er gab halt nicht jedem die Hand. »Wie in der Zeitung zu lesen war, gab es gestern in der Nähe vom Schloss einen erneuten Überfall?«

Boris nickte. »Das Opfer liegt mit Kopfverletzungen im Krankenhaus. Seine Aussage deckt sich mit denen der Augenzeugen, dass es sich bei den Tätern um die *G-Point-Gangster* gehandelt hat.«

»Genau wie bei meinem Sohn!«

»Wir haben in dieser Angelegenheit leider noch keine weiteren Erkenntnisse«, musste Jolters zugeben. »Aber der Zusammenhang zwischen beiden Taten ist naheliegend.«

»Sagen Sie es doch gleich: Sie sind hoffnungslos überfordert, oder nicht?« Kellerbach betrachtete sie beide mit einer Mischung aus Wut und Mitleid. »Wir kriegen die Misere in Schwerin so nicht in den Griff.«

»Wen meinen Sie mit *wir*?«, fragte Boris.

Jolters mischte sich ein, in seinem Blick konnte Boris so etwas wie verstecktes Missfallen erkennen. »Herr Kellerbach engagiert sich schon seit einigen Jahren für die Gründung einer Bürgerwehr …«

»Damit will ich Ihnen und Ihrer Truppe ja gar keinen Vorwurf machen. Wie Sie wissen, ist selbst mein geschätzter Freund Oberstaatsanwalt Gauly ein prominenter Unterstützer dieser Idee. Bei einem solchen Aufgebot an krimineller Energie in unserem Land muss auch der Bürger aufgefordert sein, für Recht und Ordnung zu sorgen.«

So war das also, Kellerbach entpuppte sich als Populist, wahrscheinlich als einer von der Sorte, der, wenn auch nicht dem Sozialismus, so aber doch den alten, bestens kontrollierten DDR-Zeiten hinterhertrauerte.

»Ich bezweifle, dass Ihr Verein … «, setzte Jolters an.

»ASMV ist kein Verein, sondern ein Aktionsbündnis«, korrigierte Kellerbach. »Aktion Sicheres Mecklenburg-Vorpommern.«

»Nun, ich glaube dennoch nicht, dass Ihre Interessensgruppe diesen tragischen Mordfall hätte verhindern können.«

»Verhindern nicht. Aber wenn die Mitmenschen aktiver dazu aufgefordert würden, ihre Augen offen zu halten und durch aufmerksames Beobachten ihres Umfeldes bei der Verbrechensbekämpfung mitzuwirken, dann wären wir jetzt bestimmt schon ein paar Schritte weiter.« Oder ein paar Jahrzehnte zurück, dachte Boris, verkniff sich aber die Anspielung auf solche Stasimethoden.

»Meine lieben Herren Polizisten, ich hatte ernsthaft angenommen, Sie kämen, um mir Neuigkeiten mitzuteilen, was den Mord an meinem Sohn angeht.« Kellerbach machte ein säuerliches Gesicht. »Stattdessen haben Sie anscheinend bloß wieder neue Fragen.«

Das stimmte. Boris hatte seine neuen Vorgesetzten vom LKA Schwerin darum gebeten, ein Treffen mit der Familie zu arrangieren, damit er sich ein eigenes und möglichst umfangreiches Bild machen konnte. Er war schließlich hier, um sein Wissen als Rocker-Experte zur Verfügung zu stellen, und eine seiner fundamentalsten Thesen besagte, dass der Grund für einen Beitritt in einen Männerbund in den allermeisten Fällen in der Ursprungsfamilie zu suchen ist. Entweder gab es dort zu wenig Strukturen, zu wenig Autorität und Grenzen – oder zu viel. Im Fall Kellerbach tippte er spontan auf Letzteres.

Da der Senior keine Anstalten machte, den Besuchern die

antiken Sitzmöbel anzubieten, blieben sie alle drei recht verloren auf dem Fischgrät-Parkett stehen. Boris war wild entschlossen, sich davon nicht wieder verunsichern zu lassen.

»Es geht um die Kontakte, die Ihr Sohn außerhalb des Rockerclubs hatte«, begann er. »Die Ermittlungen konzentrieren sich zwar in diese Richtung, aber wir wollen nichts übersehen.«

»Mein Sohn hatte eine Kanzlei in der Schelfstadt, wie Sie sicher wissen. Dort arbeiten neben seiner Schwester Nikola noch drei junge Frauen als Anwaltsgehilfinnen. Mit denen hatte er tagtäglich zu tun.«

»Die Mitarbeiter haben wir natürlich schon befragt. Doch hier beschränkt sich auch alles auf die berufliche Zusammenarbeit. Wir interessieren uns jetzt mehr für das Private. Hatte Ihr Sohn eine Freundin?«

Man sah Kellerbach an, dass ihm diese Frage unangenehm war, er nestelte an einem Manschettenknopf herum. Erst jetzt fiel Boris auf, dass der Anzug nicht nur sicher sauteuer und wahrscheinlich maßgeschneidert war, sondern auch mittelbraun. Warum trug der Vater des Opfers keine Trauer?

»Also, da hätten Sie auch in Ihre Akten schauen können, denn danach haben mich Ihre Kollegen sicher schon ein Dutzend Mal gefragt. Und jedes Mal antworte ich: Nicht, dass ich wüsste.«

Klar, diese Wischiwaschi-Aussage war Boris bekannt. Doch genau damit wollte er sich eben nicht begnügen. »Aber Leo hatte doch eine Maisonettewohnung hier in Ihrem Haus. Sie lebten also unter einem Dach, da bleibt doch so etwas nicht verborgen.«

»Dann wird er wohl keine Freundin gehabt haben.«

Boris sagte nichts weiter, denn es war dem so beherrschten Mann anzusehen, wie unangenehm dieses Thema für ihn war. Da war es nicht die schlechteste Masche, ihn ein bisschen warten zu lassen. Und tatsächlich, Kellerbach ließ sich nach einer gefühlten Ewigkeit zu einem weiteren Satz hinreißen: »Aber er war auch nicht homosexuell, falls Sie das jetzt vermuten.«

Nein, das hatte Boris nicht vermutet, aber die Art, wie dieser Mann über das Thema sprach, machte deutlich, wie wenig willkommen ein schwuler Sohn in diesem Hause gewesen wäre.

»Gab es denn Bekannte, mit denen er sich außerhalb seines Motorradclubs traf?«

»Mein Sohn war ein vielbeschäftigter Jurist, und sein Hobby Motorradfahren – welches ich übrigens mehr als befremdlich fand – hat ihn auch sehr in Beschlag genommen. Ich kann mir kaum vorstellen, dass er noch Zeit fand, einen Schrebergarten zu pflegen.«

Holla, der Mann hatte tatsächlich ein bisschen Humor, wenn auch mit spitzer Zunge vorgetragen.

»Was hat Leo denn als Kind gern gespielt?«

»Er war in der FDJ.«

»Und sonst?«

Kellerbach musste eine Weile überlegen. »Ich konnte damals selten zu Hause sein. Meine Frau hätte das beantworten können, aber sie ist – wie Sie sicher wissen – bereits vor drei Jahren gestorben.«

»Sie haben doch noch eine Tochter. Vielleicht weiß sie da ein bisschen mehr?«

»Nikola. Ja, ich kann sie mal rufen lassen. Sie lebt ebenfalls hier im Haus.« Er verschwand kurz durch die Tür, sichtlich verunsichert durch die Tatsache, dass er im Grunde nichts anderes über seinen toten Sohn wusste als die Dinge, die man auch auf dessen Wikipedia-Eintrag lesen konnte. Als er wieder den Raum betrat, fabrizierte er tatsächlich ein kurzes Lächeln auf seinen Lippen. »Sie haben Glück, meine Tochter war gerade auf dem Sprung in die Kanzlei.« Und jetzt – tatsächlich –

schaffte er es auch, ein freundlicher Gastgeber zu sein. »Setzen Sie sich doch«, bot er an. »Soll ich Kaffee bringen lassen?«

Boris blieb demonstrativ stehen und schüttelte den Kopf. Jolters machte mit, obwohl er sicher gern ein bisschen Koffein geschlürft hätte, schließlich war es noch keine neun Uhr. Doch beide waren sich wortlos einig, dass es jetzt zu spät war für Höflichkeiten.

Der alte Anwalt bemerkte diese Aktion leider kaum, sondern dachte angestrengt nach, zumindest vermittelte er den Eindruck. »Da fällt mir etwas ein. Das habe ich auch noch nicht Ihren Kollegen gesagt, weil es ein paar Wochen zurückliegt und ich seitdem nicht mehr daran gedacht hatte. Neulich ist ein alter Freund von Leo hier gewesen.«

Boris horchte auf.

»Er sagte, er kenne meinen Sohn aus Kindertagen und sei mehr zufällig auf den Gedanken gekommen, einmal hier vorbeizuschauen, weil er gerade in der Stadt war.«

»Kannten Sie den Mann?«

»Nein.« Er ließ den Kopf ein wenig schuldbewusst hängen. »Aber wie gesagt, ich war als Vater nicht so oft zugegen, als dass ich die Freunde meiner Kinder hätte kennen können.«

»Hat er seinen Namen genannt?«

»Ja, mein Namensgedächtnis ist auch sehr gut. Er hieß Tim Beisse.«

Boris holte seinen Block heraus und notierte den Namen. Wahrscheinlich hatte die Sache nichts mit dem Mord zu tun. Aber vielleicht ergab sich die Gelegenheit, diesen alten Freund ein wenig nach der Kindheit des Mordopfers zu befragen. Den Kripokollegen mochte das überflüssig erscheinen, für einen Soziologen gehörte es jedoch ebenso dazu wie die Abgleichung eines Alibis oder das Sichern der Fingerabdrücke. Manchmal wurden eben schon am Anfang eines Lebens die

Weichen so gestellt, dass das tragische Ende vorprogrammiert war. Und wenn ein Vater so gut wie nichts über die frühen Tage seines Sohnes wusste, war das schon ein wichtiger Hinweis. Nur: In welche Richtung dieser Hinweis führte, konnte Boris noch nicht mal ansatzweise ahnen.

Nikola Kellerbach trat ein, ohne anzuklopfen. Sie trug ein tiefschwarzes Kostüm und gab ihrem Erzeuger je links und rechts ein Küsschen, aufgesetzter konnte Zuneigung kaum sein. Über Steffen Jolters schien sie sich immerhin wirklich ein bisschen zu freuen, sie fragte nach dessen Bruder, und beide scherzten kurz über die kurze, aber spannende Liebelei, die es damals gegeben hatte. Nikola wirkte entspannter als ihr Vater, und obwohl sie im Gegensatz zu ihm dunkle Klamotten trug, schien sie nicht besonders mitgenommen zu sein vom Verlust ihres Bruders und Kollegen. Es machte fast den Eindruck, als wären angemessene Gefühle in diesem Haus unzulässig.

»Guten Morgen«, sagte sie dann auch zu Boris und lehnte sich gegen den runden Tisch, damit klar war, sie war schon mit halbem Fuß wieder draußen. »Mein Vater sagte, ich könne Ihnen besser weiterhelfen als er.«

Das konnte sie aber leider auch nicht. Auch die Schwester des Toten wusste nichts von einer Freundin oder anderweitigen Beziehungen. Auch sie vermutete, dass neben Justitia und den *Devil Doves* kein Platz in Leo Kellerbachs Herzen mehr übrig geblieben war.

»Und als Kind?«, hakte Boris nach.

»FDJ – genau wie ich. Und wenn sich die Gelegenheit ergab, hat er mit ein paar anderen Jungs in den verfallenen Häusern der Altstadt Krieg gespielt. Ganz harmlos, mit Holzgewehren und so.«

»War Tim Beisse auch dabei?«, wollte Boris wissen.

»Wer?«

Der alte Kellerbach mischte sich ein. »Vor ein paar Wochen war hier ein Mann in Leos Alter, der vorgab, ein alter Freund zu sein. Er nannte sich Tim Beisse.«

Sie runzelte die Stirn. »An den Namen kann ich mich nicht erinnern.«

»So ein Schlaksiger mit Bart«, half der Senior ihr auf die Sprünge.

»Nie gehört.« Sie warf den obligatorischen Blick auf die Armbanduhr. »Wenn sonst nichts ist, ich glaube, meine bessere Hälfte wartet schon draußen.«

Boris stutzte und folgte Nikola Kellerbachs raschem Entschwinden mit den Augen. Der Wintergarten war an der Hausseite, man konnte von hier aus einen kleinen Teil der Straße einsehen. Ein Motorradfahrer stand neben seiner Maschine. Der Moment, in dem der Wartende seinen Helm absetzte, um Nikola Kellerbach zur Begrüßung auf den Mund zu küssen, war nur sehr flüchtig, doch er reichte, um die lockigen, halblangen Haare zu erkennen – *Patch Blacky*. »Ihre Tochter ist mit Thorsten Schwarz zusammen?«

»Ja, leider, seit ein paar Wochen.« Der alte Kellerbach trat neben ihn und seufzte. »Es ist ja nicht so, dass ich überhaupt nichts mitbekomme vom Leben meiner Kinder. Ich habe aber keine Ahnung, was Nikola und Leo zu diesem Gesindel hingezogen hat.«

Die Elf
ist die Zahl der Reumütigen

Was waren das für Vögel? Enten? Gänse? Irgendetwas schnatterte penetrant vor ihrem Fenster, und davon war Wencke aufgewacht. Langsam schob sie sich von der Pritsche und war beinahe verwundert, wie gut sie auf diesem harten Ding geschlafen hatte. Wahrscheinlich hatten die drei Bier, die sie mit ihren neuen Pächtern getrunken hatte, das Ihre dazu beigetragen. Immer wieder waren die Halbliter-Gläser in die Höhe gegangen. Auf gute Zusammenarbeit! Auf freundschaftliches Miteinander! Und dann war es dringend Zeit gewesen, sich in ihr kleines Separee am Ende des Grundstückes zurückzuziehen.

Zwar hatte Wencke bis fast in die frühen Morgenstunden die Geräusche der fleißigen Handwerker rund um die hölzerne Kiste gehört, doch das Hämmern und Bohren und Sägen hatte sie immer nur kurz aus dem Schlaf gerissen, so kurz, dass es noch nicht einmal reichte, die Augen zu öffnen.

Jetzt – sie schaute auf ihr Handy, es war tatsächlich schon kurz vor neun – herrschte draußen idyllische Stille. Das Wasservögelgequake erinnerte daran, dass sie sich am Rande eines Naturschutzgebietes befand. Durch die Ritzen der geschlossenen Fensterläden schien die Sonne wie in Streifen geschnitten, und im Halbdunkel sah das Interieur der Gartenlaube gar nicht mal schlecht aus: Möbel aus den Sechzigern, die hatte sie gestern noch abgestaubt, genau, wie sie den alten Kaninchenstall, die Eimersammlung und einen Haufen muffiger Satteldecken schleunigst nach draußen befördert hatte. Bettzeug hatte sie zum Glück von zu Hause mitgebracht, der Geruch ihres Kissens erinnerte sie mit einem kleinen, sanften Piksen an Emil, der ihr jetzt am Morgen, nach dem Aufwachen, immer besonders fehlte. Eine saubere Sofadecke war über die Couch drapiert, und nachdem zwei Stunden gelüftet worden war und der Staubsauger alle Ritzen und Ecken kennengelernt hatte, versprühte das Zimmerchen den Charme einer ostdeutschen Datsche; Ostalgiker hätten für eine solche Übernachtung vielleicht sogar Geld bezahlt.

Fast kam bei Wencke Urlaubsstimmung auf. Bis sie die paar Schritte zum Waschbecken schlurfte und ihr Spiegelbild sah. Schwarze Haare! Überall noch einen Zentimeter kürzer, als sie ohnehin schon gewesen waren. Auch dunkle Augenbrauen und Wimpern hatte der eifrige Frisör, den sie irgendwo zwischen Ostfriesland und Mecklenburg-Vorpommern ganz zufällig ausgesucht hatte, ihr verpasst. Schlecht sah das nicht aus, aber sie erkannte sich kaum wieder.

»Guten Morgen, Christine!«, begrüßte sie ihr Gegenüber.

»Haben Sie etwas gesagt?«, kam eine Stimme aus dem Ohrstöpsel. Wie beruhigend, die Jungs von der Technik saßen also noch immer einsatzbereit vor dem Funkgerät. Wencke mochte nicht daran denken, welche Geräusche sie heute Nacht von sich gegeben hatte, Emil behauptete, dass sie manchmal mit den Zähnen knirsche.

»Alles in Ordnung! Ich bin eben erst aufgewacht.«

»Wir treffen uns um elf im Hotel. Ist das in Ordnung?«

»Das schaffe ich locker. Irgendetwas Neues?«

»Diese Frage müssten Sie Bellhorn stellen. Aber der ist gerade ermittlungstechnisch unterwegs.«

»Bis gleich!« Wencke räumte die Reisetasche aus. Einen

Schrank gab es nicht, also hängte sie die neu erstandenen Klamotten an die Garderobenhaken neben der Tür. Drei enge Jeans in gekonntem Used-Look, denen man hoffentlich nicht ansah, dass sie allesamt ungetragen waren. Schwarze Tops, schwarze Neckholder, schwarze Sweatjacke. Doch nicht alles war neu und noch mit Etikett versehen, sie hatte gestern auf dem Weg nach Schwerin noch einen Abstecher nach Worpswede gemacht, wo ihre Mutter – wenn sie nicht gerade in der Toskana unterwegs war – in einer Künstler-WG lebte. Und tatsächlich, auf dem Dachboden des Hofes hing ein ganz besonderes Teil: Wenckes alte Lederjacke, die sie als Abiturientin auf Anti-Atomkraft-Demos getragen hatte. Und sie passte auch noch! Das hatte ihr enormen Auftrieb verliehen. Sie fühlte sich so jung wie lange nicht mehr, da machte es auch nichts, dass das Klo in dieser Hütte nicht gerade auf dem modernsten Stand war.

Doch Wencke hätte jetzt gern eine lauwarme Dusche genommen. Für eine kalte fühlte sie sich nicht tough genug, es gab hier aber nur einen Wasserschlauch an der Außenwand. Gleich würde sie sich auf den Weg zu Boris machen, der da so hübsch komfortabel in seinem Hotelzimmer saß. Er würde bestimmt Erbarmen haben und ihr sein schickes Marmorbad zur Verfügung stellen. Jetzt musste erst einmal eine Handvoll Wasser reichen.

Und ein bisschen Morgenluft.

Sie zog sich die Turnschuhe an, stieß die Brettertür auf und wurde von der Sonne geblendet. Deswegen erkannte sie erst auf den zweiten Blick, was in dieser Nacht um sie herum geschehen war. Die Jungs hatten nicht zu viel versprochen: Die Berge aus Schrott und anderem Müll waren geschrumpft oder gänzlich verschwunden, der mit löchrigen Steinen gepflasterte Weg von hier zum Clubhaus war freigeräumt. Und das Gebäude selbst – das war fast nicht zu glauben – erstrahlte in einem satten, einheitlichen, plakativen Blau. Von den Fenstern war nichts mehr zu sehen, an ihre Stelle waren passgenau weiße Holzbretter angebracht worden, auf denen die unsagbar hässliche tote Taube an ihrem Kreuz hing. MC *Devil Doves, Chapter Nord-Ost* – das Schild über der Tür machte klar, wer hier nun die Hausherren waren.

Respekt, die Rocker mussten tatsächlich die ganze Nacht hindurch geackert haben. Und jetzt waren sie – bis auf drei junge Kerle, die das Grundstück bewachten – verschwunden. Wahrscheinlich gingen sie zu dieser Zeit ihren Brotberufen nach, kochten Kantinenessen, verkauften Motorradteile, erzogen Kindergartenkinder oder tätowierten Arschgeweihe. Wencke hatte gestern mit einigen gesprochen und war überrascht gewesen, wie bunt diese Truppe gemischt war.

Dagegen erschien das LKA Hannover mit seinen braven Beamten noch grauer als das Gebäude, in dem es untergebracht war. Da waren die meisten den geraden Weg gegangen, hatten studiert und hospitiert und ein bisschen Erfahrung gesammelt. Nun machten sie ihren Job tapfer bis zur Pensionierung und gingen denselben Hobbys nach wie ihre Kollegen: Fußball, Joggen, die Exoten machten vielleicht Musik im Keller oder Canyoning im Harz.

Die *Devil Doves,* das musste Wencke ihnen zugestehen, waren da eine weitaus interessantere Mischung. Ihr Vorurteil, hier einem versoffenen Machohaufen zu begegnen, war prompt widerlegt worden. Selten hatte sie sich mit einem so offenen und informierten Mann unterhalten wie mit diesem *Patch,* zumindest am Abend, nachdem der formelle Teil samt Vertragsunterzeichnung hinter ihnen lag und die steife Nikola Kellerbach verschwunden war. Der Papagei – in Wahrheit hieß Winckes Verfolger vom Vortag Gustav – war bei dem Überfall glücklicherweise nur leicht verletzt worden. Einige seiner Brüder hatten am Nebentisch über Racheplänen gebrütet, aber natürlich war darauf geachtet worden, dass Christine Frey von diesen Dingen nichts mitbekam. Darum hatte sich eben *Patch* gekümmert. Er hatte ihr von langen Biketouren rund um den Globus erzählt, vom Zusammenhalt der *Devil Doves,* auf der ganzen Welt hätte man ihn schon willkommen geheißen und ihm ein Bett zur Verfügung gestellt, weil er das Abzeichen trug. Ein bisschen konnte Wencke ahnen, was den Reiz am Rockerleben ausmachte, sah man mal von den vielen unschönen Nebengeschichten ab. Wenn die Jungs von ihren Motorrädern sprachen und von dem Glück, auf einer *Harley* meilenweit über die endlosen Straßen aller Länder zu fahren, hörte sich das durchaus romantisch an. *Patch* hatte ihr zu später Stunde noch versprochen, sie einmal mitzunehmen. Irgendwann, wenn mal Zeit war.

»Morgen«, grüßte Wencke die etwas verkatert aussehenden Wachposten, die am Zaun herumlungerten. Als sie vor der Hufeisenwand stand, die von den Teufelstauben wie eine Reminiszenz an den Freyschen Pferdehof in ihrer ursprünglichen »Schönheit« belassen worden war, drückte sie die Türklinke – abgeschlossen. Auf den ersten Blick war zu erkennen, dass in dem rostigen Beschlag ein glänzend neues Sicherheitsschloss seinen Platz gefunden hatte. So einfach ließen sich die *Devil Doves* natürlich nicht ausspionieren, wäre ja auch noch schöner gewesen. »Da hast du nichts zu suchen«, nuschelte einer der jungen Kerle, der sich breitbeinig hinter sie gestellt hatte. »Nur das Gartenhäuschen, der Rest geht dich 'nen Scheißdreck an.«

»Ist ja schon gut. Ich wollte mir nur ein bisschen Leitungswasser holen …«

»Abmarsch!«

Wencke duckte sich unwillkürlich, als sie sich an dem Kerl vorbeischob, um das Haus zu umrunden. Es war gut möglich, dass man sie in so ziemlich jedem Winkel beobachtete, mit einer Webcam oder einem weiteren Bruder auf verstecktem Posten, also durfte sie hier nicht wie eine ehemalige Kripofrau agieren und später irgendwo hinter dem Haus ein Schloss fachgerecht knacken, sondern musste sich wie eine ganz normale, harmlose, aber neugierige Verpächterin verhalten. Auf der Rückseite waren die Malerarbeiten noch nicht vollendet, und die *DDs* anscheinend dabei, irgendetwas Technisches aufs Dach zu bauen, vielleicht eine Satellitenschüssel. Der heruntergetretene Zaun in der Nähe des Ufers war bereits repariert, dafür hatten sie den kleinen Bootssteg gänzlich abgerissen. Von Besuchen, die über den See kamen, hatten die Teufelstauben augenscheinlich genug. Die morschen Bretter lagen sauber gestapelt neben einer alten Viehtränke.

Die Inspektion musste reichen. Ohnehin gab es hier wahrscheinlich nicht mehr viel zu sehen. Und wenn sie noch duschen wollte, war es jetzt Zeit, zum Hotel zu gehen, den kleinen Spaziergang dorthin könnte sie nutzen und den Fall betrachten, ihn auseinandersortieren und unterschiedlich beleuchten, aus dem Blickwinkel der Wencke Tydmers und aus Christine Freys Perspektive.

Vielleicht sollten sich die beiden Frauen einfach mal näher kennenlernen? Auf der Grundstücksskizze war ersichtlich, dass es einen Uferweg gab, der hier in der Nähe begann, und tatsächlich befand sich ein vergessener Pfad zwischen hochgewachsenen Brennnesseln und tiefhängenden Birkenzweigen. Dass dieser mitteleuropäische Dschungel nur wenige Kilometer vom Stadtkern der Landeshauptstadt entfernt war, mochte man kaum glauben. Auf dem Ziegelsee fuhren nur drei kleine Segelboote, und man hörte ein paar Autos die Bundesstraße entlangrollen, ansonsten hätte man glauben können, hier sei die Erde weitestgehend unberührt.

Es war nicht anzunehmen, dass eventuelle Beobachter sich an ihre Fersen heften würden. Zu unwegsam und zu auffällig.

Das war gut, so könnte sie sich heimlich zum Meeting ins Hotel schleichen und ein kurzes, unbemerktes Selbstgespräch führen.

»Und? Was hältst du als Nichtkriminalistin von der ganzen Geschichte hier?«, fragte Wencke, und es fiel ihr nicht schwer, sich vorzustellen, dass die mallorquinische Strandbarbesitzerin Christine gerade neben ihr lief, ihren Gedanken nachhing und einen Kieselstein ins Wasser kickte.

Wahrscheinlich müsste Christine gar nicht lang überlegen: »Ich habe mir die Rocker schlimmer vorgestellt. Eigentlich fand ich den Abend gestern sehr lustig. Außerdem haben die Jungs mir finanziell aus der Patsche geholfen und mich sogar hier wohnen lassen.«

»Gestern wurde einer von ihnen grundlos zusammengeschlagen, das ist nicht lustig«, erinnerte Wencke. »Und ein weiterer ist vor ein paar Tagen ermordet worden, deswegen bin ich überhaupt hier.«

»Davon habe ich nichts mitbekommen. Erzähl doch mal davon.«

Wencke kam der Aufforderung nach. Es war ohnehin gut, wenn sie sich ein paar Tatsachen in Erinnerung rief. »Vor vier Tagen, in der Nacht von Sonntag auf Montag, wurde auf dem Gelände der *Devil Doves* am Ufer des Pinnower Sees der Anwalt Leo Kellerbach ermordet. Es war eine geplante Tat.«

»Wie kommst du darauf?«, unterbrach Christine.

»Das Grundstück ist normalerweise streng überwacht. Durch einen fingierten Anruf bei der Polizei wurde ein kleiner Rocker-Aufstand am Eingangstor provoziert, deshalb waren die Wächter abgelenkt und der See zu der Zeit unbemerkt passierbar.«

»Was war denn geplant: der Mord oder nur das Treffen?«

Christine stellte genau die richtigen Fragen. »Wahrscheinlich war das Treffen arrangiert, der Mord kann auch im Affekt geschehen sein.«

»Und warum kamen der oder die Mörder von dieser Seite?«

Bei einem Fall, in dem die Leiche fehlte, war man darauf angewiesen, auf ebensolche einfachen Problemstellungen die logische Erklärung zu finden. Weshalb hat der Täter sich so entschieden und nicht anders? Was hat er unterlassen? Und worauf besonderen Wert gelegt? So näherte man sich Schritt für Schritt der Wahrheit.

Warum also kamen der oder die Mörder von der Seeseite?

»Es war eine beiderseitige Verabredung. Leo Kellerbach wusste genau, wie man am ehesten unerkannt zum Bootsschuppen kommt.«

»Warum haben Opfer und Täter sich nicht woanders getroffen?«

Da hatte Christine recht, über diesen Punkt hatte Wencke noch nicht ausgiebig nachgedacht. Es gab tausend Möglichkeiten, sich in und um Schwerin zu einem Gespräch zu verabreden und unerkannt zu bleiben. Im Grunde genommen war das Clubgelände der denkbar ungünstigste Ort. Schwierig zu erreichen, bestens bewacht und zudem noch denkbar ungemütlich.

Der Uferpfad wurde unwegsamer, Wencke musste immer wieder Zweige zur Seite halten, damit Christine und sie vorwärtskamen. Von Weitem konnte sie das Hotel erkennen, in dem sie sich gleich mit Boris treffen würde. Bis dahin wollte sie Antworten, Antworten, Antworten.

»Also, sie haben den Treffpunkt auf dem Rockerclub-Gelände gewählt, weil …« Ja, weil sie wollten, dass es nach einem Rockerkrieg aussah. Doch dann hätte Leo Kellerbach ahnen müssen, dass das Ganze einen gewalttätigen, sogar tödlichen Ausgang nehmen würde. Vielleicht war er aber auch getäuscht worden, hatte etwas anderes erwartet und sich einfach unvorsichtig verhalten.

Andererseits war Kellerbach ein erfolgreicher Anwalt, Leute wie er ließen sich nicht so einfach in einen Hinterhalt locken. Es sei denn, er hatte sich sicher gefühlt, beschützt durch seine Brüder. Und dann waren diese durch den Polizeieinsatz nicht mehr auf dem Posten gewesen. Bloß hatte nach bisherigen Erkenntnissen keiner gewusst, dass Kellerbach im Schuppen gewesen war. Es war sogar unbemerkt geblieben, dass er das Grundstück an diesem Abend überhaupt betreten hatte. Laut Vernehmungsakten hatte nicht ein Mitglied oder Hangaround den Anwalt kommen sehen. Eventuell war er also selbst mit dem Boot hinübergerudert. Nein, das war Quatsch, absoluter Nonsens!

Irgendwann blieb Wencke stehen, zwischen Unkraut und Schilf, wo der Weg ohnehin nur noch die dürftige Breite eines Schwebebalkens hatte, und musste zugeben: »Ich habe keine Ahnung. Lass uns mit anderen Fragen weitermachen.«

Christine blieb bei ihrer lässigen Ruhe und ging einfach weiter geradeaus. »Wie wurde Kellerbach ermordet?«

»Wahrscheinlich erstochen.«

»Warum wahrscheinlich?«

»Die Leiche ist bislang unauffindbar, aber die rote Pfütze spricht eine eindeutige Sprache. Nur tödliche Stich- oder Schnittverletzungen führen zu einem solchen Blutverlust. Danach wurde das Opfer mit dem Ruderboot über den See gebracht. Dort verliert sich jede Spur.«

»Warum wurde die Leiche weggebracht?«

»Och nö!« Nicht diese alte Frage.

Aber Christine ließ nicht locker. »Im Krieg werden doch die getöteten Feinde ausgestellt, als Abschreckung sozusagen, oder nicht?«

»Ja, das stimmt. Deswegen glaube ich auch nicht daran, dass die *G-Point-Gangster* den Mord begangen haben. Sie hätten Kellerbach in seinem Blut liegen lassen und vielleicht sogar noch ein Bekennerschreiben daneben gelegt. Ein Mord ohne Leiche macht bei einem Rockerkrieg keinen Sinn.« Ja, diese Antwort war felsenfest. Auch das Gehabe gestern am Hotel und der Zwischenfall auf der Schlossbrücke hatten Wencke nicht davon überzeugen können, dass es in der Tatnacht zu einem Akt der Lynchjustiz zwischen zwei verfeindeten Männerclubs gekommen war. Ein Motorradkonvoi, aufheulende Pferdestärken und gestreckte Fäuste waren eine andere Geschichte.

»Hast du schon mal überlegt, ob die *DDs* selbst hinter der Sache stecken?«, versuchte sich Christine nun als Ermittlerin. »Vielleicht ist Kellerbach in Ungnade gefallen und wurde auf diese Weise entsorgt.«

Wencke schüttelte den Kopf. »Dann wäre der Mord heimlich, still und leise passiert. Und auf keinen Fall auf dem eigenen Grundstück. Die haben sich schon sehr geärgert, dass sie keinen Zutritt zum eigenen Gelände mehr hatten.«

»Du glaubst also, der Mord war eine Sache zwischen zwei Privatpersonen und hat mit der Rockergeschichte überhaupt nichts zu tun?«

»Ganz sicher.«

»Warum?«

»Der Tatort spricht Bände. Ein absolutes Chaos und in der Mitte eine Insel der Ruhe.«

»Was meinst du damit?«

»Es geht nicht darum, was bei dem Kampf zu Bruch gegangen ist, sondern um das, was stehen blieb. Und da sowohl Wasserflaschen wie Aschenbecher unbeschadet auf dem Tisch und selbst die beiden Stühle auf ihren wackeligen Beinen standen, ist mir ganz klar, es gab eine friedliche Zusammenkunft, die so bedeutungsvoll war, dass der Ort des Treffens nicht zerstört wurde. Die beiden Menschen müssen sich nahegestanden haben. Das Chaos ringsherum ist ganz sicher lediglich eine Inszenierung.«

»Warum sollte der Mörder so handeln?«

»Vielleicht mochte er das Opfer und gönnte ihm einen spektakulären Abgang. Leo Kellerbach war schließlich ein Mann, der für seine Streitbarkeit bekannt war.«

»Und eine simple Beziehungstat wäre unter seiner Würde gewesen?« Christine Frey ließ sich von dieser Erklärung nicht überzeugen, das war offensichtlich. Wencke konnte es ihr nicht mal verübeln. Die Story schien tatsächlich mit heißer Nadel gestrickt.

Sie überwanden das letzte Gebüsch und hatten schließlich den Innensee erreicht, der weniger urwüchsig war. Nur noch wenige Meter bis zum Hotel, bis zur warmen Dusche und bis zu einem Gesprächspartner aus Fleisch und Blut. Doch Christine war noch nicht bereit, die Fragerei zu lassen. Ihr schien die Rolle als Co-Ermittlerin zu gefallen. »Und was hat es mit diesem Brand auf sich?«

»Keine Ahnung«, stöhnte Wencke, doch in ihrem Expertinnenhirn arbeitete es bereits wieder. Wer hatte einen Vorteil davon, dass das Clubhaus in Flammen aufgegangen war? »Am ehesten stecken wohl die *Devil Doves* selbst dahinter.«

»Das glaube ich nicht! Warum sollten sie ihre Bude abfackeln? Das war doch so etwas wie ihr zweites Zuhause ...«

»Aber sie mussten befürchten, dass die Kripo wegen des Mordes einen Durchsuchungsbeschluss erwirken und dann auf Unterlagen stoßen würde, die besser kein Gesetzeshüter zu Gesicht bekommt. Immerhin gab es ein paar Hinweise, dass in den Nachtclubs illegale Mädchen arbeiten und auch Drogen im Spiel sind. Und irgendwo muss es Akten oder ähnliche Schriftstücke geben, die das beweisen. Jetzt, da der begnadete Anwalt nicht mehr unter ihnen weilt, mussten sie Angst haben, dass die Sachen auffliegen.«

»Klingt logisch«, gab Christine sich zumindest an dieser Stelle geschlagen. »Trotzdem, die Brüder haben gestern

Abend sogar eine kurze Gedenkminute eingelegt, in der sie um ihre Kutten getrauert haben, die bei dem Brand zerstört wurden. Das wirkte völlig echt!«

»Es kann ja durchaus sein, dass nur ganz wenige Bescheid wissen. Kalle zumindest scheint keine Hinweise darauf zu haben, dass die *DDs* selbst die Feuerteufel waren. Ich glaube, es war jemand anderes.«

»So richtig passt das alles nicht, Frau Profilerin!« Da hatte Christine leider recht.

»Wencke?«, kam es plötzlich aus ihrem Ohr. »Wencke, alles klar bei dir?«

Sie blieb vor Schreck stehen und brauchte ein paar Sekunden, bis sie begriff, dass sie Boris' Stimme hörte, die sie per Funk erreichte.

»Bist du irgendwie – multipel veranlagt?«

O Mann, sie hatte dieses blöde Mikro total vergessen. Wilkens und Fuchs mussten die ganze Zeit Zeugen ihres Selbstgespräches gewesen sein, wie peinlich. »Alles in Ordnung. Ich habe nur laut gedacht …«

Man hörte verhaltenes Lachen. »Deine Theorien hören sich auch alle ganz toll an. Nur leider haben sich soeben die Vorzeichen total verändert.«

»Wie bitte?«

»Laut GPS stehst du vor dem Hotel. Komm hoch, dann bist du schlauer – oder noch unwissender als vorher.«

Wencke zupfte sich hastig die Klamotten zurecht, um im schicken Foyer nicht völlig aus der Rolle zu fallen. Sie hoffte, in dem Pulk anreisender Gäste unbemerkt zu bleiben, und schlüpfte zwischen einer Traube roter Luftballons hindurch, die den Eingangsbereich schmückten. Trotzdem registrierte sie das etwas irritierte Gesicht der Rezeptionistin, deren Blick sie bis zum Aufzug verfolgte. Klar, sie sah nun mal aus, als hätte sie die Nacht in einer Gartenlaube verbracht.

»Wencke, gut, dass du da bist!«, begrüßte Boris sie, kaum hatte er die Zimmertür geöffnet.

»Du kannst mir gleich die Neuigkeiten erzählen, erst mal brauche ich nämlich dringend eine Dusche, und da dachte ich …«

»Die Dusche muss warten«, sagte eine Stimme, und Wencke blieb wie angewurzelt stehen, denn es war nicht Boris, der den Satz von sich gegeben hatte. Die Suite war etwas um die Ecke gebaut, deswegen musste Wencke sich einen Ruck geben und ein paar Schritte machen, bevor sie ihren Verdacht bestätigt fand: Boris hatte Damenbesuch. Niemand anders als die bescheuerte Kosian saß auf einem der Sessel. Die Sorgenfalte auf ihrer Stirn war auch aus fünf Metern Entfernung bestens zu erkennen.

»Was ist passiert?«

»Wir müssen umdisponieren«, murmelte Boris und zeigte auf ein Flipchart, das bereits von oben bis unten mit Notizen und Skizzen beschrieben war. Einen Sinn ergab das Gekritzel nicht, zumindest nicht auf den ersten Blick. »Ich bin auch gerade erst wieder von der Familie Kellerbach zurück. Und dann hat mich diese Neuigkeit überrascht.« Er zeigte mit dem Finger auf den Mittelpunkt der Hieroglyphen. Was stand da in der mehrfach eingekreisten und unterstrichenen Blase?

»Nur eine DNA? Was hat das zu bedeuten?«

Jetzt stand die Kosian auf. »Im Bootsschuppen fand sich an allen Gegenständen, die mit dem Mord in einen Zusammenhang gebracht werden konnten, nur eine eindeutig isolierbare DNA. Und zwar die von Kellerbach.«

»Das kann nicht sein.« Wencke war perplex. »Das würde bedeuten, Leo Kellerbach hätte ganz allein das Chaos angerichtet, die Zigaretten geraucht, sich umgebracht, und danach wäre er noch mit dem Boot über den See abgehauen. Wie lächerlich ist das denn?«

»Die Laborwerte sind harte Fakten, Frau Tydmers, die können wir leider nicht wegdiskutieren.«

»Und was heißt das für uns?«

»Das heißt, wir können Ihre Theorie von der Beziehungstat vergessen.«

»Warum denn das? Und wieso ›meine‹ Theorie? Jetzt stimmt ein einziges Detail nicht, und dann ist es auf einmal ganz und gar meine Angelegenheit, oder was?« Wencke atmete tief durch. »Soweit ich mich erinnere, waren wir alle gemeinsam der Ansicht, dass eben nicht eine Horde Männer für den Mord verantwortlich ist. Und das ist ja durch das Laborergebnis absolut bestätigt worden.« Zugegeben, das war das einzig winzig bisschen Positive, was aus der Situation gewonnen werden konnte. Der Rest schien fatal: Das Gutachten mit der fein säuberlich analysierten Schlussfolgerung, dass zwei Männer im Bootsschuppen miteinander geraucht hatten, war wertlos geworden. In Hannover sägten sie jetzt wahrscheinlich schon heimlich, still und leise an Kosians Stuhl.

Und tatsächlich, Wenckes Vorgesetzte lächelte – wenn überhaupt – nur hauchdünn. »Unsere Leute sehen die Sache anders. Die Schlägerei gestern, bei der die *Gangster* einen gewissen Gustav Sowieso fertiggemacht haben, spricht leider zusätzlich für die Bandenkriegtheorie. Dieser Gustav ist einer der Geschäftsführer im *Hot Lady*, das ist dieses Bordell, an dem sich der Streit zwischen den Clubs ursprünglich entbrannt hat.«

»Der Typ hat mich zuvor länger als zwei Stunden beschattet. Vielleicht hat der Überfall auch damit etwas zu tun?«

»Dann hat das LKA Hannover zu Recht die Sorge, dass unsere verdeckte Arbeit hier in Meckpomm auffliegt. Die neuen Erkenntnisse problematisieren das Ganze zusätzlich.«

Wencke schnaubte. »Wir sind eingesetzt worden, weil Niedersachsen einen Bandenkrieg verhindern wollte. Die neuen

Erkenntnisse stützen unsere These, dass der Mord an Kellerbach nicht auf das Konto eines verfeindeten Clubs geht. *Eine* DNA heißt, es war eindeutig keine Rockerbande vor Ort. Und wir sollen uns jetzt grundlos zurückziehen?«

»So einfach ist das nicht. In dem Gutachten vermitteln wir den Eindruck, sicher zu sein, dass im Bootsschuppen zwei Personen gewesen sind. Täter und Opfer. Da es nun lediglich Spuren von Kellerbach gibt, fällt unsere These in sich zusammen. Wir sind genauso schlau oder dumm wie das LKA Meckpomm – und somit nicht berechtigt, ihnen ins Handwerk zu pfuschen.«

»Dass dieser Einsatz den Rahmen sprengen würde, wussten unsere Chefs bereits vorher«, motzte Wencke. »Sie haben diesen ganzen Zauber bewilligt, weil sie fest an einen Erfolg geglaubt haben. Und nur weil es jetzt nicht geradeaus geht, soll alles für die Katz gewesen sein?«

Die Kosian blickte Wencke an wie ein ungezogenes Kind, und auch die beiden Techniker schielten in ihre Richtung. So also fühlte es sich an, wenn man alle Energie aufbrachte und doch nicht vom Fleck gekommen war. Wie so ein bescheuertes Motorrad, bei dem die Räder durchdrehten, *Burn Out** hieß das Manöver, hatte *Patch* ihr erklärt. »Und was machen wir jetzt? Alles abblasen? Nachdem wir mittendrin sind in dem Fall?«

Die Kosian nickte. »Nicht so Hals über Kopf, das würde auffallen. Aber stellen Sie sich darauf ein, morgen Ihre Koffer zu packen. Ihr Sohn wird sich freuen, wenn Sie so schnell wieder bei ihm sind.«

Ja, das wird Emil, dachte Wencke. Aber ich … nein, beim besten Willen, ich kann mich kein Stück darüber freuen.

Die Zwölf

steht als Zahl für den sich schließenden Kreis

»Wer sind Sie? Und was wollen Sie von mir?« Nikola Kellerbach erhob sich nicht von ihrem Platz und blieb auch stur dabei, Zucker in ihren Espresso zu rühren. Sie schaute noch nicht einmal über ihre roten Brillenränder.

Heide blieb etwas unglücklich vor dem runden Tisch stehen, wartete, machte nichts, ließ sogar ihre Sommerjacke an, obwohl es im Inneren des *Café Prag* nicht gerade kühl war, trotz der hohen Decken. Die Hitze ließ sich nicht aufhalten, kroch durch die Gassen der Altstadt und bei jeder Gelegenheit auch in die Häuser. Die Kellnerinnen waren damit beschäftigt, kalte Getränke zu servieren, Eisbecher und vielleicht mal einen Salat. Man sah ihnen an, dass sie den Feierabend herbeisehnten, zum Arbeiten war es heute zu schwül. Nur Leos Schwester wirkte wie ein Eisschrank. »Ich habe nicht viel Zeit, und wenn es um meinen Bruder geht, möchte ich Sie herzlich bitten, sich an die Kripo zu wenden. Dazu werde ich nämlich kein Wort sagen.«

Heide versuchte, nicht zu einer wachsweichen Pfütze zusammenzuschmelzen. Sie war für solche Auftritte ungeeignet. Es kam ihr unwirklich vor, dass sie hier in diesem zeitlosen Intellektuellencafé Leos Schwester ansprach, einfach so und offensichtlich unerwünscht. Normalerweise hätte sie noch nicht einmal einen Schritt hier hineingesetzt, das war nicht ihre Welt.

Aber Tim Beisse wusste, dass Nikola Kellerbach ihre Mittagspause im *Café Prag* verbrachte. Um Punkt 13.30 Uhr. Er wusste, dass sie einen halben Liter italienisches Mineralwasser und ein Sandwich bestellen und an welchem Tisch sie sitzen würde. Alles wusste er.

Sogar, dass Heide seiner Aufforderung nachgehen würde, selbst wenn es ihr noch so sehr widerstrebte. Auch daran hatte Tim Beisse, dieser merkwürdige Besucher gestern Abend, keinen Zweifel gehabt.

Heide holte tief Luft, als habe sie vor, eine Oper zu singen. »Ich bin … ich war die Freundin von Leo.«

Nikola lächelte mit der linken Gesichtshälfte, die rechte verriet, dass sie kein Wort davon glaubte. »Unsinn!«

»Doch! Wir waren seit über einem halben Jahr ein Paar.«

Der Blick, mit dem Leos Schwester sie taxierte, war scharf wie die nackte Klinge eines Samurai-Schwertes. So eine wie dich hätte er sich nie ausgesucht, las sie die Gedanken der Frau gegenüber. So eine blasse, nichtssagende, graue Maus wie dich hätte Leo links liegen lassen.

»Er hat mich gebeten, Ihnen das hier zu geben, sollte ihm etwas zustoßen.«

Heide fühlte den dicken Umschlag in dem Stoffbeutel, auf den das Logo eines Berliner Biomarktes gedruckt war. Genau so hatte Tim Beisse ihr die Unterlagen gestern überreicht, und sie hatte Wort gehalten und keinen noch so kleinen Blick hinein riskiert. Heide wollte eigentlich auch gar nicht wissen, was sich darin befand. Das war ihr egal. Hauptsache, sie konnte machen, was Leo von ihr erwartet hatte. Dieser Gedanke machte sie einfach glücklich.

»Er hat Sie gebeten …?« Nun setzte Nikola sich doch in ihrem Stuhl auf, dabei war sie eindeutig bemüht, immer noch gelassen zu wirken. Sie deutete auf den Beutel. »Und was soll das sein?«

»Papiere.« Heide umklammerte den Beutel.

»Das ist doch wohl ein Scherz, oder?«

Als Heide allen Mut zusammennahm und sich einfach auf den anderen Platz am Tisch setzte, protestierte Nikola nicht.

»Wie heißen Sie eigentlich?«

»Heide Grensemann.«

»Und Sie sind also eines von Leos Mädchen?«

Das süffisante Lächeln auf den geschminkten Lippen war eine einzige Gemeinheit. Heide wusste, worauf diese Frau anspielte, so blöd war sie schließlich auch nicht. Aber was sollte sie darauf antworten? Nein, ich bin keine Nutte, ich arbeite ganz solide beim Gewerbeamt? Einen solchen Satz würde sie nicht aussprechen können, er würde so nach Verteidigung klingen, also schwieg sie. Es spielte keine Rolle, was Leos Schwester von ihr dachte. Wichtig war nur, dass sie diese Tasche mit Inhalt überbrachte und die wenigen auswendig gelernten Anweisungen dazu gab. Ihren Stolz hatte sie ohnehin schon lange irgendwo anders liegen lassen. Weit weg.

Die Kellnerin blieb stehen und fragte Heide nach ihrem Wunsch. Dass das hier alles möglichst schnell vorbei sein möge, würde sie antworten, wenn sie ehrlich wäre. Stattdessen bestellte sie sich eine Cola.

»Wie kommt es denn, dass mein Bruder mir nie etwas über diese angebliche Affäre erzählt hat?«

»Er wollte es nicht an die große Glocke hängen. Das war eine Sache nur zwischen uns beiden.« Mist, der Satz klang, als müsse sie sich für irgendetwas rechtfertigen. Nikola Kellerbach war eine intelligente Frau, raffiniert, hatte Leo mal gesagt. Dieses Gespräch konnte nur unfair ausgehen. Besser, sie ließ sich nicht provozieren.

»Und?« Nikola streckte den Arm aus, als erwarte sie einen Handkuss. »Geben Sie mir jetzt diese geheimnisvollen Papiere?«

»Das kann ich nicht so einfach, dazu muss ich ein paar Sachen erklären …«

»Dann erklären Sie mal. Fünf Minuten habe ich noch Zeit.«

»Dazu brauche ich nicht mal eine Minute.« Die Kellnerin brachte die Cola, und Heide trank das Glas in einem Zug leer. Das tat gut, jetzt konnte sie starten. »Sie sollen den Umschlag auf jeden Fall allein aufmachen. Es gibt niemanden, dem Sie vertrauen können, ich betone das extra: niemanden. Der Inhalt ist gefährlich. Wenn Sie alles gelesen haben, werden Sie wissen, was zu tun ist.«

»Und das sollten Sie mir ausrichten?«

Heide nickte. Dann reichte sie Nikola den Stoffsack, und es kam ihr vor, als wöge das Ding einen Zentner, denn als sie es los war, fühlte sie sich unglaublich erleichtert. Sie hatte es geschafft! Als sie ihr Portemonnaie herauskramte, um das Getränk zu bezahlen, winkte Nikola gönnerhaft ab. »Geht auf mich.«

»Danke.« Sie stand auf, ihre Beine hatten endlich wieder die nötige Stabilität. »Tschüss dann.«

»Einen Moment noch!«, hielt Nikola sie auf, zog sie am Jackenärmel zu sich herunter und flüsterte: »Sind Sie von den *Devil Doves* geschickt worden? Oder von den *G-Point-Gangstern*?«

Heide schüttelte den Kopf. »Von keinem von beiden.«

»Wissen Sie denn, ob diese Unterlagen etwas mit den Rockerclubs zu tun haben? Oder vielleicht mit dem *Hot Lady*?«

Man merkte der sonst so coolen Anwältin an, dass ihr nicht wohl bei dem Gedanken war.

»Ich habe keine Ahnung«, sagte Heide wahrheitsgemäß.

»Tatsächlich?«

»Das Einzige, was ich weiß, ist, dass es irgendetwas mit Ihrem Vater zu tun hat.«

Dann machte Heide auf dem Absatz kehrt und verließ, so schnell es ihr möglich war, das Café.

Die Dreizehn
steht als Zahl für Störung und Unvollkommenheit

Als Wencke am Nachmittag zum Grundstück zurückkehrte, werkelten wieder an allen Ecken und Enden die Rocker. Es war Freitag, das Wochenende hatte begonnen, genug Zeit, hier alles auf Vordermann zu bringen. Noch schienen alle sehr motiviert zu sein. Die Satellitenschüssel thronte bereits auf dem Dach, ein Stück darunter quälten sich zwei Jungs mit einer neuen Dachrinne ab. Laute Metallklänge schallten aus aufgestellten Musikboxen über das gesamte Areal, die Hämmer wurden passend im zügigen Takt geklopft, Bohrmaschinensolos dröhnten dazu.

Wencke ging grußlos an all dem vorbei.

»Was hat dir denn die Laune verdorben?«, rief Kalle ihr hinterher, ganz alter Bekannter. Er befestigte gerade irgendeine Holzlatte an irgendeinen Pfosten.

»Probleme auf Malle. Ich muss morgen mit dem ersten Flieger wieder zurück. Es gab einen Einbruch in die Bar.« Auf diese kleine Lügengeschichte hatten sie sich geeinigt, um Christine Freys plötzlichen Aufbruch plausibel zu erklären.

Kalle schien tatsächlich perplex zu sein, offenbar war er über die neuesten Entwicklungen noch nicht informiert worden. Es war nicht Wenckes Aufgabe, das nachzuholen, deswegen zuckte sie nur kurz die Achseln und schloss die Tür ihres Gartenhäuschens hinter sich.

»Verdammt«, konnte sie fluchen, als sie nun endlich für sich war. Am liebsten hätte sie auch das Mikrofon gleich im Hotel gelassen, so wütend war sie gewesen. Doch dann hatten Wilkens und Fuchs sie überzeugt, zur Sicherheit den Funkkontakt wenigstens so lange aufrechtzuerhalten, wie sie sich auf dem Grundstück der *Devil Doves* bewegte. Das bedeutete nur leider auch, dass sie besser auf hässliche Adjektive vor den Namen ihrer Vorgesetzten verzichten sollte, da der Feind womöglich mithörte. Doch genau darauf hätte sie riesige Lust gehabt. Bescheuerte, dämliche, hirnamputierte, feige Kosian …

Dass am Tatort nur eine DNA gefunden worden war, hatte wirklich alles über den Haufen geworfen. Doch so sehr Wencke es auch drehte und wendete, für sie blieb die Geschichte, wie sie war: eine Sache zwischen zwei Männern, von denen einer nicht überlebt hatte. Frustriert begann sie, die am Morgen erst ausgeräumten Klamotten wieder in den Koffer zu packen. Klar freute sie sich auf Emil, und dass ihr Urlaub nun doch halbwegs pünktlich stattfinden konnte. Aber das negative Gefühl, einen Haufen Fragen unbeantwortet zu lassen, nur weil sich ein paar Details geändert hatten, überwog.

Was hatte sie denn schon in Erfahrung gebracht? Was wusste sie eigentlich über das Opfer, diesen Leo? Boris hatte von seinem Besuch im Hause Kellerbach erzählt, und es juckte Wencke dermaßen in den Fingern, an dieser Stelle tiefer zu bohren. Diese giftige Nikola hatte doch sicher etwas zu verbergen, oder nicht? Boris vermutete, dass sie mit *Patch Blacky* zusammen war, angeblich hatte er einen Kuss zwischen den beiden beobachtet. Vorstellen konnte Wencke sich das nicht so richtig, sie mussten ein seltsames Paar abgeben, die schicke Anwältin und der lässige Rocker. Doch statt all diesen spannenden Geschichten nachzugehen, stopfte sie jetzt ihre Jeans in den Koffer, so ein Mist.

Es klopfte, erst zaghaft, dann resoluter. Wencke war überrascht, sie hatte Kalle mit ein paar neugierigen Sätzen erwartet, stattdessen stand jedoch ausgerechnet *Patch* in der Tür wie ein Konfirmand, der seinen Schwarm zur Tanzstunde abholen will. »Ich hab gehört, du machst dich morgen schon wieder vom Acker?«

»Leider ja. Aber hier ist auch so weit alles geklärt, die Banken waren für ihre Verhältnisse recht kulant.«

»Freut mich für dich.« Er schob sich eine seiner lockigen Strähnen hinter die Ohren, ein bisschen wirkte die Geste wie vor dem Spiegel eingeübt. »Andererseits ist es auch schade, dass du schon verschwindest, Christine. Ich hätte gern ein bisschen mehr Zeit mit dir verbracht.«

Was sollte das denn jetzt werden!? Klar, sie hatten sich gestern beim Zapfanlageneinweihungsfest echt gut verstanden und richtig Spaß miteinander gehabt, aber das hier war ein eindeutiger Flirtversuch – so weit waren sie selbst weit nach Mitternacht noch nicht gewesen. Außerdem: Was war denn mit dieser Nikola? Laut Boris war *Patch* doch bereits in den festen Händen dieser schönen Frau. Wencke fiel beim besten Willen keine angemessene Reaktion ein. Zum Glück schien *Patch* dies als Verlegenheit zu deuten und kam einen Schritt weiter in die Hütte. »Dann muss ich mein Versprechen eben jetzt gleich einlösen.« Erst jetzt erkannte Wencke, dass er in der einen Hand zwei Motorradhelme hielt, die er nun einladend in die Höhe hob. »Hast du denn gar keine Sehnsucht, noch einen Blick auf die gute alte Ostsee zu werfen, bevor du dich wieder mit dem Mittelmeer begnügen musst?«

Mannometer, was war hier los? So offensichtlich war Wencke seit den Zeiten der Neuen Deutschen Welle nicht mehr angebaggert worden. Und sie musste zugeben, es fühlte sich gar nicht so schlecht an. Nach so vielen Jahren. »Ein bisschen Zeit hätte ich schon …«

»Und Lust?«

Sie zögerte kurz. Prompt meldete sich die Kosian über den Kopfhörer, sie hatte mit ihrer Vermutung, dass ihre Chefin die ganze Zeit mithörte, recht gehabt. Jetzt fühlte sie sich genötigt, ihr eindringliche Warnungen zuzuflüstern: »Frau Tydmers, sagen Sie auf keinen Fall zu. Das ist viel zu riskant. Wir wissen nicht, ob Ihre Tarnung noch sicher ist.« Wencke versuchte, die penetrante Stimme zu ignorieren.

»Was ist? Traust du dich nicht?« *Patch* konnte ziemlich charmant lächeln.

Es gab einen Haufen Gründe, ihm einen Korb zu verpassen. Erstens war es tatsächlich nicht ungefährlich – immerhin konnte dieser muskelbepackte und aller Wahrscheinlichkeit nach bewaffnete Mann auch eine ganz andere Rolle in diesem Fall spielen, als er bislang vorgab. Zweitens war die Ansage der Kosian klar und deutlich gewesen: ab sofort keine Aktionen mehr im Rahmen der Ermittlungen. Sie war raus. Drittens gab es da doch noch Nikola Kellerbach, *Patchs* Freundin, eine Frau von der Sorte, mit der man es sich lieber nicht verscherzen wollte. Viertens würde es unglaublich schwer werden, die ganze Zeit die Rolle der Christine Frey zu spielen. Fünftens war *Patch* überhaupt nicht Wenckes Typ.

Sie nannte schließlich nur den sechsten Grund laut: »Ich … ich habe noch nie auf einem Bike gesessen.« Aber ich hätte tierisch Lust darauf, fügte sie in Gedanken hinzu.

»Keine Sorge, du musst ja nicht selber fahren. Und auf dem Sozius kannst du eigentlich kaum was falsch machen. Es wäre mir ein besonderes Vergnügen, der Kapitän deiner Jungfernfahrt zu sein.«

Wencke wusste, sie sollte jetzt besser einfach mit ihrem geliehenen Cabriolet in die Stadt fahren und sich irgendein Museum anschauen. Oder im sicheren Hotel einen gefahrlosen Kaffee trinken. Doch auch wenn *Patch* etwas alberne Machosprüche von sich gab, die Idee, mit ihm ans Meer zu fahren, gefiel ihr einfach besser. Nicht zuletzt, weil sie noch immer ein kleines bisschen Hoffnung hegte, durch einen freundlichen Zufall oder ihre Hartnäckigkeit irgendeinen Hinweis zu finden, der weitere Ermittlungen in diesem Fall zwingend machen würden. Es war nicht Wenckes Art, sang- und klanglos aufzugeben, nur weil es von ihr verlangt wurde. Abgesehen davon war das Angebot einfach zu verlockend, ein paar Momente allein mit einem Mitglied der Teufelstauben zu sein, das sicher mehr wusste, als es bislang zu Protokoll gegeben hatte. Wenn das nichts brachte, gut, dann würde sie eben die Koffer packen und zum Zelten nach Ostfriesland fahren. Sie könnte mit Emil baden gehen und Eis essen, das war wirklich keine schlechte Alternative. Aber diese letzte Chance musste sie nutzen.

»Okay, reichen Lederjacke, Jeans und Turnschuhe?«

»Mir schon!« Er grinste.

Dass sie Elektroschocker und Pfefferspray in die Innentasche schmuggelte und das Funkgerät an ihrem Hosenbund ausstellte, bemerkte er nicht. Sollte es brenzlig für sie werden, könnte sie das Ding jederzeit wieder anstellen. Doch bis dahin hatte sie Ruhe vor den Unkenrufen ihrer Chefin. »Lass uns starten!«

Als sie nebeneinander zum Clubhaus liefen, gab es keinen Bruder, der nicht am liebsten seinen Kopf wie eine Eule um dreihundertsechzig Grad gedreht hätte, um jeden Schritt der beiden mitzubekommen. Bei allen Tattoos und Glatzen und abzeichenschweren Kutten – in diesem Moment gebärdeten sich die gefährlichen *Devil Doves* wie eine Horde alter Weiber beim Kaffeeklatsch. »Viel Spaß, ihr zwei Süßen!«

Die Maschine stand so einladend geparkt, *Patch* musste sich sehr sicher gewesen sein, dass Wencke die Spritztour mitmachen würde. Zugegeben, das Bike war fast ein Kunstwerk. Ein Airbrusher hatte die Tankverkleidung mit einer vollbusigen, leicht bekleideten Blondine verziert, die auf dem Rücken eines extrem muskulösen Einhorns ritt. Wer's mag ... *Patch* setzte sich auf den Sattel und wies auf den Platz hinter sich, der wie ein kleines Zirkuspony zu besteigen war. Das Problem, wohin mit den Armen, war schnell geklärt: Er nahm ihre Hände und legte sie sich selbst um die Taille. Das war alles sehr nah, sehr eng. So dicht rückte Wencke einem Mann, den sie nicht so richtig einzuschätzen wusste, selten auf die Pelle.

Der Motor wurde angeworfen, und das dunkle Brummen ließ Wenckes Körper vibrieren, nicht zu stark, eher auf sanfte, angenehme Weise, bestimmt gab es in irgendwelchen Wellnessläden sauteure Massagematten, die ein ähnliches Gefühl erzeugten. Sie schob sich den Helm über den Kopf, stellte die Füße nach Anweisung auf zwei kleine Metallstreben, und schon waren sie auf der Straße. Es war außergewöhnlich, auf dem Bike fühlte man sich den physikalischen Kräften unmittelbar ausgeliefert. Wenn *Patch* beschleunigte, rückte Wencke zwangsläufig von ihm ab, bremste er, wurde sie gegen seinen Rücken gepresst. In den Kurven versuchte sie, sich seinen Bewegungen anzupassen. Erst kostete es Überwindung, das Körpergewicht so nah an den Asphalt zu bringen, sie war nicht sicher, ob die Räder nicht abrutschten und sie unter einem Haufen Technik begraben werden würde. Doch als sie sich dran gewöhnt hatte, fand sie es schön. Der Fahrtwind, der am Helm vorbeifegte, war lauter als die Maschine. Alles wurde zu einem Ganzen, der Lärm der Geschwindigkeit, die Kraft des Motors und die Härte der Straße, das Gefühl von Leichtigkeit und, ja, Freiheit.

Die vierspurige Umgehungsstraße reduzierte sich schon bald, nachdem sie Schwerin hinter sich gelassen hatten, zu einer schmalen, schnurgeraden Landstraße, die nur ab und zu in die Kurve ging, dann aber richtig. Wencke begann, sich auf genau diese Momente zu freuen. Jetzt verstand sie, was Kalle und die anderen gestern zu erklären versucht hatten, als sie sagten, man müsse sich bedingungslos darauf einlassen und eins werden mit dem Motorrad. Angst hatte sie definitiv keine, obwohl sie über *Patchs* Schulter hinweg ablesen konnte, dass sie die 100 km/h um einiges überschritten.

»Wir lenken eigentlich gar nicht«, erklärte er, als sie mit nur wenig gedrosselter Geschwindigkeit einen kleinen Ort durchfuhren. »Sobald du ein bestimmtes Tempo erreicht hast, weiß dein Bike von allein, wohin du willst. Es versteht die kleinste Regung, reagiert mit jeder noch so winzigen Gewichtsverlagerung und dem minimalen Druck auf die Handgriffe. Probier mal!« Er zog Wenckes Hand ganz nach vorn und führte sie zum rechten Lenker. Sie passierten gerade das durchgestrichene Ortsschild. »So, und jetzt Gas geben, Christine! Los, trau dich!«

Es waren nur wenige Millimeter am Griff zu drehen, und der Motor schwoll vom Schnurren an zum Brüllen. Innerhalb von Sekunden wurde aus Langsam Schnell, aus Leise Laut, aus Ganz nett ein Sensationell. Ja, es machte Spaß! Mit der Bremse spielen, das Gas zähmen, die Kupplung beherrschen – *Patch* erklärte ihr alles genau, und bald hatte Wencke das Gefühl, diese vielen PS seien nur zwischen die beiden Räder gebaut worden, um ihren Befehlen zu gehorchen.

Als sie plötzlich am Ende der Welt standen – am Ufer der Ostsee –, war Wencke fast enttäuscht. Auf diese Art hätte sie noch bis zum Nordkap Skandinaviens hochfahren können, auch wenn ihre Arme inzwischen lahm waren und der Rücken durch die nach vorn gebeugte Haltung an Stellen schmerzte, die ihr bislang unbekannt gewesen waren.

Während der rasanten Fahrt war die Landschaft nur an ihr vorbeigerauscht, sie hatte gerade so viel mitbekommen, als wären sie durch einen Teilchenbeschleuniger geflogen. Doch nun ließen sie sich Zeit, stiegen beide ab, klappten die Schutzfenster der Helme nach oben und holten Luft, die ganz anders nach Meer roch als die Nordsee. Obwohl Sommerferien waren, hatte *Patch* einen Platz gefunden, an dem sich um diese Uhrzeit – es musste gerade kurz vor drei sein – kein Mensch aufhielt, abgesehen von zwei Joggern, die aber in diesem Moment keuchend an ihnen vorbeirannten und dann verschwunden waren. Die knorrigen Bäume standen fast schon im Wasser, und irgendein meditativer Strandgänger hatte sich die Mühe gemacht, verschieden große Steine aufeinanderzutürmen. Ein paar verfallene Gebäude, die in der Nähe standen, waren von Unkraut überwuchert, zwischen den Bodenplatten kämpften sich diverse Grünpflanzen ans Tageslicht.

»Und? Wie war's?«

»Blöde Frage, das hast du doch sicher gemerkt ...«

Der Motor lief noch immer, und tatsächlich fragte *Patch*: »Magst du mal selber fahren?«

Wencke schüttelte den Kopf. »Auf keinen Fall!«

»Ach, komm, Christine, enttäusch mich nicht! Eine kleine Runde! Das ist ein altes Betriebsgelände, normalerweise kommt hier kein Mensch hin.« Es war schwer bis unmöglich, sich seiner Aufforderung zu widersetzen. Zögernd nahm sie auf dem Sattel Platz, ließ sich die Fußschaltung erklären und machte ein paar etwas alberne Laufübungen mit der *Harley* zwischen den Schenkeln, um das Gleichgewicht zu finden.

»Siehst du, klappt doch schon ganz gut. Und nun lässt du den Motor an und fährst bis zu dem Weißdornbusch da hinten. Nur Schritttempo, und ich laufe nebenher.«

Wie leicht es ihr fiel, alles zu machen, was er von ihr verlangte. Blubbernder Motor, langsam die Kupplung am linken Griff kommen lassen, rechts dann sanft Gas geben – und tatsächlich rollte sie vorwärts. Es war gar nicht so schwer, aber wahrscheinlich hätte eine nur mäßig ehrgeizige Schildkröte sie locker überholt.

Nach der Kehrtwende traute sie sich schon mehr zu, nahm sogar den zweiten Gang, ließ den Zeiger des Tachometers auf über 30 km/h klettern. Für einen Geschwindigkeitsrausch reichte das nicht, aber es fühlte sich verdammt gut an.

»Hey, du bist für's Bike geboren!«, freute sich *Patch*, der nun nicht mehr hinterherkam.

»Okay!«, gab Wencke zurück, änderte wieder die Richtung, traute sich noch mehr, jubelte innerlich und überlegte sogar einen Moment, ob *Patch* recht hatte, ob sie bislang wirklich was verpasst hatte und tief drin in ihr ein Rockerherz schlug, das nun nie wieder zur Ruhe kommen würde. Dritter Gang – es stimmte, das Motorrad schien zu wissen, wohin es zu fahren hatte. Vierter Gang – sollte sie einfach davonrauschen? *Patch* winkte von weit her, er schien zu befürchten, dass sie sich tatsächlich aus dem Staub machte. Wie schade, dass sie dazu viel zu vernünftig war.

Als Wencke schließlich neben ihm stoppte, den Motor abstellte und den Helm vom Kopf nahm, war sie bester Laune. Und zufrieden, sich jetzt hier am Ufer einfach ins Gras setzen zu können, um den kleinen, kaum erkennbaren Wellen zuzusehen. Dass *Patch* sich dicht neben sie setzte, obwohl eigentlich genug Platz war, fühlte sich nicht unangenehm an. Motorradfahren war eine ideale Methode, sich ganz schnell ganz nahe zu kommen. Der Qualm seiner Zigarette stieg ihr direkt in die Nase.

»Das hier ist ein ganz besonderer Ort«, begann er ein Gespräch, und irgendwie wusste Wencke, dass er sich die Worte ein bisschen zurechtgelegt hatte. »Das letzte Mal bin ich mit Leo hier gewesen.«

»Das ist doch der Anwalt, den sie ermordet haben, oder?«, stellte Wencke sich blöd.

Er nickte. »Wir sind oft zusammen einfach losgebrettert und haben uns dann irgendwo hingesetzt und eine geraucht.«

»War er ein netter Typ?«

»Er war ein Freund. Ein Bruder.«

»Scheiße!« Wencke gab sich verständnisvoll, doch eigentlich fand sie es eher seltsam, dass *Patch* so ganz von selbst anfing, über Leo Kellerbach zu sprechen. Weder gestern Abend noch sonst irgendwann hatte einer der Rocker ihr gegenüber diesen Mann erwähnt, als sei das ein absolutes Tabu, mit Nichtbrüdern darüber zu reden. Und nun präsentierte *Patch* ihr seine ganz persönliche Sicht der Dinge quasi frei Haus.

»Was glaubst du denn, wer es war?«, fragte sie schließlich, weil sie annahm, dass Christine Frey jetzt diese Frage gestellt hätte.

»Soll ich es dir sagen? Meine ehrliche Meinung?« Er schaute sie mit einem gekonnt ernsten Blick an. »Entweder waren es die *Gangster*, verdammt, die waren sauer, weil Leo uns vor Gericht immer rausgehauen hat und so weiter. Oder es war jemand von uns.«

»Einer von euch?« Wencke war ehrlich erstaunt. »Aber ich denke, ihr seid Brüder!«

»Auch in den besten Familien gibt es schwarze Schafe. Und unter uns sind ein paar Verräter, das wissen wir längst.«

»Was meinst du mit ›Verräter‹: Spitzel?« Es wurde gefährlich. Immer mehr hatte Wencke das Gefühl, dass *Patch* sie auf diesen kleinen Ausflug mitgenommen hatte, um ihr etwas zwischen den Zeilen zu verstehen zu geben. Wie hatte sie glauben können, er hatte sie zum reinen Vergnügen gefragt?

»Du kannst dir sicher sein, wenn wir nur einen von ihnen erwischen, machen wir kurzen Prozess.« Er trat seine Zigarette in die Grasnarbe. »Rocker kennen keine Gnade, bei niemandem. Nicht bei alten Männern und nicht bei jungen Frauen, verstehst du?«

Ja, Wencke verstand, und zwar sehr gut. Damit meinte er Kalle – und womöglich auch sie selbst? Vielleicht wusste er genau Bescheid, vielleicht hatte er nur eine vage Ahnung, vielleicht bildete sie sich das auch alles nur ein, und er redete einfach so daher.

Wencke legte sich die Worte zurecht, die hoffentlich naiv genug klangen, ihr noch ein wenig Unschuld verschafften. »Schon schlimm, man kann ja ohnehin niemandem mehr trauen.« Dann schnorrte sie sich eine Zigarette, auf deren Qualm sie eigentlich überhaupt keine Lust hatte, doch sie wollte sich an etwas festhalten. Die Situation war angespannt wie das Drahtseil eines waghalsigen Akrobaten. Erleichtert hörte sie, dass sein Handy den Sound eines Motorrades nachmachte.

»Sorry«, sagte er, stand auf und fummelte das Gerät aus seiner Westentasche. Mit raschen Schritten entfernte er sich. »Was ist los?«, hörte Wencke ihn noch sagen, danach: »Das ist doch wohl nicht dein Ernst!« Dann war nichts mehr vom Telefonat zu verstehen. Lediglich ein paar Wortfetzen, es klang, als weise er jemanden wenig zimperlich zurecht. »Nikola«, verstand sie mehrmals. Ob er mit seiner Freundin telefonierte? In einem derart harschen Ton? Sie wäre gern hinterhergegangen und hätte ihn weiter belauscht, doch außer dem Weißdornbusch, den sie vorhin als Wendepunkt genutzt hatte, gab es hier keine Möglichkeit, sich in seiner Nähe zu verstecken. Dass seine Bewegungen hektisch waren und seine Gesichtsfarbe nervös gerötet, konnte sie auch aus der Entfernung bestens erkennen. Es musste etwas passiert sein, was ihn fürchterlich aufregte.

Wencke war überhaupt nicht wohl bei dem Gedanken, dass dieser Mann womöglich gleich die Beherrschung verlor und sie mit ihm allein war. Die Entscheidung, *Patch* auf diese Spritztour zu begleiten, war nicht ihre cleverste gewesen, wenigstens Boris hätte sie Bescheid geben können. Was, wenn soeben ihre Deckung aufgeflogen war? Dann wäre es klüger, sich sofort zu verabschieden. Sie suchte nach dem Funkgerät, das noch immer fest an ihrer Jeans saß, legte den kleinen Schalter um, flüsterte »Hallo? Wilkens? Fuchs?« Keine Antwort. Und nach einer Schrecksekunde wusste sie auch, weshalb. Das Auf- und Absetzen des engen Helms musste das Mikro gelöst haben, sie tastete sich ab und stellte fest, dass das haarfeine Kabel zum Sender lose nach unten hing. Mist, sie hatte es versaut, sie hatte durch ihre blöde Wencke-ist-für's-Motorrad-fahren-geboren-Laune vollkommen den Kopf verloren – und den sicheren Draht zu Boris und Co.. Jetzt war sie auf sich allein gestellt, selbst Schuld.

Patch drehte sich zu ihr um und kam in raschen Schritten auf sie zu. »Verdammte Scheiße!«, fluchte er. Sein Blick konnte alles und nichts bedeuten. »Wir müssen sofort los!«, rief er und steuerte auf das Motorrad zu. Nein, sie würde auf keinen Fall mit ihm zurückfahren. Alles an ihm strahlte Gefahr aus, da setzte sie sich nicht in seinen Rücken. Doch er sah das offensichtlich anders und griff sie hart am Arm. »Los, setz dich sofort auf's Bike.«

»Was ist denn passiert?«

»Unser kleiner Ausflug ist vorbei. Es gibt Ärger in Schwerin, mächtigen Ärger!«

Sie riss sich von ihm los. »Du, ich will da in nichts reingezogen werden, ich möchte lieber allein ...«

»In nichts reingezogen werden? Ich lach mich gleich tot! Wer seine Hütte an die *Devil Doves* vermietet, der steckt mittendrin in allem. Das müsstest du doch wissen, so naiv bist du sicher nicht, Christine Frey ...« Er reichte ihr den Helm und warf den Motor an. »Es wird jetzt ein bisschen schneller werden. Keine Sonntagsspazierfahrt mehr!«

»Ist okay!«, sagte Wencke und stieg mit zittrigen Beinen auf. Es hatte keinen Sinn, sich gegen ihn zu stellen, seine Gelassenheit war einer seltsam heftigen Aggression gewichen, die ihr ganz und gar nicht gefiel. Andererseits konnte sie schließlich schlecht hier am Rand der Welt hocken bleiben.

Er beschleunigte so rasant, dass sie fast hintenüber gekippt wäre. Dafür bremste er dann die ganze Fahrt nach Schwerin so gut wie nie, sogar als eine verwaiste Ampel im Nirgendwo tiefrot zum Halten aufforderte. Was war der Grund für diese lebensgefährliche Hetze?

Ihr wurde übel von der Raserei, und die Kurven, die ihr auf der Hinfahrt noch Spaß gemacht hatten, katapultierten nun ihre Eingeweide von links nach rechts, schwenkten ihr Hirn gegen die Schädeldecke, zumindest fühlte es sich so an. Sie brauchten für die Strecke nur halb so lang, selbst im Schweriner Stadtbereich drosselte er kaum das Tempo.

Als sie endlich vor einem schicken neuen Bürogebäude stehen blieben, sendete Wencke ein kleines Dankeschön an ihren Schutzengel, der wohl ziemlich schnell fliegen konnte.

Das Stadtviertel strahlte Seriosität aus, links und rechts des dreigeschossigen Hauses, das noch keine zehn Jahre alt sein mochte, schmiegten sich niedrige, gekonnt restaurierte Altbauten an die Straße. Hier war mit feiner Hand Stadtplanung betrieben worden, wer in diesem Viertel ein und aus ging, legte Wert auf gediegenes Ambiente.

Patch in seiner Rockerkluft wirkte da irgendwie fehl am Platz, doch das schien ihn wenig zu beeindrucken. Er behandelte Wencke wie Luft und hatte es mächtig eilig. Fast rannte er auf die gläserne Tür zu, neben der verschiedene Firmen ihre Logos in eine Marmorsäule eingraviert hatten. Das größte davon verriet, dass hier die Anwaltskanzlei Kellerbach ihrer Arbeit nachging.

Patch drückte ungeduldig den Klingelknopf, er fluchte, haute gegen die Glasscheibe, aber allem Anschein nach wollte ihn niemand hereinlassen. Wencke stellte sich hinter ihn. »Was ist denn eigentlich los?«

Sie erwartete gar keine Antwort, doch *Patch*, der inzwischen bei den anderen Firmen geklingelt hatte, wandte sich ihr zu. »Nikola Kellerbach hat mich um Hilfe gebeten. Sie wurde bedroht. Und wie es aussieht, kommen wir zu spät, sonst hätte sie längst geöffnet.«

Aus der Sprechanlage kam eine Stimme. »Ja bitte?«

»Thorsten Schwarz hier. Könnten Sie mich hereinlassen, ich will eigentlich zur Kanzlei, aber da macht niemand auf.« Der Öffner summte, *Patch* warf sich gegen die Tür, dann nahm er auf der Treppe zwei Stufen auf einmal. Wencke rannte ihm hinterher. Im ersten Stock war ein Architekturbüro untergebracht, eine dunkelhaarige Frau stand mit verschränkten Armen im Flur. »Was ist denn da heute los?«, fragte sie und hatte ein wenig Ähnlichkeit mit einer keifenden Putzfrau. »Ich habe eben schon den Öffner gedrückt, weil keiner aufgemacht hat. Und dann war ein Theater da oben! Das geht so nicht weiter, wir müssen hier arbeiten!«

Patch würdigte sie keines Blickes. Wencke versuchte es immerhin mit einem entschuldigenden Lächeln.

»Ich ruf gleich die Polizei«, drohte die Dame erneut, zog sich aber in ihren Flur zurück und schloss mit Schwung die Tür hinter sich.

Wencke war zu langsam, um sich an *Patchs* Fersen zu heften, so sehr sie sich auch anstrengte. Durch das Treppengeländer konnte sie sehen, dass er bereits oben angekommen war. »Nikola«, rief er. Es klang besorgt.

Auf dem letzten Treppenabsatz machten sich rote Flecken breit, Wencke wäre fast darüber hinweggestiegen. Drei nicht allzu große, frische Blutflecken, sie hätten auch von minderschwerem Nasenbluten stammen und wenig besorgniserregend sein können, wenn hier nicht ganz klar etwas Ungutes in der Luft gelegen hätte. Instinktiv griff Wencke in die Innentasche ihrer Lederjacke, holte das Pfefferspray heraus und schob es sich in den Ärmel. Die andere Hand fasste nach dem Elektroschocker. Dann nahm sie die letzten Stufen.

»Nikola!« Dieses Mal war es kein Rufen, sondern ein handfester Schrei.

Die Tür zur Kanzlei stand halb offen, der schneeweiße Fliesenboden war blutverschmiert. Ein Schuh hatte das Rot verteilt, die Spur zeigte nach innen, also musste sie von *Patchs* Sohle fabriziert worden sein. Die moderne Rezeption war verwaist, ein Blick auf das Schild mit den Öffnungszeiten verriet, warum: Freitagnachmittag keine Sprechzeit. Der Flur maß etwa zehn Meter, und sämtliche Türen waren verschlossen, bis auf die hinterste, in deren Rahmen *Patch* stand. Seine Hände waren besudelt, er hinterließ Abdrücke auf der hellen Tapete.

»Christine! Komm, schnell! Nikola ist … Ich weiß es nicht genau, ich glaube, sie ist tot.« Sie wollte zu ihm eilen, doch plötzlich weiteten sich seine Augen, als wäre in Wenckes Rücken ein Inferno losgebrochen »Verdammt, pass auf, hinter dir!«

Im selben Moment spürte Wencke einen kräftigen Männerarm, der sich um ihren Brustkorb legte und sie nach hinten zog. »Was ist …?« Mehr konnte sie nicht sagen, ihr wurde etwas in den Mund geschoben, ein kaltes, hartes, metallisch schmeckendes Ding. Der Lauf der Pistole rutschte so weit zwischen ihre Zähne, dass sich ihre Zunge in die kleine Öffnung presste. Sie musste würgen.

»Schnauze, *Patch*! Sonst wird deine neue Flamme hier genauso schnell gelöscht werden wie deine alte da drinnen im Büro!« *Patch* blieb regungslos stehen und starrte in Wenckes Richtung. Hinter seiner linken Schulter war ein schmaler Garderobenspiegel, das meiste davon verdeckte er, doch in einer kleinen Ecke konnte Wencke erkennen, wer sie da gerade umklammert hielt. Der Mann war schwarz gekleidet, maskiert und offensichtlich ein Goliath. Am unerträglichsten fand sie es, sich selbst in der Gewalt eines solchen Kerls zu sehen. Wie blass sie war, wie verzweifelt ihr Blick. Die Waffe zwischen ihren Lippen konnte man für eine Beretta 80 halten, genau war das nicht zu erkennen, aber es war auch sowieso egal, welches Fabrikat das Ding hatte, es saß nah genug an ihrem Hirn, da kam es auf die Qualität der Pistole nicht wirklich an. Wencke fühlte das Pfefferspray in ihrem Ärmel. Wahrscheinlich war das jetzt in etwa so wirksam, wie wenn sie ihren Peiniger freundlich daraufhingewiesen hätte, dass es sich nicht gehörte, wehrlose Frauen mit Schusswaffen zu bedrohen.

»Wer bist du?«, fragte *Patch*, und man merkte ihm an, wie viel Mühe es ihn kostete, weder zu forsch noch zu brav zu klingen.

»Du kennst mich genau, *Patch Blacky*. Und meine Brüder kennst du auch. Wir sind die *Gangster* und lassen uns von euch nicht länger verarschen!«

»Lass die Frau los!«, versuchte *Patch* es mit einem eher schwachen Befehlston. »Sie hat mit der Sache nichts zu tun. Das ist nur unsere Verpächterin ...«

»Erzähl keine Märchen, Arschloch!« Der Griff um Wenckes Oberkörper wurde fester.

Seltsam, in diesem Moment hatte sie keine Angst. Im Gegenteil, sie fühlte sich fast heiter, dauernd kamen ihr die albernsten Dinge in den Sinn, zum Beispiel, ob die Pistole wohl noch funktionieren würde, wenn sie sich in diesem Moment übergab und den Lauf damit verstopfte. Ihr war nämlich gerade speiübel.

Patch schluckte trocken. »Hast du Nikola erschossen?«

»Klar, ich wollte die Knarre testen ...« Der maskierte Riese lachte, wie Bösewichte in TV-Krimis lachten, tief und ein bisschen wahnsinnig. Es kam Wencke alles so unwirklich vor, das Blut an *Patchs* Händen und auf dem Treppenabsatz, zuvor sein hysterischer Hilferuf, jetzt dieser schwarze Fiesling und der

Muskelarm unter ihrem Kinn. Vielleicht war sie deswegen so gelassen. Weil sie das alles nicht für echt hielt. Was, wenn es nur Theater war, um Christine Frey einzuschüchtern? Sinn machte es nicht. Aber trotzdem erschien es Wencke plausibel. Und – mal ehrlich – wenn es anders war, wenn das hier todernst war, dann tendierte die Wahrscheinlichkeit, dass sie es überleben sollte, ohnehin gen Null. Sollte sie es also gleich darauf ankommen lassen?

Beiden Männern schienen für einen Moment die Worte zu fehlen, und das nutze Wencke. Den Elektroschocker würde sie in dieser Situation nicht einsetzen können, ohne sich selbst auch zu schaden, also musste das verdammte Pfefferspray reichen. Sie hob zunächst langsam ihren freien Arm, ließ die kleine Dose herunterrutschen und legte den Zeigefinger auf den Sprühknopf. Schließlich visierte sie ihr Ziel noch einmal kurz im Spiegel gegenüber, kniff dann selbst die Augen zusammen – und ließ keine Zehntelsekunde mehr verstreichen. Der Griff um ihren Leib lockerte sich, zeitgleich jaulte der Maskenmann auf. Wencke hatte mit dem brennenden Zeug zielsicher seine Visage getroffen. Das Klicken des Pistolenabzugs ertönte dicht neben ihrem Ohr, und da wusste sie: Wenn ich das noch hören kann, dann hatte ich recht, dann war das Scheißding gar nicht geladen, dann hat der hier nur so getan als ob, dann lebe ich noch ein bisschen länger.

Für Erleichterung war keine Zeit, mit einer schnellen Drehung, die sie vor Urzeiten mal in der Polizeiausbildung gelernt hatte, rammte sie dem sich vor Schmerz Windenden das Knie zwischen die Beine. Als er sich krümmte, setzte sie mit einem Schlag gegen das vom schwarzen Strumpf verdeckte Nasenbein nach. So, das war das ganze Repertoire, mehr hatte sie nicht zu bieten, aber es schien zu reichen, der Mistkerl machte sich aus dem Staub. Wencke sortierte sich wieder, fand den Elektroschocker und zielte, um den Angreifer mit ein paar fiesen Ampere aus den Schuhen zu heben. Er schrie auf, als der blaue Blitz in das Hosenbein einschlug, die nächsten Schritte waren mehr ein Humpeln. Wencke versuchte nicht, den Flüchtenden aufzuhalten, er war ihr an Kraft und Gewaltbereitschaft haushoch überlegen. Sein Jammern entfernte sich im Treppenhaus. Zu dumm! Doch das Schwein würde man hoffentlich noch eine Woche lang an seinen wunden Augen, der blauen Nase und der Wunde, die der Elektroschocker hinterlassen hatte, erkennen können.

Patch war eine Salzsäule. »Alle Achtung«, lobte er nur unpassend.

Wencke rannte zum Telefon, welches auf dem Schreibtisch der Rezeption stand.

»Was machst du?«

»Was wohl«, zischte sie. »Ich rufe den Notarzt. Und die Polizei. Du warst ja nicht imstande, das Arschloch aufzuhalten.«

»Ich …«

Wencke hörte seinem Gestammel nicht zu. Ihre Beine verloren allmählich an Kraft. Zu blöd, anscheinend kamen die Angstsymptome erst jetzt, im Nachhinein. Kalter Schweiß, rasender Herzschlag, trockener Hals – das volle Programm. Trotzdem riss sie sich zusammen und wankte, mit dem Telefonhörer in der Hand, in das Zimmer, dessen Türrahmen inzwischen ein wildes, rotes Graffiti aus Handabdrücken zierte. »Frau Kellerbach?«

Die Frau lag auf dem Rücken, verletzt, totenbleich und definitiv nicht ansprechbar. Doch dass sie noch am Leben war, erkannte man auf den ersten Blick. Auch *Patch* musste bemerkt haben, wie sich der Brustkorb unter der weißen Bluse hob und senkte. Wencke konnte keine schwerwiegenden Wunden erkennen, die Verletzungen der Frau sahen eher nach Streifschüssen aus, und in der Wand dahinter steckten auf halber Höhe zwei Projektile im Putz.

Am anderen Ende wurde endlich abgenommen. »Polizeidienststelle Schwerin. Sie haben den Notruf gewählt. Wie können wir Ihnen helfen?« Das klang wie der Spruch am Servicetelefon ihrer Krankenversicherung.

»Christine Frey hier. Ich befinde mich in den Räumen der Kanzlei Kellerbach, leider kenne ich die Adresse nicht. Hier gab es einen Überfall mit einer Schwerverletzten …«

Der Beamte fragte, wie es sich gehörte, in aller Seelenruhe nach den wichtigsten Details. Wencke riss sich zusammen, doch Antwort für Antwort fuhr ihr Puls langsam runter, immer tiefer, abgrundtief, und direkt nachdem sie alles Wesentliche gesagt hatte, wollten ihre Beine nachgeben. Sie musste sich zusammenreißen.

»Wir bringen deine Freundin in die stabile Seitenlage. Kriegst du das hin?«

Patch nickte und half mit: das Bein anwinkeln, die Hand unter die Wange legen, den Kopf nach hinten strecken und die halbe Drehung. Allein hätte Wencke das nicht mehr geschafft, auch wenn derlei Handgriffe fast mechanisch ablaufen sollten, so etwas hatte sie laut Dienstvorschrift schließlich immer und immer wieder geübt, doch jetzt war es, als habe man bei ihr die Luft herausgelassen.

Natürlich konnte sie Blut sehen, das durfte ihr nichts ausmachen, sie kam schließlich ständig an Orte, wo das rote Zeug floss oder schmierte oder den Boden bedeckte. Aber jetzt wurde ihr übel davon. An Nikola Kellerbachs Seite klaffte eine Wunde, die Wencke mit beiden Händen notdürftig zuzuhalten versuchte. »Du musst den Puls kontrollieren«, flüsterte oder schrie sie. »Sie lebt noch. Du musst sie beruhigen, verstehst du? Rede mit ihr!«

Doch ob *Patch* mitmachte oder außerstande war, sich um seine Freundin zu kümmern, Wencke bemerkte es kaum. Sie zog ihr T-Shirt aus und presste es gegen die Stelle, an der die

Kugel die Haut der Frau zerrissen hatte. Der Stoff wurde feucht, wurde nass, aber Wencke hielt die Stellung. Erst als sie nach einer Weile, die zwischen fünf Minuten und hundert Jahren liegen mochte, den Sanitäter zur Tür hereinkommen sah, wagte sie zu hoffen, dass der Einsatz sich gelohnt hatte, dass es ihr trotz schwindender Sinne irgendwie gelungen war, ein Leben zu retten.

Doch wenn es nach Wencke gegangen wäre, hätte der sachte Nebel der Verwirrtheit gleich wieder aufziehen können. Sie nahm einen jungen Sanitäter wahr, der sich um Nikola kümmerte. Er schien das auch ganz professionell zu machen, das war nicht das Problem.

Das Problem stand hinter dem jungen Lebensretter und trug ein scheußliches Toupet.

»Wencke Tydmers?« Kriminalhauptkommissar Wachtels Blick ruhte auf ihr. »Was um alles in der Welt machen Sie denn hier?«

Die Vierzehn
ist die Zahl der bösen Dämonen

Es war kein Problem, den Türsteher zu überwinden. Boris hatte dem finster dreinblickenden Kerl einfach keine Beachtung geschenkt. Das war die beste Methode, reinzukommen, daran hatte er sich erinnert. Einige Dinge blieben auch nach Jahren immer gleich.

Drinnen roch es, wie es in Bordellen eben roch: nach etwas Süßlichem, das sich penetrant über den Zigaretten- und Alkoholgestank legte und dem olfaktorischen Supergau nahekam. Auch ansonsten konnte Boris nicht feststellen, dass sich die Innenarchitekten in irgendeiner Weise Mühe gegeben hätten, dem *Hot Lady* eine besondere Note zu verleihen. Viele Spiegel, eine Menge Diskokugeln, Nebelmaschinen und bunte Spots. In der Mitte standen drei Tische mit Stangen, an denen gerade anscheinend das Motto Dschungel geturnt und getanzt wurde, denn die Mädchen hatten zwar unterschiedliche Haar- und Hautfarben, trugen aber alle die gleichen wildkatzengemusterten Dessous – zumindest während der erste Hälfte ihrer Showeinlage. Während sie sich entkleideten, kämpften sie gegen lange, grüne Gummischlangen, ließen die Attrappentierchen über ihre operierten Brüste und zwischen die Beine kriechen.

Boris bestellte ein Bier am Tresen. Er wusste, woanders hätte er für diesen Preis eine ganze Lokalrunde spendieren können, aber er war nicht hier, um sein Kleingeld zu horten. Er wollte sich umhören, auf eigene Faust, weder Wencke noch Tilda Kosian wussten davon.

Die Idee zu diesem Alleingang war ihm kurz nach dem Gespräch heute Vormittag im Hotel gekommen, bei dem er seinen beiden Kolleginnen beim Diskutieren zugehört hatte. Wencke Tydmers hatte sich keine sechzig Minuten um den spontan entschiedenen Rückzug geschert, sondern war allem Anschein nach ohne Funkgerät unterwegs. Er ging jede Wette ein, dass sie bei ihrem Motorradausflug die letzte Gelegenheit nutzte und gerade dabei war, ihre Theorie auf Teufel komm raus zu verteidigen. Nicht nur trotz Kosians gegenteiligem Befehl, sondern wohl eher gerade deswegen.

Und er wollte sie nur zu gern dabei unterstützen. Genau wie Wencke hatte Boris dieses Bauchgefühl, dass man hier nicht einfach so abbrechen durfte, weil noch viel zu viele Fragen ungeklärt waren. Nein, er war wirklich kein Held, aber dieser Fall war ihm aus bestimmten Gründen besonders wichtig. Würde er die Sache mit den Rockern zu Ende bringen, würde vielleicht auch seine eigene Geschichte endlich zum Abschluss kommen. Und das war ihm einiges wert.

Nur sollte er sich auf keinen Fall erwischen lassen bei diesem Manöver. Also entschied er sich, dem *Hot Lady* einen Besuch abzustatten. Erstens, weil dieser Nachtclub der ursprüngliche Zankapfel zwischen den Rockerbanden gewesen war. Vielleicht gab es hier interessante Erkenntnisse, wer wem was weggenommen hatte, für das es sich zu morden lohnte. Zweitens entschied er sich für den Provinzpuff, weil er hier relativ problemlos erwischt werden könnte, von wem auch immer, ohne dass es wirklich brenzlig wurde. Und die Wahrscheinlichkeit, dass er hier auf einen der Rocker treffen würde, die ihn von der Pressekonferenz kannten, schreckte ihn auch nicht besonders. Er könnte sich peinlich berührt herausreden, dass er ein wenig Entspannung gesucht hätte. Da würde keiner weiter nachhaken, bei so etwas blieb man diskret. Und um sein sexuelles Desinteresse am weiblichen Geschlecht wusste in Schwerin kein Mensch. Vielleicht ahnten Jolters, Wachtel und die anderen Kollegen etwas, das war es aber auch schon.

Das Bier schmeckte gar nicht mal so schlecht für ein Lokal wie dieses. Die Dschungelnummer war zu Ende, niemand klatschte, es war noch zu früh am Abend für ausgelassene Stimmung. Am Tisch in der Ecke unter den Musikboxen ließ sich ein junger Typ gleich von zwei dunkelhäutigen Schönheiten anmachen, sah aber trotzdem gelangweilt aus. Eine Blondine im Krankenschwesterkostüm absolvierte einen routinierten Solostrip, aus ihrer überdimensionalen Einwegspritze tropfte etwas Milchiges, das wohl sehr lecker schmecken musste. Boris war immer wieder verblüfft, wie mit solchen Etablissements so viel Kohle gescheffelt wurde, dass dafür ein tödlicher Krieg entbrennen konnte.

»Ein neues Gesicht«, sagte eine Schlanke mit glatten Haaren bis zur Hüfte. Boris schätzte sie auf Anfang zwanzig und slawischer Abstammung, zumindest hatte sie hohe Wangenknochen, volle Lippen und nannte sich Alenka. »Wie geht es dir denn so?«

Alenka war zum Glück wenig aufdringlich, ließ sich lediglich ein Glas Champagner spendieren und blieb ansonsten anständig auf ihrem roten Hocker sitzen. Wahrscheinlich hatte sie heute keine Lust zum Arbeiten, dachte Boris, und dann überlegte er eine Weile, ob Prostituierte überhaupt irgendwann mal Lust dazu hatten, womöglich morgens aufstanden und dachten: Heute habe ich richtig Bock auf meinen Job … Wohl kaum. Aber Alenka gab sich nicht einmal Mühe, so zu tun, als ob.

»Hat's dir verschlagen die Sprache, oder was?«

Sie musste schon länger in Deutschland sein, sonst würde

sie solche Redewendungen nicht kennen. Dann war sie aber auch nicht die Art von Mädchen, nach denen Boris Ausschau hielt. Nicht, dass er überhaupt nach Mädchen Ausschau hielt. Aber sie wirkte auf jeden Fall zu abgeklärt und cool. Er nahm allen Mut zusammen. »Tut mir leid, du bist nicht mein Typ.«

»Kein Problem, Süßer.« Sie lächelte, als wäre sie darüber nicht allzu überrascht. »Was suchst du denn? Ein bisschen mehr dick? Oder älter? Oder Leder?«

Boris schüttelte nach jeder Frage den Kopf. »Eher jünger. Und unerfahren ...«

Sie zog skeptisch ihre künstlichen Augenbrauen zusammen. »Du siehst nicht aus wie Typ, der will kleine Mädchen.« Alenka schien über gute Menschenkenntnis zu verfügen. Sie schob ihren fast nackten Hintern vom Leder und stolzierte auf ihren dünnen Absätzen in den hinteren Bereich, der durch einen Urwald aus künstlichen Palmenblättern nur schlecht einzusehen war. Die Krankenschwester hatte sich einen Patienten auf den Tisch gelockt. Ein dicker Mann um die sechzig ließ sich von ihr mit einem herzförmigen Stethoskop abhören, seine Hose zeigte eine peinliche Beule. Aus den Boxen schallte immerhin passend dazu Pinks ›Just like a pill‹.

Alenka kam zurück mit einer sehr zierlichen Asiatin und einer etwas größeren, dafür mit geflochtenen Zöpfen dekorierten Blondine. Zweitere schaute von unten herauf und kaute sich die Unterlippe platt. Das konnte Show sein, klar, aber irgendwie hatte Boris das Gefühl, dass sie die Richtige für ihn sein könnte.

»Tamara«, stellte Alenka vor. »Aber erst trinken, dann Zimmer, okay?« Sie zeigte der Barfrau zwei Finger, und in Lichtgeschwindigkeit standen Champagnerschalen vor ihnen. Das würde ein sündhaft teures Abenteuer werden, das wusste Boris. Er war verrückt, so weit zu gehen. Vollkommen verrückt. Was versprach er sich überhaupt von dieser Aktion?

»Zum Wohl«, prostete er seiner Auserwählten zu. Die nippte stumm an ihrer Puffbrause.

Vier Männer kamen zur Tür herein, so laut und ungestüm, dass klar war, wenn sie hier keine Chefs wären, hätte der Securitymann ihnen schon längst ein paar Takte erzählt. An den Klamotten war unschwer zu erkennen, dass es sich um *Devil Doves* handelte, zumindest drei von ihnen trugen das hässliche Vogelskelett als Patch auf dem Rücken ihrer Kutte. Der Vierte war oben herum nackt. Sein Oberkörper wies keinen unbeschriebenen Flecken mehr auf, ein grünstichiges Tattoo reihte sich ans nächste, als würde ein Projektor ihm das Bild eines Komposthaufens auf den Rücken projizieren. Richtig gerade lief der Mann nicht, wenn man genau hinschaute, wurde deutlich, dass die anderen drei ihn hektisch und möglichst unauffällig durch den Raum bugsierten. Kräftige Männerhände hielten seine Oberarme umklammert, eine Faust auf der Wirbelsäule zwang ihn zum aufrechten Gang. Der Abgeführte konnte sich kaum rühren, doch als er einen kurzen Blick nach links schaffte, erkannte Boris ihn, trotz des zugeschwollenen Auges und des wirren Haars, das ihm quer über das Gesicht hing, da sich der Zopf gelöst hatte: Kalle!

Boris ließ das blöde Glas auf den Tresen krachen, als wäre es ein Bierkrug. Was passierte da? Hatten sie Kalle etwa enttarnt? Das würde bedeuten, dass Wencke … Scheiße, er musste dringend telefonieren.

»Ich muss mal eben auf die Toilette. Bleib bitte hier sitzen«, sagte er zu Tamara, aber sie schien ihn nicht wirklich zu verstehen und nickte, als wäre in ihrem Genick ein Mechanismus eingebaut, der die passenden Bewegungen steuerte.

Er stand auf und lief den vier Männern hinterher, die im hinteren Gang verschwunden waren. Er sah, wie Kalle in einen Raum am Ende des schwarzen Flurs gestoßen wurde. Dann trat eine dicke Frau in seinen Weg. »Wohin so eilig, Süßer?«

Es war die Bardame, entweder befürchtete sie, dass er sich durch die Hintertür verdünnisierte, ohne den schalen Schaumwein zu bezahlen. Oder sie hatte strikte Anweisungen, die eben Eingetretenen vor neugierigen Augen zu schützen.

»Wo sind denn die Klos?«

»Wir sind ein modernes Haus, Süßer! Jedes Zimmer hat ein eigenes Bad mit Pott, ganz schnuckelig, du wirst sehen. Tamara zeigt dir gern den Weg.«

Trotz der lauten Musik meinte Boris, einen Schrei gehört zu haben. Was stellten sie mit Kalle an? Warum hatten sie ihn entkleidet? Es gab nur eine Erklärung, Boris wollte es sich aber lieber nicht vorstellen: Sie hatten Kalle die Kutte abgenommen, weil er nicht mehr würdig war, die Teufelstaube zu tragen. Und nun würden sie sich daranmachen, ihm auch die anderen Abzeichen zu entfernen …

Mist, die LKA-Jungs von der Technik hatten im Hotel anscheinend schon abgebaut und den Funkkontakt unterbrochen. Warum auch immer die Sache aufgeflogen war, für Kalle und Wencke sah es jetzt finster aus. Er musste Verstärkung holen, sofort! Doch die Dicke hatte ihn schon mit sanfter Gewalt wieder Richtung Tresen geschleppt.

Boris hatte nur eine Chance, er musste mit diesem Mädchen aufs Zimmer und hoffen, dass ihm dort die Möglichkeit blieb, unauffällig zu telefonieren. Wenn Tamara wirklich so eingeschüchtert und naiv war, wie sie sich gab, würde es funktionieren. Sollte das aber lediglich eine Masche sein, um leicht pädophile Freier zu begeistern, wäre er aufgeschmissen.

»Zimmer drei«, sagte die Barfrau und gab Tamara einen Schlüssel, an dem stilecht ein kleines rosa Pferdchen baumelte. »Das ist unser Schulmädchenparadies.« Boris hätte kotzen können.

Sie gingen in den ersten Stock, das Licht war hier weniger hektisch, und die Musik hatte nun auch eine erträgliche Lautstärke. Tamara nahm seine Hand. An ihren Fingern waren Ringe wie aus dem Kaugummiautomaten. Trotz der Hitze war ihr Griff kalt, als hätte sie dringend Handschuhe benötigt. Das war ein gutes Zeichen, sie schien wirklich aufgeregt zu sein. Gern hätte Boris sie beruhigt, ihr gesagt, dass sie von ihm nichts zu befürchten habe. Doch auch hier oben saßen Frauen und Männer, die ihnen neugierig hinterherstarrten, als sie im Zimmer drei verschwanden. Tamara drückte einen Knopf, und die rote Lampe vor der Tür leuchtete auf. Ein letzter Blick in den oberen Flur verriet Boris, dass derzeit sechs Zimmer belegt waren. Sechs Liebesdienstleistungen wurden hier in diesem Moment geboten. Unvorstellbar, fand Boris. Wer ließ sich bloß von einem solchen Ausbund an Geschmacklosigkeit zum Sex animieren?

Tamara machte die Tür hinter sich zu und zog sich sofort das enge T-Shirt über die Zöpfe. Er traute sich kaum, die Einrichtung näher zu betrachten. Die rosa Blümchentapete und das ähnlich kolorierte Himmelbett waren scheußlich genug.

Boris verspürte sämtliche körperlichen Alarmsignale, die die Evolution für den Fall der plötzlichen Lebensgefahr bereithielt. »Ich ... Ich gehe erst einmal ins Bad, okay?«

Tamara nickte und ließ das kurze Röckchen über die Hüfte fallen.

Das Bad war winzig und hatte kein Fenster. Er ließ das Duschwasser laufen und betätigte pro forma die Toilettenspülung. Das Handy zeigte nur einen erbärmlichen Balken auf dem Empfangsstatus. Wahrscheinlich müsste er in den Apparat schreien, damit ihn überhaupt jemand verstand. Und dann würde Tamara alles mitbekommen. Also entschied Boris sich für eine eilige SMS: *schnell einsatzwagen hot lady – kalle aufgeflogen – vielleicht auch wencke – bin in zimmer 3 – boris*

Die Nachricht schickte er an alle gespeicherten Handynummern, von deren Besitzern er sich schnelle Hilfe versprach:

Tilda Kosian, die beiden Technikmänner Wilkens und Fuchs, den Schweriner Kollegen Steffen Jolters. Einer von ihnen würde hoffentlich reagieren. Auf die Top-Secret-Geheimhaltung pfiff er in diesem Moment, es ging immerhin um ein Menschenleben. Boris wusste, was Rocker mit Verrätern wie Kalle anzustellen pflegten.

Es klopfte an der Tür. »Bist du fertig?«, fragte Tamara. »Zeit läuft, du weißt. Zwanzig Minuten fünfzig Euro.«

»Alles klar! Ich beeile mich!«, rief Boris, zog sich aus, stellte sich unter die viel zu heiße Dusche und ließ sich eine Portion Seife in die Hand tropfen, damit er auch roch, als habe er ausgiebig den Körper gepflegt. Dann griff er nach dem bereitgelegten Handtuch und rieb sich die Feuchtigkeit von der Haut.

»Soll ich trocken machen?«, kam das Angebot von Tamara. »Sauber machen kostet zehn Euro extra. Ich mache schön sanft oder ganz hart, wie du willst.«

Du meine Güte, in was hatte er sich da nur hineinmanövriert. Unten wurde einer seiner Männer gerade gehäutet, und er musste sich entscheiden, ob er sich für zehn Euro von einer Möchtegern-Lolita abrubbeln ließ. Er entschied sich, das Geld später lieber für einen guten Zweck zu spenden, und trat – das Badetuch um die Hüfte geschwungen – in das Zimmer. Tamara war bis auf ein hellblaues Höschen nackt und saß schüchtern auf der Bettkante. Er setzte sich neben sie und wartete ab. Nach ungefähr drei Minuten ließ sie ihren Kopf in seinen frotteeverhüllten Schoß fallen und er legte seine Hand auf ihr Haar. »Streicheln?«, fragte sie.

Er streichelte keinen Millimeter weiter abwärts als bis zu ihren Ohrläppchen.

»Was ist los? Keine Ding?«

»Nein, keine Ding.« Das war echt zum Lachen und doch so traurig. »Können wir nur reden?«

»Reden?« Sie setzte sich auf, als hätte er ihr etwas Furchtbares angedroht. »Was willst du von mich?«

Boris hob abwehrend die Hände. »Aber ich dachte, das wäre gar nicht so selten, dass die Männer hierher kommen und eigentlich nur reden wollen …«

»Pryadil'shchik!«, schrie sie so spitz, dass Boris Angst hatte, gleich von einem Haufen Securityleuten überwältigt zu werden, die aus Angst um ihr Mädchen ins Zimmer gestürmt kamen.

»Was sagst du?«

»Spinner! Das ist izvrashcchennyĭ! Wenn Mann nur will reden, er nimmt alte Frau mit dicke Titten. Nicht kleine Mädchen.«

»Blödsinn, wer hat dir das denn erzählt?«

»Meine Chef. Er sagt, Freier für Zimmer drei will streicheln und sonst normal alles, du weißt. Nicht reden. Nur Hallo und Tschüss.« Sie zog ihre Füße an und legte die Arme um die Knie. Ihre Augen waren riesig, und die Furcht schwamm darin. Jetzt sah sie zum ersten Mal wirklich wie ein kleines Mädchen aus.

»Männer sind ja nicht alle gleich«, versuchte Boris, sie zu beruhigen. Er hütete sich jedoch davor, sie auf irgendeine Weise zu berühren. »Das weißt du doch bestimmt auch. Manche sind nett und manche böse. Du hast ja auch viele Chefs, oder nicht? Sind die alle gleich?«

Sie schüttelte den Kopf und biss sich wieder auf die Lippe.

»Wie viele Chefs hast du denn?« Gut, das war vielleicht ein bisschen plump, aber er wollte nicht zu viel Zeit vergeuden, schon bald könnte es hier drunter und drüber gehen. Tamara machte keine Anstalten, zu antworten. Sie fummelte an ihren rosa Fußnägeln herum. »Du hast bestimmt einen Chef, der dich bewacht, und einen, der mit dir das Geld abrechnet. Und so weiter …«

Sie schaute ihn an, wieder von unten nach oben, dieser einstudierte Blick, der so unecht wirkte und einem gerade deswegen das Herz zerriss. »Willst du jetzt machen Liebe oder nicht? Wenn ich nicht arbeiten, kriege Probleme.«

»Aber ich zahle ja dafür.«

»Du Bulle, oder? Ich nicht blöd!«

»Ich könnte dir helfen, hier rauszukommen.«

»Nein. Ich bleibe hier. Es ist okay.« Sie schien das wirklich zu glauben. Inzwischen hatte sie eine fast trotzige Pose eingenommen. Verschränkte Arme, zusammengepresste Beine. Boris legte ihr die Bettdecke über die nackten Schultern.

»Wie alt bist du?«

»Zweiundzwanzig. Und ich komme aus Tscheljabinsk. Alles okay. Ich Papiere und sauber.«

»Du machst das freiwillig?«

Sie lachte kurz auf. »Ich mache für meine Freund. Aus Liebe. Weil er hat Frau und muss ihr geben viel Geld, damit er ist frei für mich.«

Das glaubst du?, wollte Boris fragen, doch er hielt sich zurück, denn auch wenn er es nicht verstand, nie verstehen würde, rein theoretisch wusste er aus seinen Lehrbüchern, dass es so etwas gab. Frauen wollten an die große Liebe glauben, und wenn sie dafür die unmöglichsten Lügen schlucken mussten – alles war zu ertragen außer dem Gedanken, nicht geliebt zu werden. Wenn er Tamara ins Gewissen reden würde, wäre das Gespräch mit dem nächsten Satz beendet. »Will er dich heiraten?«, fragte er stattdessen.

Sie nickte leicht. Dann schaute sie auf die Uhr. »Zwanzig Minuten gleich um. Wenn du bleibst, mehr Geld.«

»Ich glaube, ich kenne deinen Freund«, machte Boris weiter. Er musste es drauf ankommen lassen und wenigstens einen weiteren Namen herausfinden. »Er ist einige Jahre älter als du, oder nicht?«

Sie nickte eifrig. »Aber kein Problem. Er ist lieb …«

»Genau, jetzt fällt es mir ein. Er hat mir vor Kurzem erzählt, dass er seine große Liebe gefunden hat und für sie seine Frau verlassen will.«

Es war das erste Mal, dass sie ihm direkt in die Augen blickte. Ihr Lächeln war echt. »Du kennst ihn?«

»Ich bin …« Jetzt musste er improvisieren. Wen oder was konnte er sicher dem *Hot Lady* zuordnen? »Ich bin ein Freund von Gustav. Weißt du, er ist gestern nach einem Überfall ins Krankenhaus gekommen, und ich habe ihn besucht.«

»Gustav?« Sie überlegte. »Mann mit sehr große Silberbrille?«

»Genau der.« Boris erhob sich vom Bett, ging ins Bad und fischte seine Klamotten vom Boden. Dann stellte er sich vor das Fenster, das durch eine verstaubte Lamellenjalousie verdunkelt war und zur Straße rausging. Noch war kein Einsatzwagen in der Nähe. Hoffentlich war seine SMS in die richtigen Hände gelangt, und irgendjemand startete eine möglichst rasche Aktion. So lange wollte er die Situation hier so normal wie möglich gestalten, also zog er sich in aller Seelenruhe an, ließ Tamara in Frieden, guckte noch nicht einmal in ihre Richtung, als er fragte: »Und dein Freund ist der Leo, oder nicht? Leo Kellerbach.«

»Nein«, hörte er die dünne Stimme. »Den ich kenne, der war sehr lange nicht hier.«

Mist, der erste Versuch war kein Treffer gewesen. »Nicht? Ach so, dann bist du die Liebste von Thorsten Schwarz – also, die meisten nennen ihn ja *Patch Blacky*.« Vorsichtig drehte er sich zu ihr um. Misstrauen stand ihr schnörkellos ins Gesicht geschrieben.

»*Patch*? Niemals. Er ist Schwein! Und wenn du fragst, ob er heißt *Mighty Mäxx*, ich dich mache fertig.« Sie hatte im Sitzen bereits ihren BH unter die flache Brust geschnallt, jetzt zog sie die Träger hoch, und ihr fast knabenhaftes Dekolleté wurde leicht angehoben. Dann suchte sie nach T-Shirt und Rock.

In diesem Moment war von unten ein Krachen und Rufen zu hören. »Achtung, Polizei!«, riefen mehrere Stimmen gleichzeitig, die Musik verstummte, einige Mädchen kreischten. »Was ist hier los?«, polterte die raue Stimme der Barfrau durch das Chaos.

Boris schob sich noch das Poloshirt in die Hose, dann rannte er aus dem Zimmer und die Treppe herunter. Drei Prostituierte klammerten sich wie verängstigte Äffchen aneinander, die wenigen Freier blickten verlegen zu Boden, und wenn es dort einen Ausgang direkt in die Hölle gegeben hätte, sie wären herabgestiegen, jede Wette. Mit vier Uniformierten waren sie angerückt. Die anwesenden Kollegen waren ihm unbekannt bis auf Steffen Jolters, der ihm zunickte.

»Da hinten sind sie«, wies Boris ihnen den Weg. »Im linken Zimmer. Passt auf, sie sind bewaffnet!«

Zwei stürmten los, Jolters und eine sportliche Frau gaben Deckung. »Es kommt gleich weitere Verstärkung aus Hagenow«, versicherte der LKA-Kollege hektisch. »Die Kollegen von der Kripo haben parallel noch einen Einsatz in der Schelfstadt. Nikola Kellerbach wurde in der Kanzlei niedergeschossen.«

»Haben Sie etwas von einer Christine Frey gehört?«

»Wie?«

»Oder Wencke Tydmers?«

»Keine Ahnung.«

Boris schluckte. Er folgte Jolters mit etwas Abstand, schließlich war er weder bewaffnet noch mit schusssicherer Weste ausstaffiert. In seiner Ausbildung zum Fallanalytiker hatte er nur rudimentäre Kenntnisse der Polizeiarbeit im aktiven Einsatz erworben, für eine Situation wie diese war das viel zu wenig. Er drückte sich eng an der Flurwand entlang, denn er hatte keine Lust, ein Messer oder eine Kugel von hinten in den Rücken zu bekommen. Hier brannte die Luft.

Die letzte Tür war verschlossen, die beiden Polizisten an vorderster Front traten sie beherzt auf und sprangen im selben Moment mit gezogener Waffe in den Raum. Boris wagte einen Blick durch den schmalen Spalt, den Jolters und seine Kollegin zwischen ihren Schultern ließen. Was er zu Gesicht bekam, reichte ihm völlig: Kalle lag nackt auf einem rot verschmierten Schreibtisch, sein ausgemergelter Körper war schlaff, er war sicher nicht mehr bei Bewusstsein. Neben dem Tisch standen mehrere Flaschen hochprozentigen Alkohols, die mochten der Grund für seine Ohnmacht sein – oder die Schmerzen, die er allem Anschein nach auszuhalten hatte. Trotz seines narkoseartigen Zustandes hielten seine Brüder ihn an Armen und Beinen fest, und ein weiterer Rocker war dabei, ihm mit einer Tätowiernadel die Stirn zu zerstechen. Das Instrument gab ein fieses, hohes Summen von sich. Als Kalles Kopf zur Seite fiel, erkannte Boris die vier blutenden Buchstaben auf der Haut: ACAB – *All Cops Are Bastards**.

Die Fünfzehn
ist die Zahl der Himmelsgöttin Ischtar, die auch die Göttin des Krieges ist

»Sie sind vollkommen übergeschnappt, Frau Tydmers! Mein Okay werden Sie auf gar keinen Fall bekommen! Diese Aktion gestern kostet mich wahrscheinlich jetzt schon Kopf und Kragen!«

Wencke konnte die Ausrufezeichen hinter den Sätzen der Kosian senkrecht im Hotelzimmer stehen sehen. Es waren nicht die ersten Vorwürfe an diesem Morgen, und es würden nicht die letzten bleiben. Seit einer halben Stunde schmetterte Wenckes Vorgesetzte ihren Zorn in die Runde, die sich am frühen Samstag in der schon halb abgebauten mobilen Einsatzzentrale zusammengefunden hatte. Boris Bellhorns Gesichtsfarbe wechselte unaufhörlich zwischen leichenblass und schamesrot, als von seinem spektakulären Einsatz im *Hot Lady* die Rede gewesen war. Fuchs und Wilkens fummelten immer wieder an irgendwelchen Kabeln herum, gaben sich geschäftig, wahrscheinlich, um zu dem ganzen Desaster die nötige Distanz zu wahren. Wencke blieb keine solche Möglichkeit, also entschied sie sich für eine trotzig aufrechte Haltung. Alle waren sie übernächtigt, alle waren sie geschockt. Doch außer Tilda Kosian kam niemand zu Wort.

»Sie haben ganz offensichtlich keine Ahnung, wie gefährlich sich die Lage hier in Schwerin für Sie gestaltet, nachdem

Ihre Tarnung aufgeflogen ist. Wissen Sie, was sie mit Kalle veranstaltet haben? Die *DDs* haben ihm die Tattoos auf den Armen herausgeschnitten und die Hälfte seines Oberkörpers schwarz tätowiert, sein Gesicht wurde komplett entstellt – und wenn der Kollege Bellhorn nicht zufällig vor Ort gewesen wäre, hätte unser V-Mann die Nacht höchstwahrscheinlich nicht überlebt.« Endlich holte sie Luft, Wencke hatte schon befürchtet, dass die Kosian gleich an ihren eigenen Tiraden ersticken würde. Klar, um Kalle tat es Wencke furchtbar leid. Gleich nachdem sie in der Kanzlei von Wachtel erkannt worden und somit ihre Tarnung aufgeflogen war, hatte sie alles versucht, ihn zu warnen. Doch er hatte das Funkgerät nach offiziellem Abbruch des Einsatzes gern und zügig wieder aus seinem Zopf entfernt, und sein Handy – das verfluchte Handy! – war noch immer kaputt gewesen. Es war keine Zeit geblieben, Kalle persönlich zu suchen und zu retten, die Brüder waren in solchen Sachen verdammt schnell.

»Vor ein paar Jahrhunderten hätte man den Zustand, in dem Sie sich jetzt bewegen, als vogelfrei bezeichnet, Frau Tydmers. Die Teufelstauben haben Sie mit höchster Wahrscheinlichkeit längst zum Abschuss freigegeben.«

Damit mochte die Kosian recht haben, das wusste Wencke. *Patch* war seit gestern Abend verschwunden, er musste sich direkt nach dem Eintreffen der Kripo auf den Weg gemacht haben, um die Rache an Kalle in Auftrag zu geben. Wie hatte er selbst es nur wenige Stunden zuvor so pathetisch wie unumwunden formuliert? Rocker kennen im Umgang mit Verrätern keine Gnade, nicht bei alten Männern und nicht bei jungen Frauen.

»Ich warne Sie, Frau Tydmers, kommen Sie nicht auf die dumme Idee, noch ein bisschen quer durch Schwerin zu schnüffeln. Wir sind hier nicht bei Tomb Raider, und Sie beileibe keine Lara Croft!«

Einer der beiden Technikleute musste lachen und kassierte dafür einen bitterbösen Blick.

Die Kosian hatte recht, amüsant war das hier alles ganz und gar nicht. Dennoch gab es aus Wenckes Sicht keinen ersichtlichen Grund, sich den Zurechtweisungen ihrer Vorgesetzten zu beugen. Sie hatte sich dazu entschlossen, dieses Donnerwetter über sich ergehen zu lassen – um dann trotzdem zu tun, was sie für nötig hielt. Zu tief steckte sie drin in dieser Geschichte, als dass sie nun einfach nach Ostfriesland fahren und mit Emil zelten gehen könnte.

»Das LKA Meckpomm ist stinksauer über unseren Einsatz hier, aber das war vorhersehbar, damit kann ich leben. Ich hatte nur gehofft, dass wir alle vernünftig genug sind, uns unauffällig zu verhalten, nachdem die DNA-Analyse unsere Vermutungen widerlegt hatte. Und wenn Sie, Frau Tydmers, sich einfach noch ein wenig mit den Rockern unterhalten hätten und sonst nichts weiter, dann wäre das auch kein Problem gewesen. Aber wie um alles in der Welt konnten Sie sich und uns mit dieser Aktion in eine solche Lage bringen? Mit einem ausgeschalteten Funkgerät auf Motorradtour gehen, ganz allein mit einem der führenden, als gefährlich bekannten *DDs* ... Dass Kalle als V-Mann aufgeflogen ist und fast mit seinem Leben bezahlt hätte, geht auf Ihr Konto! Frau Tydmers, wirklich, ich ...«

Jetzt reichte es, fand Wencke und stand abrupt auf. »Mir ist klar, dass ich in meinem Leben schon klügere Entscheidungen getroffen habe als die, mit *Patch Blacky* eine Spritztour zu unternehmen. Aber dass die Sache so dramatisch enden würde, war nicht abzusehen. Ich habe das gemacht, was abgesprochen war, ich habe mich ein wenig mit einem Rocker unterhalten, über Leo Kellerbach, über Spitzel, über die *G-Point-Gangster*. Und dann hat *Patch* einen Anruf bekommen und mich quasi genötigt, in die Kanzlei mitzukommen.«

»Wer hat ihn angerufen?«

»Ich nehme an, es war Nikola Kellerbach, zumindest habe ich ihn ihren Namen sagen hören.«

Fuchs kramte ein Protokoll hervor, er hatte alle Hebel in Bewegung gesetzt und eine Liste der Telefongesellschaft besorgt, um die ein- und ausgehenden Anrufe der Kanzlei parat zu haben. »Da finden wir dann aber eine interessante Ungleichheit. Laut den Unterlagen hat Nikola Kellerbach ihren Freund bereits um 14 Uhr angerufen – und danach nicht mehr …« Auf einmal mischten sich alle ein, offensichtlich erleichtert, dass die Zeit der Standpauken vorüber zu sein schien und man sich jetzt auf die Sache konzentrieren konnte. Wilkens fuhr den Laptop wieder hoch, und Boris beugte sich vor, um einen Blick auf das Papier in Fuchs' Hand zu werfen.

»Wann genau hat *Patch Blacky* dich zu diesem Ausflug eingeladen?«

Wencke überlegte. »Ich war gerade von unserem Meeting wieder zurück und habe meine Sachen gepackt. Ich schätze, es war kurz nach zwei.«

Boris zog die Augenbrauen hoch. »Interessant! Seine Freundin ruft ihn an, und er macht sich direkt danach auf den Weg, um Christine Frey zu einem kleinen, netten Ausflug einzuladen. Also, für mich gibt es da ganz klar einen Zusammenhang.«

Fuchs und Wilkens nickten unisono, und Wencke fühlte sich wieder in der Lage, ruhig in ihrem Sessel Platz zu nehmen. Einzig Tilda Kosian sah aus, als gefiele ihr die Stimmung nun ganz und gar nicht mehr, seit sie ihren vernichtenden Monolog beendet hatte.

»Ich hatte die ganze Zeit über das Gefühl, dass dieser Ausflug, der Anruf und sogar der Angriff des Maskierten nichts weiter als eine … hm, wie soll ich das beschreiben, eine Inszenierung gewesen sind«, erklärte Wencke. »Was ist, wenn diese ganze Aktion nur dazu gedient hat, mich als Zeugin dabeizuhaben, wenn *Patch* in die Kanzlei geht und die schwer verletzte Nikola findet?« Niemand sagte etwas. Wahrscheinlich, weil diese Möglichkeit gleichzeitig abwegig und doch schlüssig zu sein schien. »Wenn Nikola beispielsweise etwas Wichtiges über den Tod ihres Bruders herausgefunden und ihrem Freund am Telefon davon erzählt hat …«

»… und *Patch* diese Neuigkeit überhaupt nicht gefallen hat …«, spann Boris weiter.

Ja, darum mochte es gegangen sein. *Patch* musste darauf gefasst gewesen sein, was er und Wencke in der Kanzlei vorfinden würden. Vielleicht war sogar er selbst es gewesen, der Nikola Kellerbach in diese Lage gebracht hatte. Weniger durch die eigene Hand als mit Hilfe eines bewaffneten Kumpels, der die Anwältin niedergeschossen hatte, während *Patch* noch mit dem Motorrad unterwegs gewesen war. Es hatte so aussehen sollen, als ginge das Szenario in Kellerbachs Büro auf das Konto der verfeindeten *Gangster*. Das ganze Gerede am Ostseeufer über Brüderschaft und Verräter und Gnadenlosigkeit war eine Art Vorspiel gewesen, um Christine Frey zu beeindrucken oder zu verunsichern. Sie sollte wissen, mit wem sie es zu tun hatte, damit sie anschließend in der Kanzlei die passenden Schlüsse zog. Kein schlechter Plan. Nur hatte *Patch* gestern noch keine Ahnung gehabt, dass die Frau, die ihm ein astreines Alibi verschaffen und eine glaubwürdige Zeugin abgeben sollte, ausgerechnet eine Profilerin des LKA war. Das war fast schon lustig – wäre der Ausgang des Ganzen nicht so todernst.

»Wir sollten schnellstens herausfinden, wer tatsächlich angerufen hat, als ich mit *Patch* an der Ostsee war. Es würde mich nicht wundern, wenn es ein und derselbe Mann gewesen ist, der mir wenig später seine Knarre in den Mund geschoben hat.«

»Nichts werden Sie herausfinden«, ging die Kosian barsch dazwischen.

»Das ist eine Kleinigkeit«, wusste Wilkens und öffnete die Netzwerkseite. »Die Kollegen werden uns sicher eine entsprechende Auflistung der Telefonate zukommen lassen. Immerhin hat dieser Thorsten Schwarz seine Rockerbrüder umgehend über die Enttarnung von Christine Frey und somit auch von Kalle informiert. Wofür er höchstwahrscheinlich sein Handy benutzt hat …«

Tilda Kosian hatte offensichtlich keine Geduld, das Ergebnis von Wilkens' E-Mail-Anfrage abzuwarten. »Erst einmal muss sich einer von uns bei der angesetzten Pressekonferenz blicken lassen. Ich werde das nicht sein, man erwartet mich gegen Mittag in Hannover, und das wird auch alles andere als angenehm werden, fürchte ich.«

»Dann werde ich den Termin wahrnehmen«, sagte Boris mit einer Selbstsicherheit, die alle überraschte. »Erstens habe ich das Procedere schon einmal überlebt. Zweitens wäre es für Wencke viel zu gefährlich, sich dort offiziell blicken zu lassen. Es ist zu erwarten, dass auch ein paar *Devil Doves* anwesend sein werden.«

Wencke warf ihrem Kollegen einen dankbaren Blick zu. »Dann werde ich in der Zeit …«

»Halt!«, rief die Kosian. »Nichts werden Sie. Ihnen haben wir das ganze Schlamassel zu verdanken. Erst Ihre Theorie von den beiden Männern, die zusammen eine rauchen …«

»Davon bin ich nach wie vor überzeugt!«

»Sie ignorieren also die eindeutigen Beweise der Spurensicherung.«

»Oder ich interpretiere sie einfach anders.«

»Kommen Sie mir nicht mit Ihrem Bauchgefühl, Frau Tydmers. Davon will ich kein Wort mehr hören. Wir von der Operativen Fallanalyse haben es schwer genug, neben den rein naturwissenschaftlich arbeitenden Abteilungen zu bestehen.«

»Vielleicht gibt es auch eine Lösung, die zu beiden Ansätzen passt, die sich sowohl mit der Zwei-Personen-Theorie als auch mit den Ergebnissen der Spurensicherung erklären lässt. Nur haben wir die noch nicht gefunden.«

»Und was sollte das sein? Die DNA eines Menschen ist so gut wie einmalig, sie ist eine der sichersten und aussagekräftigsten Beweise überhaupt.«

»Auch DNA-Analysen lassen immer einen letzten Rest Zweifel offen. Im Fall von Zwillingen zum Beispiel ...«

»Ach, Frau Tydmers, da kann ich Sie beruhigen: Unser Mordopfer war laut Urkunden des Schweriner Standesamtes definitiv kein Zwilling. Und im Geburtsjahr 1971 waren die Forscher weder hier noch sonst wo auf der Welt in der Lage, einen Leo Kellerbach zu klonen – falls Sie darauf hinauswollen.« Die Nasenflügel der Kosian bebten derart, dass man glauben konnte, sie wolle auf diese Art die Schwerkraft überwinden und an die Decke gehen.

»Es gäbe die Möglichkeit, die DNA-Analyse noch weiter zu verfeinern ...«

»Diesen Laborauftrag wird weder das LKA Hannover noch das in Schwerin erteilen, weil er sehr viel Geld kostet und abgesehen davon absolut lächerlich ist.«

Die Männer hatten allesamt so getan, als würde das Wortgefecht nicht hier in diesem Hotelzimmer, sondern irgendwo in einem Paralleluniversum stattfinden. Erst als Wilkens »Bingo!« rief, fokussierte sich die Aufmerksamkeit aller wieder an Ort und Stelle.

»Die Kollegen haben tatsächlich schon die ein- und ausgehenden Telefonate des Thorsten Schwarz kontrolliert, da er unter dringendem Verdacht steht, den Auftrag zur Körperverletzung oder sogar Tötung des Karl-Heinz Papp – bekannt als Kalle – erteilt zu haben. Und aus diesen Aufzeichnungen geht hervor, dass er unmittelbar nach dem Anruf von Nikola Kellerbach um 14 Uhr eine Festnetznummer in Schwerin gewählt hat. Dieselbe Nummer hat ihn dann so gegen 15 Uhr wieder zurückgerufen. Das muss der Anruf gewesen sein, den Wencke Tydmers mitbekommen hat.«

»Und? Wem gehört der Anschluss?« Boris hatte die Frage gestellt, die allen anderen ebenfalls auf den Lippen gelegen hatte.

Wilkens zuckte die Achseln. »Kenne ich nicht, ein gewisser Paul Haigermann.« Er tippte den Namen fast mechanisch in die Suchmaschine ein. »Über den gibt es nicht viel zu lesen. Nur, dass ihm ein Heizungs- und Sanitärfachbetrieb gehört. Ein Foto finde ich leider auch nicht. Aber eine Adresse: Clara-Zetkin-Straße …«

Da konnte die Kosian noch so warnend gucken, diese Information hatte Wencke fest gespeichert. Und wenn sich bei ihrem Besuch herausstellen sollte, dass dieser Paul Haigermann ein Zweimetermann mit entzündeten Augen, blauer Nase und Blitzeinschlag im Wadenbein war, dann war es das Risiko wert.

Die Zwanzig
ist die Zahl des Menschen in seiner Gesamtheit

Es war ein Déjà-vu der Extraklasse. Die Türen des Sitzungssaals wurden geöffnet, die Journalisten und Neugierigen schoben sich hinein, neben Boris machte die Staatsanwältin Sieglind Maschler ein freundliches Gesicht, und ihm war der Kragen zu eng.

Was sich grundlegend geändert hatte: Bei dieser Pressekonferenz war Boris nicht als umstrittener Experte geladen, sondern als Vertreter des LKA Hannover, der einen missglückten Einsatz zu rechtfertigen hatte. Er war zudem nicht ganz allein, Wencke Tydmers hatte – wenn auch inkognito und durch Kappe und Brille getarnt – ganz hinten im Publikum Platz genommen, um ihm wenigstens moralischen Beistand zu leisten. Und die Besetzung in der ersten Reihe war auch nicht exakt dieselbe: Statt *Mighty Mäxx* hatte Kellerbach senior einen Platz direkt vor dem Podest gefunden, die autoritäre Aura war aber durchaus vergleichbar.

»Wenn ich sage, es reicht, dann reicht es«, wetterte er stehend, nachdem die ersten offiziellen Redner vom aktuellen Stand der Dinge berichtet hatten und ihm das Wort erteilt worden war. »Meine beiden Kinder sind innerhalb weniger Tage Opfer von brutalen, rücksichtslosen Rockern geworden. Meinem Sohn Leo hat es das Leben gekostet, meine Tochter Nikola liegt schwer verletzt auf der Intensivstation. Davon bin ich persönlich heftig getroffen, glauben Sie mir.« Er legte seine Handflächen aneinander, als bitte er die Anwesenden, seine so offensichtlich unterkühlte Art zu ignorieren, immerhin trug er zu diesem Anlass auch einen entsprechenden Traueranzug. »Doch darüber hinaus lässt es mich auch nicht kalt, dass außerdem noch ein gewisser Gustav Helmberg niedergeschlagen wurde, und zwar mitten in der Stadt vor den Augen zahlreicher Passanten. Ganz zu schweigen von Karl-Heinz Papp, der im Auftrag des LKA unterwegs war – was ihm angetan wurde, ist unvorstellbar!« Kellerbach senior machte eine gekonnte Pause, dann hob er seine Lautstärke um eine winzige Nuance: »Und das alles konnte nur passieren, weil die Polizei sich als absolut unfähig erwiesen hat!«

Der Mann musste zu seinen Glanzzeiten ein grandioser Anwalt gewesen sein, denn er schaffte es, seine verständliche Erregung genau bis zu der Stelle sichtbar werden zu lassen, die für die Zuhörer erträglich war. Sein Gesicht blieb vornehm blass, er spuckte nicht, und seine Hände lagen ruhig auf dem Haufen Papier, der vor ihm gestapelt lag. Dennoch spürte jeder hier im Saal, dieser Mann war knapp davor, den Moses zu geben, der dem ungehorsamen Volk die steinernen Gebotstafeln entgegenschleudert.

»Seit Jahren mache ich mich mit einigen Mitstreitern stark für ein sicheres Land. Doch weder die machthabenden Politiker noch die Medien wollen etwas davon hören. Muss erst eine solche Katastrophe geschehen, damit endlich umgedacht wird?«

Die Radiojournalistin, die sich auch schon vor ein paar Tagen so engagiert gezeigt hatte, meldete sich zu Wort. »Wollen Sie da auf Ihr Konzept anspielen, das Sie vor einem Jahr dem Landtag verkaufen wollten? Wie hieß es gleich: ASMV?«

Kellerbach senior schien erfreut, dass sich jemand daran erinnerte. »Aktion Sicheres Mecklenburg-Vorpommern. Genau davon rede ich. Das wäre hier vonnöten gewesen …«

Die Journalistin machte ein skeptisches Gesicht, und einer ihrer Kollegen – rein optisch war er der eher liberalen Schweriner Tageszeitung zuzuordnen – rief dazwischen: »Das war doch die Sache mit dem Überwachungskamera-Overkill. Datenschutz ade, stattdessen zurück zu den guten alten Stasi-Wurzeln, oder was?«

Einige Eingeweihte ließen Lacher hören. Boris war jedoch nicht der Einzige, der keine Ahnung hatte, wovon gerade die Rede war.

»Bei allem Respekt, Herr Kellerbach«, und dabei ließ der Reporter wenig Zweifel daran, dass er nichts dergleichen hegte. »Es ist geschmacklos, wie Sie das Schicksal Ihrer Kinder und der anderen Opfer zum Anlass nehmen, diese zu recht vergessene Schwachsinnsidee wiederzubeleben.«

»Ich darf doch bitten«, ließ der Pressesprecher von sich hören. Er war erneut überfordert mit dieser Veranstaltung. Vorhin, als es um den Mordanschlag auf Nikola Kellerbach und Wenckes Enttarnung gegangen war, hatte er die Situation noch besser unter Kontrolle gehabt. Doch sobald der alte Kellerbach das Wort ergriffen hatte, wurde es zusehends unruhiger im Raum. Es war offensichtlich, dass sich an dem charismatischen Advokaten die Geister schieden. Einige spendeten seinen Forderungen nach mehr Sicherheit Beifall, andere rollten die Augen.

Kellerbach blieb jedoch die ganze Zeit in seiner Haut und wirkte dabei nicht einmal selbstgefällig. Das musste man erst mal hinkriegen. »ASMV ist nicht nur meine Angelegenheit, wie Sie als Journalist sicher wissen. Wir sind ein Interessensverband aus Vertretern der Justiz, den Parteien, der Wirtschaft. Nicht zu vergessen die vielen Bürger unseres Landes, die sich ebenfalls wünschen, auch nach Anbruch der Dunkelheit noch auf die Straße gehen zu können.« Der betagte Anwalt schaute zu Boris' Sitznachbarin. Und tatsächlich, die Staatsanwältin Sieglind Maschler nickte ihm zu. Das war ja sehr interessant.

»Die Ewiggestrigen halten eben alle zusammen!« Der Journalist schüttelte den Kopf. Boris konnte sich keinen Reim auf den letzten Satz machen – offensichtlich spielte der Reporter auf eine uralte Geschichte an –, und er war gespannt, welche Schlagzeile sich morgen auf dessen Blatt breitmachen würde. Wenn der Groll der Medien sich verlagerte, war das Boris nur recht. Tilda Kosian wusste genau, warum sie sich so schnell wieder vom Acker gemacht hatte: Der niedersächsische Undercover-Einsatz auf fremdem Terrain war von allen hier Anwesenden scharf kritisiert worden. Lediglich die Tatsache, dass Wenckes Erste-Hilfe-Maßnahme in der Kanzlei das Opfer vor dem Verbluten gerettet hatte, bewahrte Boris davor, von den Anwesenden geteert und gefedert zu werden.

Die Pressekonferenz dauerte nun schon fast eine Stunde, und die Luft im Sitzungssaal wurde immer dicker, in jeder Hinsicht. Als Boris schon befürchtete, sein Hemdknopf würde gleich im hohen Bogen abspringen, erklärte der verschwitzte Pressesprecher die Zusammenkunft für beendet. Die eine Hälfte begrüßte dies, die andere – vorwiegend jene, die mit ihrer Diskussion um die Sicherheit das Ganze so unerträglich aufgeheizt hatten – wurde ausgebremst.

Sieglind Maschler fasste Boris beim Hinausgehen sanft am Arm. »Könnte ich Sie gleich einen kurzen Moment sprechen?«

»Natürlich.« Was sollte er mehr dazu sagen? Es war klar, dass die Staatsanwältin mit Wenckes eigenmächtigem Vorgehen und dem Einsatz des LKA Niedersachsen nicht einverstanden war, wahrscheinlich wollte sie ihm das nun noch mal persönlich mitteilen. Als hätte er heute noch nicht genug Ärger gehabt.

Doch der Tonfall der Juristin war auffallend verbindlich. »Ihre Kollegin, diese Wencke Tydmers, ist Mutter eines kleinen Jungen, habe ich gehört …«

Boris nickte und hielt der Staatsanwältin die Tür auf. »Ja. Warum?«

»Sie ist verdammt mutig, sich mit den *Devil Doves* anzulegen. Und mit allen anderen noch dazu – Hut ab!«

»Frau Tydmers ist von uns allen die mit dem meisten Mumm in den Knochen.« Draußen vor dem Polizeigebäude standen noch etliche Gruppen eifrig diskutierend beieinander, und Boris beschleunigte den Schritt, damit ihn nicht irgendjemand zu fassen bekam und gnadenlos volltextete. Was wollte Sieglind Maschler wirklich von ihm? Hinter ihrer plötzlichen Bewunderung für Wencke steckte doch etwas anderes.

Sie blieb vor ihrem Auto stehen – ein Mittelklassewagen, so nett und angepasst und solide wie Sieglind Maschler selbst – und machte eine undefinierbare Geste, die Boris am Fortgehen hindern sollte. »Ihr Einsatz gestern im *Hot Lady* war ja ziemlich exotisch.«

»Normalerweise meide ich solche Häuser«, bestätigte Boris. »Aber ich hatte einfach das Gefühl, dass wir dort suchen müssen. Der Rockerkrieg, an den Sie ja alle weiterhin felsenfest glauben, hatte dort seinen Ursprung. Ich wollte herausfinden, wer alles mit drinhängt und welche Rolle Leo Kellerbach spielte. Und dann habe ich einfach mal meine Kompetenzen überschritten …«

»Ich nehme es Ihnen nicht übel. Im Gegenteil, inzwischen habe ich mir so meine Gedanken gemacht und …« Sie kramte in ihrer Handtasche, suchte scheinbar nach ihren Autoschlüsseln, doch Boris hatte die Vermutung, dass noch etwas anderes hinter dieser Verzögerungstaktik steckte.

»Und die wären?«

Sie entriegelte die Türschlösser. »Steigen Sie ein?«

»Wohin fahren wir?«

»In die Helioskliniken. Ich hoffe, dass Nikola Kellerbach inzwischen ansprechbar ist.«

Boris war perplex, nahm die Aufforderung jedoch gern an. Auf der Rückbank waren zwei Kleinkindersitze montiert. »Wie viele Kinder haben Sie?«

»Zwei. Achtzehn Monate und dreieinhalb.« Sie ließ den Motor an und rollte vom Parkplatz des Polizeigebäudes. »Das ist nicht ohne. Zwei kleine Jungs und ein Job wie meiner. Da kann man schon mal … na ja.« Sie tat so, als müsse sie sich auf den Verkehr konzentrieren, obwohl die Straßen stadtauswärts recht leer waren. In Wirklichkeit haderte sie mit sich selbst, das war deutlich zu erkennen. Sie überlegte, ob sie ihre eben angerissenen Gedanken nun aussprechen sollte oder nicht. Diese Entscheidung konnte Boris ihr nicht abnehmen.

»Ich habe nicht viel Zeit, wissen Sie?« Sie räusperte sich. »Als ich damals in Rostock Jura studiert habe und dann nach einer ernüchternden Zeit als Amtsrichterin in Güstrow das Angebot bekam, hier als Staatsanwältin zu arbeiten, da hatte ich noch den festen Vorsatz, es besser zu machen, mir jeden Fall gründlich anzusehen und eine eigene, fachlich versierte Meinung zu bilden. Heute weiß ich, wie blauäugig das von mir war.«

Boris bemerkte ein Hinweisschild zur Klinik, dem sie folgten. Sieglind Maschler nahm ihn mit zu einer wichtigen Zeugin. Das musste sie nicht, das durfte sie wahrscheinlich noch nicht einmal. Warum ging sie dieses Risiko ein?

Sie seufzte. »Ich bin ein Verfolgertyp, wissen Sie? Deswegen liegt mir der Job als Staatsanwältin auch mehr als ein Richteramt. Doch seit ich hier bin, kriege ich immer nur die kleinen Sachen, die Bagatelldelikte, Kinderkram. Das ist wohl so, wenn man neu im Job ist und das eigene Leben noch zu organisieren hat.« War das eine Lebensbeichte, oder was?

»Aber jetzt leiten Sie doch den Mordfall Leo Kellerbach. Ist das nichts?«

Sie lachte kurz auf. »Glauben Sie mir, ich war ganz aus dem Häuschen. Endlich eine Geschichte, bei der ich gefordert bin und zeigen kann, was in mir steckt. Da wollte und musste ich alles richtig machen, verstehen Sie?«

»Sogar sehr gut«, antwortete Boris. Auch wenn er nicht so recht wusste, worauf sie eigentlich hinaus wollte.

»Also habe ich die Akten und Vermerke, die mir der Oberstaatsanwalt Gauly auf den Schreibtisch gelegt hat, genau durchgelesen. Auch die Gutachten. Und an denen klebten die meisten Post-it-Notizen.«

Damit meinte sie Wenckes Gutachten, das stand fest. »Dann wird sie aber schwer, die Sache mit der eigenen Meinung, oder nicht? Wenn schon überall Kommentare vom Chef dranheften ...«

»Richtig, das ist sogar verdammt schwer. Da wird schon mal die Qualifikation eines Gutachters in Frage gestellt, auch wenn das objektiv falsch ist.«

»Und warum hat Herr Gauly das eine oder andere Gutachten für den allergrößten Blödsinn gehalten?«

Sie zuckte lediglich mit den Schultern.

»Weshalb könnten die maßgeblichen Vertreter der Strafverfolgung wollen, dass die Öffentlichkeit an einen Rockerkrieg glaubt, auch wenn in Wahrheit etwas anderes dahintersteckt?«

Sie sagte wieder nichts dazu.

»Ob es mit Kellerbachs Bürgerwehr zu tun hat? Wie hieß das Ding?« Keine Antwort. »ASMV?«

»Finden Sie es raus, Bellhorn. Sie sind doch der Experte für die Frage nach dem Motiv.«

»Ich habe den Eindruck, dass Sie genau wissen, was es mit Kellerbachs Wunsch nach mehr Sicherheit auf den Schweriner

Straßen auf sich hat. Er hat sie vorhin bei der Konferenz angesehen wie eine Komplizin.«

Sie seufzte. »Ich halte diese ASMV-Geschichte für die Spinnerei einiger alter Herrschaften, die gern mal wieder Dorfsheriff spielen wollen. Mein Chef kann sich auch dafür begeistern. Gauly – der Rächer der unbescholtenen Bürger …«

Sie hatten den Besucherparkplatz des Klinikgeländes erreicht. Sieglind Maschler setzte ihr Auto sanft in eine Parklücke.

»Am besten legen Sie gleich los. Viel Zeit haben wir nicht, ich muss meine beiden Racker in einer Stunde bei der Tagesmutter abholen.«

»Womit soll ich loslegen?«, fragte Boris etwas hilflos.

»Ich könnte mir vorstellen, dass Sie die eine oder andere Frage an Frau Kellerbach haben. Ich kann Ihnen nicht versprechen, dass sie wirklich vernehmungsfähig ist. Bislang gibt es keine Aussage, wer sie niedergeschossen haben könnte.«

Boris ließ den Sicherheitsgurt zurückschnappen. »Das ist großartig. Ich danke Ihnen!«

»Schon gut. Als Gegenleistung erwarte ich natürlich Ihre Diskretion. Und übrigens, ich bin jederzeit für Sie erreichbar.« Sie reichte ihm ihre Visitenkarte. »Falls Sie ein paar hieb- und stichfeste Beweise finden, dass an diesem Fall etwas faul ist.«

»Kein Problem, Frau Dr. Maschler, das verspreche ich. Sie dürfen jedes Wort hören, das ich mit Frau Kellerbach wechsle.«

Sie seufzte. »Wenn sie überhaupt in der Lage ist zu sprechen. Ihr geht es sehr schlecht. Aber dennoch sollten wir genau lauschen, was sie zu sagen hat.«

»Warum machen Sie das?«

»Weil ich eine Idiotin bin«, war die Antwort. »Und Ihre Kollegin Tydmers hat mich mit ihrem unkonventionellen Einsatz daran erinnert, dass ich für meine Ideale schon viel zu lange kein Risiko mehr eingegangen bin.«

Auf dem gesamten Klinikgelände schien nichts älter als höchstens zwanzig Jahre zu sein, sah man mal von den Ärzten, Oberschwestern und Patienten ab. Maschler musste hier ein und aus gehen, sie brauchte keinen der umfangreichen Wegweiser zu lesen, um zu wissen, wo sich die Intensivstation C2-I befand. Mit routiniertem Handgriff stellte sie ordnungsgemäß ihr Handy aus, grüßte den Portier und nahm einen Aufzug ins oberste Stockwerk. Auch die Oberärztin, die in einem Glaskasten über Akten brütete, war ihr bestens bekannt. »Hallo, Frau Dr. Bonenkamp«, begrüßte sie die Weißbekittelte mit Handschlag. »Wir sind hier, um mit Frau Kellerbach zu reden. Es gibt ein paar Fragen zum Tathergang. Ist das möglich?«

Die Ärztin machte ein ernstes Gesicht. »Sie ist bei Bewusstsein, hat aber starke Schmerzen. Ich weiß nicht, ob unsere Patientin schon zu einem Gespräch in der Lage ist. Setzen Sie sich doch bitte einen Moment in den Wartebereich, Frau Maschler!« Die Medizinerin verließ ihr gläsernes Kabuff und ging durch eine Tür, hinter der ein Konzert aus verschiedenen Summ- und Pieptönen zu hören war.

»Mein Vater hat zwei Monate hier verbracht. Schlaganfall. Ich habe ihn jeden Tag besucht. Vor vier Wochen ist er dann gestorben.« Die Staatsanwältin ließ sich auf einen der mager gepolsterten Sitze fallen und schaute sich fast wehmütig um, betrachtete die modernen Kunstdrucke, die eingerahmt an den Wänden hingen. Wahrscheinlich hatte sie diese scheußlichen Bilder tausendmal angeschaut, hatte über die roten Zickzacklinien und blau schattierten Kugeln nachgedacht, während ihr Vater nebenan an Schläuchen angeschlossen im Sterben lag. »Ist mir fast so vertraut wie mein eigenes Wohnzimmer.«

»Zwei Kleinkinder und ein Trauerfall, da haben Sie und Ihr Mann ja sicher eine harte Zeit hinter sich …«

Sie grinste mit einem bitteren Zug um den Mund. »Welcher

Mann?« Boris warf einen Blick auf ihre unberingten Hände. »Der Vater meiner Kinder hat sich aus dem Staub gemacht, als es anstrengend wurde.«

Beide saßen sie eine Weile nebeneinander, jeder hing seinen Gedanken nach, wie ein Angehörigenpaar voller Sorge. Boris dachte an die wenigen Dinge, die Sieglind Maschler ihm eben im Wagen erzählt hatte. Von seltsamen Notizen, die ihr unter die Nase gelegt worden waren, war die Rede gewesen. Meinungsmache der verkappten Art. Schon bei ihrem Treffen auf der ersten Pressekonferenz hatte Boris sich gefragt, warum in einem solch medienwirksamen Fall eine eher junge, unerfahrene Staatsanwältin eingesetzt worden war. Normalerweise stritten sich die wichtigsten Köpfe darum, in den Medien abgebildet zu werden.

Jetzt, hier an diesem trostlosen Ort, wurde ihm einiges klar. Der Oberstaatsanwalt Gauly, Duzfreund und Gleichgesinnter des alten Kellerbachs, wollte zwar Strippen ziehen und manipulieren, doch die Verantwortung vor der Öffentlichkeit scheute er. Dafür hatte man Sieglind Maschler in den vermeintlichen Rockerkrieg geschickt, weil diese Frau ohnehin schon an ihre Grenzen gestoßen war. Privat ausgelastet bis zur Halskrause, ging keine Gefahr von ihr aus, dass sie dem Vorgehen ihrer Behörde besonders kritisch begegnen würde.

Ganz offensichtlich schien Gauly sich da in seiner Kollegin getäuscht zu haben.

Dr. Bonenkamp kam zurück. »Sie haben Glück, Frau Kellerbach geht es gerade den Umständen entsprechend gut. Und sie ist bereit, mit Ihnen zu reden. Ich hatte sogar den Eindruck, dass sie es sich wünscht.« Die Ärztin hielt ihnen die Tür auf.

Das Zimmer von Nikola Kellerbach befand sich auf der linken Seite. Ihr Körper war in technisches Wirrwarr gebettet wie in ein Vogelnest. Die bleiche Frau lächelte nicht zur Begrüßung, doch mit solchen Sympathiebekundungen war sie ja auch vor dem Mordversuch sparsam umgegangen. Ob sie in Boris den Mann wiedererkannte, der am gestrigen Morgen in der Villa ihres Vaters viele Fragen gestellt hatte, war nicht auszumachen.

»Hallo, Frau Kellerbach. Wir kennen uns flüchtig, ich bin Staatsanwältin Sieglind Maschler und habe den LKA-Mitarbeiter Boris Bellhorn mitgebracht, weil wir ein paar Fragen an Sie haben. Ist das für Sie in Ordnung?«

»Ja.« Ihre Antwort kam schwach. Nikola Kellerbach schien in erster Linie am Körper verletzt worden zu sein, ihr Gesicht war makellos, und auch die Arme zeigten sich – abgesehen von den Zugängen, die ihr gelegt worden waren – unversehrt. Soweit Boris informiert war, hatte eine Kugel die Nierengegend getroffen, während die andere nur das äußere Gewebe im Schulterbereich gestreift und das Schlüsselbein zertrümmert hatte. Diese Verletzungen sprachen eher gegen eine Tötungsabsicht, denn aufgrund der geringen Distanz zwischen Täter und Opfer hätte auch ein Blinder mit Krückstock präziser zielen und das Herz, die Lunge oder eine Aorta treffen können. Bei der Tat war es wohl eher darum gegangen, Nikola Kellerbach für eine Weile außer Gefecht zu setzen.

Boris stellte sich so, dass Nikola ihn sehen konnte, ohne sich viel bewegen zu müssen.

»Können Sie sich noch erinnern, was in Ihrer Kanzlei passiert ist?«

»Nein.« Sie hustete und verzog schmerzvoll das Gesicht.

»Warum hat man Ihnen so etwas Schreckliches angetan?« Hoffentlich war diese Frage nicht zu kompliziert. Bisher waren Nikola Kellerbach nur einzelne Wörter gelungen, und auch das schien sie viel Kraft gekostet zu haben. Er musste es anders formulieren: »Haben Sie eine Ahnung, wer dahintersteckt?«

»Nein.«

Sieglind Maschler schaute ihn fast mitleidig an. Er kam so nicht voran. Die Patientin war sehr schwach, wenn er nicht bald die richtigen Fragen stellte, wäre die Zeit abgelaufen, in der sie überhaupt noch bei Bewusstsein wäre. Aber womöglich gab es etwas, was diese Schwerverletzte loswerden wollte, was ihr quasi auf den blassen Lippen lag, er musste es nur erraten. »Sie waren in Ihrer Kanzlei, obwohl am Freitagnachmittag eigentlich keine Sprechstunde gewesen ist. Auf dem offiziellen Planer Ihrer Sekretärin war kein entsprechender Termin vermerkt. Waren Sie mit jemandem dort verabredet?«

»Ja.«

»Hatte dieses Treffen etwas mit dem Tod Ihres Bruders zu tun?«

»Ja.«

»Wir wissen, dass Sie ungefähr eine Dreiviertelstunde vor dem Überfall bei Ihrem Freund Thorsten Schwarz angerufen haben, das hat uns Ihre Telefonanlage verraten. Hat er vielleicht ... ich meine, denken Sie, dass er sie so zugerichtet hat?«

Sie antwortete nicht. Das machte wenig Sinn, sie schien wirklich keine Erinnerung mehr zu haben. Vielleicht sollte er die kurze Zeit noch nutzen, Hintergrundwissen zu erlangen, um über einen Umweg die richtige Spur zu finden. »Glauben Sie, Ihr Bruder wurde von den *G-Point-Gangstern* ermordet?«

»Nein.«

»Vielleicht von seinen eigenen Leuten? Den *Devil Doves*?«

»Viel... leicht...«

Das war zumindest mal eine mehrsilbige Aussage. Was konnte er daraus basteln? »Gab es Probleme mit dem *Hot Lady*?«

»Ja.« Sie hustete wieder, dieses Mal heftiger. Boris hatte Mitleid mit dieser Frau, jede Bewegung schien sie vor Schmerz zu zerreißen. Doch er musste weitermachen. Nur so konnte er mit ein bisschen Glück herausfinden, was tatsächlich geschehen war.

»Leo … wollte …« Eine lange Pause. Es war so schwer, nicht ungeduldig zu werden. »… nichts … zu tun … haben …«

»Ihr Bruder hatte vor, das Bordell zu schließen?«

»Kann … sein.«

»Gab es Ärger? Hat er sich mit seinen Rockerbrüdern gestritten, weil dort Sachen nicht so liefen, wie sie laufen sollten?«

»Ja.«

Das konnte vieles bedeuten. Diese Version passte zumindest schon mal mit der Aussage der Prostituierten zusammen. Tamara hatte gesagt, dass Kellerbach dem *Hot Lady* schon eine Weile ferngeblieben war. Der Brandanschlag auf das alte Clubheim könnte dann tatsächlich auf das Konto der Teufelstauben gehen und der Beweisvernichtung gedient haben. Und da *Patch Blacky* bekanntermaßen im Rotlichtgeschäft mitwirkte, kam er auch als Täter in Frage, was die Körperverletzung der Nikola Kellerbach anbelangte.

»Sie sind da auf etwas gestoßen, Frau Kellerbach, wahrscheinlich, als Sie Unterlagen Ihres Bruders gesichtet haben. Und Sie wussten, dass Ihr Freund in der Sache mit drinsteckt. Dann haben Sie ihn angerufen und zu sich in die Kanzlei gebeten. Und dann hat er …«

»Nein.«

Warum sagte sie jetzt Nein? Es war eine rundum passende Sache. Hatte sie sich verhört? Oder versehentlich die falsche Antwort gegeben? »Frau Kellerbach, ich bitte Sie, konzentrieren Sie sich noch für eine letzte Frage: Glauben Sie, dass Thorsten Schwarz derjenige ist, der Ihnen das angetan hat? Oder zumindest dahintersteckt?«

»Nein.«

»Wer dann?«

»Eine … Frau …« Eigentlich waren das keine richtigen Worte mehr, eher ein Ausatmen, welches durch müde Lippen in etwas nahezu Unverständliches geformt wurde.

»Wie bitte?«

»… Frau … hat … Papiere …«

»Welche Frau? Kennen Sie Ihren Namen?«

»Heide …«

»Heide – und der Nachname?«

Aber Nikola Kellerbach schloss die Augen und ließ ihren Kopf nur ein paar Millimeter nach rechts fallen. Es war klar, mehr würde sie ihm heute nicht erzählen.

Die Zweiundzwanzig
ist die Zahl der Menschen, die weitblickend handeln

Die Clara-Zetkin-Straße lag wie ein Ring in der nördlichen Innenstadt, und die wenigen Eigenheimbesitzer, die nicht in die Sommerferien entschwunden waren, konnten sich dort über sonnige Samstagabende in riesigen Gärten freuen. Wencke dachte nicht daran, bei Paul Haigermann direkt zu klingeln, sie war ja nicht lebensmüde. Doch der dunkel und monoton brummende Rasenmäher vom grünen Grundstück hinter dem Haus brachte sie auf die Idee, sich wie eine Diebin über die Nachbargärten anzuschleichen. Offensichtlich waren die Bewohner dieses Anwesens verreist, die Stühle und Bänke mit Plastikfolie geschützt und sämtliche Außenrollos bis auf schmale Spalte herabgelassen. Mannshohe Sonnenblumen standen am Gartenzaun und hatten ihre kreisrunden Köpfe fast neugierig in Wenckes Richtung gedreht.

Sie hatte mit ihrer Vermutung goldrichtig gelegen: Im Garten der Haigermanns wurde ordnungsgemäß zum Wochenende der Rasen gemäht. Der riesige rote Scherenapparat wurde von einem noch riesigeren Mann gemächlich und in geraden Bahnen geschoben. Vom Format her konnte das tatsächlich der gestrige Angreifer sein. Der Zweimetermann schwitzte in der Sonne, sein türkisfarbenes T-Shirt klebte ihm am beachtlichen Bauch. Vier große Buchstaben prangten darauf: ASMV, das war doch diese Bürgerwehr-Aktion, für die der alte Kellerbach sich eben in der Pressekonferenz engagiert hatte. Haigermann gehörte also auch zu diesem Club. Ihn konnte man sich auch viel besser mit Knarre am Halfter durch Vorstadtsiedlungen patrouillierend vorstellen als den vertrockneten Advokaten.

Wencke schob sich um die verblühten Hortensien und gelangte auf diese Weise sehr nah an das Objekt ihres Interesses heran. Er trug eine dunkle Sonnenbrille, ob die Augen also in den letzten vierundzwanzig Stunden eine Ladung Pfefferspray abbekommen hatten, war nicht zu erkennen. Doch als der Hüne die Richtung wechselte, ließ sich dank der unvorteilhaften Bermudashorts an seiner linken Wade unverkennbar ein Fleck ausmachen, der durchaus die Hinterlassenschaft eines Elektroschockers sein könnte.

Nicht zu fassen, Wencke schien auf der richtigen Fährte zu sein. Dieser Paul Haigermann mochte noch so pazifistisch um seine Blumenbeete kurven, sie wusste, er hatte gestern gemeinsam mit *Patch* eine kleine, sehr schmierige Kriminalkomödie aufgeführt. Und dabei einen Menschen schwer verletzt und einen anderen in Todesangst versetzt. Jetzt mähte er hier seinen Rasen.

Wie kriegte man das alles zusammen? Haigermann hatte eindeutig keine Rocker-Ambitionen, er sah eher aus wie ein Mann, der Wert auf eine funktionierende Sitzheizung seines Familienkombis legte – und auf den Stern am Kühlergrill. Wo war der Verbindungsknoten zwischen ihm und den *Devil Doves*?

Wencke ließ sich ins Gras sinken. Paul Haigermann trank beim Rasenmähen ein großes Glas Weizenbier. Und obwohl Wencke nichts auf Gebräu mit Kohlensäure gab, jetzt hätte sie für einen Schluck einiges geboten. Sie war kurz vorm Verdursten. In all dem Durcheinander hatte sie es nicht geschafft, sich heute um die elementaren Dinge wie Essen und Trinken zu kümmern. Hals und Zunge waren rau, als hätte sie eben einen der Sandkuchen gegessen, die auf dem Rand der verwaisten Spielecke platziert waren.

»Schatz, du hast Besuch«, rief eine glockenliebliche Stimme aus dem Innern des Hauses. Wencke sah eine Bilderbuchehefrau – sie könnte glatt die Schwester von Kerstin sein – durch die Terrassentür treten.

»Paul«, rief sie noch lauter, um gegen den beeindruckenden Rasenmäherlärm anzukommen, »Herr Gauly ist hier und möchte dich dringend sprechen.«

Gauly?, dachte Wencke. Was suchte der Oberstaatsanwalt am Wochenende in der Privatsphäre einer Spießerfamilie? Wahrscheinlich waren die Kollegen der Schweriner Kripo ja auch nicht auf den Kopf gefallen und klapperten selbst die Telefonliste eines Tatverdächtigen ab. Doch normalerweise kam dann nicht gleich der oberste Chef persönlich vorbei.

Paul Haigermann schien der unangemeldete Gast in keiner Weise zu überraschen, er fragte nicht nach, sondern bearbeitete eben noch das letzte Quadratmeterchen neben dem Rosenspalier. Dann wischte er erst den Stirnschweiß mit dem T-Shirt, anschließend seine Hände an den karierten kurzen Hosenbeinen ab und stellte dann den Rasenmäher aus. Die augenblickliche Ruhe ließ Wencke nervös werden. Man hörte die Straßenbahn in der Nähe vorbeirattern und das Geplapper der Frau Haigermann, die es anscheinend aufregend fand, einen Schweriner Promi in ihrem Haus begrüßen zu dürfen. »Möchten Sie ein wenig Eistee, Herr Gauly? Oder Wassermelone? Ganz frisch vom Markt, genau das Richtige bei der Hitze ...«

Der Oberstaatsanwalt war nach eigener Aussage wunschlos glücklich – jedoch eher unglücklich, wenn man den angestrengten Gesichtsausdruck zu deuten wusste, mit dem er sich auf der Hollywoodschaukel niederließ. Die buschigen Augenbrauen wölbten sich über seinem Blick. Er schlug seine Beine lässig übereinander, als sei das hier ein fröhliches Sommerfest. Doch sobald beide Männer sicher waren, dass die engagierte Ehefrau außer Hörweite war, wurde die Körperhaltung angespannter, und sie begannen, leise miteinander zu reden.

Wencke war zu weit entfernt, musste die Position wechseln und kroch hinter den Tomatenstauden entlang drei Meter weiter nach rechts. Eine Gartenschlauchtrommel diente ihr nun als Deckung, da hätte sie keinen Zentimeter größer als einssechzig sein dürfen. Aber von hier aus konnte sie beiden Männern ins Gesicht blicken und sogar einen großen Teil ihres Gesprächs verstehen.

»… gut gemacht«, lobte Gauly. »Habe eben mit einer Kollegin telefoniert, die am Nachmittag in der Klinik war. Soweit ich informiert bin, hat alles geklappt.«

Haigermanns Freude hielt sich in Grenzen. »Und die Verletzungen?«

»Halb so wild. Und was viel wichtiger ist: Die Kellerbach hat keinen Verdacht geäußert.«

»Was ist mit dieser verdeckten Ermittlerin?« Jetzt nahm der Heizungsinstallateur seine dunkle Brille ab, seine Augen hatten die Farbe von zerflossenem Himbeereis, und zwar außen und innen. »Hätte ich gewusst, wer sich hinter dieser angeblich so harmlosen Christine Frey verbirgt, wäre meine Knarre geladen gewesen.«

»Das war ein Alleingang des LKA Niedersachsen, von dem wir keine Ahnung hatten. Die Sache wird sowohl für diese übereifrige Frau Tydmers als auch für ihre Kollegen ein Nachspiel haben, darauf können Sie sich verlassen.«

»Das will ich hoffen. In letzter Zeit war das ein bisschen viel mit dem Rocker spielen. Erst Gustav auf der Brücke …«

»Da waren Sie doch gar nicht dabei, Haigermann«, warf Gauly dazwischen.

»Das nicht. Aber man ist ja doch irgendwie involviert, wenn

man Bescheid weiß. Hoffen wir, dass die Rechnung jetzt bald mal aufgeht.«

»Wir arbeiten daran. Kellerbach hat sich auf der Pressekonferenz ordentlich ins Zeug gelegt. Leider gab es von Seiten der Presse wohl ein paar Schwierigkeiten, aber …«

Das Geräusch von hochhackigen Damenschuhen auf den Fliesen ließ die beiden Männer verstummen. Frau Haigermann hatte sich tatsächlich umgezogen und trat nun mit hochgestecktem Haar und blumigem Sommerkleid auf die Terrasse, in den Händen trug sie ein Tablett mit Wasserkrug und Gläsern. »Ich wollte Sie nicht verdursten lassen, Herr Oberstaatsanwalt.« Lächelnd schenkte sie ein, und es war deutlich zu erkennen, dass weniger die Gastfreundschaft als die Neugierde sie dazu brachte, die Gläser derart behutsam zu füllen.

»Es ist ganz wunderbar, dass Sie vorbeischauen, Herr Gauly. Paul und ich sind noch ganz erschüttert. Ein Überfall auf meinen Mann, haben Sie seine Augen gesehen? Der Arzt hat ihm eigentlich verboten, heute nach draußen ins Sonnenlicht zu gehen, noch nicht mal mit Brille, aber Paul lässt sich ja nur ungern etwas sagen.«

»Danke, Frau Haigermann«, sagte der Oberstaatsanwalt brav, nachdem diese ihm das Wasserglas aufgenötigt hatte.

»Quasi vor unserer Haustür haben ihm diese drei oder vier Männer aufgelauert!«

Drei oder vier Männer? Ein bisschen stolz machte es Wencke schon in ihrem Versteck, dass ihre kleine Attacke gleich einem ganzen Trupp gestandener Männer angedichtet wurde.

»Zum Glück hatte Paul kein Geld dabei, keine Kreditkarten, kein Handy. Das hätten sie ihm alles abgenommen, daran mag ich lieber gar nicht denken …« Sie setzte sich auf einen Gartenstuhl und seufzte theatralisch. Beinahe tat sie Wencke leid, eine Frau, die meinte, die Welt bricht zusammen, weil ihren Gatten ein Wehwehchen plagte – und die nicht ein Fünkchen Ahnung hatte, was wirklich um sie herum passierte.

»Das ist doch wieder mal ein Beweis, dass wir mit unserer Bürgerwehr nicht länger warten können, nicht wahr?«

Jetzt verstand Wencke: Gauly und Haigermann kannten sich über dieses seltsame Aktionsbündnis. Wenn sie das Gespräch richtig deutete, sorgten die ASMV-Anhänger ab und zu selbst für ein bisschen bedrohliche Stimmung in der Bevölkerung, damit ihr Anliegen auch ernst genommen wurde. Zumindest ließ sich der Übergriff auf den Papagei so erklären. Aber würden sie so weit gehen, aus dieser Motivation heraus auch einen Mord zu begehen? Wohl kaum! Wahrscheinlich nutzten sie einfach die Aufregung um den Fall im Bootsschuppen für ihre Zwecke.

»Gibt es denn inzwischen einen Ermittlungserfolg?«, wollte Frau Haigermann wissen.

Gauly schüttelte den Kopf. »Solche kriminellen Elemente sind leider schwer zu kriegen. Sie suchen sich ihre Opfer wahllos aus, es hätte im Grunde jeden treffen können, dadurch ist es nicht einfach, die Spur zu ihnen zurückzuverfolgen.«

Die Frau des Hauses machte ein ernstes Gesicht.

»Liebling, vielleicht machst du uns beiden doch einen Latte Macchiato, das wäre wirklich nett«, entschied Haigermann, und Wencke entging nicht der verschwörerische Blick, mit dem er seinen Besucher bedachte. Prompt erhob sich die fleißige Gattin und entschwand ins Innere das Hauses. Haigermann beugte sich nach vorn: »So sind wir sie noch eine Weile los. Unsere komplizierte Kaffeemaschine wird meine Frau sicher fünf Minuten absorbieren. Sprechen Sie.« Er räusperte sich. »Was ist mit Tamara? Ich habe gehört, ein anderer LKA-Mann war bei ihr …«

»Das stimmt. Aber Ihr Mädchen hat dichtgehalten, Haigermann. Gut erzogen, die Kleine.«

Jetzt! Ach so ... Das war der Punkt ...

Vor Aufregung wäre Wencke fast nach hinten gefallen. Dieser Haigermann war der Zuhälter der kleinen Tamara, der Mann, dem das Mädchen die Treue hielt im Glauben an eine bessere Zukunft. Der Heizungsinstallateur war auch nach Feierabend darum besorgt, wie und wo Rohre verlegt wurden, haha. Und als Nikola Kellerbach anfing, sich für die schmutzigen Geschäfte im Rotlichtmilieu zu interessieren, haben er und sein Mitstreiter *Patch* ein abschreckendes Exempel statuiert. Und Gauly wusste davon ...

»Hallo?«, hörte Wencke eine Stimme direkt hinter sich. »Hallo? Sie da ...?«

Sie drehte sich um. Direkt hinter ihr stand ein kleiner, magerer Mann in Gummistiefeln und grüner Schürze, er war mit Heckenschere und Gießkanne bewaffnet. »Was machen Sie hier im Garten meiner Tochter, wenn ich fragen darf?«

Der Gärtner war nicht beängstigend, wirklich nicht, er machte sogar ein belustigtes Gesicht, weil er eine heimliche Lauscherin in ihrem lausigen Versteck entdeckt hatte. Zudem war er augenscheinlich schon mindestens siebzig.

Beängstigend war eher die Reaktion auf dem Nachbargrundstück: Gauly und Haigermann hatten sich von ihren Plätzen erhoben und starrten Wencke an. Und wenn einer von ihnen in der Lage gewesen wäre, mit Blicken zu töten, er hätte hundertprozentig in dieser Situation Gebrauch davon gemacht.

Wencke wusste, ihr blieben bestenfalls noch ein paar Sekunden, um ihre Haut zu retten, und ihre Chancen waren mies.

»Sie ist es, eindeutig!«, entfuhr es Haigermann nach dem ersten Schreck.

Gauly fragte: »Wer?«

Frau Haigermann kam mit Kaffee wieder und schrie: »Wer ist diese Frau?«

»Sie hat gestern ...« Haigermann stoppte, schaute zu

Gauly hinüber. »Sie gehörte zu der Männerbande, die mich gestern überfallen hat.«

Der Oberstaatsanwalt verstand sofort, wer da auf der anderen Seite des Jägerzauns stand, und schien Wencke nun auch zu erkennen, obwohl sie bei ihrer ersten kurzen Begegnung noch rothaarig gewesen war. Der Gärtner hatte inzwischen nach einer Schaufel gegriffen, die er drohend erhob. Alle starrten sie an. Vier gegen eine, nein, ihre Chancen waren nicht mies, sie waren gleich Null. Das Einzige, wozu noch Zeit blieb, war ein kurzer Griff in die Tasche, eine flüchtige Tastenkombination auf dem Handy und die Hoffnung, dass Boris am anderen Ende ganz bald abnahm.

»Boris, es ist Gauly, hörst du? Gauly hat ...«

»Sie ist gefährlich«, brüllte Haigermann. »Eine Verbrecherin! Machen Sie schon!«

Das hörte Wencke noch, dann spürte sie den Schlag auf den Schädel, und bevor dieser zu schmerzen begann, kam ihr die Bewusstlosigkeit zuvor. Ich will nicht in Ohnmacht fallen, dachte sie noch. Aber Ohnmachten haben es so an sich, dass sie sich einen Dreck um den Willen ihrer Opfer kümmern.

Die Siebenundzwanzig
ist die Zahl der Begegnung zwischen Sonne und Mond

Das Loch, in das Heide gefallen war, war so dunkel und tief, sie würde nie wieder herausfinden. Was hatte sie nur getan? Wie eine Marionette war sie durch die letzten Tage gewandelt und hatte dabei nur Unglück hinterlassen. Blut und Schmerzen, Verzweiflung und Schuld.

Heide traute sich nicht mehr aus dem Haus. Nikola Kellerbach war schwer verletzt worden, nachdem sie ihr diesen Umschlag überreicht hatte. Und der Polizist am alten Clubhaus war auch noch nicht aus dem Krankenhaus entlassen worden. Beide waren in die Schneise der Verwüstung geraten, die Heide wie ein Tornado in die Welt geschnitzt hatte.

An der Wand tickte die Küchenuhr nicht mehr, die Batterie war leer. Die Vorräte im Kühlschrank gingen zur Neige. Die Luft in ihrem Appartement war abgestanden, laff, dick, vergiftet. Am liebsten würde sie einfach das Atmen einstellen.

Doch das ging nicht. Schließlich war sie ferngesteuert. Irgendwo bediente Leo noch immer Knöpfchen, die sie davon abhielten durchzudrehen, mit dem Kopf gegen die Rauhfasertapete zu rennen oder vom Fenster aus auf die Straße zu fliegen.

Ihr Telefon klingelte. Das hatte es vorhin schon getan und auch noch vor dem Vorhin. Sie nahm nicht ab. Aber es klingelte trotzdem.

Auf dem Bett saß der Teddy und schaute sie mit seinen himmelblauen Plastikaugen an, als wollte er flehen, dass dieses Klingeln endlich aufhören solle. Er hielt in seinen Plüschtatzen dieses Herz. *Ich hab dich lieb.*

Baby, du bist wunderbar. Du bist die Beste. Du bist die Einzige.

Dafür hatte sie es getan. Für diese verfluchten Worte, die sie ohnehin niemals wieder hören würde. Wenn Leo nicht mehr da war, dann konnte er sie nicht mehr lieben. Und wenn er sie nicht mehr liebte, war der Rest ohnehin scheißegal.

Das Telefon nervte. Unbekannte Nummer. Der Teddy brummte: Geh endlich dran!

Nein, sie wollte Musik hören. Die CD lag seit Tagen in ihrer Anlage. Immer wählte sie das Lied, bei dem Leo geweint hatte. »*Would?*« Er musste geahnt haben, dass es ein Abschied war. Sonst hätte er seine Gefühle im Griff gehabt.

Know me broken by my master
teach thee on child of love hereafter
Into the flood again
same old trip it was back then
so I made a big mistake
try to see it once my way …

Sie krabbelte auf allen vieren über den Flokati und fischte die CD-Hülle vom Regal. Ein altes Album. *Alice in Chains** hieß die Band – Leos Lieblingsband. *Alice in Ketten* – statt im Wunderland. Leo hatte mal etwas über den Sänger erzählt, der sich als Jugendlicher auf die Suche nach seinem verschwundenen Vater gemacht hat. Genau kriegte Heide die Geschichte nicht mehr zusammen. Sie setzte sich im Schneidersitz vor das Sofa und öffnete die Plastikbox, suchte nach dem Songtext, denn wenn dieses Lied Leo zum Weinen gebracht hatte, dann musste sie mehr darüber erfahren, was es aussagte, was es für ihn bedeutet haben könnte.

Fast hätte sie das kleine Foto übersehen, das beim Öffnen

des Inlets herausrutschte und zu Boden segelte. Sie bückte sich, fischte das Bild unter dem Wohnzimmerschrank hervor, rieb den Staub weg, der sich daraufgelegt hatte. Die Schwarz-Weiß-Aufnahme zeigte eine schmale Frau in einem Krankenbett. Die beiden winzigen nackten Köpfchen links und rechts in ihren Armen waren kaum zu erkennen. Heide hatte keine Ahnung, wer das war und warum das Foto ausgerechnet in diesem CD-Heftchen deponiert war. Sie drehte das Bild um, auf der Rückseite war nur eine Jahreszahl vermerkt: 1971 – Leos Geburtsjahr.

Sollte dies eines seiner ersten Fotos sein? Sie kannte Leos Mutter nicht, sie war vor einigen Jahren gestorben, und Heide hatte sie nie zu Gesicht bekommen. Wahrscheinlich war dies ein Schnappschuss nach der Entbindung. Aber wer war das andere Baby? Wahrscheinlich war die Fotografierte eine Bekannte oder Verwandte der Kellerbachs und der Abzug durch irgendein Versehen hier hineingerutscht. Das war immerhin möglich. Ja, so musste es gewesen sein. Trotzdem regte es Heide auf, und sie fühlte sich noch elender als zuvor.

Have I gone
and left you here alone ...

Ja, er hatte sie allein gelassen. Furchtbar allein.

Heide überlegte. Sie sollte zur Polizei gehen. Sich stellen. Dann hätte der Horror ein Ende.

Vielleicht bekam sie ja mildernde Umstände. Vielleicht war sie ja verrückt. Oder suchtkrank. Süchtig nach der Sicherheit, geliebt zu werden. So etwas gab es.

Sie zog sich die Sommerjacke über das T-Shirt und suchte eine ausgebeulte Leggins im Wäschekorb. Wie eine Vogelscheuche sah sie aus. Sie ließ sich gehen. Seit Montag hatte sie nicht geduscht, ihre blonden Haare schimmerten ölig. Ihr Chef hatte nachgefragt, ob sie ein Attest vorlegen könne, ansonsten gäbe es Probleme. Ihr war es gleich.

Sie würde jetzt zur Polizei gehen und alles erzählen. Da kam es nicht darauf an, wie sie aussah oder was in ihrer Personalakte stand.

Das Telefon klingelte permanent. Sie drehte die Musik lauter.

If I would, could you?

Wenn ich würde, könntest du?

Vielleicht hatte Leo ihr etwas sagen wollen damals, am letzten Abend. Und sie hatte es nicht verstanden. Weil sie immer nur darauf geachtet hatte, ob sie ihm gefiel und ihn glücklich machte. Immerhin hatte er diesem Tim Beisse gesagt, sie sei die Einzige, auf die er sich verlassen könne. Das hatte Leo gesagt. Wenn ich würde …

Wenn ich noch leben würde? Hatte er das gemeint? Wenn ich leben würde, könntest du das glauben?

Auf einmal war Heide ganz nervös. Klar, sie hatte in den Zeitungen gelesen, dass es diese Blutlache gab, dass es Leos DNA gewesen war und die Menge nur eine Schlussfolgerung zuließ. Und doch glaubte, nein, wusste sie ab genau diesem Moment, dass diese Laborergebnisse nichts bedeuteten. Es gab keine Leiche. Es gab keinen toten Körper, der irgendetwas beweisen konnte. Leo lebte. Alles war gut.

Nicht logisch, nicht erklärbar, aber gut. Nein, sie war nicht dabei, den Verstand zu verlieren. Im Gegenteil, endlich wurde sie vernünftig.

Das Telefon. Es war stumm. Ausgerechnet jetzt. Was, wenn Leo die ganze Zeit versucht hatte, sie zu erreichen? Und sie dumme Pute hatte nicht abgenommen. Erwartungsvoll setzte sie sich vor das Gerät. Nun mach schon! Klingel!

Dieser Tim Beisse muss es auch gewusst haben, dachte sie. Als sie es nicht geschafft hatte, über Leo in der Vergangenheit zu reden, war ihm doch dieser Satz herausgerutscht: »Dann lassen wir es einfach bei der Gegenwart, oder nicht?« Das war eindeutig. Leo war nicht Vergangenheit. Warum war ihr das nicht gleich aufgefallen?

In den Zeitungen und im Radio spekulierten sie, dass hier ein Rockerkrieg tobte, irgendwas mit einem Bordell, mit Spitzeln und so. Die hatten alle keine Ahnung. Sie wusste es besser. Eigentlich ging es um eine Familienangelegenheit. Irgendetwas stimmte bei den Kellerbachs nicht. Und als Nikola eingeweiht worden war, ist sie überfallen worden. Das hatte mit den *Devil Doves* nichts zu tun, ganz bestimmt nicht.

Leo hatte das Thema Familie immer tunlichst vermieden. Natürlich wusste Heide, dass die Kellerbachs reich waren, gebildet, auch ein bisschen eingebildet. Sie lebten in einem todschicken Haus und trugen – bis auf Leo – ziemlich edle Klamotten. Der Vater war streng und erfolgreich, die Mutter, als sie noch lebte, eine stille Frau mit Herz. Bruder und Schwester waren beide gedrängt worden, Jura zu studieren und in die Fußstapfen des Vaters und Großvaters zu treten. Früher hatte Leo sich in der FDJ ausgelebt, hatte eifrig das blaue Hemd getragen, dann nach der Wende dumm aus der Wäsche geguckt und sich einem Motorradclub angeschlossen. Sehr zum Missfallen seines Vaters. Das hatte er ihr irgendwann mal erzählt, so ganz nebenbei. Es hatte nicht geklungen, als sei da etwas besonders Geheimnisvolles dabei. Okay, Leo und sein Vater hatten nicht das beste Verhältnis. Aber war das nicht normal? Musste das zu so viel Chaos führen?

Hätte Heide doch nur diesem seltsamen Tim Beisse all diese Fragen gestellt! Denn er schien mehr zu wissen. Aber wahrscheinlich hätte er eh keine Antwort gegeben. Oder war sie einfach nicht hartnäckig genug gewesen?

Das wollte sie ändern, sofort. Es kam ihr vor, als sei ihr Blut mit Kohlensäure versetzt worden, alles in ihr sprudelte wie verrückt. Sie machte sich jetzt selbst auf den Weg, statt in ihrer Wohnung abzuwarten und elend zu Grunde zu gehen. Zuerst wollte sie mehr über den Inhalt des Päckchens erfahren, das für Nikola bestimmt gewesen war. Der alte Kellerbach schleppte womöglich Geheimnisse mit sich herum.

Sie würde dort hingehen. Dem Vater ihres Liebsten einen Besuch abstatten.

Ja. Das war eine gute Idee.

Sie bürstete ihr Haar und band es zu einem Zopf, die Lippen zog sie mit einem schimmernden Gloss nach. Schön war sie trotzdem nicht, dazu hatten die letzten Tage sie zu sehr gequält. Aber sie konnte sich endlich wieder ertragen.

Dann öffnete sie schwungvoll die Tür. Im Treppenhaus brannte kein Licht. Als sie den Schalter betätigen wollte, legte sich eine Hand auf die ihre. Eine warme Hand, sanft und vertraut. Sie erschrak in keiner Weise. Stattdessen lächelte sie das erste Mal seit Tagen.

Sie hatte recht. Sie war nicht verrückt. Sie hatte recht!

»Heide«, sagte er. »Darf ich reinkommen?«

Die Dreiunddreißig
ist die Zahl der Menschen, die anderen zu Hilfe eilen und sie beschützen

Sie waren gerade auf dem Tretboot unterwegs, als das Handy klingelte.

Emil und Ricarda hatten sich nach dem Frühstück mit Schutzfaktor dreißig eincremen lassen, damit sie trotz der prallen Sonne in Badeklamotten spielen durften. Kerstin machte sich weiterhin Sorgen. »Wir sollten in den Schatten gehen«, schlug sie zum dritten Mal vor.

Axel hatte das Handy erst gar nicht mitnehmen wollen, schließlich war Sonntag, und er hatte sich ausdrücklich freigenommen. Zudem war es eigentlich auch unvernünftig, hier am und auf dem Großen Meer – wie der familientaugliche Badesee vor den Toren Aurichs hieß – das Mobiltelefon herumzuschleppen. Wenn er es am Ufer ließ, könnte es gestohlen werden. Und hier, auf dem wackelnden giftgrünen Plastikboot, bestand die Gefahr, dass es über Bord ging. Aber dann hatte er sich doch entschieden, es in die Tasche mit den Badelaken zu stopfen. Es könnte ja etwas Wichtiges sein.

Und dieser Anruf, der kurz vor Mittag kam, war wichtig.

»Boris Bellhorn hier. Spreche ich mit Axel Sanders?«

»Ja!«, brachte Axel zustande, und seine Beine wurden augenblicklich so weich, dass er Emil bitten musste, das Treten vorerst zu übernehmen. Er wusste, Boris Bellhorn war Wenckes Lieblingskollege und wahrscheinlich der Einzige beim LKA, der etwas von ihrer sehr engen Freundschaft wusste oder ahnte. Wenn er hier anrief, dann war etwas passiert.

»Was ist los?«, fragte Kerstin, die auf dem anderen Pedalplatz saß und mit ihren schlanken, braunen Beinen weiterhin das Schaufelrad antrieb. »Du hast Urlaub!«

»Moment!« Axel zog sich auf die hintere Badeplattform zurück, was jedoch keineswegs dazu führte, dass er nun ungestört telefonieren konnte. Ricarda schrie rum, weil sie mit dem Strampeln dran sei, und Emil spritzte ihr Wasser ins Gesicht, ein einziges Quietschen und Johlen herrschte um ihn herum. Bellhorn war kaum zu verstehen.

»Ich bin der Kollege von Wencke und …«

»Ich weiß, wer Sie sind. Legen Sie los!«

»Ähm, ich … Ich habe eine Frage …«

Wencke hatte mal erwähnt, dass dieser Boris ein schüchterner, sehr softer Typ war. Und jetzt machte dessen langsame Art Axel fast verrückt. Konnte er nicht einfach sagen, was Sache war?

»Wir haben seit gestern Nachmittag keine Nachricht von Wencke, und da wollte ich wissen, ob Sie eventuell schon bei Ihnen war, um Emil abzuholen.«

»Wie? Nein, sie ist nicht hier.«

»Hat sie sich in den letzten vierundzwanzig Stunden bei Ihnen oder Emil gemeldet?«

»Hat sie nicht. Der letzte Anruf war vorgestern, ganz kurz nur, so gegen acht, glaube ich. Aber warum sollte sie hierherkommen? Sie hat doch einen Einsatz.«

Die Antwort ließ wieder auf sich warten. Da stimmte etwas nicht, dachte Axel, da stimmte etwas ganz und gar nicht. Er machte Emil Zeichen, dass er umkehren und wieder ans Ufer steuern sollte. Dafür kassierte er einen wenig begeisterten Blick von Wenckes Sohn. Oje, Emil durfte auf keinen Fall mitbekommen, dass seine Mutter verschwunden war. Wenn es denn überhaupt so war …

»Der Einsatz wurde bereits vorgestern aufgrund neuer Ermittlungsergebnisse gestoppt. Wencke hat sich nicht so richtig daran halten wollen, und es gab Ärger. Seit gestern Mittag ist sie …«

»Was ist sie?«

»… verschwunden«, kam es zögerlich aus dem Telefon, und dann recht hektisch hinterher: »Vielleicht ist sie aber auch schon los und hat sich einfach einen freien Tag gegönnt …?« Es war diesem Boris anzuhören, dass er das selbst nicht glaubte.

»Und Wenckes Handy?«

»Derzeit nicht erreichbar. Sie muss es abgeschaltet haben.«

Am liebsten wäre Axel über Bord gesprungen und an Land geschwommen, um möglichst schnell in sein Auto zu steigen und dahin zu fahren, nach Schwerin, wo dieser Rockerkrieg tobte und Wencke allem Anschein nach zwischen die Fronten geraten war. Er kannte Wencke schon lange, als Kollegin, als Frau, als Freundin – Wencke war so gnadenlos forsch, dass sie sich immer wieder in Gefahr brachte. Er musste zu ihr! Aber er konnte nur elend lahm mit dem Tretboot vor sich hin tuckern, sie würden sicher mindestens eine Viertelstunde bis zum Steg brauchen. Kerstin und die Kinder einfach hier allein zurücklassen, war natürlich auch nicht möglich, sie waren auf ihn angewiesen, auf das Auto, das nur er lenken konnte. So ein Mist!

Bellhorn seufzte am anderen Ende der Leitung. »Sie können gerade nicht in Ruhe sprechen, stimmt's?«

»Stimmt. Ist schlecht.«

»Gut, dann rede ich: Was wissen Sie über den Einsatz?«

»So gut wie gar nichts.«

»Wencke war als verdeckte Ermittlerin bei den *Devil Doves*. Die Sache ist dann leider aufgeflogen.«

»Verdammt, wie konnte das passieren?«

Kerstin drehte sich zu ihm um und zischte: »Muss das jetzt sein, Axel?« Ja, das musste sein.

»Es gab einen brutalen Überfall auf eine Schweriner Anwältin, vielleicht haben Sie im Radio davon gehört?«

Nein, Axel hatte lange schon kein Radio mehr gehört. Im Auto hatten sie eine CD mit Sommerhits reingeschmissen und fröhlich mitgesungen. »Hat es was mit diesem Rockermord zu tun? Das Opfer war doch auch ein Anwalt.«

»Hier ging es um die Schwester des Toten. Sie wurde gestern in ihrer Kanzlei niedergeschossen. Wencke war dabei, und dann hat ein Kripomann sie enttarnt.«

»Und weiter?«

»Es gab ein Donnerwetter von unserer Vorgesetzten und eine Pressekonferenz. Auf der war Wencke auch noch anwesend. Anschließend muss sie sich noch mal allein auf den Weg gemacht haben … entgegen der Absprache.«

Das klang sehr nach Wencke, und Sanders' Sorge wurde dadurch nicht gerade kleiner. »Lassen Sie mich raten: Sie hat keinem Menschen von ihrem Vorhaben erzählt?«

»Leider, ja! Den einzigen Hinweis auf ihren Verbleib habe ich erst heute Morgen auf meiner Mobilbox gefunden. Wegen der vielen Presseanfragen hatte ich es über Nacht abgestellt. Warten Sie, ich spiele es Ihnen vor.« Man hörte ein Kramen und Piepen am anderen Ende, dann war Wenckes Stimme seltsam verzerrt und aus weiter Entfernung zu hören: *»Boris, hörst du? Gauly hat …* « Und dann begann ein völlig übersteuertes Männergeschrei, man konnte kein Wort verstehen.

»Was bedeutet das?«

»Konkret weiß ich das nicht. Gauly ist hier in Schwerin der Leitende Oberstaatsanwalt. Ich habe ihn natürlich gleich mit der Aufnahme konfrontiert, aber er ließ durch seine Sekretärin ausrichten, er habe keine Ahnung, was das bedeuten könne.«

Bellhorn ließ sich ein bisschen Zeit mit dem Weiterreden. »Eventuell stimmt das aber nicht so ganz …«

Ein Oberstaatsanwalt, der nicht mit der Wahrheit rausrückte? Das klang nicht gerade ermutigend. »Und was haben Sie jetzt vor?«

Wenckes Kollege wartete kurz ab. »Können Sie nach Schwerin kommen?«

»Klar kann ich das, aber warum?« Nicht, dass Sanders einen Moment lang gezögert hätte, Wencke zu helfen, aber diese Bitte kam ihm seltsam vor. Es gab doch vor Ort sicher genug Einsatzkräfte, die sich um eine verschwundene Polizistin kümmern konnten.

»Das ist eine heikle Geschichte, und die würde ich Ihnen lieber unter vier Augen mitteilen«, war die Antwort.

»Scheiße!«

Kerstin drehte sich wieder zu ihm, und als er ihre Augen sah, hätte er schwören können, dass sie ihn böse anschaute, auch wenn er es besser wusste. Das war immer so, wenn ihm ausnahmsweise Kraftausdrücke herausrutschten. Doch dieses Mal machte er sich nichts daraus. Es war alles egal. Wencke war in Gefahr, da gab es nichts anderes, was wichtiger sein könnte, auch kein böser Blick seiner Frau.

»Ich möchte Sie da jetzt auch nicht beunruhigen …«, begann Bellhorn sehr halbherzig einen Satz, von dem klar war, dass er ihn nicht beenden würde.

»Zu spät!« Axel schaute sich um. Sommer und Liegewiese und ein voller Picknickkorb am Ufer. Emil und Ricarda hatten Spaß, Kerstin war zwar unentspannt, aber das konnte sich noch geben. Eigentlich hätte es ein richtig netter Sonntag werden können. »Ich komme so schnell wie möglich nach Schwerin.«

Kerstin hörte auf zu treten.

»Ist was mit Mama?«, fragte Emil. Der Junge war einfach zu clever, um ihn mit harmlosem Blabla abzuspeisen.

»Treffen wir uns im Hotel Speicher, ich habe dort ein Zimmer gebucht«, meinte Bellhorn.

»Wer wird noch da sein?«

»Ich fürchte, nur wir beide.«

»Warum bekommen Sie keine Unterstützung vom LKA? Immerhin ist eine Kollegin verschwunden …«

»Es weiß niemand außer mir Bescheid, dass Wencke verschwunden ist.«

»Aber Sie haben doch diesem Staatsanwalt die Aufnahme vorspielen lassen.«

»Da habe ich eine kleine Notlüge erfunden, um den Grund zu verschleiern.«

»Sie haben Wencke noch nicht als vermisst gemeldet?«

»Nein.«

»Weshalb nicht, in Dreiteufelsnamen?«

»Ich halte es für besser so. Bei einer Vermisstenmeldung wird die Polizei aktiv – und die Staatsanwaltschaft. Und da bin mich mir nicht wirklich sicher, ob das nicht eher schadet als nutzt. Mehr kann ich Ihnen erst sagen, wenn Sie hier sind. Schaffen Sie es bis 18 Uhr?«

»Auf jeden Fall!«

Axel Sanders drückte das Gespräch weg, setzte sich wieder auf den Platz und seine Füße auf die Pedale. Selten hatte man ein Tretboot schneller das Große Meer überqueren sehen. Zwei Stunden später war er unterwegs nach Schwerin.

Mit seinem Motorrad.

Es erschien ihm das einzig Richtige zu sein.

Die Vierzig
steht für die Zeit, in der sich der Mensch in schlimmen Zeiten bewähren muss

Wenckes Finger fühlten eine vertraute Windung, ein verschnörkeltes Metallgestänge, das sich bis zum gitterartigen Lattenrost ineinander wand. Die quietschende Unterlage, auf der sie lag, seit sie wieder zu sich gekommen war, musste also ein altes Ikea-Bett sein, genau so eines hatte sie als Jugendliche in Worpswede gehabt. In den 90ern waren die meisten dieser Modelle wegen Altersschwäche auf dem Sperrmüll gelandet, dieses musste eines der letzten überlebenden Exemplare sein. Wencke wusste, wenn sie lang genug darüber nachdachte, würde ihr der Name des Möbelstücks wieder einfallen. Und Zeit zum Nachdenken hatte sie viel zu viel. *Ingeborg*? *Ingolf*? Irgendwas mit *Ing* …

Ihr Gefängnis könnte im Keller eines leer stehenden Hauses sein. Vielleicht auch der Nebenraum einer alten Lagerhalle. Alle geschätzten fünf Minuten setzte sich irgendein Gerät nebenan mit Scheppern und Klopfen in Gang, eventuell ein alter Boiler, der für warmes Wasser und eine altersschwache Heizung sorgte. Was immer der Krachmacher erhitzte, bei Wencke kam nichts davon an, hier drinnen war es kalt und feucht. Keller oder Lager – egal, fest stand nur, dass keine Menschenseele hier war und der Raum weder Fenster noch sonst eine Lichtquelle besaß.

Um sich abzulenken, stellte sie sich vor, dass draußen noch immer Hochsommer herrschte und die Sonne ihren Beitrag zur heiteren Julistimmung leistete. Was Emil wohl gerade machte? Mit Ricarda durch das Wattenmeer pflügen? Mit Axel im Garten Fußball spielen? Oder buk ihm Kerstin gerade seinen Lieblingskuchen – mit Zitronenguss? Wenn er den aß, hingen ihm abends die Krümel bis runter zum Bauchnabel. Die Erinnerung daran wühlte in Wencke. Schnell an etwas anderes denken. An ... Mist. Das Blöde an dieser Finsternis war, dass sie einen geeigneten Hintergrund bot, an Dinge zu denken, die nicht hier waren, wie eine Filmleinwand erschien ihr die Vision vom glücklichen Emil zum Greifen nah. Und dabei war alles so weit weg.

Hier war es dunkel. Hier musste sie sich mit den Händen orientieren. Oder mit Hilfe der Geräusche, die an einer Wand geschluckt wurden und von der anderen widerhallten. Ein Sinn war komplett ausgeknipst. Hier war sie blind.

Genau wie Kerstin. Sie hatte mit dieser Frau vorübergehend eine weitere Gemeinsamkeit als nur die Liebe zum selben Mann. Gern hätte Wencke darauf verzichtet. Auf die Blindheit und die Liebe und den ganzen Mist. Was nutzte ihr das hier? Sie war allein. Ihr war kalt. Sie hatte Angst.

Wenn sie dann doch auf der durchgelegenen Matratze einschlief, was unter diesen Umständen nur schwer möglich war, träumte sie wirres Zeug von Motorrädern, Pistolenmündungen oder Rasenmähern. Dann war sie fast froh, wenn sie wieder aufwachte und feststellte, dass sie nach wie vor eine Gefangene war, die weder wusste, wer sie eingesperrt hatte und was das alles sollte, noch wie lange man sie hier vermodern lassen würde.

Wencke tröstete sich kurzfristig mit dem Gedanken an das, was sie bislang schon überstanden hatte. Hey, sie war Wencke Tydmers, die abgebrühte Hauptkommissarin und Profilerin, die immer mal wieder festgesetzt wurde und sich dennoch nie unterkriegen ließ. Blöderweise verhalf ihr diese Strategie nur begrenzt zum Optimismus. Wenn das Ding nebenan wieder klackerte, pochte, randalierte und ihr gleichzeitig die Feuchtigkeit durch alle Hautporen kroch, dann heulte sie auch schon mal ein bisschen. Die Verzweiflung fühlte sich rotzig und wund an. Und sie kostete Kraft. Nach einer solchen Heulattacke stand Wencke noch näher am Abgrund.

Am meisten beängstigte sie, dass sie sich nicht mehr erinnern konnte, was genau eigentlich geschehen war. Sie war in diesem Garten erwischt und von einem harmlosen älteren Mann niedergeschlagen worden, den Gauly und Haigermann glauben ließen, Wencke sei eine gemeingefährliche Person.

Die Kopfschmerzen, die sie beim Erwachen in diesem finsteren Verlies gequält hatten, konnten nicht nur auf die taubeneigroße Beule am Scheitel zurückzuführen sein, sondern ließen darauf schließen, dass man sie noch zusätzlich betäubt hatte. Wahrscheinlich mit irgendeinem Zeug, welchem beim offiziellen Apothekenverkauf ein kilometerlanger Beipackzettel beigefügt wurde. K.-o.-Tropfen oder was anderes. Da die *Devil Doves* bekanntermaßen auf einen sicher beachtlichen Drogenvorrat* zurückgreifen konnten, war zu vermuten, dass die Rocker zumindest irgendetwas mit ihrer Gefangennahme zu tun hatten. Anfangs, nach dem ersten Zusichkommen, war Wencke übel gewesen und der erste Schluck Wasser – die Kerkermeister hatten ihr gnädigerweise zwei Plastikflaschen neben das Bett gestellt – nicht lang im Magen geblieben. Das hatte sich inzwischen zum Glück gelegt. Nun war ihr nur noch kalt, jämmerlich kalt. Und wieder lief ihr die nasse Hoffnungslosigkeit über das Gesicht.

Erst dachte Wencke, der Boiler stünde mal wieder kurz vor der Explosion. Doch dann identifizierte sie das Knallen und Scharren als neues, als menschliches Geräusch: Jemand war im Nebenraum. Es hörte sich an, als würde ein Möbelstück verschoben werden, ganz langsam, es musste ein schweres Teil sein, definitiv kein *Billy*-Regal. Und wenn sie sich nicht täuschte, geschah diese Aktion unmittelbar hinter der Tür, die sie vor einigen Stunden beim vorsichtigen Herumtasten in diesem verfluchten Raum erfühlt hatte. Eine Metalltür mit abgerundetem Plastikgriff. Darauf ein gestanztes Schild in Augenhöhe, rund mit diagonalem Strich durch die Mitte – irgendein Verbot, um was genau es ging, war jedoch nur zweidimensional und somit für die blinde Wencke unlesbar. Es ist verboten, den Sinn des Ganzen hier zu kapieren. Es ist verboten, verzweifelt zu sein. Es ist verboten, sich Hoffnung zu machen.

Sobald das Möbelgeschiebe aufhörte, sah Wencke etwas Licht durch die haarfeinen Türritzen scheinen. Keine wirkliche Erleuchtung, aber wenigstens etwas. Die Tatsache, dass man etwas vor ihre Tür geschoben hatte, um das Gefängnis zu tarnen, sprach dafür, dass dieser Ort hier doch nicht so gottverlassen war. Doch in den lichtlosen Stunden hatte sie nicht einen Schritt, kein Husten, geschweige denn Stimmen gehört. Sie war sich bis eben gar nicht mehr so sicher gewesen, ob nicht vielleicht inzwischen die Welt untergegangen war und die apokalyptischen Reiter sie lediglich vergessen hatten.

Aber es gab noch Leben jenseits der Dunkelheit. Und dieses Leben war gerade dabei, den Schlüssel im Schloss zu drehen. Wencke nahm einen großen Schluck Wasser zur Stärkung. Klar hatte sie Angst. Nach Stunden, die nicht wirklich passiert waren vor lauter Nebel im Kopf und Niederschlag aus der Seele, nach solchen Stunden war die Angst allgegenwärtig. Und es war nicht nur denkbar, sondern sehr wahrscheinlich, dass die Personen, die sie hier gefangen hielten, nicht zimperlich mit ihr umgehen würden. Die waren zu allem fähig. *Expect no mercy** hieß ein Spruch, den sich die *Devil Doves* auf ihre Kutten gestickt hatten. Nein, Gnade erwartete sie nicht.

Doch egal, wer da jetzt inmitten gleißenden Lichts im Türrahmen auftauchte, er beendete immerhin diese feuchtkalte Tortur auf dem Bett mit dem schwedischen Namen. *Ingemar,* jetzt fiel es ihr wieder ein, obwohl ihr der blöde Ikea-Name nicht den geringsten Vorteil brachte in dieser verfahrenen Situation.

Die Vierundvierzig
steht als Zahl für Menschen, die Energie aufwenden, um Dinge zum Guten zu wenden

Boris Bellhorn war ganz elend vor Sorge um Wencke, doch als er endlich wieder im Hotel vor seinem Bildschirm saß und auf die Tastatur hauen konnte, hatte er wenigstens das Gefühl, etwas halbwegs Sinnvolles zu tun. Ermittlungen im Rotlichtmilieu waren nicht seine Welt. Pressekonferenzen mit Menschen, die irgendwie alle Dreck am Stecken zu haben schienen, noch weniger. Aber dass er nun ohne Wissen und Rückendeckung des LKA herausfinden musste, was um Gottes willen gestern mit Wencke Tydmers passiert war, machte ihn fast verrückt.

Er gab den Namen, der ihm seit vielen Stunden schon im Kopf herumspukte, in die Suchmaschine ein. *Roland Gauly* brachte über hunderttausend Ergebnisse, das konnte also Ewigkeiten dauern. Die meisten Einträge befassten sich mit Gaulys Tätigkeit als Leitender Oberstaatsanwalt, nichts Besonderes, nur Pressemitteilungen und so ein Zeug. *Oberstaatsanwalt Gauly fordert drei Jahre ohne Bewährung für bewaffneten Raubüberfall auf einen Kiosk in Krebsförden.* Uninteressant. *Zu den immer gefährlicher agierenden Rechtsradikalen in Jamel nimmt Roland Gauly Stellung.* Nein, das war es auch nicht, wonach Boris suchte.

Auf einem Bild posierte der dralle Glatzkopf vor seinem

scheußlich meerblauen Cabriolet, die Hände besitzergreifend auf die Kühlerhaube gelegt und mit einem Grinsen, das nach Boris' Empfinden auch schon einen triftigen Verhaftungsgrund abgeben könnte. *Gauly, ein Mann, der gerne Tempo macht.* Ein paar belanglose Einträge bezogen sich auf Gaulys Engagement bei ASMV.

Es erschienen auch zahlreiche Websites von Vereinen; Kirchenchöre, in denen beispielsweise der Tenor *Roland* Müller und die Sopranistin Cordula *Gauly* hießen. Ein britischer Sparverein mit einem Kassenwart namens *Roland Gauly*th. Boris seufzte.

Axel Sanders war vor einer Stunde hier angekommen und brütete seitdem wie gebannt über dem Stapel Akten, die sich in den letzten Tagen angesammelt hatten. Manchmal schaute er herüber und gab etwas überflüssige Tipps wie: »Sie müssen die Suche weiter einschränken, sonst lesen Sie noch bis übermorgen.«

Zum Glück hatte Wenckes Freund – oder was auch immer er für sie bedeutete – nicht lange gefackelt und war hierher gekommen. Ein netter, attraktiver Typ übrigens, er schien einerseits Polizeiprofi durch und durch zu sein, andererseits hatte er am Telefon ohne Zögern seine Bereitschaft signalisiert, die Dienstvorschriften auch außer Acht zu lassen, wenn es drauf ankam. Und die Geschwindigkeitsbeschränkungen zwischen Ostfriesland und Schwerin anscheinend auch, so schnell, wie er auf seinem Motorrad hierher gelangt war. Mit ihm waren die Chancen für Wencke zwar noch immer nicht rosig, aber auch nicht mehr so rabentiefschwarz.

Nie im Leben würde er es schaffen, sämtliche Unterlagen in der Hektik durchzuackern, aber Sanders ließ sich nicht entmutigen. Nur ab und zu stellte er Fragen oder schüttelte den Kopf. Manchmal, weil er die Machenschaften der *Devil Doves* abschreckend fand. Doch meistens, weil er nicht fassen konnte, wie eigensinnig und mutig und absolut halsbrecherisch ihre gemeinsame Freundin Wencke sich verhalten hatte. »Sie muss verrückt sein«, fand er und hatte recht damit. »Weshalb hat sie trotz aller Gegenbeweise eigentlich immer an ihrer Zwei-Männer-These festgehalten?«, wollte er wissen, oder: »Hat sie denn niemand davon abhalten können, mit diesem Rocker an die Ostsee zu fahren?« Boris versuchte, plausibel zu antworten, was ihm nicht mal im Ansatz gelingen wollte, schließlich sortierte er nebenbei noch eine Gauly-Seite nach der anderen.

»Wo ist Wencke gestern Nachmittag gewesen?«, fragte Axel.

»Sie war um 14 Uhr auf der Pressekonferenz, allerdings hatte sie sich aus Sicherheitsgründen etwas verkleidet. Danach gab es für mich keine Gelegenheit mehr, mit Wencke zu reden, da ich zu Nikola Kellerbach ins Krankenhaus gefahren bin. Um fünf vor fünf hat sie dann diesen seltsamen Satz auf mein Handy gesprochen.«

»Warum sind Sie nicht selbst drangegangen?«

»Gestern Nachmittag hat das LKA die aufgebrachte Pressemeute auf mich losgelassen. Mein Telefon hat in einer Tour geklingelt. Warum hat das LKA undercover ermittelt? Haben Sie immer noch Zweifel am Rockerkrieg? Wie gefährlich schätzen Sie die Lage für die Bevölkerung ein? Die Fragen sind fast immer dieselben gewesen, meine Antworten auch. Doch Wencke konnte mich beim besten Willen nicht direkt erreichen, weil die ganze Zeit besetzt gewesen ist.«

»Und anschließend?«

»Gegen Mitternacht hat mein Schädel dermaßen gedröhnt, dass ich das Handy ausgeschaltet habe und nach einer halben Flasche Rotwein auf dem Hotelbett endlich eingeschlafen bin. Vollständig bekleidet und ohne den leisesten Schimmer, dass Wencke zu dem Zeitpunkt schon entführt worden sein muss.«

Sanders gab sich mit dieser Erklärung glücklicherweise zufrieden, denn Boris selbst hatte sich schon genug Vorwürfe gemacht. Hätte er doch nur einmal seine Mailbox abgehört … Oder bei Wencke angerufen … Oder oder oder …

Inzwischen war Sanders bei dem Ordner angelangt, der sich erst gestern während und nach Kosians Gardinenpredigt gefüllt hatte. »Es muss etwas gegeben haben, wonach Wencke auf eigene Faust gesucht hat. Irgendein Schlagwort, das gefallen ist und sie aktiv werden ließ. Entweder auf der Pressekonferenz oder schon vorher …«

»Darüber habe ich schon nachgedacht und kam drauf, dass sie versuchen würde, diesen Typen zu finden, mit dem *Patch* kurz vor dem Überfall in der Kanzlei telefoniert hat.«

»Paul Haigermann?«, fand Sanders in den Akten.

»Richtig. Aber da habe ich schon nachgehakt. Die Schweriner Polizei sagte, ihnen läge bereits eine Aussage vor, laut Haigermann sei es bei dem Anruf lediglich um eine Toiletteninstallation im neuen Clubhaus gegangen.«

»Das ist doch Schwachsinn! Wencke hat gesagt, dass dieser *Patch* nach dem Telefonat wie ausgewechselt war und sofort nach Schwerin zurückwollte. Diese Hektik kann doch wohl kaum aufgrund eines dämlichen neuen Klos ausgebrochen sein.«

»Ja, das klang absolut unglaubwürdig, und ich bin heute Vormittag dorthin, aber die Haigermanns waren nicht anwesend, schienen verreist zu sein. Das war also eher ein Flop …«

»Und was könnte Wencke mit *Gauly hat …* gemeint haben?«

»Tja … An dieser Frage sitze ich nun schon seit Stunden.« Boris spielte die seltsame Meldung noch einmal ab. Er hatte die Datei bereits auf seinen Laptop überspielt und konnte mit dem Audioprogramm ein bisschen an Geschwindigkeit und Tonfärbung schrauben. Dadurch war es leichter, ein paar Details herauszuhören. Es wurde deutlich, dass Wencke nicht direkt in den Hörer gesprochen hatte, ihr Handy musste in einer Tasche gesteckt haben. Vom ersten Satz, den sie in ihrer Not gerufen hatte, waren nur die letzten Worte übrig geblieben: *… Boris, hörst du?… Gauly hat …*

Und dann ertönte dieses Männerbrüllen.

»Inzwischen glaube ich sogar, etwas verstehen zu können.«

»Was sagt er?«

»*Sie ist gefährlich …*«

»Erkennen Sie die Stimme?«, fragte Sanders.

»Bei diesem Geschrei ist das schwer zu sagen. Es könnte durchaus Gauly sein, ich bin ihm aber erst einmal persönlich begegnet, und da hat er in normalem Tonfall gesprochen. Bei der Nachfrage wegen dieser Aufnahme hat er sich durch seine Sekretärin vertreten lassen.«

»Und die hat gesagt, er wisse nicht, was das zu bedeuten habe, stimmt's?«

»Exakt das waren ihre Worte.«

Ein dumpfes Knallen war zu hören, dann das Schaben von Stoff auf dem Handymikro, das alle anderen Geräusche eliminierte. Ein unverständliches Chaos aus verschobenen Tönen, da konnte man auf Vor- und Rücklauf klicken, soviel man wollte.

Sanders seufzte und schob die Akten ein Stück weit von sich. »Sie denken also wirklich, dass der Oberstaatsanwalt diesen Fall manipuliert und eventuell auch Leute der Polizei in einer Art Verschwörung involviert sind?«

»Ich werde das Gefühl nicht los, dass die Bösewichte nicht alle Lederkutte, sondern durchaus auch Schlips und Kragen – wenn nicht sogar Anwaltsrobe – tragen könnten. Gauly hat definitiv versucht, die ermittelnde Staatsanwältin zu beeinflussen. Und ich könnte mir vorstellen, dass er Ähnliches mit dem einen oder anderen Polizisten versucht. Der Kriminalbeamte Wachtel jedenfalls hat sich von Anfang an so vehement für die Rockerkrieg-Theorie eingesetzt, dass man schon glauben könnte, er sei da auf welche Weise auch immer geimpft worden.«

»Warum sollte Gauly das tun?«

»Da kann ich nur Vermutungen äußern. Er engagiert sich in seiner Freizeit für diese Bürgerwehr und hatte zu DDR-Zeiten engen Kontakt mit Mielke und Konsorten. Jedoch kann er kein ausgewiesener Stasi-Mann gewesen sein, sonst hätte er heute wohl kaum einen solchen Posten im Staatsdienst inne.« Boris ging in Gedanken noch einmal alle möglichen und unmöglichen Theorien durch, die ihm seit heute Morgen das Hirn heißlaufen ließen. »Am wahrscheinlichsten scheint mir, dass Roland Gauly alle Hebel in Bewegung setzt, weil er etwas vertuschen will.«

»Und? Haben Sie im Internet schon irgendeinen Hinweis, der Ihren Verdacht bestätigt?«

Boris schüttelte den Kopf. Er ergänzte seine Suchanfrage jetzt durch Begriffe wie *Kellerbach, Devil Doves, Schwerin* und sogar *Hot Lady,* was ihn aber leider auch kein Stück weiter brachte. Vielleicht lag er doch falsch, und Gauly hatte eine weiße Weste. Oder – und das war wahrscheinlicher – er war sorgfältig genug, damit die dunklen Flecken nirgendwo sichtbar wurden, auch nicht im Netz.

Sanders wandte sich wieder den Aktenbergen zu. Seinen Einsatz hatte er sich bestimmt anders vorgestellt, aktiver, abenteuerlicher und vor allem erfolgreicher. Irgendwo saß Wencke fest, war vielleicht in Gefahr, wer weiß, was ihr gerade widerfuhr – und sie beide tappten hilflos durch einen Dschungel aus Papier und Bytes.

»Was bedeutet diese Notiz?«, fragte Sanders und hielt einen Zettel hoch, auf dem *Tim Beisse* stand.

»Eine Gedächtnisstütze. Er ist ein alter Kinderfreund von Kellerbach, der vor ein paar Wochen in der Stadt gewesen ist. Ich wollte ein bisschen etwas über ihn herausfinden, bin aber noch nicht dazu gekommen.« Boris gab den Namen eher lustlos ein. »Mal sehen, Tim Beisse ist ja ein Allerweltsname, da wird sich einiges finden lassen … Tatsache, schauen Sie, über zweihundertfünfzigtausend Meldungen.« Boris rechnete nach. Wenn dieser Tim Beisse ein Schulfreund von Kellerbach war, würde das Geburtsjahr vielleicht weiterhelfen. 1971 – die Suchmaschine dezimierte sich um die Hälfte. Bei *Wacker Oberpfalz 1971* trainierte ein Tim Beisse die B-Jugend. Boris klickte auf den Bericht und sah einen Mann, bei dem das aktive Fußballtraining schon einige Jahre zurückliegen musste. Kellerbach senior hatte den unbekannten Besucher als schlaksig beschrieben, und das war der Oberpfälzer beileibe nicht.

Also weiter im Programm: Tim Beisse aus Stuttgart berichtete auf seiner Facebookseite über seine Fahrradtour durch Asien. Und zwar seit mehr als sechs Monaten. Derzeit war er in der Mongolei. Sein Körper erschien zudem extrem muskulös. Also auch Fehlanzeige.

Boris reduzierte sich jetzt auf die Bildersuche, wenn das nichts Konkretes ergab, würde er es bleiben lassen. Er scrollte sich durch Partyschnappschüsse, Buchcover mit esoterischen Titeln und Regionalzeitungsausschnitte. Bis er endlich eine kleine, unscheinbare Aufnahme fand. Ein schlanker, ja sogar schlaksig zu nennender Tim Beisse mit Bart. Sehr blass, sowohl die Fotografie als auch die Erscheinung des Mannes. Viel konnte man nicht erkennen, es war kein richtiges Portrait, die Umgebung schien irgendwie wichtiger zu sein als die Person davor. Dabei war das, was man im Hintergrund erkannte, nicht besonders schön. Ein kantiges, heruntergekommenes Gebäude, diagonal vergitterte Fenster, wenn Boris sich nicht täuschte, konnte man sogar Stacheldraht erkennen.

»Was ist das?«, schaltete Sanders sich ein. »Ein Gefängnis? Oder Militärgelände?«

Boris rief die Seite auf und war baff: »Wir sind auf der

Homepage eines Opferverbandes gelandet. *Gestohlene Kindheit e. V.* in Berlin …«

Tim Beisses Foto befand sich auf einer Unterseite, die mit dem Titel »Zeitzeugen« versehen war. Neben der aktuellen Aufnahme fand sich ein weiteres Foto, ein Gruppenbild mit vielen Kindern in Reih und Glied, ein Junge in der zweiten Reihe war eingekreist. *Links Tim Beisse (geb. 1971) bei seinem ersten Besuch nach zwanzig Jahren und rechts als Zehnjähriger.* Ein Junge mit einem kräftigen Kinn, einigen Sommersprossen auf der Nase und dem störrischsten Haarwirbel, den man sich vorstellen konnte. Den hatte Boris schon einmal gesehen. Genau diesen Jungen! Auf einem anderen Foto. Mit einem anderen Namen. Ganz bestimmt!

Sanders schaute auf den Bildschirm. »Was hat der Oberstaatsanwalt mit einem Kinderheim in Berlin zu schaffen?«

Boris stand auf und ging zu seiner Jacke. Das nicht ganz legal erworbene Familienbild der Kellerbachs war noch immer in der Tasche verstaut. Gemeinsam mit Sanders verglich er die beiden Fotografien.

»Das ist der Junge.« Beide nickten.

Boris' Finger flogen über die Tasten. »Tim Beisse wurde am 21. 1. 1971 in Berlin geboren.«

»Aber das Mordopfer stammt doch aus Schwerin, oder nicht?« Als die Website der Kanzlei Kellerbach geöffnet und der Lebenslauf des Anwalts aufgerufen wurde, verstand auch Sanders. »Leo Kellerbach und Tim Beisse wurden am selben Tag geboren. Und sie sahen sich als Zehnjährige verflixt ähnlich. Sie … sind Zwillinge.«

»Das kann nicht sein. Das stünde doch in Kellerbachs Akten. Können Sie noch einmal die Geburtsurkunde heraussuchen? Die müsste im Ordner zwei sein …«

Sanders begann zu suchen.

»Außerdem: Warum hat Kellerbach so gelassen davon erzählt, wenn ihn der Doppelgänger seines Sohnes zu Hause aufsucht?«

»Weil er ihn nicht als solchen erkannt hat. Dieser Typ mit dem Bart sieht doch völlig anders aus als der Rockeranwalt, dessen Foto in den letzten Tagen durch die Presse ging. Da hätte ich auch keine Ähnlichkeiten entdeckt …«

»Aber wenn sie doch Zwillinge sind?«

»Sie sind unabhängig voneinander aufgewachsen, haben wahrscheinlich einen völlig unterschiedlichen sozialen Background, das wirkt sich auf die Ernährung aus, auf die körperliche Konstitution, sogar auf die Mimik. Die Ähnlichkeit von Zwillingen verflüchtigt sich im Laufe eines Lebens immer mehr, in einem Fall wie diesem kann es sogar so weit gehen, dass sie kaum noch wahrnehmbar ist.« Sanders fischte ein Blatt Papier aus dem Stapel. »In Leo Kellerbachs Akten steht es schwarz auf weiß: *Leo Roland Kellerbach, geboren am 21. Januar 1971 um 7.05 Uhr im Krankenhaus Schwerin – Eltern Johann Kellerbach, * 28. Februar 1933, Rechtsanwalt, und Magda Kellerbach, geb. Speck, * 16. Juli 1936, Rechtsanwaltsgehilfin.* Hier wird tatsächlich kein Zwilling erwähnt«, stellte Axel ganz richtig fest.

Boris wünschte sich eine Lupe, um die Kopie eingehender begutachten zu können. Die Qualität der Geburtsurkunde war lausig, wahrscheinlich war bereits das Original schon vergilbt und zerknittert gewesen. Ausgestellt worden war das Papier vom Standesamt Schwerin, unterschrieben hatte der Sachbearbeiter – und da rückte Boris ganz nah an den Zettel, aber er hatte sich nicht versehen –, ein gewisser Roland Gauly.

»Kann ein Zufall sein«, murmelte Boris, glaubte aber nicht eine Sekunde daran.

Auch Sanders hatte Feuer gefangen. Endlich eine Spur – zwar keine, die direkt zu Wencke führte, dafür aber Zusammenhänge aufdeckte. »Diese Staatsanwältin Sieglind Maschler, meinen Sie, man kann wenigstens ihr trauen?«

Boris stöhnte auf. Die Frage, wem hier zu trauen war und wem nicht, konnte er beim besten Willen nicht beantworten. »Eventuell. Hm … wahrscheinlich schon. Warum?«

»Meine Frau Kerstin hat vor ihrem Unfall bei der Spurensicherung gearbeitet, und sie interessiert sich auch jetzt noch für die neuesten Entwicklungen auf diesem Gebiet.«

»Sie sind verheiratet?«, fragte Boris erstaunt. Bislang hatte er immer gedacht, Sanders und Wencke wären ein Paar.

»Ist doch jetzt egal. Auf jeden Fall hat Kerstin mir vor Kurzem erzählt, dass es inzwischen möglich ist, die DNA noch weiter als bisher üblich zu differenzieren. Es hat irgendetwas mit den Zellen des Immunsystems zu tun, das sich im Laufe des Lebens ändert. Durchlebte Kinderkrankheiten hinterlassen ja beispielsweise eine lebenslange Immunität, man kann in frischen Blutproben nachweisen, ob die betreffende Person schon mal Masern oder Röteln hatte, auch schwere Infekte oder Krebserkrankungen hinterlassen Spuren. Deswegen sind die immunrelevanten Zellen von eineiigen Zwillingen, die in unterschiedlichem Umfeld groß wurden, nicht unbedingt hundertprozentig identisch.«

»Davon habe ich noch nie etwas gehört«, staunte Boris.

»Soweit ich weiß, ist diese neue Methode bislang nur in der Forschung zum Tragen gekommen. Dass sie auch im forensischen Bereich angewandt werden kann, wurde nur theoretisch in Betracht gezogen.«

»Und was sollen diese neuen Untersuchungen beweisen?«

»Vielleicht, dass nicht nur Leo Kellerbach, sondern auch dieser Tim Beisse im Bootsschuppen gewesen ist.«

»Wollen Sie damit sagen, Sie denken, dass Leo Kellerbach von seinem Zwillingsbruder ermordet wurde?«

»Oder umgekehrt. Es würde auf jeden Fall zu Wenckes Zwei-Mann-vor-Ort-Theorie passen.«

»Es gibt doch gar keinen Zwilling.«

»Laut Aktenlage nicht. Laut dieser Fotos aber schon.«

Boris nahm sich eine Minute Zeit, über Sanders' Worte nachzudenken. Dann griff er zum Telefon und fischte die Visitenkarte heraus, die die Staatsanwältin ihm gestern auf dem Krankenhausparkplatz zugesteckt hatte. »Frau Maschler? Entschuldigen Sie die Störung am Sonntagnachmittag, aber Sie hatten mich doch gebeten, Sie auf dem Laufenden zu halten. Wäre es möglich, dass Sie heute noch Kontakt zu Ihrem rechtsmedizinischen Labor aufnehmen könnten?«

Es dauerte nicht lang, die Juristin zu überzeugen. Maschler versprach, sich umgehend zu melden, wenn ein Ergebnis vorlag. Das konnte Stunden dauern, wahrscheinlich sogar noch länger. Bis dahin mussten sie etwas unternehmen, und zwar sofort.

»Sanders, Sie fahren doch Motorrad, oder nicht?«

»Noch nicht allzu lange, aber dafür habe ich immerhin eine *Harley*, dann fällt das nicht so auf. Warum?«

»Könnten Sie sich vorstellen, einen Rocker zu mimen?«

Sanders schaute ihn an, als habe er vorgeschlagen, heute noch den Mars zu bebauen.

»Wir sollten so schnell wie möglich herausfinden, wo dieser Gauly steckt, denn ich bin mir ziemlich sicher, dass Wencke nicht weit ist.«

»Dann würde ich auch ein Weihnachtsmannkostüm anziehen!«

»Das wäre im Hochsommer eindeutig zu auffällig. Ihr Job wäre es, einen waschechten *G-Point-Gangster* abzugeben.« Boris ging zum Kleiderschrank. Er hatte vor seiner Abreise nach Schwerin lange gezögert, dieses Ding einzupacken. Seit Jahren hing es von einer durchsichtigen Plastiktüte geschützt hinter seinen Polohemden. Und schließlich hatte er es eingepackt, aus dem Gefühl heraus: Wer weiß, ob es nicht doch endlich einen Sinn bekommt, dass ich diese alte Weste jahrelang wie einen Schatz gehortet habe.

»Eine echte Kutte? *G-Point-Gangster Chapter Middleland.*« Sanders zog das alte, muffige Teil über. Man musste noch ein bisschen an ihm herumzupfen, noch sah er unverkennbar wie ein Polizist in Rockerkutte aus.

»Woher haben Sie das Ding? In Karnevalslädchen gibt es die nicht zu kaufen, soviel ich weiß.«

»Gehörte einem Freund von mir.«

Sanders nickte. Er hatte begonnen, sich ein wenig umzustylen. Ohne mit der Wimper zu zucken, riss er sich ein Loch in die Hose, die bis dahin makellos ausgesehen hatte. Er war wild entschlossen, etwas zu unternehmen, stellte Boris fest. Dieser Mann würde alles für Wencke tun, das war in diesem Moment klar geworden. Irgendwie rührte es Boris. Er musste eine blöde Träne wegwischen.

»Alles okay?«, fragte Sanders.

Boris räusperte sich. »Ja ... geht so.«

»Ist es wegen der Kutte?«

»Nein.« Sollte er diesem Mann, den er gerade mal ein paar Stunden kannte, von Dirk erzählen? Gerade jetzt, da sie doch eigentlich ganz andere Sachen im Kopf hatten? »Doch, ja, es ist wegen der Kutte.«

»Soll ich sie wieder ausziehen?« Sanders machte schon Anstalten, dabei hatte er gerade sein T-Shirt ganz passend darunter zurechtgebastelt.

»Nein, lassen Sie. Ist schon gut. Mir geht diese ganze Sache ziemlich an die Nieren. Wegen Wencke natürlich. Aber auch wegen dieser Geschichte, die wir eben im Internet gefunden haben. Und auch aus persönlichen Gründen.«

Man konnte Sanders nicht ansehen, ob er Lust hatte, den Beichtvater zu spielen. Aber da er nichts sagte, nicht das Thema wechselte, fasste Boris sein kleines bisschen Mut zusammen. »Dass ich schwul bin, wissen Sie ja sicher längst ...«

Sanders nickte.

»Der erste Mann, in den ich mich verliebt habe, also so richtig mit allem Drum und Dran … Für den ich mich sogar endlich geoutet habe … also dieser Mann hieß Dirk, und er war ein Rocker.«

»Ich dachte immer, Homosexualität sei in Motorradclubs eher ungern gesehen.«

»Das drücken Sie aber sehr harmlos aus.« Er lachte kurz auf. »Zwar kann es unter den Brüdern sogar tatsächlich mal zu … na ja … intimen Praktiken kommen, Sie wissen schon. Aber da hat das mehr mit Dominanz und Unterwerfung zu tun, ähnlich wie im Knast.«

»Und mit Dirk war es anders?«

»Völlig anders. Das war die wahre Liebe. Wir haben uns auf einem Rockkonzert kennengelernt, wobei er im Publikum war und ich mir mein Studentengehalt im Bierzelt aufgebessert habe. Eigentlich hasse ich solche Events.«

»Und was ist passiert?« Sanders nahm das Dreieckstuch entgegen, das Boris ihm hingehalten hatte, und versuchte, es auf seinem Kopf zu drapieren.

»Wir waren höllisch ineinander verknallt. Dirk war zehn Jahre älter als ich und zu der Zeit gerade Anwärter auf die Mitgliedschaft bei den *G-Point-Gangsters.* Seine Neigung war bis zu unserem Treffen sein bestgehütetes Geheimnis, und er hatte die etwas naive Hoffnung, zwischen den ganzen Brüdern schon noch zum richtigen Kerl zu werden.«

»Aber dann kamen Sie ihm ins Gehege …«

»Nein, nicht ins Gehege. Ich bin ihm gefolgt. Ich habe meinen Motorradführerschein gemacht, habe meine Haare kahl rasiert und sogar ein grässliches Tattoo stechen lassen, wegen dem ich mich bis heute nicht mehr mit freiem Oberkörper in der Öffentlichkeit zeige. Um die Gunst seiner Clubmitglieder zu erlangen, habe ich ein Jahr lang auf dem Gelände die Drecksarbeit erledigt, habe in Nachtclubs die Toiletten geschrubbt und das ganze Programm. Ich wollte auch dazu gehören, nur so konnten wir uns immer nahe sein.«

»Das nenne ich wahre Liebe …« Sanders meinte das ganz ernst.

»Ja, das war es«, seufzte Boris.

Sanders betrachtete sich im Spiegel. Das Tuch sah völlig daneben aus.

»Darf ich?« Boris löste es noch einmal, legte den quadratischen Stoff ins Dreieck, passte ihn an die Stirn an und band einen Knoten. Dann kramte er noch Dirks alten Nietengürtel hervor und legte ihn Sanders um die Hüfte.

»So könnte es gehen«, befand Sanders und warf sich die Lederjacke über. »Wenn ich dann noch den Helm aufsetze …«

»Bloß keinen Helm*«, warnte Boris. »Harte Kerle glauben fest daran, einen harten Schädel zu haben, besonders wenn sie sich gegenseitig besuchen.«

»Okay, dann nicht.« Kurz sah es aus, als würde Sanders kneifen wollen, doch dann blähte er ein bisschen übertrieben den Oberkörper auf und übte im Spiegel sein finsterstes Gesicht. »Jetzt müssen wir nur noch herausfinden, wo Gauly sich aufhält, und dann halten mich keine zehn Pferde mehr.«

Boris musste lachen. »Ihre Ungeduld kann ich gut verstehen. Aber ich glaube, wir sollten uns noch ein bisschen besser bewaffnen, bevor der Kampf losgeht.«

»Ich gebe Ihnen meine Dienstwaffe, wenn Sie das meinen, dann können Sie aus der Entfernung …«

»Sie haben keine Ahnung, was für ein mieser Schütze ich bin, aber okay, ich nehme das Ding. Was ich aber eigentlich mit Bewaffnen meinte, ist, dass wir noch mehr Wissen in petto haben müssen. Sobald wir fundierte Informationen in der Tasche haben, die Gauly entlarven, ist unsere Position eindeutig besser.«

»Aber woher sollen wir solche Beweise finden, wenn womöglich die Hälfte der Polizei und Staatsanwaltschaft mit ihm gemeinsame Sache macht?«

Bellhorn zuckte mit den Schultern. »Vielleicht gibt es hier eine Behörde, die sich mit Akten aus DDR-Zeiten beschäftigt. Ein Amt oder so …«

»Heute ist Sonntag«, gab der Mann in Rockerkleidung zu bedenken.

»Vielleicht haben wir ja trotzdem Glück.« Boris wollte sich einfach nichts anderes vorstellen.

Die Fünfzig
steht als Zahl für den Beginn eines neuen Abschnitts

Heide stand auf der Brücke und hielt diesen Brocken aus Metall in ihrer Hand. Viel war nicht los, weder die L105 unter ihr noch der Wirtschaftsweg, der an dieser Stelle die Landstraße überquerte, waren am Sonntag stark befahren. Vielleicht waren unweit von ihr ein paar Spaziergänger rund um den kleinen Teich unterwegs, der so idyllisch im sommerlichen Grünland lag, aber die würden auch keinen Verdacht schöpfen, wenn eine junge Frau etwas länger am Geländer lehnte und ihren Blick in die Ferne schweifen ließ.

Es konnte einige Zeit dauern, Geduld war gefragt. Doch sobald der Anruf kam, sollte Heide auf einen auffallend blauen Sportwagen achten, Cabriolet, hier in dieser Gegend waren solche Angeberschlitten rar. Sobald das Auto den Acker rechts passiert hatte, müsste sie bis drei zählen und dann …

Als Heide ein kleines Mädchen gewesen war, hatte ihr Vater sie stets mit den süßesten Versprechungen gelockt: Wenn du eine Eins in Mathe schreibst, gehe ich mit dir ins Kino. Räumst du dein Zimmer immer gründlich auf, machen wir im Sommer eine Radtour. Bei der Schulband darfst du nur mitmachen, wenn du regelmäßig Klavier übst.

Heide war nie mit ihrem Vater im Kino, hat keine Radtour unternommen, und die Musikproben ihrer Schule hatte sie kein einziges Mal besucht. Schuld daran war sie selbst gewesen, da es ihr nie gelungen war, die kleinen, harmlosen Bedingungen ihres Vaters zu dessen Zufriedenheit zu erfüllen. Immer war es in Mathe nur ein »gut« geworden, stets hatte der Vater noch eine Socke unter dem Bett gefunden, oder ihr waren bei ›Für Elise‹ die Finger auf die falschen Tasten gelangt und hatten für Misstöne gesorgt. Dann hatte ihr Vater traurig geguckt und »Schade, wirklich schade« gesagt.

Das Gefühl, es läge nur an ihr, ob das Glück für sie bereitstand oder nicht, hatte sie in letzter Zeit oft verspürt. Wie das kleine Mädchen Heide war sie sich vorgekommen, als sie das Clubhaus in Brand gesteckt und den Brief an Nikola Kellerbach überreicht hatte – die altbekannte Anstrengung, auch ja alles richtig zu machen. Sie wollte kein »Schade, wirklich schade« hören.

Und war es nicht so, dass sie für diese Anstrengung belohnt worden war? Sie war die Einzige, die das Geheimnis kannte! Sie war der Mensch, dem er traute! Gab es einen gültigeren Beweis für seine Liebe?

Doch all diese Forderungen der letzten Tage waren lächerlich, verglich man sie mit dem, was nun zu tun war. Es sollte der letzte Gefallen sein, um den er sie bitten würde, danach wäre wirklich, wirklich alles gut. Danach wartete das Glück, endgültig.

Aber konnte man es einen Gefallen nennen, wenn man das Risiko dabei einging, zur Mörderin zu werden? Ja. Sie würde das schließlich keinesfalls machen, wenn sie nicht davon überzeugt wäre, das Richtige zu tun. Es gab Menschen, die es so und nicht anders verdienten.

Und der Mensch, der heute im Laufe des Tages in seinem Cabriolet auf der L105 unterwegs sein würde, der war ein solcher Fall. Er fühlte sich so sicher und so im Recht.

Und in Wirklichkeit war er ein Monster, das das Leben einer Familie zerstört hatte.

Deswegen sollte er leiden.

Das alles leuchtete Heide ein.

Der Metallklumpen wog über zehn Kilo. Es war ein altes Getriebe, aus irgendeinem Motorrad ausgebaut, ein Schrottteil, wahrscheinlich stammte es aus dem Bestand der *Devil Doves*. So ein Teil zerfetzte aus dieser Höhe nicht nur die Windschutzscheibe, das war Heide klar. Aber wahrscheinlich warf sie sowieso daneben. Besser zu früh als zu spät, hatte er ihr gesagt. Hauptsache, der Scheißkerl hört die Engel singen, wenn er das Ding auf sich zurasen sieht.

Wenn es vorbei war, würde sie sich in ihren Corsa setzen und nach Berlin fahren.

Niemand würde sie verdächtigen oder verfolgen, und es blieb viel Zeit bis zum Abend, wenn er dann am Flugplatz auf sie wartete.

Wenn dann das Glück für Heide Grensemann Spalier stand.

Die Sechzig
steht als Zahl für den regelmäßigen Lauf der Zeit

Die Einfahrt hätten sie fast verpasst, denn die Straße glich mehr einem landwirtschaftlichen Treckerschnellweg, und das Hinweisschild war klein und schlecht zu lesen. Zudem vermutete man in dieser kargen Umgebung östlich des Schweriner Sees eher freilaufende Kühe oder tieffliegende Gänse als die Außenstelle der Bundesbeauftragten für Stasi-Unterlagen. Aber immerhin: Das Gebäude sah haargenau so aus, wie man sich eine solche Behörde vorstellte.

»Das war früher mal eine Kaserne der Volksarmee«, erzählte Bellhorn, nachdem er sein Auto auf eine der zahlreichen freien Parkflächen gelenkt hatte. Axel parkte seine *Harley* direkt daneben. Sie waren mit verschiedenen Fahrzeugen hierher gekommen, wer konnte schon wissen, welche Trips heute noch auf sie warteten, da war es besser, wenn sie sich unabhängig voneinander mobil hielten.

Das Haus wirkte, als wären die Bauskizzen seinerzeit von einer Schulklasse angefertigt worden, die sich mit perspektivischem Zeichnen und dem Fluchtpunkt beschäftigten. Kein Sims, kein Erker, keinerlei Verzierung, lediglich ein länglicher Quader mit drei Reihen Fenster im akkuraten Abstand übereinander. Das einigermaßen freundliche Gelb war sicher erst in den letzten Jahren auf die Fassade gestrichen worden, damit das Ganze nicht allzu abweisend wirkte. Immerhin sollten die

Menschen sich eingeladen fühlen, hier Einblicke in ein Archiv zu nehmen, das mit unangenehmen Themen bestückt ist. Laut Internetseite warteten zweieinhalb Kilometer Akten darauf, die Wahrheit über den vermeintlich besten Freund, den sympathischen Nachbarn, den Ehepartner oder Kollegen aufzudecken. Wer ist loyal – und wer ein Spitzel gewesen? Damals. Vor mehr als zwanzig Jahren.

Axel hatte sich als Westdeutscher mit diesem Thema herzlich wenig beschäftigt. Warum auch? Als die Mauer fiel, hatte er sich gerade bei der Bundeswehr für zwei Jahre verpflichtet. Danach ging es zur Fachhochschule der Polizei. Was kümmerten ihn die Altlasten eines Staates, von dem er immer die Vorstellung gehabt hatte, dass die Welt dort noch bis Mitte der 90er schwarz-weiß gewesen ist?

Und nun steckte er mittendrin in dieser Welt, die gar nicht Vergangenheit war. Zumindest im Fall Kellerbach reichten die Tentakel der Geschichte bis ins das Hier und Heute – und suchten sich neue Opfer, die eigentlich nichts damit zu tun hatten, die eigentlich nur ihren Job machten und sich vielleicht ein wenig zu sehr einmischten, so wie Wencke eben.

Eine junge Frau mit lila Strähne im Haar schien auf sie gewartet zu haben. Freundlich plaudernd führte sie Sanders und Bellhorn durch die Räume, in denen verschiedene Plakate zum Thema ›20 Jahre Aufbruch‹ ausgestellt waren.

»Es ist sehr nett, dass Sie sich für uns Zeit genommen haben. Immerhin ist Sonntag …«, bedankte sich Axel.

»Keine Ursache. Endlich ist hier mal wieder was los!« Sie grinste schief. »Es kommen nicht mehr so viele hierher, wissen Sie. Deswegen haben wir eigentlich nur noch mittwochnachmittags Bürgersprechstunde. Diejenigen, die Fragen zu ihrem Schicksal haben, sind alle schon da gewesen. Manche haben wochenlang über ihren Stasi-Akten gebrütet und waren hinterher völlig fertig.«

»Da müssen Sie und Ihre Kollegen auch seelsorgerische Fähigkeiten haben, oder nicht?« Axel schenkte der jungen Sachbearbeiterin ein Lächeln, von dem er wusste, dass ihm danach immer bereitwillig geholfen wurde, das klappte manchmal sogar noch bei Frauen unter dreißig.

»Wie man's nimmt. Die meisten schotten sich lieber ab. Das ist ja auch hart, wenn man Schriftstücke findet, auf denen akribisch vermerkt wurde, was eigentlich nur hinter geschlossenen Schlafzimmertüren passieren sollte. Und wenn der Informant dann noch der damalige Ehepartner war ...«

»Glauben Sie denn, dass zwischen diesen Aktendeckeln noch viele Geheimnisse darauf warten, entdeckt zu werden?«

Sie betraten einen Raum, in dem unzählige graue Rollregale aneinandergeschoben waren. »Es würde mich wundern, wenn die Schicksale, die hier bei uns eine Art Lagerstätte gefunden haben, alle schon zu Ende erzählt worden wären.«

Axel wurde heiß und kalt. Er hatte eben im Hotelzimmer schon Akten gelesen, bis ihm die Augen brannten. Wie lange aber müsste er sich hier durch die Papiere kämpfen, bis er die Antwort auf die Frage fand, was damals im Frühjahr 1971 wirklich passiert ist?

Die Sachbearbeiterin musste ihm seine Befürchtungen angesehen haben, oder sie kannte den Gesichtsausdruck bereits von den anderen Besuchern, die sich von einem solchen Anblick überfordert fühlten. »Keine Angst, mit unserem Karteisystem finden wir recht schnell, was Sie suchen.« Sie zeigte auf einige Arbeitsplätze, die wie überdimensionierte Schreibtische nebeneinander an der Fensterseite standen. »Jede Person, die in irgendeiner Weise vom MfS erfasst wurde, hat eine eigene Karte.«

»Das läuft noch nicht über die EDV?«

»Upps, haben wir hier im Osten etwa schon elektrischen Strom?« Sie grinste ironisch. »Doch, klar sind die Daten inzwischen digitalisisiert. Aber am Sonntag komme ich nicht so einfach an die Rechner.«

»Und wie viele Karteikarten verwalten Sie hier?«

»Knapp achthunderttausend«, antwortete sie und klang dabei, als sei das eine überschaubare Zahl.

Bellhorn hatte seit ihrer Ankunft noch keinen Ton gesagt, und wenn Axel seine entglittenen Gesichtszüge richtig deutete, würde er auch noch eine Weile sprachlos bleiben. Ja, das hier war etwas völlig anderes, als mit einem Mouseklick mal eben alle Tim Beisses der Welt abzuklappern. Das hier war Knochenarbeit. Und dafür fehlte ihnen definitiv die Zeit.

»Ich helfe Ihnen gern«, bot die Sachbearbeiterin an, setzte sich an einen der Arbeitstische und holte trotz ihrer Jugend eine kleine, knallgrüne Lesebrille aus der Tasche ihres Blazers. »Wonach suchen Sie denn genau?«

Bellhorn zog sich einen Stuhl heran. »Wie diskret arbeiten Sie?«

Sie schaute ihn über den Rand ihrer Brille verwundert an. »Schweigepflicht – ich bin Beamtin!«

»Haben Sie etwas über Staatsanwalt Gauly in den Akten?«

Sie zögerte kurz, dann ein Nicken: »Das weiß ich aus dem Kopf. Er arbeitete damals für das *Ministerium für Volksbildung*, Margot Honecker persönlich war dort seine Vorgesetzte.«

»Wo lag sein Zuständigkeitsbereich?«

»Das Ministerium war unter anderem dafür da, Kinder aus Familien zu holen, in denen es nach Einschätzung der Behörden Bedenken gegen den Erziehungsstil gab. Das konnte sich um Gewalttätigkeit und Verwahrlosung handeln, aber auch um Eltern, die ihren Filius nicht zu einer sozialistischen Persönlichkeit heranzüchten wollten.«

»Welchen Job hatte Gauly da zu verrichten?«

»Er hat als Jungjurist verschiedene Sorgerechtsangelegenheiten betreut.«

»Auch Adoptionsverfahren?«

Sie nickte. »Aber soweit ich informiert bin – und das bin ich relativ umfassend –, war da alles im grünen Bereich. Natürlich sehen wir heute die Anlässe, aus denen Eltern in der DDR das Sorgerecht entzogen werden konnte, in einem völlig anderen Licht. Ausreiseanträge, Fluchtversuche, Kritik am Regime – dies alles waren Gründe, die triftig genug erschienen und nach damaligen Gesetzen einen Eingriff der Jugendhilfe nötig machten.«

»Können Sie nach dem Namen Kellerbach suchen?«

Sie blieb unbewegt sitzen, die Hände auf die Knie gelegt. »Sie scheinen ja wohl die gesamte Schweriner Justizprominenz auf dem Kieker zu haben.«

Axel, der bislang gestanden hatte, setzte sich nun auf die Kante des Schreibtisches. »Es geht um den Mord an Leo Kellerbach – und den Überfall auf seine Schwester Nikola. Wir haben den Verdacht, dass es da auch so eine Geschichte in Ihrem Archiv gibt, die definitiv noch nicht zu Ende erzählt wurde.«

Bellhorn machte weiter: »Es geht um Zwangsadoptionen. Haben Sie von solchen Fälle im Raum Schwerin bereits gehört?«

»Die gab es vereinzelt. Leider …«

Axel seufzte. Warum musste die eben noch so gesprächige Sachbearbeiterin sich nun jede Silbe aus der Nase ziehen lassen? Sie waren nicht hier, um Rätselspiele zu lösen, sie brauchten Beweise, die dazu taugten, einen Mann wie Gauly zu Fall zu bringen – und Wencke zu befreien. »Ganz konkret wollen wir wissen, ob Gauly auch Adoptionen vorgenommen hat, bei denen die eigentliche Herkunft des Kindes verschleiert wurde. Da wurde dann aus einer Michelle Grabowski aus Dresden eine Annett Hagen aus Wismar. Oder der ehemals als Oliver Kretschmar geborene Magdeburger hatte dann

Mirco Pritschke, Stralsund, in seinem Pass stehen – und keiner von ihnen hat einen blassen Schimmer davon, dass er schon in den ersten Lebenstagen um seiner Identität beraubt worden ist.«

»Wie sollten solche Menschen zu uns finden, wenn sie gar nicht wissen, dass sie Opfer sind?«, versuchte die junge Frau nun deutlich weniger kooperativ.

»Wir haben Grund zu der Annahme, dass bei einigen solcher Opfer der Name Gauly unter der gefälschten Geburtsurkunde steht. Konkret ist dies bei Leo Kellerbach der Fall …«

»Vorhin, als Sie mich angerufen haben, sagten Sie lediglich, es ginge um eine dringende Sache. Um Amtshilfe sozusagen, dazu sind wir als Behörde ja auch verpflichtet. Hätten Sie mir ausführlicher Auskunft gegeben, für was Sie sich wirklich interessieren, und dass Sie keinen richterlichen Beschluss haben, wäre ich vielleicht doch lieber mit meinem Freund um den See geradelt.«

»Warum?«

»Weil ich in einen Konflikt gerate, wenn ich hier weiter Auskunft gebe.« Man sah ihr an, dass sie wirklich am liebsten aufgestanden wäre und ihnen die Tür gewiesen hätte.

Bellhorn schien sich auch kaum auf dem Stuhl halten zu können vor Anspannung. »Ich könnte mir denken, dass Ihre Aufgabe, mit alten Stasiunterlagen sorgsam umzugehen, Sie immer wieder in Situationen bringt, die schwer zu handhaben sind. Was ist dann bei uns so besonders?«

Sie zuckte mit den Schultern und schien einen Haufen Argumente abzuwägen. »Es hat etwas mit der Diskretion zu tun, auf die Sie eben auch so einen Wert gelegt haben. Wir nennen es Persönlichkeitsschutz.«

»Persönlichkeitsschutz?« Axel konnte es nicht verhindern, er wurde laut. Sein charmantes Lächeln funktionierte schon seit einigen Minuten nicht mehr. »Warum wollen Sie jemanden schützen, der wer weiß wie viele Familien auseinandergerissen hat?«

»Ich schütze nicht die Täter ... sondern die Opfer.« Diesen Satz hatte sie nur geflüstert. »Wenn jemand zu uns kommt und nach seiner Vergangenheit sucht, dann muss er sicher sein, dass er und seine Familie von uns geschützt werden. Und dieser Schutz geht auch über seinen Tod hinaus.«

Sie schwiegen einige Atemzüge lang. Die schlanken Finger der Frau sprinteten durch die Karteikarten.

»Ich verstehe«, sagte Axel schließlich. »Kellerbach selbst ist hier gewesen. Er ist es, den Sie schützen wollen, er und seine Familie.«

Die Sachbearbeiterin zog mit schneller Bewegung eine kleine Karte aus der langen, dicht gedrängten Papierschlange. »Hier finden Sie einen Namen, die Akte müssen Sie selbst suchen. Normalerweise funktioniert das hier anders, verstehen Sie? Normalerweise ist immer ein Mitarbeiter anwesend, wenn die Akten rausgehen. Und wenn Sie mich verpfeifen, bekomme ich einen Haufen Probleme. Eine halbe Stunde gebe ich Ihnen Zeit – in der Zwischenzeit muss ich was Dringendes in meinem Büro erledigen. Aber danach gehe ich Fahrrad fahren, ist das in Ihrem Sinne?«

Axel und Bellhorn nickten im Gleichtakt. Auf der Karteikarte stand *Akte Schwerin/1971/Jugendhilfe, Band 29. Elka Beisse.*

Die Siebzig

steht als Zahl für ein Menschenleben

Dieser Ort war dazu gemacht worden, Menschen an ihre Grenzen zu bringen. Wäre Wencke nicht Profilerin, sondern Foltermagd geworden, sie hätte ihren Arbeitsplatz genau so eingerichtet: karge Steinwände, schmutziger Boden, statt direktem Tageslicht eine grelle Energiesparlampe nackt an der Decke – das ganze Programm. Dieser Anblick bot sich einem, sobald man aus der Dunkelheit der Einzelhaft entlassen wurde, was so ungefähr alle zwei Stunden der Fall war. Der Ablauf schien stramm durchorganisiert. Einsames Dämmern und nervenaufreibendes Verhör im regelmäßigen Rhythmus. Dazwischen gab es viel zu wenig zu essen, und Wencke war sich fast sicher, dass man dem Wasser, das man ihr reichte, irgendein Mittelchen beigesetzt hatte. Deswegen nahm sie nur winzige Schlückchen, auch wenn der Durst sie drängte, das Glas in einem Zug zu leeren. Doch selbst die kleinen Mengen sorgten für Zeitlupe in ihrem Hirn. Wencke tippte auf ein nicht allzu starkes Schlafmittel, das Lichtempfindlichkeit und dummerweise auch Mundtrockenheit verursachte, was den Durst weiter verschlimmerte. Keine Frage, die Jungs hier wussten genau, was sie taten.

Inzwischen war sie sicher, dass sie nicht die erste Frau war, die in diesem Gefängnis ausharren musste. Ihr Zimmer mit dem Ikeabett befand sich in der linken hintersten Ecke. Daneben gab es noch vier weitere, durch verschiebbare Schränke verborgene Türen. Ob die Räume dahinter auch belegt waren, war nicht auszumachen. Gehört hatte sie nichts, aber die Wände waren auch mindestens einen halben Meter dick.

Vermutlich wurde diese alte Lagerhalle – oder was auch immer es von außen zu sein schien – als eine Art Auffanglager für die neuen Mädchen des *Hot Lady* und der anderen Bordelle genutzt. Frauen, die illegal aus Osteuropa, Afrika oder Asien nach Schwerin geschleust worden waren, lernten hier die Annehmlichkeiten des westlichen Wunderlandes von seiner schäbigsten Seite kennen. Danach musste ihnen ein Job in rot beleuchteten, plüschigen Etablissements wirklich wie das Paradies erscheinen.

Praktischerweise konnte man diese Räumlichkeiten auch für Gefangene nehmen, wie Wencke es war. Leute, die herumschnüffelten und sich dabei erwischen ließen.

Wenn man es mal ganz realistisch sah, grenzten die Chancen, dass Wencke hier jemals lebend oder auch nur unversehrt herauskommen würde, gen Null. Dazu wusste sie zu viel, und die, die ihr helfen könnten, zu wenig. Das hatte man davon, wenn man Alleingänge wagte: Endeten diese in einer Sackgasse voller bissiger Hunde, war niemand da, der einen da wieder rauszog.

Die bissigen Hunde waren *Patch Blacky*, Paul Haigermann und Oberstaatsanwalt Gauly. Die traten hier zwar bislang nicht persönlich in Erscheinung, aber aufgrund der gezielt gestellten Fragen war Wencke inzwischen klar, dass diese drei Männer dahintersteckten, während zwei andere, ihr unbekannte Kerle, in deren Auftrag schon mal anfingen, die Daumenschrauben zuzudrehen. Sie wollten etwas herausbekommen. Was genau, wusste Wencke nicht. Es war nur klar, diese Endlosgespräche würden kaum irgendwann zu einem Ergebnis führen, sodass einer von ihnen sagte: »Danke, Frau Tydmers, damit wäre alles geklärt, und Sie können jetzt gehen, einen schönen Tag noch.« Nein, die hatten nicht vor, sie laufen zu lassen. Wahrscheinlich beratschlagten sie in ihrem verborgenen Hinterzimmer lediglich darüber, ob sie kurzen Prozess machen oder Wencke lieber langsam verrotten lassen wollten.

Die anderen Männer fürchtete Wencke nicht, sie waren unwichtig, hatten wie mittelalterliche Kerkermeister lediglich dafür zu sorgen, dass es Wasser und Brot gab und die Handschellen richtig um Wenckes Armgelenke saßen. Von ihnen ging keine direkte Gefahr aus. Sie schienen noch nicht einmal besonders clever zu sein, dafür aber stark für vier.

Jetzt gerade hatten sie Wencke mal wieder aus ihrer Isolation geholt und auf den Stuhl gesetzt, der wie in einem klassischen Mafiafilm mitten im Raum stand. Sie begannen mit den Fragen, die auch schon der Einstieg in die letzten Verhörrunden gewesen waren. Fast mechanisch ratterte Wencke die Antworten runter und nutzte abermals die Gelegenheit, Wände, Decke und Fußboden nach Fluchtmöglichkeiten abzusuchen.

»Nein, außer mir wusste niemand, dass ich zu Paul Haigermann gehen wollte.« Wäre sie doch nur ein Meerschweinchen oder etwas im entsprechenden Format, dann könnte sie ganz einfach durch den Lüftungsschacht verschwinden. »Wir wissen nicht, wer Leo Kellerbach ermordet hat, das habe ich Ihnen schon tausendmal gesagt.« Befände sich da irgendein Haken in der Wand, würde sie nach oben klettern und schauen, was sich hinter dem Mauervorsprung befand, vielleicht ja ein paar versteckte Fenster. »Bislang geht die Polizei meines Wissens noch immer davon aus, dass der Mord an Kellerbach von den *G-Point-Gangstern* verübt wurde.« Oder sollte sie einen von beiden irgendwie ausschalten? Das würde schwierig werden, ohne benutzbare Hände und mit Beinen so weich wie zwei überreife Bananen. »Nein, ich glaube nicht, dass hinter den Angriffen die *G-Point-Gangster* stecken, das habe ich noch nie geglaubt und werde es auch nie. Doch mit dieser Meinung stehe ich verdammt alleine da.«

Plötzlich ging die Tür auf und Gauly kam herein, seinen Schritt konnte man fast schon militant nennen. Wenige Millimeter vor Wencke blieb er stehen, beugte sich zu ihr herunter, so nah, dass sie die Poren auf seiner etwas zu breiten Nase erkennen konnte. »Verdammt noch mal, Tydmers, Sie sind doch eine kluge Frau!« Sein Atem roch nach Salbeibonbons. »Ich habe mir eben Ihre Akte aus Niedersachsen kommen lassen. Alle Achtung! Mit dreißig schon Hauptkommissarin, dann ein Stipendium in Quantico und schließlich Fallanalytikerin in Hannover. Beeindruckend! Ich erinnere mich sogar, von Ihrem bravourösen Einsatz in Istanbul gelesen zu haben. Ein Bombenattentat in der Blauen Moschee haben Sie verhindert – wow!«

»Was wollen Sie?«, fragte Wencke.

»Ich würde Sie gern überzeugen, dass das, was wir hier tun, richtig und moralisch korrekt ist!« Man konnte ihm nicht ansehen, ob er das sarkastisch meinte oder ernst.

»Aus welchem Grund? Meine Meinung ist Ihnen doch egal, Sie werden ohnehin dafür sorgen, dass ich nie wieder außerhalb dieses Schuppens etwas erzählen kann.«

Er überging den Einwurf, stattdessen ließ er sich von einem der braven Kerkermeister einen zweiten Stuhl bringen, auf den er sich rittlings setzte. »Wissen Sie, das höchste Gut des Menschen ist seine Freiheit«, begann er sein Plädoyer.

»Wem erzählen Sie das?« Wencke rasselte mit den Handschellen.

»Doch Freiheit ist nur machbar, wenn man diejenigen, die damit nicht umzugehen wissen, kontrolliert.«

»Reden Sie von den *Devil Doves*? Von ASMV? Oder von den Zuständen in der DDR?«

Er zog seine buschigen Augenbrauen hoch, und die sich aufwerfenden Falten zierten seinen kahlen Schädel. »Ein intelligenter Kommentar, Frau Tydmers. Und ich will gern darauf eingehen. Ich nehme an, Sie haben die üblichen Vorurteile, die alle Westdeutschen pflegen, wenn sie sich über die Deutsche Demokratische Republik äußern. Ein Unrechtsstaat sei es gewesen, der die Menschen in ihrer individuellen Meinung eingeschränkt, sogar unterdrückt hat.«

»In etwa das denke ich, ja.«

»Was Sie und die anderen dabei aber völlig außer Acht lassen, ist die Tatsache, dass es auch in der angeblich so freien Bundesrepublik genügend Gesinnungen gab und gibt, die sich gegen die Gemeinschaft stellen und wirkliche Freiheit unmöglich machen. Die Rechtsradikalen breiten sich in den Dörfern aus und vergraulen die Einheimischen. Das so hoch gelobte Multikulti bringt in Wirklichkeit jede Menge Probleme wie Ehrenmorde, unterdrückte Frauen, kulturelle Feindseligkeiten und Bildungsstaus mit sich. Die freie Marktwirtschaft schürt den Neid untereinander, ist verantwortlich für kriminelle Machenschaften von Betrug bis Raubüberfall. Und kein Mensch interessiert sich dafür, was in den Straßen und Häusern seiner Stadt passiert. Jeder achtet nur auf sich, auf seine Sicherheit und sein Wohlergehen. Und alle haben Angst!« Jetzt erhob er sich und blieb breitbeinig über dem Stuhl stehen. »Als Leitender Oberstaatsanwalt muss ich mich tagtäglich mit den Auswüchsen beschäftigen, die diese so viel gerühmte Freiheit des neuen Deutschlands mit sich bringt. Und ich kann das nicht mehr aushalten!« Er sah Wencke an, als erwarte er einen Satz aus ihrem Munde, den er dann als neuen Auftakt für seinen Monolog nutzen könnte. Doch den Gefallen tat Wencke ihm nicht.

»Sie mögen über ASVM schmunzeln und an alte Stasimethoden denken. Ich sehe Ihnen an, Sie glauben, wir hätten nichts dazugelernt, wären noch immer auf dem Stand der vergangenen Zeiten. Sie täuschen sich. Ich wünsche mir keinen Staat mehr, in dem man fürchten muss, dass der Nachbar oder beste Freund einen bespitzelt. Das waren unsaubere Methoden damals. Diese Heimlichkeiten, Lügen, falschen Spiele …«

»Sie wünschen sich das Ganze also eher … unheimlich?«

»Wenn jeder auf jeden acht gibt und ein Jugendlicher weiß, dass die Mitbürger ihn im Auge behalten, wenn er in den Supermarkt geht, dann wird er es unterlassen, eine Schnapsflasche zu stehlen. Der Junge wird gar nicht erst anfangen mit dem ganzen Mist. Weil er weiß, die Wahrscheinlichkeit, erwischt zu werden, ist viel zu groß. Diese Überwachung kann die Polizei allein nicht bewerkstelligen. Da müssen wir alle ran, da müssen Sie und ich aktiv mitmachen. Und für dieses Ziel schäme ich mich nicht, Frau Tydmers, da können Sie noch so skeptisch gucken.«

Hatte sie skeptisch geguckt? Möglich wär's. »Und warum täuschen Sie Verbrechen vor, die keine sind? Schlagen Männer auf offener Straße zusammen, damit man denkt, es gehe eine Gefahr von den Rockerbanden aus.«

»Wenn Sie auf Gustav Helmberg anspielen: Der hat Gelder veruntreut und seinen entsprechenden Denkzettel bekommen.«

»Ach so, das neue Deutschland ist ein Land der Selbstjustiz, das hatte ich bisher wohl falsch verstanden. Immerhin haben Sie sich die Mühe gemacht, die Angreifer in *G-Point-Gangster*-Kutten zu stecken, damit in Schwerin auch ja die Angst vor einem Rockerkrieg geschürt wird.«

»Die Bevölkerung ist bereits so abgestumpft, da muss man schon mal mit dickerem Stift malen.«

»Frau Kellerbach wurde in ihrer Kanzlei niedergeschossen – das ist aber schon ein verdammt fetter Strich, den Sie da machen.«

»Sie haben doch gar keine Ahnung, was alles dahintersteckt …«

»Stimmt, so richtig durchschaue ich das Ganze noch immer nicht. Ich weiß aber, dass Sie auch in irgendeiner Weise im *Hot Lady* mitmischen. Spätestens da hört bei mir der Glaube an das Gute im Menschen auf.«

Es hätte wunderbar gepasst, wenn er jetzt zornesrot angelaufen wäre – tat er aber nicht. Gauly hatte sich entweder gut im Griff oder tatsächlich kein Gewissen. »Das *Hot Lady* ist Sache der *Devil Doves*. Und wie Sie sich inzwischen sicher denken können, pflegen wir unter anderem mit Thorsten Schwarz alias *Patch Blacky* ein auf gegenseitigem Respekt basierendes Verhältnis. Bei Ihnen in Hannover ist das schon lange üblich, dass die Staatsgewalt sich mit diversen Gruppierungen gut stellt, statt einen eher hoffnungslosen Kampf gegen sie zu führen. Auf diese Weise haben wir Einfluss auf das, was unter anderem in den Bordellen passiert. Ich lege meine rechte Hand ins Feuer, dass es speziell im *Hot Lady* juristisch nichts zu beanstanden gibt.«

»Und als Leo Kellerbach bei diesem Friede-Freude-Eierkuchen-Tanz nicht mehr mitmachen wollte, musste er sterben?«

Gauly schüttelte den Kopf. »Nein. Mit dem Mord an Leo habe ich nichts zu tun. Wirklich nicht! Ich war tief erschüttert, als ich die DNA-Analyse gesehen habe und begreifen musste, dass er das Opfer ist.« Sein bestürzter Gesichtsausdruck wirkte echt, das musste Wencke ihm lassen. »Leo war mein Patenkind, wussten Sie das nicht? Ich habe ihn in den Armen gehalten, als er noch ein kleines Baby war. Sein zweiter Name ist Roland – er wurde von seinen Eltern nach mir benannt!«

»Wissen Sie denn, warum Leo sich von den Machenschaften rund ums *Hot Lady* distanziert hat? Immerhin hat er sich wenige Monate zuvor noch mit aller Kraft juristisch dafür eingesetzt.«

Der Blick, mit dem Gauly sie taxierte, war eindeutig: Er war zu gewitzt, um nicht zu durchschauen, dass Wencke gerade versuchte, den Spieß umzudrehen und zur Fragenstellerin zu werden. Er schien zu überlegen, ob er dabei mitmachen sollte. Was hatte er schon groß zu befürchten? Wenckes Schicksal war für ihn doch ohnehin besiegelt. »Wenn Sie es genau wissen wollen, Leo hat sich nicht nur vom *Hot Lady* zurückgezogen, er hat es auch von einem Tag auf den anderen abgelehnt, in Kontakt zu mir zu treten.«

»Hat er vielleicht herausgefunden, dass Sie und Ihre Mitstreiter auch ganz gern mal die Hand aufhalten, wenn es um die ach so respektvolle Zusammenarbeit geht?« Das war ein Schuss ins Blaue, Wencke hatte keine Ahnung, ob Gauly Schmiergelder kassierte. Doch ihr waren in den letzten Jahren genug korrupte Machenschaften begegnet, auch in den Reihen derer, die eigentlich zur Verbrechensbekämpfung beitragen sollten. Es ging letzten Endes doch immer ums Geld.

»So ein Moralapostel war er nicht.« Immerhin stritt Gauly den Vorwurf mit keiner Silbe ab. »Ich habe keine Ahnung, was Leos Sinneswandel verursacht hat. Auch bei seinen Brüdern ließ er sich nicht mehr so oft blicken wie vorher. Vielleicht steckte eine Frau dahinter, vielleicht fühlte er sich auf einmal nicht mehr wohl zwischen Bier, Busen und Bikes. Sonst war Leo das Bindeglied zwischen mir und den Rockern. Das musste dann *Patch* übernehmen.«

»Der dann auch gleich ein Verhältnis mit Nikola einging, um so noch ein bisschen Einblick in Leos Angelegenheiten zu haben.«

»Na und?« Gauly zuckte mit den Schultern. »Das ist alles Schnee von vorgestern. Jetzt sitzen Sie hier, werte Frau Super-Profilerin. Und dass Ihre Lage nicht gerade fabelhaft ist, wissen Sie selbst. Es wäre also besser, wenn Sie sich nicht mehr so zimperlich anstellen und uns endlich …«

In diesem Moment kam einer der Folterknechte herein, er hielt ein Handy in der Hand. »Ein Anruf für Sie, Herr Gauly. Das Teil klingelt schon die ganze Zeit.«

Missmutig nahm der Oberstaatsanwalt das Mobiltelefon, er ließ sich offensichtlich nur ungern beim Einschüchtern wehrloser Frauen stören. »Gauly?« Er entfernte sich ein paar Schritte, sein Gesicht spiegelte wieder, dass er mit dem Anrufer nicht so recht etwas anzufangen wusste. »Sind Sie ein Mitglied der *Gangster*, oder was?« Nun tauchte wie auf Kommando auch *Patch* in der Tür auf. Er musste die ganze Zeit über das Geschehen belauscht haben. Wencke auf ihrem harten Stuhl ließ er links liegen, sein Interesse galt einzig und allein dem Anruf. Brav stellte Gauly auf Mithören, und die Stimme eines Mannes erklang aus dem Gerät.

»Ich weiß, was mit Leo Kellerbach passiert ist. Und ich bin bereit, Sie an diesem Wissen teilhaben zu lassen.«

Gauly und *Patch* wechselten aufgeregte Blicke. »Wo können wir uns treffen?«

»Bleiben Sie auf dem alten Betriebsgelände bei Wismar. Ich werde zu Ihnen kommen.«

Man sah Gauly an, dass ihm überhaupt nicht gefiel, wenn jemand seinen Aufenthaltsort kannte.

»Ich habe eine Bedingung!«, fuhr der Anrufer fort.

»Bevor Sie Bedingungen stellen, will ich erst einmal Beweise einfordern, dass Sie mir hier keinen Bullshit erzählen. Schließlich kann jeder behaupten, über Kellerbachs Tod Bescheid zu wissen.«

»Ich bringe Ihnen einen Beweis mit, der Sie überzeugen wird. Und dann erfüllen Sie meinen Wunsch …«

»Und der wäre?«

»Diese Frau, diese Profilerin … Ich weiß, dass sie in Ihrer Gewalt ist.«

»Ich habe keine Ahnung, wovon Sie sprechen.«

»Laber nicht rum, du Arschloch. Ich will diese Geisel, verstehst du? Dann bekommst du die Wahrheit über Kellerbachs Tod auf dem Silbertablett serviert. In einer halben Stunde bin ich da.«

Das Knacken in der Leitung verriet, dass der Anrufer aufgelegt hatte. Gauly ließ den Hörer sinken. »Scheiße«, fluchte er. »Was machen wir jetzt?«

Im Gegensatz zum Staatsanwalt sah *Patch* in keiner Weise beunruhigt aus. »Wer immer das auch ist, er ist ein verdammter Idiot. Was glaubt der denn? Will hier antanzen und Forderungen stellen.«

»Aber wenn er tatsächlich über den Mord Bescheid weiß? Hör zu, *Patch,* im Gegensatz zu dir will ich wissen, was vor einer Woche im Bootsschuppen passiert ist. Dieses Verbrechen muss aufgeklärt werden. Also können wir uns diese Möglichkeit nicht einfach so entgehen lassen.«

»Woher weiß dieser Typ, wo du steckst?«

»Keine Ahnung. Wenn er tatsächlich Mitglied der *Gangster* ist, wundert es mich nicht. Ihr kennt doch auch deren geheime Lager, warum sollten sie umgekehrt nicht Bescheid wissen, wo die *Devil Doves* ihre Schätze und Schätzchen aufbewahren?«

Die beiden Männer standen sich gegenüber, musterten sich skeptisch, sie waren keine Freunde, keine Vertrauten, die das gleiche Ziel verfolgten, das erkannte Wencke deutlich. Sie waren einfach zwei Arschlöcher, die voneinander profitieren wollten und dabei über Leichen gingen.

»Okay, auf dein Risiko«, lenkte *Patch* schließlich ein. »Aber die Sache mit der Geisel …«

Gauly lachte kurz und verächtlich. »Du hast doch nicht im Ernst geglaubt, dass ich seine Bedingungen erfülle. Nein, sobald wir die Beweise haben, überlasse ich ihn dir. Und diese junge Dame auf dem Stuhl auch. Einverstanden?«

Sie verließen den Raum wie zwei Geschäftsleute nach einem vielversprechenden Vertragsabschluss.

Wencke blieb allein zurück. Ihr Herz trommelte in der einsamen Stille wild vor sich hin.

Sie hatte die Stimme erkannt. Oft genug hatte sie mit ihr telefoniert.

Sie wusste nicht, ob sie sich freuen sollte oder vor Sorge den Verstand verlieren.

Axel Sanders war auf dem Weg zu ihr.

Die Einhundertachtzig
steht als Zahl für die entgegengesetzte Richtung

Während Axel seine Maschine antrieb wie ein Jockey seinen Gaul bei einem hoch dotieren Pferderennen, wünschte er, seinen Kopf leer fegen zu können bis in die letzte Windung.

Er wusste, sobald er anfangen würde, über all das hier nachzudenken, wäre der nächste Baum oder die nächste Kurve die Abkürzung ins Nirwana. Jetzt zählte nur, dass er schnell genug war und es ihm irgendwie gelang, Wencke da rauszukriegen.

Gauly musste sich seiner Sache sehr sicher gewesen sein. Ansonsten hätte er es ihnen nicht so leicht gemacht, ihn via Handy zu orten. Dank Bellhorns technischem Know-how und Axels Dienstausweis waren sie rasch auf das alte Firmengelände in der Nähe des Ostseestrandes gestoßen. Es musste dasselbe Grundstück sein, auf dem Wencke mit diesem *Patch* Motorradfahrübungen absolviert hatte. Laut Katasteramt gehörte es *Mighty Mäxx* und vermoderte seit Jahren ungenutzt vor sich hin. Man konnte sich an drei Fingern ausrechnen, auf welche Weise es in Wahrheit sehr wohl seinen Zweck erfüllte. Bellhorn hatte berichtet, dass Rockerbanden genau solche Orte nutzten, um Waffen, gestohlene Motorräder oder Drogen zu verstecken.

Nun hielten sie Wencke dort gefangen. Zwar hatte Gauly es nicht explizit zugegeben, aber Axel war sich sicher, sie dort zu finden. Nein, er hoffte es inständig. Fast betete er darum.

Ach, scheiße! Er hatte verdammte Angst, dass es anders sein könnte.

Achtung, Axel, bleib bei der Sache!, mahnte er sich selbst. So lange fuhr er noch nicht Motorrad, als dass er beiläufig mit über hundert Stundenkilometern über die Landstraße brettern und nebenbei an Wencke denken konnte. Es war nicht mehr weit, zum Glück, gleich müsste ein kleiner Ort kommen, und dort ging es irgendwo rechts ab. Vor ihm kroch ein klassischer Sonntagsfahrer im Trabbi die Straße entlang. Der Trottel nutzte die ganze Fahrbahn, wahrscheinlich war er noch um ein Vielfaches älter als sein Auto. Axel setzte den Blinker.

Eine geschwungene Brücke kreuzte den Weg. Ganz oben, auf dem Scheitelpunkt, stand eine einsame Frau, die etwas Klobiges in den Händen hielt. Vor solchen Menschen auf Brücken mit Gegenständen im Arm konnte man sich fürchten, normalerweise, heute aber nicht. Heute hatte er keine Zeit zum Fürchten. Axel setzte zum Überholen an und ließ die Brücke hinter sich.

Sie hatten überstürzt handeln müssen, Bellhorn und er. Zwar hatte keiner von ihnen ausgesprochen, dass es um Wenckes Leben ging, doch das war auch nicht nötig. Die *Devil Doves* waren nicht gerade für ihre Zimperlichkeit bekannt. Sich Verstärkung zu organisieren wäre ein zu großes Risiko gewesen. Als ihnen klar wurde, was für Gauly auf dem Spiel stand, wussten sie, jede Minute, die sie weiter grübelnd im Hotelzimmer saßen, wäre eine Minute, die man dem Mistkerl schenkte, damit er seine unrühmliche Vergangenheit vertuschen konnte. Wenn es nur um Bestechlichkeit gegangen wäre oder um Zuhälterei, das wäre halb so wild gewesen. Doch je tiefer er und Bellhorn im Stasi-Archiv recherchiert hatten, desto flacher war Axels Atem geworden. Hier ging es um eine Riesenschweinerei, die – sollte sie jemals an die Öffentlichkeit gelangen – Gaulys gesamte Existenz zunichte machen würde. Seine gesamte

Karriere als Staatsanwalt fundierte auf einer Lüge, wie sonst wäre ein Mann, der offensichtlich Menschenrechte mit Füßen getreten hatte, ausgerechnet zum Hüter über Recht und Ordnung aufgestiegen. Das kostete Gauly nicht nur seine Pensionsansprüche, das kostete ihn sein angenehmes Leben, seine Designeranzüge und Sportwagen, seine Kumpanei mit der High Society. Und egal, ob er sich noch Möglichkeiten ausrechnete, seinen feisten Advokatenkopf aus der Schlinge zu ziehen, Wencke würde in jedem Fall dafür geopfert werden.

Der notdürftig zusammengeschusterte Plan sah vor, dass Axel allein und mit Voranmeldung zu dem betreffenden Areal fuhr, während Bellhorn sich wenig später von der Rückseite her anschleichen würde, bewaffnet und mit Fernglas im Anschlag.

Da! Er musste so hart bremsen, dass seine Harley bockte wie ein Esel. Gerade noch erwischte er die Abzweigung nach Wisch und Zierow. Ein holperiger Weg, schmal wie ein Handtuch und so staubig, als sei hier seit Jahrhunderten kein Mensch mehr entlanggefahren. Umgestürzte und zerborstene Bäume gaben den Blick in ihr ausgehöhltes, stumpfes Inneres frei. Die Landschaft bestach durch ihre Tristesse, und Axel stellte sich vor, er hätte einmal die Gelegenheit, hier mit Wencke spazieren zu gehen und ihr zu sagen, wie viel sie ihm bedeutete. Bei ihrem letzten Treffen hatte er sich benommen wie ein Vollidiot. Hatte er ihr tatsächlich gesagt, dass er die Situation nicht mehr aushielte? Wie bescheuert musste man eigentlich sein! Und als sie diese Bemerkung auf sich bezogen hatte, war er zu feige gewesen, das Missverständnis aufzuklären. Mit der Situation meinte er doch nicht allein Wencke, er meinte alles, die ganze Heimlichtuerei, das ganze Versteckspiel – und dass er ihr nie wieder zumuten wollte, mit Kerstin in der Küche einen Tee trinken zu müssen. Er wünschte sich nichts mehr als die Gelegenheit, diesen Fehler wiedergutzumachen.

Weit hinten ahnte man bereits das Meer, eine Betonpiste

führte in ungefähr einem halben Kilometer auf eine Ansammlung grottiger Gebäude zu. Axel wurde langsamer. Hier war er richtig. Ob Gauly schon nach ihm Ausschau hielt und ihn persönlich willkommen heißen würde? Wahrscheinlich nicht, der Oberstaatsanwalt war großartig darin, Helfershelfer ins Rennen zu schicken, wenn die Situation brenzlig wurde. Und genau deswegen war es schwer, ihn zu fassen zu kriegen. Aalglatt und ebenso beweglich, wenn es darum ging, Schlupflöcher zu nutzen, um sich aus der Affäre zu ziehen. Zudem hatte er Zugriff zu den wichtigsten Hebeln, die man in Bewegung setzen musste, wenn es drauf ankam, die Wahrheit zu manipulieren. Anders konnte man es nicht erklären, warum er damals nach der Wende ungeschoren davongekommen war. Stasimitarbeiter mit wesentlich weniger auf dem Kerbholz waren für ihre Vergehen bestraft worden, degradiert oder inhaftiert. Gauly aber war zum Leitenden Oberstaatsanwalt befördert worden.

Zwei Gorillas standen mit verschränkten Armen auf dem Hof. Sie sahen extrem schlecht gelaunt aus, kein Wunder, bestimmt verdienten sie sonst ihr Geld als Türsteher in diversen Nachtlokalen und fluchten nun über eine unfreiwillige Tagesschicht. Axel kontrollierte mit einem kurzen Blick in den Rückspiegel noch einmal sein Aussehen. Wie gut, dass Bellhorn eine solch fabelhafte Jeanskutte hatte. Warum seine erste große Liebe ihm dieses Souvenir überlassen hatte, diese Erklärung war er ihm letztlich doch schuldig geblieben. Überhaupt neigte Wenckes Kollege dazu, sich zu verschließen, wenn man persönliche Fragen zu seinem umfangreichen Rockerwissen stellte. Bei fachlichen Fragen sprudelte es aus ihm heraus wie aus einem Sachbuch über Motorradclubs. Aber seine private Geschichte war ein wunder Punkt, vermutete Axel.

Egal, es war ein riesiger Vorteil, dass er mit dieser waschechten *Gangster*-Uniform aufwarten konnte. Sogar ein Onepercenter*-Abzeichen prangte auf der Brusttasche. Die Buchstaben ACAB direkt darunter gestickt, *All Cops Are Bastards* – das war an Ironie nicht zu überbieten. Sein Haar steckte unter dem Kopftuch, eine fette Sonnenbrille klemmte auf der Nase, und zum Glück hatte er sich seit vorgestern nicht mehr rasiert. So gab er, wenn alles gut ging, eine Erscheinung ab, die eventuell auch auf den zweiten Blick als ein MC-Member durchgehen könnte.

Zwei Meter vor den Typen blieb er stehen und stellte den Motor ab. »Gauly erwartet mich.«

Der eine spuckte vor ihm aus. Der andere drehte sich um und ging durch die Metalltür, die sich in der Mitte des größten Lagerhauses befand.

»Du bist ein scheiß *Gangster*«, blaffte der Spucker. »Hast du ein scheiß Glück, dass es Anweisung gab, dir nicht deine scheiß Fresse einzuschlagen. Sonst …« Er betrachtete die Knöchel seiner Finger, die weiß unter seiner tätowierten Haut hervorragten.

Axel suchte nach einem harten verbalen Gegenschlag, aber alles, was ihm einfiel, erschien ihm entweder albern oder viel zu gestelzt. Also biss er stattdessen seine Kiefer aufeinander, vielleicht beeindruckte das sein Gegenüber wenigstens ein kleines bisschen.

»Ihr habt unseren Bruder abgestochen, ihr Schweine«, suchte der wiederum Streit. »Ein scheißfeiger Mord war das.«

Axel stiegt von seiner *Harley* ab und steckte den Zündschlüssel in die Hosentasche. Wenigstens schien dem Biker nicht aufzufallen, dass er nur ein verkleideter Provinzpolizist war. Unauffällig schielte er zu den knorrigen Bäumen auf dem hinteren Grundstück, dort müsste Bellhorn hoffentlich bald in Stellung gehen. Eigentlich war es Wahnsinn, zu zweit gegen eine Horde gewalttätiger Verbrecher, deren genaue Anzahl man nur ahnen konnte, in den Kampf zu ziehen.

Gerade als die mies gelaunte Teufelstaube wieder zum Tiefflug ansetzen wollte, öffnete sich die Tür, und Wencke trat in den Hof. War sie das wirklich? Gut, auf die schwarzen, streichholzkurzen Haare war er vorbereitet gewesen, nicht aber auf die bleiche Haut und die blutunterlaufenen Augen, die offen zu halten ihr schrecklich viel abzuverlangen schien. Sie wollte ihre Hände als Sichtschutz gegen das grelle Sonnenlicht halten, was wegen der im Rücken zusammengebundenen Arme jedoch nicht funktionierte. Zu gern hätte er diese kleine, verschmutzte, gebeugte Frau in die Arme genommen. Aber wie hätten die Typen, die nun direkt hinter ihr auftauchten, darauf reagiert? Wohl kaum mit romantischen Geigenklängen.

Gauly gab sich noch erhabener als auf den zahlreichen Fotografien, die im Internet kursierten. Sein heller Sommeranzug hatte an einigen Stellen die Farbe der unwirtlichen Umgebung angenommen, die Hosenbeine zeigten staubgraue Flecken. Ansonsten war er tadellos gekleidet und schien mit der Sommerhitze gut zurechtzukommen, seine Glatze sah aus wie frisch gepudert. Der Kerl daneben mit Muskeln und Lockenhaar musste wohl *Patch* sein. Bellhorn hatte vorhin eine Andeutung gemacht, dass zwischen ihm und Wencke ein paar heiße Funken geflogen waren, bevor die Enttarnung als LKA-Frau die Leidenschaft wieder deutlich abgekühlt hatte. Was fand Wencke an diesem Chippendale für Arme?

Axel hatte keine Zeit, weiter darüber nachzudenken. Er sollte sich jetzt besser konzentrieren, jedes kleine Fehlverhalten konnte alles auffliegen lassen. »Geht es der Geisel gut?«, fragte er. Wencke nickte kurz. »Dann will ich, dass ihr sie laufen lasst.«

Gauly und *Patch* lachten synchron. »Sonst noch was?«

Wie im Westernduell standen sie sich gegenüber. »Dann entfernt ihr wenigstens die Handschellen!«

»Du hast uns Neuigkeiten über Leos Tod versprochen«, forderte Gauly.

»Okay, ich werde dir einen ersten Hinweis geben. Und den Rest liefere ich erst in dem Moment, in dem ihr der Frau die Fesseln löst. Verstanden?«

Patch steckte sich eine Zigarette an. »Was wollt ihr eigentlich mit einer Spitzelschlampe?«

»Das lass mal meine Sorge sein.«

»Ist doch klar«, beantwortete *Patch* dann seine eigene Frage. »Ihr habt den Mord begangen und seid am Arsch. Und jetzt wollt ihr die LKA-Frau als Pfand sozusagen. Die arme Lady wandert also nur von einem Herrn zum anderen. Aber sie ist widerspenstig, da warne ich dich schon mal vor.«

Das weiß ich selber, du Schwein, dachte Axel.

»Also gut«, entschied Gauly. »Du sagst uns einen Satz, der verrät, dass du keinen Stuss redest. Und wir schließen die Handschellen auf.«

Axel nickte. »Leo Kellerbachs Mörder heißt Tim Beisse, er wurde am 21. Januar 1971 in Ostberlin geboren.«

Patch schnaubte verächtlich. Er schien mit diesen Informationen nichts anfangen zu können. Gauly jedoch wurde plötzlich still und weiß, er hatte sofort kapiert. »Los, macht ihr die Dinger ab«, befahl er den Gorillas. Die glotzten verwundert und befolgten seine Anweisung eher zögerlich.

»So ein Schwachsinn! Namen ausdenken kann ich mir auch«, protestierte *Patch.*

»Schnauze«, entgegnete Gauly.

Mit einem leisen Klicken öffneten sich die Handschellen. Wencke rieb sich die Haut ihrer Arme und warf Axel einen dankbaren Blick zu. Er bedeutete ihr unauffällig, dass sie stehen bleiben und weiterhin etwas Geduld aufbringen musste. Noch konnte er keinen Bellhorn im Gebüsch entdecken, also war es zu früh für die Flucht.

»Woher weißt du das?«, fragte Gauly.

»Das und noch einiges mehr. Zum Beispiel, dass eine gewisse Elka Beisse am 21. Januar 1971 in der Charité Zwillinge zur Welt gebracht hat. Leider sind beide Jungen kurz nach der Geburt gestorben, die Mutter durfte ihre Babys nur ein einziges Mal in den Armen halten, danach hat sie sie nie wieder gesehen.«

»Hör mit deinen scheiß Geschichten auf«, bellte *Patch*. »Wir wollen dieses rührselige Zeug nicht hören. Hier geht's darum, wer meinen Bruder erstochen hat.«

»Ist gut, *Patch*«, mahnte Gauly.

»In Wahrheit wurden die beiden Brüder noch an ihrem ersten Lebenstag getrennt. Der eine – Tim Beisse – war der kleinere von beiden, ein kränkliches, dünnes Kind. Er kam in ein Berliner Säuglingsheim. Dass seine Mutter wegen eines missglückten Fluchtversuchs im Frauengefängnis Hoheneck einsaß, hat er nicht erfahren. In seiner Akte wurde er als bedauerliche Vollwaise geführt.«

»Und warum hat dieses Arschloch dann ausgerechnet Leo ermordet? Das macht doch keinen Sinn!«

»Der zweite Bruder war ein properes Kerlchen. Es war kein Problem, für ihn eine gut situierte, linientreue Adoptivfamilie zu finden …« Mehr wollte Axel nicht sagen. Das reichte. Gauly waren längst die Gesichtszüge entglitten.

Wencke musste sich wahrscheinlich beherrschen, um ihr Erstaunen über das Gehörte nicht offensichtlich werden zu lassen. »Darf ich jetzt gehen?«, fragte sie wunderbar einfältig.

Patch schnellte vor und griff sie hart an den Schultern. »Du bleibst schön hier, meine Liebe. Noch hat dein scheiß Retter nicht mit der ganzen Wahrheit rausgerückt, und so lange rührst du dich keinen Zentimeter. Sonst …« Die Beretta, die er nun direkt in Wenckes Augenhöhe hielt, war ein überzeugendes Argument. Dieses Mal war die Waffe geladen, das wusste er, das wusste Wencke, das war allen klar. Dieses Mal war es ernst.

Endlich konnte Axel zwischen zwei Birken das Zeichen erkennen, das er mit Bellhorn ausgemacht hatte: Einer der knallroten Luftballons, die in der Hotellobby dekoriert gewesen waren, stieg still und leise in den Himmel. Wurde aber auch Zeit.

Irgendwo da hinten zwischen den sich verrenkenden Bäumen lag Bellhorn jetzt im Sand, beobachtete sie und hielt seinerseits eine Waffe im Anschlag. Nun mussten sie abwarten, vorsichtig sein, keine zu schnellen Bewegungen machen. Und diesen Mistkerl überzeugen, dass er die Pistole von Wenckes Schläfe entfernen soll.

»Lasst sie gehen«, versuchte es Axel.

»Warum sollten wir das tun?«, fragte Gauly, der sich wieder etwas gefangen hatte.

»Weil einer meiner Brüder in diesem Moment eine Knarre auf einen von euch gerichtet hält, darum!«

Die Gorillas sahen sich hektisch um.

»Der blufft nur«, sagte *Patch* mit ekelhafter Selbstsicherheit.

Axel hob langsam den rechten Arm. Das war Bellhorns Zeichen, der Schuss zerriss das bis dahin kaum wahrnehmbare monotone Rauschen der Ostsee und hallte von einer Betonwand zur anderen wie ein Pingpongball. Irgendwelche Seevögel flatterten aufgeregt davon. »Ich bluffe nicht. Lasst sie gehen.«

Sie schauten einander an, und alle waren bemüht, weder mit der Wimper noch mit sonst einem Gesichtsmuskel zu zucken. Ein halbes Dutzend Pokermienen warteten darauf, dass diese eingefrorene Sekunde abgetaut wurde und es irgendwie weiterging. Axel wusste, selbst wenn sie seine Aufforderung befolgten, war die Gefahr nicht gebannt. Die Waffe in *Patchs* Händen war wohl kaum die einzige in dieser Runde. Wahrscheinlich saßen gerade bei Gauly die Finger bedrohlich nah am Abzug, nachdem er begriffen hatte, dass die Vergangenheit ihn jetzt endgültig einzuholen drohte.

Wencke war es, die zuerst handelte, wie so oft, sie konnte nicht anders, sie war einfach haarsträubend unvernünftig. Sie schlug mit einer präzisen Bewegung gegen den Arm, der auf ihrer Schulter lag, sodass die Beretta in hohem Bogen davonflog und dicht neben der Hauswand landete. Keinen Atemzug später trat sie um sich, traf auch, brachte *Patch* dazu, sich nach vorn zu krümmen. Dann rannte sie auf Axel zu. »Das Motorrad«, schrie sie. »Los, setz dich drauf und fahr!«

Er hätte gern so schnell reagiert, doch in dem Moment, als er in seiner Hosentasche nach dem Zündschlüssel suchte, sah er Gaulys Hand in der Innenseite seines Sakkos verschwinden. Das konnte Bellhorn von da hinten unmöglich sehen, da die beiden Gorillas die Sicht versperrten. »Wencke, lauf!« Er warf ihr den Zündschlüssel zu und sah aus den Augenwinkeln, wie sie das Ding auffing. Er selbst stürzte nach vorn, auf diesen Oberstaatsanwalt zu, der tatsächlich ein schweres, schwarzes Etwas aus der Tasche zog und den Lauf auf Wencke richtete. »Nein!«

Es brach los, das Gewitter aus scharfer Munition, aus allen Richtungen wurde geschossen. Wie Hammerhiebe knallte es einem auf das Trommelfell und zertrümmerte für Sekunden sämtliche Orientierung. War Wencke getroffen worden? Axel schaute sich um, noch immer benommen, sah sie auf das Motorrad steigen, den Schlüssel ins Zündschloss stecken. Sie wollte los. Er musste mit, rannte ein paar Schritte, bis es wieder einen Schlag gab. Laut und heftig, sein Oberschenkel schien zu zerfransen, da kam vorn etwas heraus, zwischen dem Stoff der Jeans und der Haut und dem Fleisch, es stand hervor und sah aus wie ein Knochen. Damit kann man nicht mehr laufen, dachte er, aber es gelang ihm dennoch, einen Fuß nach vorn zu setzen. Auf einmal war Wencke direkt an seiner Seite und zog ihn hoch auf das Motorrad. Er hielt sich an irgendetwas fest, an ihrer Jacke und am Metall der *Harley*. Dann ließ Wencke den Motor aufheulen und setzte die Maschine in Gang.

Als er zurückblickte, sah er den Rocker, der eben noch gespuckt hatte, auf dem Boden liegen und Staub fressen. *Patch* schoss noch immer, aber sie waren schon jetzt weit entfernt. Gauly jedoch hatte als Einziger seinen Verstand unter Kontrolle. Er stieg, die Pistole noch immer in der Hand, in seinen meerblauen Sportwagen und gab Gas.

Die Dreihundertsechzig
steht als Zahl für den sich schließenden Kreis

Es war beinahe still. Die Vögel hatten sich abgeregt. Die Menschen auch.

Wencke war die Flucht gelungen – mit Sanders auf dem Sozius, dessen Bein furchtbar ausgesehen hatte. Gauly war ihnen in seinem Cabrio dicht auf den Fersen. *Patch* und einer der Rocker hatten den am Boden liegenden Bruder ins Innere des Lagerraums gezogen. Es war Boris' Kugel gewesen, die den Kerl aus den Schuhen gehoben hatte. War er tot? Hatte Boris – kaum war er das erste Mal bei einem bewaffneten Einsatz dabei – tatsächlich einen Menschen erschossen? Er kämpfte mit den Tränen.

Boris hatte keine Ahnung, wie er die Lage einschätzen sollte. Von dem Gespräch zwischen Sanders und Gauly hatte er kein Wort verstanden, dazu war er zu weit entfernt gewesen. Die Gesten, die er durch das Fernglas hatte erkennen können, ließen sich auf zwei Arten deuten: Entweder waren sie erfolgreich gewesen oder hatten auf ganzer Linie versagt. Alles war möglich.

Bevor es gefährlich wurde und die Übriggebliebenen sich auf die Suche nach ihm machten, wollte er lieber von hier verschwinden.

Der feine Ufersand hatte sich unter sein Polohemd geschoben, und die Waffe klebte ihm heiß an den Handinnenflächen.

Mit dem unteren Saum seines Shirts wischte er aus dem Gesicht, was sich dort in den letzten Minuten angesammelt hatte. Als er sich aufrichtete, bemerkte er die Schmerzen in den Schultern, die der Rückschlag der Pistole verursacht hatte. Er war einfach kein knallharter Schießeisenmann. Und er wollte auch niemals wieder einer sein.

Nun war die Munition verschossen, und seine Nerven lagen blank. Die Ohren dröhnten ihm noch immer von dem gewaltigen Lärm, doch bei der Männerstimme, die unweit entfernt zu hören war, handelte es sich keinesfalls um einen Tinnitus. Sofort duckte er sich wieder, machte sich klein wie der dornige Strauch neben ihm. Leider war auf diese Weise niemand zu entdecken, doch Boris brachte nicht den Mut auf, sich gerade hinzustellen und nach dem Menschen, der da redete, Ausschau zu halten.

»Sie sind jetzt losgefahren«, verstand er. »In zirka fünf Minuten müssten sie bei der Brücke sein. Hast du alles im Griff?«

Bei der Brücke? Boris erinnerte sich an eine Brücke ganz hier in der Nähe. Eine Frau hatte oben gestanden, das war merkwürdig gewesen. Sie musste jedem, der unten durchgefahren ist, aufgefallen sein. War das die Person, mit der gerade telefoniert wurde?

»Wie gesagt, wenn das blaue Cabrio den Acker hinter sich gelassen hat, zählst du bis drei und … du weißt schon, weg mit dem Ding. Okay? Und dann haust du ab!«

Mein Gott, was wurde da geplant? Ein Anschlag auf Gauly? Und der fuhr wahrscheinlich nur eine Armlänge hinter Wencke und Sanders. Wenn diese Frau den Sportwagen mit etwas bewerfen sollte, würde Wencke hundertprozentig die Kontrolle über das Motorrad verlieren. Sie war eine blutige Anfängerin, saß erst das zweite Mal auf so einem Teil, und: Sie hatte noch einen Verletzten hinter sich sitzen …

Konnte er das Unglück noch verhindern?

Nie im Leben wäre er schnell genug beim Auto, noch weniger würde er es bis zu dieser verfluchten Brücke schaffen. Und weder Wencke noch Sanders hatten gerade Zeit und Lust, ans Handy zu gehen, um seinen Warnruf entgegenzunehmen. Das war alles zwecklos, zum Teufel.

»Du bist die Beste, du bist die Einzige …«, vernahm er wieder die Stimme. »Bald ist alles gut, Heide!«

Heide? Diesen Namen hatte Nikola Kellerbach am Krankenhausbett genannt. Es war mehr ein Stottern und Wispern gewesen, aber wenn Boris sich recht erinnerte, hatte Nikola kurz vor dem Mordanschlag irgendwelche Unterlagen entgegengenommen – von einer Heide!

Wer war überhaupt dieser Kerl da wenige Meter neben ihm? Der musste die ganze Zeit mit auf der Lauer gelegen haben und schon längst wissen, dass er nicht allein zwischen den Birken Position bezogen hatte. Vielleicht aber auch nicht, die Schießerei hatte sich zwischen den Lagerhallen so multipliziert, dass sogar Boris selbst seine eigenen Schüsse nicht mehr hatte zuordnen können.

Sollte er rübergehen? Sollte er Überzeugungsarbeit leisten, damit Mister Unbekannt seinen mörderischen Auftrag rückgängig machte? Bitte pfeifen Sie Ihre Killerin, diese Heide, zurück. Klar, Gauly ist ein Schwein, aber meine Kollegin und ihr Freund würden mit ins Verderben gerissen werden, und um die beiden wäre es wirklich schade … Boris schluckte schwer. Kaum anzunehmen, dass es Eindruck machen würde, aber es war die einzige Möglichkeit, das Schlimmste zu verhindern. Langsam erhob er sich.

Wie ein buckliger Alter schob Boris sich zwischen Birken und Gebüsch, um zu der Stelle zu gelangen, von wo die Stimme gekommen war. Das Telefonat war anscheinend beendet, man hörte nichts mehr. Plötzlich, keine zehn Schritte von ihm entfernt, erhob sich etwas aus dem Dickicht, ein Mann, breit, in Boris' Größe, mit einem Tarnanzug bekleidet. Den hätte Boris womöglich prompt über den Haufen gerannt, so unsichtbar machte das Bundeswehrgrün ihn im kleinen Wäldchen. Boris gelang es, sich rasch hinter einem toten Baumstumpf zu ducken, knapp, aber rechtzeitig. Der Mann schaute sich um, entdeckte ihn jedoch nicht.

Der Mann ... Erst dachte Boris, Mist, jetzt hab ich nicht nur was an den Ohren – dieses Störgeräusch nach dem Rumgeballere – sondern auch in meiner Optik hat sich einiges verschoben. Denn was er sah, war seltsam und unpassend und eine Halluzination. Doch dann, als sich auch nach dreimaligem Blinzeln nichts veränderte, musste er einsehen, dass er tatsächlich Leo Kellerbach vor sich stehen hatte. Der tote Rockeranwalt, der vor einer Woche bestialisch abgestochen wurde, dessen Leiche man trotz intensiver Suche nicht gefunden hatte, von dem Boris sicher glaubte, dass er zum Opfer seines verlorenen Zwillingsbruders geworden war, dieser Leo Kellerbach machte einen sehr gesunden und sehr lebendigen Eindruck.

In diesem Moment vibrierte das Handy in Boris' Hosentasche. Er hatte es vorsichtshalber auf lautlos gestellt, doch in der Stille der Ostseenatur war bereits das Vibrieren eines Handys hörbar. Kellerbach wusste das Geräusch nicht gleich zu orten, schaute sich um, drehte sich in Boris' Richtung.

Die Nummer der Staatsanwältin Maschler leuchtete auf dem Display.

Kellerbach hatte ihn entdeckt. Er machte große Schritte durchs Unterholz. Sein Gesicht war schmutzig, ein unregelmäßiger Bart bedeckte das Kinn in genau der Länge, die einem nach einer Woche wuchs. Und mit diesen Haaren im Gesicht sah er tatsächlich aus wie Tim Beisse, nur etwas muskulöser und breiter in der Statur. Dunkelblondes, halblanges Haar, und wenn man genau darauf achtete, war sogar der Wirbel im Haaransatz zu erkennen, der auf dem dreißig Jahre alten Familienfoto schon so markant vom Kopf abgestanden hatte.

Boris nahm das Gespräch an. Jetzt war doch ohnehin eh alles egal. »Bellhorn?«

Sieglind Maschler sprach hektisch, aufgeregt, die Silben überschlugen sich wie Kunstturner: »Die DNA-Analyse – Sie glauben es nicht –, der Tipp war eine Sen-sa-ti-on!«

»Ja?«, sagte Boris nur. Kellerbach war fast bei ihm. Es war zwecklos, eine Flucht zu wagen.

»Wir müssen komplett umdenken. Alles sieht ganz anders aus. Die Laboranalyse hat ergeben, dass es zwei Männer waren, die sich am Tatort aufgehalten haben.«

»Sehen Sie, genau das hat meine Kollegin Tydmers von Anfang an gesagt.« Es war seltsam, in einer solchen Situation ein Triumphgefühl zu verspüren, aber es war da, ganz eindeutig: Wencke Tydmers hatte die ganze Zeit recht gehabt!

»Und es ist sogar nicht mehr hundertprozentig sicher davon auszugehen, dass wir es hier überhaupt mit einem Mord zu tun haben. Drei Liter Blut zu verlieren ist definitiv tödlich. Wenn hier aber zwei Zwillingsbrüder jeweils nur anderthalb Liter Blut …«

»Verstehe«, sagte Boris. »Sie liegen richtig mit Ihrer Vermutung, Frau Maschler.«

»Woher wollen Sie das wissen?«

»Leo Kellerbach steht gerade leibhaftig vor mir!«

Die Sechshundertsechsundsechzig
steht als Zahl für das absolut Böse

O nein, o nein, o nein! Das würde sie definitiv nicht überleben. Das war eine Nummer zu groß. Das waren die letzten Augenblicke, die ihr noch blieben, bis sie ins Gras, in den Asphalt oder den Motorradlenker biss.

Wencke musste nach vorn schauen, geradeaus. Den Rückspiegel ließ sie außer Acht, denn da erblickte sie Gauly in seinem sehr schnellen Auto, und dieser Gauly und dieses Auto wurden von Sekunde zu Sekunde größer. Die Schüsse, die er in regelmäßigen und verdammt kurzen Intervallen abfeuerte, machten sie mehr als nervös – sie war ohnehin nahezu panisch, seit die Schießerei auf dem Gelände begonnen hatte. Wann war sein Magazin endlich leer geschossen? Oder hatte er genügend Munition mitgebracht, um sie bis zum bitteren Ende zu jagen?

Was hatte *Patch* gesagt? Wenn man über sechzig fährt, weiß das Bike von allein, wohin es fahren muss. Galt das auch, wenn man seit vierundzwanzig Stunden unfreiwillig Schlafmittel schluckte, hinten ein halbtoter Geliebter an den Hüften hing und die Straßen einem mit feindlichen Schlaglöchern und erdigen Dreckspuren begegneten? Wencke hatte nicht das Gefühl, dass diese *Harley* auch nur irgendetwas freiwillig tat: Wollte sie nach links abbiegen, zog das blöde Ding nach rechts. Die Gänge waren widerspenstiger als Emil in seiner schlimmsten Trotzphase. Und wenn sie die Geschwindigkeit erhöhen wollte – und das wollte sie eigentlich ständig, denn wenn Gauly sie erwischte, war alles aus –, dann tat der Motor so, als wäre er eigentlich als Tretverstärkung für ein Seniorenfahrrad gedacht gewesen.

Sie hasste dieses Motorrad – und das Motorrad hasste sie.

Jetzt kam ihnen ein Bus entgegen. Wencke verriss fast das Lenkrad vor Schreck, und dem Fahrer stand das Entsetzen ins Gesicht geschrieben. Er hupte dreimal sehr zornig und verfehlte Wencke nur um wenige Zentimeter. Der Luftzug, der hinter dem riesigen Gefährt wieder zusammenschlug, rüttelte hundsgemein an ihrer Maschine.

Aber Wencke hielt das trotzdem aus, wie auch immer, sie kamen voran, und vielleicht passierte auch ein Wunder, und Gauly beendete diese Verfolgungsjagd.

Axels Umklammerung wurde spürbar kraftloser. Vorhin hatte er noch versucht, ihr Fahrtipps zu geben, ihr seine Maschine zu erklären. Aber dann war er schweigsamer geworden, nach vorn gesackt, und allmählich bestand die Gefahr, dass er bei der nächsten Kurve vom Sattel rutschte. Ihm war eine Kugel durch den Oberschenkel geschlagen, wahrscheinlich zogen sie schon eine kilometerlange Blutspur hinter sich her. Sie musste es schaffen, ihn zu einem Arzt zu bringen, das wäre das Erste, was sie tun würde, sobald das blanke Überleben gesichert war.

Bäume und Häuschen und Strommasten flogen an ihnen vorbei, von den Ackerflächen her roch es nach Düngemittel, das Röhren von Gaulys Angeberschlitten wurde lauter. Mist, nun hatte sie doch in den runden Spiegel geguckt, ihr Verfolger war inzwischen so nah, dass sie durch die Windschutzscheibe seinen verkniffenen Mund erkennen konnte. Gleich würde er sie auf seine Motorhaube nehmen.

Plötzlich sah Wencke diese kleine Brücke. Die Sonne stand

direkt dahinter, blendete schmerzhaft, ihre Augen mussten noch immer lichtempfindlicher sein als normal. Dort stand jemand. Eine Gestalt. Sie hielt die Arme nach oben.

Gauly tickte ihr Motorrad von hinten an. Seine Stoßstange machte sich einen Spaß daraus, sie anzutreiben. Im Vergleich zu dem Auto war die *Harley* nur ein Federball, der in jede Richtung geschleudert werden konnte, je nachdem, wohin der Schläger ihn haben wollte. Der Sieger stand von vornherein fest.

Wencke schwenkte nach rechts an den Fahrbahnrand und fing sich in letzter Sekunde. Sie musste die Spur halten, sonst würde sie gegen diese verfluchte Brücke knallen. Der heftige Richtungswechsel verschlug sie für einen Moment auf die Gegenfahrbahn, die Gott sei Dank frei war. Der nächste Wagen näherte sich schon, blinkte auf, würde hoffentlich auch langsamer werden. Sie gab Gas. Näherte sich der Brücke. Diese Gestalt da oben. Stand noch immer da. Sie hielt etwas über ihrem Kopf, sie bewegte die Arme ruckartig nach vorn, sie warf etwas …

Axel? … Ax… el …?

Die Einhundertvierundvierzigtausend
steht als Zahl für die Erlösung der Gerechten

Sie stand da, den Metallklumpen in der Hand, seine Worte im Ohr. Du bist die Beste, du bist die Einzige! Bald ist alles gut!

Der blaue Sportwagen raste von Weitem auf sie zu, direkt vor ihm ein schlingerndes Motorrad, die Fahrerin trug keinen Helm, genau wie der Mann hinter ihr, der seltsam schief auf dem Sitz hing.

Bis drei zählen und dann weg mit dem Ding! Nur ein gerechter Schreck für das Schwein! Nur eine kleine Bestrafung für das, was er mir und meiner Familie angetan hat!

Wirst du das für mich tun, Heide?

If I would, could you?

Nie waren Leo und sie sich so nah gewesen wie in diesem Moment, nachdem er gestern plötzlich wieder bei ihr aufgetaucht war. Der Teddy mit dem Herz am Kopfende des Bettes, das Lied im CD-Player: »*Into the flood again …* «

Sie schauten sich gemeinsam das Schwarz-Weiß-Foto an, das Heide nach der Entdeckung wieder in das Cover gesteckt hatte. Eine Frau mit zwei Babys im Arm.

»Leo, was ich dich schon immer fragen wollte: Warum weinst du eigentlich bei dem Lied?«

Dann hatte er ihr alles erzählt. Lange und ausführlich. Es war ihr vorgekommen, als sei sie dabei gewesen.

»*… try to see it once my way …* «

Nachts liegt der Pinnower See wie Quecksilber zwischen dem Schilf. Seine Oberfläche wirkt, als könne man zu Fuß das andere Ende erreichen. Leo hat oft um diese Uhrzeit hier gesessen und nichts getan, außer ein bisschen zu rauchen. Er weiß nicht, wie die Wasservögel heißen, die bei Dunkelheit ihre eigenen Mondschatten begrüßen. Die Tiere sind ihm genauso egal wie die Bäume und Gräser ringsherum. Aber alles zusammen ist die perfekte Welt. Seine Brüder finden das manchmal total seltsam, aber sie lassen ihn in Ruhe. Seine Brüder lassen ihn so sein, wie er ist. Die nehmen ihm nichts krumm. Der Steg am Bootsschuppen ist im Grunde sein wirkliches Zuhause.

Dort fühlt er sich geborgen. Das klingt komisch, wenn ein Kerl wie er, Anwalt und Rocker, von Geborgenheit spricht. Aber er sucht sie. Auch in Heides Armen. Da ist es auch gut.

Heute aber wartet er an der anderen Seite des Sees. Das Licht rund um das Clubhaus ist aus der Entfernung noch gut zu erkennen, beleuchtet auch den Bootsschuppen, den er gleich erreichen muss. Musik weht herüber. Laute und unruhige Musik, die Leo eigentlich mag, wenn er mit den Brüdern Bier trinkt oder an den Bikes rumschraubt. Aber heute ist sie ihm zu anstrengend.

Heute wartet er auf seinen wirklichen Bruder. Den wirklichen, den echten, leiblichen.

Auf das Wunder, mit dem er niemals gerechnet hat.

Erst recht nicht vor ein paar Wochen, als der Ärger losging. Aus heiterem Himmel.

Weil er Heide heiraten wollte, große Überraschung, Flug nach Las Vegas, das Jawort im legendären *Harley Club* und dann auf einer *FLHT Electra Glide* im Gespann die Westküste runter. Große Pläne, die schon am Anfang scheiterten wegen eines Papierstückes, das nicht aufzutreiben war. Die Geburtsurkunde reichte nicht, für eine Hochzeit in den USA brauchte man eine Abstammungsurkunde, und die war nicht zu finden. Er hat Dampf gemacht, wie es seine Art ist, kein Sachbearbeiter auf dem Schweriner Standesamt, dem er nicht Schlamperei und Unvermögen vorgeworfen hat. Schließlich gab es einen Hinweis, dass das Schriftstück in Berlin zu finden sei, und weil er ohnehin in die Hauptstadt musste, hat er die Sache selbst in die Hand genommen. Damit ging der Ärger los.

Jetzt gerade weiß er kaum, ob er sich darüber freuen soll oder nicht. Hat die Erkenntnis, dass er als Kind adoptiert wurde, sein Leben besser oder schlechter gemacht? Er denkt nach, noch eine Zigarette lang, und kommt zu keinem Ergebnis.

Hinter ihm hört er Zweige knacken, ein punktförmiger Lichtkegel blitzt durch das Ufergras. Er ist aufgeregt wie ein kleiner Junge, als er sich umdreht und die Sekunden zählt, bis die Gestalt vor ihm auftaucht. Leo wirft die Zigarette weg, zischend ertrinkt die Glut im See, er steht auf mit weichen Knien.

»Hallo«, sagt er. »Ich bin's …« Er kann den Satz nicht vollenden, weil er nicht weiß, wer er eigentlich ist. Leo Kellerbach? Oder meint er den Namen, der unter der Abstammungsurkunde gestanden hat? »Ich bin's, Tommy.«

Tommy Beisse. Der kleine Junge rechts auf dem Schwarz-Weiß-Bild, welches Tim ihm in seinem ersten Brief mitgeschickt hat. Ein winziges, nacktes Köpfchen neben einem anderen winzigen, nackten Köpfchen. Dazwischen eine blasse Frau mit Ringen unter den Augen, aber glücklichem Lachen. Seine Mutter.

»Endlich«, sagt der Mann, der so schmal ist und so anders gekleidet, aber in dem Moment, als sie sich in die Arme fallen, sofort vertrauter wird als jemals ein Mensch zuvor.

Obwohl Leo gedacht hat, dass nach den letzten Wochen eigentlich nichts mehr aus seinen Augen tropfen würde, heult er Rotz und Wasser. Beide stehen zwischen den Grasbüscheln, ein kleines Tier raschelt weiter oben, es gibt Gegröle im Clubhaus da hinten, ein Hubschrauber knattert Richtung Autobahn, und sie stehen immer noch da und weinen.

»Bist du seefest?«, fragt Leo schließlich und zieht an der Leine, die am Bug des Bootes befestigt ist.

Erst als Tim sich vorsichtig auf die wackelnden Planken und auf das schmale Sitzbrett geschoben hat, fragt er: »Was hast du eigentlich vor?«

Leo nimmt ein Ruder in die Hand und stößt sich vom Ufer los, dann setzt er sich in die Spitze des Bootes und beginnt zu paddeln. Dabei schaut er sich seinen Bruder genau an. Mit jeder Sekunde erkennt er sich mehr im Gesicht des anderen. Es ist nicht so, als würde man in einen Spiegel schauen. Eher, als begegne man sich selbst.

»Ich habe lange überlegt, wie wir es anstellen können. Du weißt schon, Gauly, dieses Schwein, es ist nicht so einfach, ihn dranzukriegen.«

Da sitzen sie endlich zusammen, und das Erste, worüber sie sprechen, ist der Wunsch nach Rache, der ihnen beiden gleichermaßen auf der Seele brennt. Es wird erst ein guter Anfang werden zwischen ihnen, wenn Gauly am Ende ist.

Roland Gauly, Leos Pate, der Freund seines Vaters, der Verkäufer seines Schicksals. Das klingt melodramatisch, trifft aber die Sache im Kern.

»Immerhin habe ich jetzt einen Namen für den, der uns das angetan hat«, sagt Tim. »Dass wir unserer Mutter weggenommen wurden, weiß ich ja schon länger, direkt nach der Wende habe ich meine Unterlagen studiert und mich gleich auf die Suche nach ihr gemacht.«

»Und da hast du keinen Hinweis auf Gauly gefunden?«

Tim schüttelt den Kopf. »Obwohl ich immer danach gesucht habe. Aber manchmal kommt es mir vor, als gäbe es da irgendeine Absprache, welchen Teil der Vergangenheit man aufklären will und welchen nicht. Hast du denn Gauly jemals darauf angesprochen?«

»Klar, am Anfang dachte ich ja noch, das sei alles ein unglaublicher Zufall. Doch mein hochverehrter Pate gab sich verschlossen wie eine eiserne Jungfrau. Als ich nach den Adoptionsverfahren fragte, hat er mir sogar ziemlich barsch zu verstehen gegeben, dass ich hier besser meine Finger rauslasse, in meinem eigenen Interesse und dem meiner Familie.«

»Er ist ein Schwein«, stellt Tim fest, dann schaut er in Fahrtrichtung und zeigt auf das Clubhaus. »Was ist da drüben los?«

»Die *Devil Doves* machen Party. Das ist nichts Besonderes, meine Brüder und ich feiern jeden Abend.« Leo hört auf zu rudern und holt ein Handy heraus. Es ist nicht seines. Er hat es irgendwo aufgetrieben, dann eine Prepaidkarte gekauft, die Rufnummer unkenntlich gemacht – sollte die Polizei also jemals forschen, von woher der Anruf gekommen ist, den er jetzt tätigte, wäre die Spur nicht zu ihm zurückzuverfolgen, dafür hat er gesorgt.

Tim hört ihm staunend zu. »Warum hetzt du deinen Leuten die Bullen auf den Hals?«

»Damit wir unsere Ruhe haben.«

»Wofür brauchen wir Ruhe?«

»Das erkläre ich dir, sobald wir da sind.« Wieder lässt er die Paddelblätter in den glatten See tauchen. Sie haben es nicht eilig. Wenn man über vierzig Jahre lang ein falschen Leben geführt hat, kommt es auf die paar Minuten nicht an.

»Hast du eine Ahnung gehabt?«, fragt Tim. Sie haben miteinander telefoniert, gemailt, Briefe mit Fotos verschickt, sich kurz in Schwerin getroffen. Aber die wirklich wichtigen Themen haben sie sich für heute Nacht aufgehoben.

»Es ist nicht so wie in Romanen oder Filmen, dass ich irgendwie immer gespürt habe, fehl am Platz zu sein oder nicht dazuzugehören. Meine Eltern und ich sind zwar unterschiedlich wie Feuer und Wasser, trotzdem hab ich nie daran gezweifelt, ihr Sohn zu sein. Es gab Bilder von mir als kleines Baby im Arm meiner Mutter, sie hatten sogar dieses winzige hellblaue Armbändchen aufgehoben, das die Neugeborenen immer umgelegt bekommen, damit sie im Krankenhaus nicht verwechselt werden. Da stand doch dick und fett *Kellerbach* drauf.« Wenn er weiter so in die Riemen geht, werden sie eindeutig zu schnell, aber das Thema macht Leo so wütend, da muss er sich doch abreagieren. »Und wie war es bei dir?«

Tim zieht die Beine nach oben, als sei ihm kalt. »Scheiße war es. Kinderheim, Jugendwerkhof, sogar ein bisschen Knast wegen Aufmüpfigkeit gegen den Staat. Der Ärger fing an, als ich die Jugendweihe abgelehnt hatte, seitdem hatten sie mich im Visier …«

Ganz anders als bei mir, denkt Leo, schweigt aber lieber. Jetzt ist sein Bruder an der Reihe. »Ich bin dann nach 1989 rehabilitiert worden, gelte also nicht als vorbestraft. Das ist wichtig, falls du hier was Illegales anzetteln willst, denke ich. Meine Fingerabdrücke sind nicht mehr aktenkundig.«

»Gut zu wissen …«

»Weißt du, was der härteste Moment in meinem Leben war? Als ich endlich den Namen und die Daten von unserer Mutter hatte und dann von einer ehemaligen Zellengenossin erfahren musste, dass Elka Beisse schon Anfang der Siebzigerjahre in Hoheneck an einer Lungenentzündung gestorben ist. Das Einzige, was sie zurückgelassen hat, ist ein unscharfes Foto von sich und ihren Zwillingsbabys, von denen sie nie erfahren hat, dass sie noch am Leben sind.« Tim hält die Hand ins Wasser und zieht eine wellige Spur hinter sich her. »Das war mein schlimmster Augenblick. Und ich glaube, das jetzt hier ist der schönste …«

Leos Hals tut weh, weil da etwas festsitzt, Wut und Trauer und noch irgendein Gefühl, das er nicht benennen kann. Er paddelt sich um Kopf und Kragen. Ein dicker Fisch weicht ihm aus.

»Hat diese Zellengenossin dir etwas über unsere Mutter erzählt?«

»Ja, die beiden waren befreundet, soweit das in einem überfüllten Frauenknast überhaupt möglich gewesen ist.«

»Wusste sie denn, wer unser Vater war?«

»Ein unschönes Thema«, seufzt Tim. »Unsere Mutter hat in irgendeinem wichtigen Amt gearbeitet und war so etwas wie eine Geheimnisträgerin. Ein Typ aus dem Westen, den sie in einem Urlaub am Plattensee kennengelernt hat, erzählte ihr was von großer Liebe und glänzender Zukunft in Westberlin. Das erste Ergebnis dieser Begegnung sind wir beide, das zweite war ihre Kündigung und Inhaftierung, als herauskam, dass unsere Mutter sich angeblich mit einem Westspion eingelassen hatte.«

»Ich kann es echt nicht fassen. Da denke ich jahrelang, dass in meinen Adern das Blut standfester Sozialisten fließt, dabei stamme ich von einer Staatsfeindin erster Güte ab.«

Tim lacht traurig. »Unsere Mutter war überhaupt kein politischer Mensch, denke ich. Die ist da reingerutscht, weil sie sich in den falschen Mann verliebt hat. Man wollte sie dann im Gegenzug zwingen, gezielt Kontakt zu westdeutschen Männern einzugehen, um diese auszuhorchen. Eine Hure des Staates sollte sie sein. Das wollte unsere Mutter auf keinen Fall, und so hat sie die erstbeste Gelegenheit für einen Fluchtversuch genutzt.«

»Ab da kenne ich die Geschichte«, wirft Leo ein. »Sie sollte über die Ostsee geschleust werden, was nicht gelungen ist. Die verhinderte Republikflüchtige Elka Beisse wird verhaftet und – obwohl man ihr die Schwangerschaft schon ansieht – hier in Schwerin tage- und nächtelang verhört. Mit von der Partie ist Roland Gauly, so steht es in den Akten. Und da hat er wohl auf ihren Bauch gestarrt und sich überlegt, wie viel so ein kleines Baby einbringen wird, wenn er es seinem Freund und Kollegen Kellerbach anbietet, der doch schon jahrelang auf einen Stammhalter hofft.«

»Meinst du, deine Eltern haben ihm Geld dafür gezahlt?«

Darüber hat Leo sich in den letzten Tagen seinen Kopf zerbrochen, bis er schmerzte. »Ich denke, sie haben ihn eher in Naturalien bezahlt, wenn man das so ausdrücken will. Ein halbes Jahr nach meiner Adoption wurde Gauly nämlich befördert. In seiner neuen Position war er der allein Entscheidende, dessen Unterschrift es bedurfte, wenn einer Mutter das Kind entrissen und ein Adoptionsantrag genehmigt werden sollte. Bei meinem Besuch im Stasi-Archiv bin ich auf knapp zwanzig Schriftstücke dieser Art gestoßen. Meine Schwester Nikola war ein weiterer Fall unter vielen.«

»Du hast eine Schwester? Weiß sie schon, was Sache ist?«

»Nein, ich habe noch keinem Menschen davon erzählt. Nikola wird Unterlagen von mir bekommen, sobald ich das Gefühl habe, dass es an der Zeit ist.«

»Dann sind wir nicht die Einzigen, die Gauly um ihre Familie gebracht hat?« Es ist Tim anzusehen, dass er so weit noch gar nicht gedacht hat. Für ihn haben bis jetzt nur seine Mutter, sein Bruder und vielleicht noch der Vater gezählt. Dass es mehr von ihrer Sorte geben könnte, schockiert ihn offensichtlich. »Wir müssen das restlos aufdecken, Tommy! Das ist unsere Aufgabe, die anderen Betroffenen müssen …«

»Psst!« Leo legt den Finger an den Mund. Inzwischen sind sie schon sehr nah am anderen Ufer. Noch kann man keine Polizei vor dem Tor stehen sehen, dies bedeutet, dass ungefähr alle fünf Minuten einer seiner Brüder mit aufmerksamem Blick den See beobachtet. Doch ihre Ankunft muss unbedingt unerkannt bleiben, sonst funktionierte der Plan nicht.

»Das ist genau das Problem, Tim«, flüstert Leo. »Ich kenne

Gauly. Indirekt hat er mir ja schon gedroht, dass es mehr als unangenehm werden kann, wenn ich ihn wegen der Adoptionsgeschichte anschwärzte.«

»Und davon lässt du dich beeindrucken?«

»Ich weiß einfach, zu was er imstande wäre. Sowohl meine Adoptivfamilie als auch meine Rockerbrüder würden es knallhart zu spüren bekommen. Um beide täte es mir leid. Darüber hinaus könnte es mit den Teufelstauben dann auch noch sehr ungemütlich werden. Wir haben einen Kodex, der es uns verbietet, die Polizei auf den Plan zu rufen, wenn man persönlich in der Scheiße steckt. Man hat die Brüder zu schützen, koste es, was es wolle.«

Tim schaut Richtung Clubhaus. Er wird nicht wirklich verstehen, um was es hier geht. Wie soll er auch? »Aber wenn ich diese Aktion hier richtig deute, sind wir doch gerade dabei, auf dem Rockergelände irgendwas anzustellen, oder? Dann ziehen wir deine Brüder doch zwangsläufig mit rein.«

»Warte ab«, antwortet Leo. »Mein Plan ist ziemlich verwinkelt, weil es eben unmöglich ist, Gauly auf dem geraden Weg zu fassen zu kriegen. Dazu hat er einfach zu viele …« Ja, wie soll man das nennen? Freunde? Es widerstrebt Leo. Freundschaft ist das, was er zu seinen Brüdern empfindet, auch Heide ist ihm eine Freundin, ja, ganz bestimmt, auf sie kann er zählen. Aber Gauly verfügt eher über ein Arsenal an Menschen, die ihm nützlich sein könnten, deswegen begegnet er ihnen stets mit einem Lächeln um den Mund. »Gauly ist ein Meister darin, ein Beziehungsnetz zu knüpfen, in welchem sich seine Feinde verfangen, sobald sie ihm zu nahe kommen«, versucht er zu erklären. »Ich habe ihn ja nicht nur als meinen Paten kennengelernt. Seit ich Anwalt bin, begegnen wir uns oft genug beruflich. Um nur ein Beispiel zu nennen: Ich habe vor einigen Monaten die Interessen einiger meiner Brüder vertreten, als es um einen zwielichtigen Schuppen in Hagenow ging. Die Staatsanwaltschaft – also Gauly – ermittelte in dieser Sache wegen Bestechung, Menschenhandel, Rauschgifthandel und artverwandten Delikten, die eben bei Rotlichtgeschichten immer mit dranhängen.«

»Also war Gauly da bereits schon dein Gegner?«

»Offiziell ja. Inoffiziell schaut er aber genau, welche Ermittlungsbehörde diesen Fall betreut, wer die Spuren sichert, wer die Verhöre leitet und und und …«

Tim macht große Augen. Gott, was muss sein Zwillingsbruder jetzt von ihm denken. »Er hat Geld genommen, stimmt's?«

Leo nickt. »Geld oder Mädchen oder Informationen oder Drogen … Gauly hat sogar daran gearbeitet, eine Bürgerwehr aufzubauen, die angeblich mit dem Verbrechen in Schwerin gründlich aufräumen soll. In Wahrheit ging es ihm immer darum, sich so seinen Einfluss auf die Szene zu sichern.«

»Wie schafft der das?«

»Indem er Leute an seiner Seite weiß, die ihm zu Dank verpflichtet sind. Mein Vater, … hm, also mein Adoptivvater zum Beispiel, ist einer der eifrigsten Mitstreiter für dieses Aktionsbündnis, und ich bin mir sicher, er glaubt fest daran, Gauly bei einer sauberen Sache zu unterstützen.«

»Und bei deinem Club, bei den *Devil Doves*, stecken da auch welche unter Gaulys Decke?«

Leo denkt an *Patch*, der ihm jahrelang einer der Engsten gewesen ist und dann, nachdem Leo sich aus der *Hot-Lady*-Sache herausgezogen hat, seltsam abweisend wurde und sich stattdessen an seine Schwester Nikola herangemacht hat. »Ja, ich bin mir sicher, auch einige meiner Brüder stehen Gauly näher, als es mir lieb sein könnte.«

»Ich dachte immer, ihr seid wie eine Familie …«

Sind die *Devil Doves* meine Nächsten?, überlegt Leo. Mit *Mighty Mäxx* ist er zwei Monate durch die Wüste Nevadas gefahren. Kalle und Gustav kennt er schon seit mehr als zehn Jahren. Und all die anderen waren stets an seiner Seite, haben mit ihm gelacht und geheult und gefiebert, haben gemeinsam Häuser gebaut und Prozesse durchlitten, waren seine Vertrauten und seine Mitstreiter. Ja, der Weg, den er und die *Devil Doves* gemeinsam gegangen sind, ist weitaus länger als die Kilometer, die sie nebeneinander auf ihren Maschinen zurückgelegt haben. »In jeder Familie gibt es schwarze Schafe. Es sind nur wenige, aber sie machen alles kaputt. Deswegen will ich mit meinem Plan auch unbedingt dafür sorgen, dass die *Devil Doves* nicht kaputt gemacht werden. Nur Gauly soll büßen.«

Jetzt fällt bei Tim der Groschen. Man kann das Ding fast klimpern hören. Er hat in diesem Moment kapiert, mit wem sie sich anlegen wollen, und dass diese Bootsfahrt kein lustiges Abenteuer zweier Brüder ist. Also fragt Leo ihn: »Willst du lieber umdrehen?«

»Bist du verrückt? Ich vertraue dir, Tommy, und wenn du sagst, du hast dir einen Plan überlegt, dann mache ich mit, ist doch klar. Ich habe nichts zu verlieren außer meinen Bruder, den ich eben erst kennengelernt habe.«

Seltsam schöne Worte, die da im Boot mitfahren. Es ist Leo ein wenig peinlich, eigentlich ist doch er derjenige, der solche Sachen sagt, zu Heide, wenn ihm danach ist und er sein Herz spürt. Ob er das aber jetzt in diesem Augenblick will, kann er nicht sagen.

Wie gut, dass endlich was abgeht am Ufer. Die Polizei scheint eingetroffen zu sein. Das Tor ist erleuchtet, Rufe werden laut, Motoren brummen den Soundtrack.

»Es ist so weit, wir fahren zu dem Bootshaus dahinten. Du musst schauen, ob noch jemand Wache schiebt, okay?«

Leo verausgabt sich. Es fühlt sich genau richtig an. Besser als reden.

Mit einem sanften Stoß legen sie an, hangeln sich am Steg entlang, sodass ihr Boot auf der Seite liegt, die vom Haus aus nicht zu sehen ist. »Ich renne vor und schließe den Schuppen auf«, flüstert Leo. »Wenn ich dir zuwinke, musst du dich beeilen, okay?«

Tim nickt. Ob er Angst hat, ist ihm nicht anzusehen. Vielleicht kennt er überhaupt keine Furcht mehr, die kann man auch verlieren in einem der Erziehungsheime oder Arrestzellen. Leo hat ein schlechtes Gewissen, weil das Leben ihm bessere Karten zugedacht hat als seinem Zwillingsbruder. Bloß weil er bei der Geburt ein paar Gramm mehr auf den Rippen hatte. Gerecht ist das nicht. Aber es ist auch nicht seine Schuld.

Leo steigt aus dem Boot, versucht, das Wasser nicht zu sehr in Wallung zu bringen, dann rennt er über den schmalen Steg und die wenigen Schritte zum Schuppen. Der Schlüssel liegt unter einem Stein, er öffnet die Tür, warum knarrt das Scheißding so, er schiebt sich durch den engen Spalt ins Innere.

Es ist nicht so dunkel, wie Leo erwartet hatte, denn der Mond wirft in dieser Stunde sein käsiges Licht durch die Fensterscheiben. Das ist gut, dann brauchen sie keine Kerzen. Gleich wird er seinem Bruder erklären, was ihn erwartet.

Alles muss zerstört werden, die Boote, die Regale, die Eimer und Werkzeuge, nichts darf so bleiben, wie es jetzt ist. Und danach müssen sie Leo Kellerbach töten, heute Nacht, an diesem Ort. Dann wird Gauly sich sicher fühlen, wird seine Spielchen spielen und in die Falle tappen, aus der er nicht mehr entweichen kann. Es muss aussehen wie eine Sache zwischen Rockern, dann kriegt er Angst, dass seine Rolle im *Hot Lady* auffliegen könnte. Er wird wieder meisterhaft Strippen ziehen und Kontakte spielen lassen, um am Ende als Oberstaatsanwalt mit tadellosem Ruf dazustehen. Und er wird nicht ahnen, dass es die ganze Zeit um etwas ganz anderes geht, dass nun seine Vergangenheit ihn einholt, von der nur der angeblich tote Leo etwas ahnte. Eine bessere Deckung gibt es nicht als die, den eigenen Tod vorzutäuschen.

In seiner Tasche hat Leo ein scharfes Messer, Druckkompressen und Verbandszeug. Es wird Blut fließen, viel Blut, und die DNA wird verraten, dass es von Leo Kellerbach stammt. Doch mit einem wirklichen Bruder an der Seite ist auch das zu schaffen. Beide geben anderthalb Liter, mehr nicht, dann würden sie überleben und doch einen Mord begehen. Er stellt zwei Stühle bereit und zwei Flaschen Wasser, damit sie nicht austrocknen, wenn die Adern geöffnet sind. Ein Wahnsinnsplan.

Er muss gelingen. Heide wird seinen Anweisungen folgen, das weiß er genau. Niemand wird daran zweifeln, dass es einen Anschlag der verfeindeten *G-Point-Gangster* gegeben hat, warum auch, ein solcher Überfall passt ins Bild.

Eine Woche haben sie Zeit, Gauly in die Enge zu treiben. Dann geht ein Flieger nach Las Vegas. Drei Karten hat er bestellt. Für ihn selbst, für seinen Bruder und seine Braut.

Leo geht zur Tür, schiebt sie auf, winkt Tim, der verängstigt im Boot sitzt. »Komm, es kann losgehen«, flüstert er.

Und Tim zögert nicht einen Augenblick.

Als er den Steg entlanggeht, fliegen drei Enten auf. »Schön ist es hier«, sagt Tim.

»… If I would, could you?«

Erst war Heide hin- und hergerissen, was sie von dieser Geschichte halten sollte. Natürlich konnte sie verstehen, dass die beiden Brüder etwas tun mussten. Andererseits hatten sie Heide da mit reingezogen, hatten sie zu ihrer Komplizin gemacht. Sie war eine Brandstifterin, nur damit belastendes Material aus dem Clubbüro vernichtet wurde, bevor Gauly es gegen die Rocker verwenden konnte. Sie war zur Botin schlechter Nachrichten geworden, hatte Nikola Kellerbach Unterlagen überreicht, die diese in Gefahr gebracht hatten. Und jetzt hatte Leo ihr die Sache mit der Brücke vorgeschlagen. Sollte sie ihm diesen letzten Gefallen wirklich tun? Konnte sie das?

Sie hatte zugesagt. Aus Mitleid oder aus dem Gefühl heraus, dass er es unbedingt von ihr erwartete. Also stand sie hier im Niemandsland, mit einem Motorradgetriebe in der Hand, bereit, es auf die Straße zu werfen, um Gauly zu erschrecken, zu verletzen – oder zu töten. Zu allem bereit. Sie verschwendete besser keine Zeit dafür, sich über sich selbst zu wundern.

Der Blick der Motorradfahrerin traf den ihren. Sie konnte den Schrecken in den Augen der Frau erkennen, diese Panik, als sie verstand, was gleich geschehen würde. Für sie und ihren Beifahrer gab es definitiv keine Chance, egal, ob Heide das Cabrio treffen würde oder nicht.

Sie musste es tun. Für Leo, damit er frei sein konnte. Für sie und eine Zukunft irgendwo weit weg von hier. Darum musste sie … Sie hob die Arme über das Geländer … musste sie … das Teil war so schwer, nicht nur die Kilos, auch die Bedeutung, die darauf lastete … musste sie …

Nichts musste sie. Wenn Leo sie liebte, dann kam es nicht darauf an, ob sie ihm jetzt gehorchte oder nicht. Sie konnte einfach nicht mehr mitmachen in diesem zerstörerischen Spiel. Das würde er doch sicher verstehen. Das musste er.

Sie trat zurück und warf das Getriebe direkt vor ihre eigenen Füße. Sie sah Motorrad und Auto unter der Brücke verschwinden und atmete durch, bis plötzlich ein Krachen, ohrenbetäubendes Metallstöhnen und das Splittern von Glas die Sekunde zur Explosion brachten. Genau einige Meter unter ihr wurde es heiß von der Gewalt eines zerstörerischen Aufpralls, jemand musste ungebremst gegen den Pfeiler gefahren sein. Heide fehlte die Kraft, einfach davonzurennen. Sie wünschte, sie könnte denken, dieser Unfall ginge sie nichts an, aber so war es nun mal nicht. Sehen konnte sie nichts, nur erahnen, dass es unwahrscheinlich war, eine Kollision bei dem Tempo zu überleben.

Doch dann vernahm sie das Brummen eines Motors, wie

eine dicke Fliege am Fenster. Sie schaute über das Geländer der anderen Seite, sah etwas in langsamen Kurven weiterfahren, die Geschwindigkeit reduzieren, stehen bleiben. Die Motorradfahrerin stieg ab, hielt den Mann auf dem Sozius fest im Arm, beide starrten zur Brücke, als fände genau dort gerade die Apokalypse statt.

Wie gut, dann hatte es den Richtigen erwischt. Und zwar ganz ohne Heides Zutun. Gauly war aus eigenen Stücken gegen die Betonwand geknallt. Das war … Gerechtigkeit.

Heide schlenderte langsam zu ihrem Corsa. In vier Stunden ging der Flug. Das war zu schaffen. Das Gepäck lag schon im Kofferraum.

Die Null

ist neutral, sie wird als Symbol für den leeren Raum genutzt

»Es war ein glatter Durchschuss. Der Knochen musste irgendwie geschraubt oder genagelt werden, drei Stunden haben die fröhlichen Handwerker geschuftet. Die nächsten Monate wird der Gips meinen Oberschenkel zieren, und die geplante *Harley*-Trekkingtour kann ich bis auf Weiteres knicken ...« Axel lächelte und zog den Mund leicht schief.

»Du willst trotz allem noch mal auf ein Motorrad steigen?«

»Kommt drauf an, wohin ich fahre, Wencke. Mein Leben in der norddeutschen Tiefebene gestaltet sich schließlich schon aufregend genug.« Er strich ihr kurz über den Handrücken. »Dank deiner Hilfe ...«

Wie Axel da so in diesem hellgelb bezogenen Bett lag, das Hirn noch ganz matschig von der Narkose und bekleidet mit einem türkisblauen OP-Hängerchen, sah er aus wie der Lieblingspatient der Schwesternschülerinnen in einer öffentlich-rechtlichen Arztserie.

Das LKA Meckpomm hatte sogar schon Blumen schicken lassen, auf der dazugehörigen Karte stand etwas von »Mut«, »Respekt« und »zu Dank verpflichtet«. So richtig gefreut hatte sich Axel über den floralen Gruß aber nicht. Gleichzeitig war nämlich zu Händen von Wencke und Boris ein übler Beschwerdebrief eingegangen, in dem ganz andere Worte gestanden hatten.

Es war fast zu verstehen, schließlich sahen die Schweriner Polizei- und Justizbehörden umfangreichen internen Ermittlungen wegen Korruption entgegen. Und da der Hauptverantwortliche Gauly sich sang- und klanglos aus der Affäre gezogen und allenfalls noch vor dem Jüngsten Gericht zu erscheinen hatte, würde es mühselig werden, herauszufinden, wer in den Skandal verwickelt war und wer nicht.

Das war aber nicht mehr Wenckes Problem. Zum Glück nicht.

»Weißt du, was ich noch viel schlimmer finde als meine verpatzte Motorradtour?«, fragte Axel und schickte die Antwort gleich hinterher. »Ich kann nicht mit dir an der Ostseeküste spazieren gehen.«

Wencke musste grinsen. »Du weißt, ein Spaziergang mit mir kann gefährlicher sein als tausend Kilometer Vollgas.«

»Darüber bin ich mir vollkommen im Klaren.« Er nahm einen Schluck Wasser aus seiner albernen Schnabeltasse. »Aber es gäbe da noch etwas, das wir in Ruhe und unter vier Augen klären sollten, du und ich ...«

Ja, das gab es. Und zwar dringend. Axel war allein ihretwegen nach Schwerin gekommen. Er hatte sich sogar ins Mündungsfeuer eines zu allem fähigen Kriminellen geworfen, um ihr das Leben zu retten. Bevor das alles geschehen war, hatte der große Held jedoch noch laut und deutlich verkündet, die Sache zwischen ihnen beiden nicht mehr auszuhalten. Und dieser Satz saß gerade unangenehm und aufdringlich mit Wencke auf der Bettkante.

Doch im selben Moment, in dem Wencke Luft holen wollte, um die drei Worte zu sagen, die ihr auf der Zunge lagen, klopfte es an der Tür, und Boris kam herein.

»Stör ich?«

Nein, das tat er nicht, wirklich nicht. In der letzten Woche hatte Wencke ihren Lieblingskollegen von einer ganz anderen

Seite kennen- und schätzen gelernt. Er dürfte zu jeder Tages- und Nachtzeit bei ihr ins Zimmer schneien.

Außerdem kam er gerade aus einem Marathongespräch, bei dem er ausgerechnet KHK Wachtel Rede und Antwort stehen musste. Es interessierte Wencke brennend, was dabei herausgekommen war.

Boris ließ sich auf den Besucherstuhl sinken, strich die langen Strähnen aus dem Gesicht und sah wirklich so aus, als habe er soeben den Weltrekord einer Extremsportart geknackt. »So ein Mist, Kellerbach ist ihnen entwischt«, begann er.

»Wie bitte?«

»Sie sind die Fluglisten durchgegangen. Gestern am späten Nachmittag ist er mit dem Flieger via London nach Las Vegas. Und neben ihm im Flugzeug saßen sein Bruder Tim Beisse und eine Frau namens Heide Grensemann. Wir nehmen an, es handelt sich dabei um die heimliche Freundin von Kellerbach, und es scheint, als sei sie auch die Person, die sich mit Nikola Kellerbach getroffen hat.«

»Und die Frau auf der Brücke?«

»Richtig. Nicht vorbestraft, nicht in einschlägigen Etablissements bekannt – Heide Grensemann ist das glatte Gegenteil von einer Bikerbraut. Eine brave Sachbearbeiterin im Gewerbeamt. Niemand wusste von ihrer Beziehung zum Rockeranwalt. Und jetzt hat sie ihr langweiliges Leben zurückgelassen und ist mit ihm durchgebrannt.«

Wencke musste lächeln. Obwohl weder Beisse, Kellerbach noch dessen Liebste Unschuldslämmer waren, irgendwie freute Wencke sich für die drei. Und heimlich wünschte sie sogar, dass sie den Behörden entkommen würden. Was hatten sie schon getan? Kellerbach und Beisse hatten ein Verbrechen vorgetäuscht, strafrechtlich würde es dabei wahrscheinlich bleiben. Und welche Untaten auf das Konto dieser Heide Grensemann gingen, war schwer nachzuvollziehen, vielleicht war diese Frau ja auch gänzlich unschuldig. Sie hatte es schließlich nicht über sich gebracht, das Getriebe auf die Straße zu werfen.

Boris machte ein wütendes Gesicht. »Sie wollten mir tatsächlich die Schuld für Kellerbachs Entkommen in die Schuhe schieben. Angeblich hätte ich den Totgeglaubten bei unserer Begegnung im Gebüsch an der Flucht hindern sollen.«

»Wie sollte das denn gehen? Wir haben dich doch selbst dort gefunden, du warst so fest verschnürt wie ein Weihnachtspaket …«

Boris zuckte mit den Schultern. »Die sind halt sauer, weil der Rockeranwalt sie alle an der Nase herumgeführt hat.« Er beugte sich vor und griff nach einem Apfel, der auf Axels Nachttisch lag. »Darf ich?«

»Du brauchst wahrscheinlich dringender Vitamine als ich«, erlaubte Axel.

»Na ja, Vitamin B habe ich ja zum Glück. Sieglind Maschler war bei der Befragung anwesend und hat Wachtel dann irgendwann zurückgepfiffen. Sie kann mich ganz gut leiden, denke ich. Eventuell wird sie Gaulys Posten übernehmen, hab ich gehört.« Er biss in den Apfel, und man hörte eine Weile nichts außer sein saftiges Schmatzen und ein medizinisches Piepen im Nachbarraum.

»Da liegt übrigens Kalle«, berichtete Boris. »Die Ärzte haben ihn rein körperlich so weit wieder aufgepäppelt. Aber wenn er irgendwann einen Spiegel gereicht bekommt, braucht er wahrscheinlich ein paar Wochen, um sich von dem Schreck zu erholen.«

»Was wird aus ihm werden?«, fragte Wencke, die sich noch immer schuldig fühlte, Kalle nach ihrer Enttarnung nicht schnell genug gewarnt zu haben.

»Zeugenschutzprogramm«, vermutete Boris. »Aber das wird schwierig mit den tätowierten Buchstaben quer über dem Gesicht …«

»*ACAD, All Cops Are Bastards*… Wie kommen die nur darauf?« Wencke versuchte es mit einem Grinsen.

Was waren sie für eine Truppe? Ein Dreamteam oder eher eine Schicksalsgemeinschaft? Vielleicht beides. Wencke war heilfroh, dass Axel und Boris sich zusammengetan und sie gerettet hatten. Jetzt, da die Hintergrundinformationen zu dem Fall einigermaßen verdaut waren, wurde ihr erst richtig klar, in welcher Gefahr sie geschwebt hatte. Gauly war sich bewusst gewesen, dass er kurz davor stand, alles zu verlieren. Einen Heidenaufwand hatte er betrieben, um seine Vergangenheit zu vertuschen. Doch als er dann am Ende erkannt hatte, dass selbst diese lebensgefährliche Verfolgungsjagd ihm nicht mehr würde helfen können, war der letzte Ausweg ein Betonpfeiler gewesen.

Axel unterbrach das Schweigen. »Morgen bin ich übrigens schon wieder transportfähig, behaupten die Ärzte. Dann werde ich auf den Weg ins heimatliche Krankenhaus nach Sanderbusch gebracht, wo sich eine ganze Mannschaft hervorragender Orthopäden meiner annehmen will.«

Wencke wusste, was das bedeutete. Sie würde endlich Emil in Aurich abholen und zelten gehen. Dann hieß es abwarten, was in den Sommerferien noch so passierte, oder in den Wochen danach, oder bis ans Ende ihres Lebens. Wahrscheinlich würden Emil und sie erst einmal ein paar Krankenbesuche in Sanderbusch absolvieren, mit Schokolade und Weintrauben als Mitbringsel. Vielleicht würden sie dort sogar Kerstin begegnen, dann wäre da wieder dieser Schmerz, aber wahrscheinlich hielt sie das irgendwie aus. Verdammt, was blieb ihr anderes übrig?

»Ach, übrigens, Boris«, begann Axel. »Das mit der Kutte … es tut mir leid. Die haben sie bei der Notaufnahme aufgeschnitten, weil ich dringend in den OP musste und …«

»Hör auf«, unterbrach Boris. »Die hätte ich wahrscheinlich bei nächster Gelegenheit in den Restmüll gesteckt.«

»Wie ist denn die Geschichte mit Dirk ausgegangen? Das hast du mir nicht erzählt.«

»Wie die meisten Geschichten dieser Art so ausgehen: tragisch.«

»Wovon redet ihr?«, hakte Wencke nach.

»Wovon Männer eben reden«, gab Axel Auskunft. »Über die Liebe natürlich ...«

»Dirk ist tot«, sagte Boris schließlich.

»Das tut mit leid.« Das hatte Axel nicht nur so dahingesagt. Er schien wirklich mitzufühlen. Nie hätte Wencke gedacht, dass diese beiden Männer einen Draht zueinander entwickeln könnten. Und nun waren sie anscheinend Freunde geworden, einfach so.

»Was ist passiert?«

»Irgendwann war es so weit, Dirk hatte es geschafft, der Vorstand hatte einstimmig beschlossen, ihm die Mitgliedschaft zuzusprechen. Bei der Kuttentaufe* wird immer ordentlich gefeiert. Ich war dabei. An diesem Abend war ich dafür zuständig, die Biergläser zu spülen und Aschenbecher zu leeren. Dirk war so glücklich, endlich den vollständigen Patch auf die Kutte zu nähen ...«

»Und dann?«

»Ach, die Rocker gönnen sich immer den Spaß, dem neuen Member ein paar Streiche zu spielen. Für Dirk hatten sie eine Frau kommen lassen, die Favoritin in ihrem Puff. Alle standen im Kreis um den Tisch herum, Dirk und die Frau obendrauf. Ich stand hinter dem Tresen, konnte nicht wegsehen, es ging einfach nicht ...« Boris seufzte. »In der Nacht hat Dirk sich das Leben genommen. Mit Höchstgeschwindigkeit gegen eine Betonwand, genau wie Gauly. Und ich konnte ihn sogar verstehen.«

»Scheiße«, sagte Axel.

»Jetzt geht es mir besser. Jetzt ist es fast gut.« Boris stand auf und schaffte sogar ein überzeugendes Lächeln. »Und wenn ich euch beiden einen wertvollen Tipp geben darf: Wahre Liebe muss sich nicht verstecken. Dirk und ich haben die ganze Zeit so getan, als wären wir nur Kumpels. Das war teuflisch schwer. Die Sehnsucht ist doppelt schlimm, wenn man den Partner ständig um sich hat, es aber niemandem zeigen darf. Und heute bereue ich jeden einzelnen Tag, an dem ich mich nicht neben ihn gestellt und der Welt mitgeteilt habe, dass er der Mensch ist, den ich liebe.«

Boris zwinkerte Axel zu, dann drückte er Wencke kurz und verabschiedete sich mit einem Gesichtsausdruck, den nur Menschen aufsetzen, die eben eine richtig gute Tat vollbracht haben.

Anhang

Alice in Chains
ist eine amerikanische Grunge-Band aus Seattle, deren Musik stark vom Heavy Metal beeinflusst wurde und die auf vielen Biker-Events gehört wird. Frontman und Sänger Layne Staley war das Markenzeichen der vierköpfigen Band, die in den 1990er-Jahren ihre größten Erfolge feierte. 1996 sang er in Kansas City sein letztes Konzert, sechs Jahre später fand man ihn tot in seiner Wohnung. Seine Drogenabhängigkeit stand in einem tragischen Zusammenhang mit seinem Vater, den Staley jahrelang für tot gehalten hatte und der – als sie sich schließlich wieder begegneten – seinen Sohn nur noch tiefer in die verhängnisvolle Abhängigkeit manövrierte.

Blood Rally
Mitte der 1970er-Jahre gab es die Idee, clubübergreifende Ausfahrten zu veranstalten, bei denen sich die Rocker zum Blutspenden und anschließendem Feiern treffen. Damit wollte man Solidarität mit den Verkehrsopfern zeigen, schließlich verunglücken jährlich zirka fünfzigtausend Motorradfahrer auf deutschen Straßen, sechzig Prozent werden dabei leicht bis schwer verletzt, fast zwei Prozent lassen bei einem Unfall sogar ihr Leben. Auch sonst engagieren sich Motorradclubs gern für den guten Zweck, sammeln Spielzeug für notleidende Kinder, organisieren Straßenfeste für Krebsstationen.

Dieses Engagement ist in den eigenen Reihen nicht umstritten. Kritiker meinen, es wirke so, als hätten die Biker mit diesen Charity-Aktionen etwas »wiedergutzumachen«. Die Polizei hingegen deutet PR dieser Art eher als clevere Methode der Rocker, weiterhin die Vorteile des Vereinsrechts für sich zu beanspruchen, denn viele MCs haben inzwischen eigentlich eher gewerbliche Strukturen.

Brüderschaft
»Brotherhood« – die Motorradclubs empfinden sich als eine große Familie. Die Mitglieder weltweit nennen sich Brüder, und die Identifikation mit dem Club, mit seinen Gesetzen und Zielen, ist für den Einzelnen maßgeblich. Sätze wie »Einer für alle, alle für einen« sind keine leeren Worte, gerät einer der *Members* in eine Schieflage, z. B. durch einen Unfall, einen Gefängnisaufenthalt, Scheidung oder Krankheit, so wird er von seinen Brüdern sowohl moralisch als auch finanziell oft unterstützt. Dazu gehören auch ein Besuchsdienst in der Justizvollzugsanstalt oder im Krankenhaus sowie Blutspenden für schwerverletzte Biker. Für dieses Zusammengehörigkeitsgefühl sind die *Members* gern bereit, Zeit und auch Geld zu opfern, und für viele Biker ist die Gemeinschaft ihres Clubs wichtiger als die tatsächlich blutsverwandte Familie.

Burn Out
Diese spektakuläre Technik, bei der der Fahrer die Räder einer Achse durchdrehen lässt, während die andere gebremst wird, darf bei keinem Bikertreff als Showeinlage fehlen. Um Qualm und Funken zu erzeugen, wird das Motorrad einer hohen Belastung ausgesetzt. Bremsen, Motor, Kupplung und Getriebe – alles verschleißt schnell bei diesem Manöver, welches neben Gestank auch einen enormen Lärm verursacht. Vom Kraftstoffverbrauch und Abrieb der Reifen braucht man gar nicht

erst zu reden – manche Profile sind nach nur einem Burn Out komplett abgerieben.

Chapter
bezeichnet den regionalen Zusammenschluss eines überregionalen oder sogar internationalen Motorradclubs, wird auch *Charter*, *County* oder *Division* genannt. Meist besteht der Zusammenschluss aus zehn und mehr Bikern, die sich vom Club die Erlaubnis einholen müssen, unter dem Namen und den Vereinsfarben zu existieren. Damit erkennen sie die Regeln an, die dem Präsidenten meist in einmaliger oder auch nur mündlicher Ausführung überliefert werden. Ein *Chapter* muss ein Clubhaus haben, sich auf Zusammenkünften der anderen *Chapter* blicken lassen, selbst Partys und Ausfahrten organisieren und sich gegenseitig wie eine Familie unterstützen. Die Organisation vor Ort übernimmt jedes *Chapter* autark. Die Clubs sind durch eine strenge, oftmals militante Hierarchie gekennzeichnet, jedoch hat jedes Mitglied eine starke Gemeinschaft hinter sich, die auch in schweren Zeiten zu ihm hält.

Clubhaus
Hier treffen sich alle, die zum Motorradclub dazugehören (wollen). Jeder Club ist verpflichtet, einen solchen Treffpunkt zur Verfügung zu stellen, ansonsten nennt man die Zusammenschlüsse *Nomads*. Das Gelände rund um das Clubhaus wird meist sehr scharf bewacht, Unbefugte werden an normalen Tagen kaum einen Schritt daraufsetzen können, bei öffentlichen Partys ist das natürlich anders, dann sind Angehörige und auch Neugierige eingeladen, es gibt Live-Musik, Grillbuden und Bierstände. Aber dort finden nicht nur wilde Feten statt, sondern auch Sitzungen der verschiedenen Gremien, Meetings mit anderen Clubs oder – ach ja, das gehört ja auch dazu – Reparaturen oder Verschönerungen der Motorräder.

Drogen
DFFL – Dope forever – forever loaded (alternativ auch *SFFH* für *Stoned forever – forever happy*) findet man als *Patch* auf so mancher Kutte. Die Zahl 13, die auch gern aufgenäht wird, ist in diesem Fall nicht mit »Pech« zu übersetzen, sondern steht für den dreizehnten Buchstaben im Alphabet: »M« wie Marihuana. Dass Rocker gern feiern und bei diesen Partys viel getrunken und auch die eine oder andere illegale Droge konsumiert wird, ist unumstritten. Dies muss aber nicht unbedingt drastischer sein als bei anderen Volksfesten auch.

Darüber hinaus wird allerdings nicht selten mit Drogen und Anabolika gehandelt, im Frühjahr 2011 fanden beispielsweise die Ermittler bei einer Großrazzia in den Räumen der Berliner *Hells Angels* große Mengen Kokain und andere illegale Stoffe.

Ehefrauen
Mit der Bezeichnung *Property of …*, die oft als Abzeichen auf dem Rücken der Kutte angebracht ist, wird die Zugehörigkeit einer mit einem Rockerbruder verheirateten Frau anerkannt. Auch sie wird vom gesamten Club geschützt. Es ist ein absolutes Tabu, die Frau eines Bruders anzumachen. Wer gar ein Verhältnis mit einer *Ol' Lady* (veralteter Ausdruck für Freundin/Frau eines Mitgliedes) beginnt, wird den ganzen Club gegen sich aufbringen. Normalerweise sind Frauen bei den Clubtreffen nicht erwünscht, bei den sogenannten Familientagen werden sie aber eingeladen, und auch an besonderen Ausfahrten nehmen sie teil.

Expect no mercy
Erwarte keine Gnade – mit diesem Abzeichen werden Brüder geehrt, die im Umgang mit den Feinden des Clubs besondere Härte, z. B. in Form von Waffengewalt, gezeigt haben. Wer die-

ses Label – alternativ auch die Aufschrift *Filthy Few* – auf der Kutte trägt, hat wahrscheinlich einen Menschen entweder schwer verletzt oder sogar getötet. Manche Rocker streben den Erwerb dieses »Gütesiegels« gezielt an, um damit ihre Verbundenheit zum Club zu beweisen.

Hangaround
Hangarounds, Prospects und *Members* werden die verschiedenen Stufen der Zugehörigkeit genannt. Wer die Mitgliedschaft in einem Motorradclub anstrebt, muss einige Hürden nehmen, die erste ist das Dasein als sogenannter *Hangaround.* Es wird erwartet, dass der Anwärter sich so oft wie möglich auf dem Clubgelände blicken lässt und dort die Drecksarbeit erledigt. Dazu gehören Fegen und Putzen genauso wie – nach einer entsprechenden Eingewöhnungsphase – das Türstehen oder Bierzapfen bei Partys. Die Bewährungszeit beträgt meist ein Jahr, danach wird der Status des *Prospect* zugestanden. Ob man jemals vollwertiges *Member* wird und die Kutte tragen kann, bedarf einer einhelligen Zustimmung der Mitglieder. Meist hat man bis dahin nicht nur jede Menge Arbeitsstunden, sondern oft auch ein beträchtliches Barvermögen in die Clubaufnahme investiert.

Helm
In den meisten europäischen Ländern gilt für Motorradfahrer die Helmpflicht, glücklich sind echte Rocker natürlich nicht darüber, denn sie fühlen sich dadurch in ihrer Freiheit eingeschränkt – und auf die kommt es ja schließlich an, wenn man auf einer *Harley* sitzt. Immer wieder gibt es Proteste oder Diskussionen, wie denn ein Helm auszusehen hat, und einige Biker greifen in ihrer Not auf das sogenannte *Braincap* zurück, einen Helm, der nur den oberen Schädel bedeckt und rechtlich gesehen in eine Grauzone gehört.

Kutte
Die ärmellose Jeans- oder Lederweste hat eine wichtige Bedeutung für ihren Träger, denn mit ihren verschiedenen Aufnähern gibt sie Auskunft darüber, welchem Club er als *Prospect* oder *Member* angehört und an welcher Stelle der internen Hierarchie er steht. Das Club-Wappen befindet sich auf dem Rücken und setzt sich aus vier wesentlichen Teilen zusammen: In der Mitte befindet sich das größte und wichtigste *Centercrest,* auf dem meist ein Tier, ein Schädel oder ähnliches Motiv zu sehen ist. Rechts daneben steht »MC« als Abkürzung für Motorcycle Club. Über dem runden Motiv spannt sich im Halbkreis der *Top Rocker,* auf dem der Clubname steht, unten steht dann der Ortsname des jeweiligen Chapters.

Im Grunde hat die Kutte dieselbe Funktion wie eine Uniform. Nimmt man einem Rocker dieses heilige Kleidungsstück gewaltsam ab, bedeutet das für ihn die schlimmste Erniedrigung und Strafe.

Kuttentaufe
Die Kuttentaufe wird gefeiert, wenn nach einer unbestimmt langen Zeit ein Anwärter irgendwann durch eine einstimmige Entscheidung der anderen Brüder zum *Member* erklärt wird. Er darf sich dann den vollständigen *Patch* eigenhändig auf die Kutte nähen und bei allen Unternehmungen des Clubs teilnehmen – sein Leben lang.

Das Fest gleicht einem Initiationsritus, bei dem der Täufling einige erniedrigende Prozeduren über sich ergehen lassen muss, z. B. nackt hinter einem Motorrad stehen und sich mit Schlamm bespritzen lassen, undefinierbares Gebräu aus verschiedenen Getränken und Körperflüssigkeiten schlucken oder vor allen Brüdern intime Handlungen an Prostituierten vornehmen. Wer das mit Stolz und Bravour hinter sich gebracht hat, wird von dem Tag an von seinen Brüdern vor sämtlichen Notlagen geschützt werden.

Members
siehe *Hangarounds*

Motorradclub
Die Abkürzung MC steht genau genommen eigentlich für *Motorcycle Club*. Nicht jeder Zusammenschluss von Bikern darf sich so nennen, denn damit geht so etwas wie ein Gebietsanspruch einher, und man kann sich gewaltigen Ärger mit bereits existierenden MCs der Nachbarschaft einhandeln.

Die ersten MCs wurden von Kriegsveteranen gegründet – darauf mag auch die mitunter militante Struktur basieren. Rechtlich gesehen handelt es sich bei vielen deutschen MCs um eingetragene Vereine. Es wird immer wieder darüber diskutiert, einige Motorradclubs verbieten zu lassen, weil sie mit dem organisierten Verbrechen in Verbindung gebracht werden.

Patches
heißen die Aufnäher, mit denen die Kutte geschmückt wird und die Auskunft über die Zugehörigkeit und Position innerhalb des Clubs geben. Wo und bei wem diese Abzeichen angebracht werden dürfen, ist strikt reglementiert.

Pony-Express
Diese spezielle Art von Kurierdiensten wird in Gang gesetzt, wenn eine wichtige Nachricht übermittelt werden muss, die auf keinen Fall in unbefugte Ohren gelangen soll. Jeweils ein *Member* reist mit dem Bike zum nächsten Chapter, um dem dortigen Präsidenten die Neuigkeit zu überbringen. Von dort werden dann andere Mitglieder in verschiedene Richtungen

weitergeschickt. Auf diese Weise verbreitet sich eine Botschaft mitunter fast so schnell wie auf dem Postweg. Ist aber wesentlich sicherer, denn auf die Verschwiegenheit eines Bruders kann man sich verlassen.

Präsident
Der Präsident (auch – aus dem Englischen abgeleitet – »Presi« genannt) repräsentiert seinen Club in der Öffentlichkeit, z. B. bei Veranstaltungen, Begegnungen mit der Staatsgewalt oder Presseterminen. Zudem muss er an den regelmäßigen nationalen und ggf. auch internationalen Treffen der Präsidenten eines Clubs teilnehmen. Der Präsident ist der Einzige, dem die streng gehüteten Gesetze des Clubs in schriftlicher Form ausgehändigt werden. Er wird nicht demokratisch gewählt, hier herrscht für gewöhnlich das Gesetz des Stärkeren.

Prospect
siehe *Hangaround*

Puffs
Immer wieder werden Rockerbanden mit Prostitution in Verbindung gebracht, oft stehen ganze »Vergnügungsviertel« unter der Herrschaft eines MCs. Schon im Jahr 2001 wurden beispielsweise in Hamburg sechs Mitglieder der *Hells Angels* wegen Zuhälterei und Förderung der Prostitution zu mehrjährigen Haftstrafen verurteilt – sie hatten gezielt und illegal Frauen nach Deutschland geschleust und in verschiedenen Bordellen in St. Pauli zur Prostitution gezwungen.

Road Captain
Der Road Captain sucht den sichersten und schönsten Weg zum Ziel und fährt im Konvoi voran. Es liegt in seiner Verantwortung, dass weder Staus noch Baustellen das Fahrvergnü-

gen der Gruppe stören. Mindestens alle achtzig Kilometer sollte eine Tankstelle am Straßenrand liegen, und auf den Rastplätzen bleiben die Brüder möglichst gern unter sich, deshalb sollten sie abgelegen sein.

Rollt ein Motorradclub heran, werden kurzerhand Fahrbahnen blockiert. Einzelne Kradfahrer sperren Land- und Bundesstraßen, aber auch Autobahnen, oder sie bremsen den laufenden Verkehr aus, bis die Gruppe komplett unterwegs ist. Das alles wird bereits vor der Reise genauestens vorbereitet.

Sequenzanalyse

Das Interpretations-Verfahren basiert auf der sogenannten Objektiven Hermeneutik und wird in vielen Bereichen der Soziologie angewendet. In der Forensik beschäftigt sie sich damit, einen Tathergang in seine Einzelteile zu zerlegen und bei jeder für sich gesehenen Entscheidung, die der Täter getroffen hat, den Sinn dahinter zu suchen. Auf diese Weise kann man sich nach und nach ein Bild davon machen, was den Täter dazu gebracht hat, das Verbrechen an genau diesem Tag und an genau diesem Ort auf genau diese Art zu begehen.

Tattoo

Wer sich wann welches Club-Tattoo wohin stechen lässt, ist streng geregelt. Jedes Mitglied darf sich das jeweilige Charter-Emblem tätowieren lassen, das weltweit gültige Logo des MCs wird erst nach einem Jahr Zugehörigkeit erlaubt. Sichtbare Clubmotive an Händen und Hals sind erst nach fünf Jahren zugelassen, der Rücken nach einem ganzen Jahrzehnt.

Wenn ein Mitglied aussteigt oder unehrenhaft entlassen wird, verliert er das Recht, die Zeichen zu tragen. Die ehemaligen Rocker greifen zu wenig zimperlichen Methoden, um die Tattoos zu entfernen: entweder wird schwarz übertätowiert oder die Haut an den entsprechenden Stellen herausgeschnitten.

Treasury
Der Schatzmeister verwaltet die Konten des Clubs und gehört in dieser Funktion auch dem Vorstand an. Das offizielle Vermögen der Rocker wird durch Mitgliedsbeiträge, Spenden und den Verkauf von Fanartikeln erwirtschaftet. Von diesem Geld werden Partys und Ausflüge bezahlt, manchmal dient es auch der Unterstützung von Brüdern, die in einen finanziellen Engpass geraten sind. Dank dieser sauber geführten Bücher haben die Rockerclubs den Status eines eingetragenen Vereins, was rechtliche und steuerliche Vorteile bringt.

Darüber hinaus gibt es aber auch eine sogenannte Tomatenkasse, auf der die Gewinne landen, die durch weniger legale Geschäfte eingenommen wurden. Oftmals zeigt die Habenseite dieser Konten ein Vielfaches des offiziellen Vermögens an.

Vereinsfarben
Die *Colours* – jeder Motorradclub hat seine eigenen Farben und ein eigenes Logo. Dabei wird von den bereits bestehenden Gruppen strengstens darauf geachtet, dass keine Verwechslungsgefahr besteht. So sind beispielsweise Gelb und Rot die Farben der *Bandidos,* deren Logo einen Mexikaner mit Pistole zeigt. Weiß und Rot werden als Colours von den *Hells Angels* beansprucht, genau wie ihr geflügelter Totenkopf und selbst die Zahl 81 (für den achten und den ersten Buchstaben im Alphabet und die Initialen des Clubs). Sollte aus Unwissenheit oder auch als Provokation ein anderer Club es wagen, diese oder ähnliche Abzeichen oder Farben zu tragen, wird er ziemlich bald sehr schlagkräftigen Besuch bekommen.

Waffen
Derjenige, der im Club für die Sicherheit und Disziplin verantwortlich ist, verwaltet auch die Ausrüstung des Clubs. Dass

sein Posten als *Sergeant at Arms* bezeichnet wird, kommt nicht von ungefähr: Viele Rockerbanden verfügen neben Motorradersatzteilen über ein mindestens ebenso umfangreiches Waffenlager. Im Zuge eines Prozesses gegen die *Bandidos* in Münster wurde 2008 beispielsweise eine angemietete Garage mitten im Stadtgebiet durchsucht. Die Fahnder fanden dort Maschinengewehre, Handgranaten und anderes schweres Geschütz, das ausgereicht hätte, in den Krieg zu ziehen.

Ein Wort zum Schluss

Natürlich sind auch in diesem Roman Handlung und Figuren frei erfunden.

Trotzdem sollte ich erwähnen, dass es kaum eine/n Fallanalytiker/in gibt, der in der Realität so handeln würde wie Wencke Tydmers und ihr Team. Es wird wohl auch noch nie passiert sein, dass ein LKA im Zuständigkeitsbereich des anderen ohne dessen Wissen und Zustimmung agiert. Und die Wahrscheinlichkeit, dass eine Stasigröße in der heutigen Zeit als Leitender Staatsanwalt agiert, tendiert zum Glück gen null.

Alles Fälle von dichterischer Freiheit, die mir von meinen außerordentlich versierten Testlesern großzügig zugestanden wurde.

Aber – ganz ehrlich – würde man alles schildern, wie es in Wirklichkeit ist, wären die Bücher um einiges dicker, aber sicher nicht spannender. Allein eine DNA-Analyse dauert im normalen Ermittlerleben Wochen bis Monate, was nicht an den molekularbiologischen Gegebenheiten liegt, sondern an den überlasteten Laboren, in denen auch nur Menschen arbeiten.

Mein Dank geht an:

- Matthias Pheiler, der mich – ohne es zu wissen – auf die Idee zu diesem Buch brachte
- Sibylle Dörflinger, die mir die Feinheiten der Sequenzanalyse erläutert hat
- Arthur Lipowski von der Fahrschule Ulf Imort, der mich Motorrad fahren ließ
- Kriminaldirektor Jürgen Kleis, der mir einiges über Rockerbanden erzählt hat
- BKA-Direktor a. D. Leo Schuster, der mich über Dienstwege der Kriminalämter aufklärte
- Kriminalkommissar a. D. Peter Veckenstedt, der mich mit gewohnt wachem Auge vor Fehlern bei der Schilderung der Ermittlungsarbeit bewahrt hat
- Dr. Christiane Freese, die mir ihr medizinisches Wissen zur Verfügung stellte
- Dr. rer. medic. Stephan Köhnemann, der mich mit neuesten Erkenntnissen der DNA-Analyse ausstattete
- meinen Mann und Kollegen Jürgen Kehrer, der wie immer die richtigen Fragen stellte, statt mit Antworten aufzutrumpfen, deswegen ist er mir von allen der Liebste
- das fleißige Copywrite-Team, insbesondere Vanessa Gutenkunst und Georg Simader
- das wunderbare dtv-Team, insbesondere meine Lektorin Bianca Dombrowa
- meine Töchter Julie und Lisanne, weil sie immer, wenn ich ein neues Buch geschrieben habe, erst mal nachschauen, ob ich sie auch bei den Danksagungen bedacht habe